INKA LOREEN MINDEN

Ein Lord

auf geheimer Mission

AF219963

Historical Romance

Bibliografische Information der Deutschen Nationalbibliothek
Die Deutsche Nationalbibliothek verzeichnet diese Publikation in der
Deutschen Nationalbibliografie; detaillierte bibliografische Daten sind im
Internet über
http://dnb.d-nb.de abrufbar.

Ein Lord auf geheimer Mission

- Historical Romance -

©opyright Inka Loreen Minden 2022
www.inka-loreen-minden.de
Monika Dennerlein

E-Mail: lucy-palmer@inka-loreen-minden.de

Deutsche Erstausgabe März 2022

CoverArt: © M. Hanke
Paar: © Romance Novel Covers
Hintergrund: © Pixabay
Lektorat / Korrektorat: L. Kindermann / G. Gatto

Herstellung und Verlag: BoD – Books on Demand, Norderstedt
ISBN-13: 978-3-7543-1944-4

Die Lady und der geheimnisvolle Gentleman …

Als Penny die Augen öffnete, stockte ihr der Atem. Hatte sie sich an ihn geschmiegt oder er sich an sie?
Egal, wie herum es war – Ashton sollte keine falschen Schlüsse ziehen. Deshalb löste sie sich so behutsam wie möglich von ihm, damit er nicht aufwachte. Sie wollte so lange zu ihm auf Abstand gehen, bis sie endlich erfuhr, was er vor ihr verbarg. Nur leider machte es ihr dieser Verführer nicht leicht! In seinen Armen zu liegen, war nach wie vor das beste Gefühl der Welt.

Kapitel 1 – Eine Frau für Lord Lexington

London, England
Mai 1835

Einer der größten Nachteile als ungebundener Adliger war, dass stets irgendwelche Mütter versuchten, ihn mit ihren Töchtern zu verkuppeln. Ashton konnte kaum drei Schritte durch den stickigen und völlig überfüllten Saal machen, ohne von einer Fregatte belagert zu werden, die ihren herausgeputzten Spross im Schlepptau hatte. Dabei war er lediglich hergekommen, um dem türkischen Ambassador, der als Ehrengast zu Lady Billingtons Ball geladen war, zu treffen – nicht, um sich in Tanzkarten einzutragen. Doch alle alleinstehenden jungen Damen, die Rang und Namen besaßen, schienen an diesem Abend hier zu sein und ihn anzuhimmeln. Bloß erregte keine Frau seine Aufmerksamkeit, obwohl sie fast alle wunderhübsch anzusehen und nach der neusten Mode gekleidet waren. Allein die leckeren Häppchen und die außerordentlich köstlich schmeckende Bowle verlockten ihn, länger zu bleiben.

Lady Billington war die Frau eines Marquess – einem der reichsten Männer von ganz England. Sie hatte keine Kosten und Mühen gescheut, um diesen Abend zu einem besonderen Ereignis zu machen. Außerdem hatte sie nur die Crème de la Crème des *bon ton* geladen – sowie jede Menge alleinstehender Herren, um ihre jüngste Tochter unter die Haube zu bringen. Lady Billington und ihr Gatte, der die Siebzig bereits überschritten hatte, hatten früher ein paar Jahre in der Türkei gelebt. Deshalb war es ihnen eine Ehre gewesen, auch den türkischen Botschafter, der gerade in London weilte, einzuladen. Ashton hatte diese perfekte Gelegenheit genutzt, um dem Mann während eines wie zufällig wirkenden Zusammenstoßes einen vertraulichen Brief seines Auftraggebers zuzustecken. Wenn der Ambassador später das Dokument in seiner Tasche fand, würde er nicht wissen, von wem es stammte, bis er den Inhalt las – den Ashton nicht kannte. Schließlich war er nur »der Bote«, wie er in gewissen Kreisen genannt wurde. Er arbeitete diskret; die Informationen, die er überbrachte, gingen ihn nichts an.

Die Musiker machten gerade eine Pause, danach stand eine Quadrille auf dem Programm. Ashton mochte diesen Tanz und hätte durchaus Lust, mal wieder über das Parkett zu wirbeln. Doch wenn er eine Frau aufforderte, würden alle anderen danach bei ihm Schlange stehen. Und müsste er nicht zuerst anstandshalber mit der Tochter der Gastgeber tanzen? Lady Billington lächelte ihn auffordernd an, wann immer sich ihre Wege kreuzten, und versuchte, ihre Tochter und ihn in ein Gespräch zu verwickeln. Ashton wusste, dass er auf ihrer Liste der potenziellen Heiratskandidaten für ihr Töchterchen ganz oben stand.

Er seufzte resigniert, murmelte Entschuldigungen und eilte an den Ladys vorbei. Er hatte seinen Auftrag ausgeführt und überlegte, ob er nach Hause gehen sollte. Dort würde er allerdings nur in sein Brandyglas starren und auf einen weiteren Geheimbefehl warten. Hoffentlich ließ die nächste Mission nicht zu lange auf sich warten.

Ob er doch noch bleiben sollte? Vielleicht schnappte er das eine oder andere Gerücht auf, das ihm oder seinem Auftraggeber nützlich sein konnte. Diese speziellen Dienste, die er hin und wieder ausführte, lenkten ihn wenigstens von seinem ansonsten monotonen Leben ab. Nur in seiner Londoner Villa oder seinem Landgut in Nottinghamshire herumzusitzen oder das Parlament zu besuchen, würde

6

ihn schrecklich langweilen. Da war er lieber Wochen oder sogar Monate im Ausland unterwegs.

Er genoss es, zu reisen, die Welt zu sehen! Deshalb hatte er bisher überhaupt keine Zeit gehabt, sich eine englische Lady zu suchen.

Heute wäre eine hervorragende Gelegenheit dazu, dachte er, kurz bevor er den Ausgang erreichte, und ließ möglichst unauffällig seinen Blick schweifen. Die zahlreichen ungebundenen Damen, die sich auf Männerschau befanden, erinnerten ihn daran, dass er sich tatsächlich langsam nach einer Ehefrau umsehen sollte. Schließlich war er ein Earl, und als solcher brauchte er früher oder später einen Erben. Er wurde zwar erst dreißig und war im Grunde längst nicht zu alt, um sich für immer zu binden. Doch eine Frau an seiner Seite würde ihm die lästigen Mütter vom Hals halten und ihm auch sonst Vorteile verschaffen. Ja, er könnte mit einer Heirat zwei Fliegen mit einer Klappe schlagen: einen Erben zeugen und diesen gut versorgt wissen, während er weiterhin seinen speziellen Diensten nachging und ab und an ins Ausland reiste. Seine Gattin würde sich solange zu Hause mit der Erziehung der Kinder und der Führung des Haushaltes beschäftigen und würde nie erfahren, was er wirklich trieb.

Ich brauche ja nur eine einzige Frau auszusuchen und muss nicht mit jeder tanzen, überlegte er. Wozu besaß er ein geschultes Auge und eine hervorragende Menschenkenntnis? Es wäre für ihn ein Leichtes, die perfekte Braut auszuwählen – sofern sie sich hier befand. Leider wirkte jede wie die andere und sie schnatterten ihm zu viel. Wenn er sich schon verheiratete, wollte er eine, die seinen Vorstellungen entsprach. Politisch unerfahren sollte sie sein – was wohl auf die meisten zutraf – aber vor allen Dingen brav und fügsam, damit sie keine neugierigen Fragen stell-

7

te, wenn er zu seinen Missionen aufbrach. Je weniger sie über sein Doppelleben wusste, desto besser. Seine Einsätze bargen auch gewisse Risiken, und mehr als einmal hatte er sein Leben verteidigen müssen. Doch mit seinen zuweilen waghalsigen Missionen hätte seine zukünftige Gattin nichts zu tun, im sicheren Zuhause in England.

Seine Ehefrau sollte bloß deshalb nichts von seinem Zweitleben erfahren, weil es einerseits streng geheim — und nicht immer gesetzkonform — war, was er tat, und er andererseits Angst hatte, sie würde ihm ansonsten diese Tätigkeit ausreden. Denn Ashton brauchte sie, damit er vor seiner Gattin davonlaufen konnte. Für den Fall, dass ihm etwas zustoßen sollte, würde er sie mit einem speziellen Testament finanziell absichern.

Ja, er war ein Feigling und wollte eine engere Bindung auf keinen Fall zulassen. Jahrelang hatte er mitansehen müssen, wie die Liebe seinen Vater zugrunde gerichtet hatte. Nachdem Ashtons Mutter wegen einer Infektion viel zu früh gestorben war — Ashton war erst acht gewesen —, hatte sich sein Vater zurückgezogen, zu viel Alkohol getrunken und gelitten wie ein Hund. Ashton hatte er kaum noch beachtet.

Er hatte die meiste Zeit mit seiner Nanny und den Hauslehrern verbracht, bevor er ins Internat und danach ins College abgeschoben worden war. Erst spät hatte er kapiert, dass sich sein Vater totgesoffen hatte. Er war an seiner eigenen Kotze erstickt. Das war vor zwölf Jahren gewesen.

Wenn nicht mehr erwiderte Liebe einen Menschen zugrunde richtete, wollte Ashton nicht lieben. Aber das musste er auch nicht. Er würde seinen Job weiterhin erledigen, um seine Gattin auf Abstand zu halten, damit gar nicht erst tieferen Gefühle zwischen ihnen aufkeimen konnten. Ehen funktionierten ohne Liebe genauso. Die meisten Verbindungen, die unter Adligen eingegangen wurden, waren Zweckehen. Das wussten alle. Solch eine Beziehung reichte ihm vollkommen aus.

Trotzdem wollte er eine hübsche Frau, mit der er sich gut verstand. Er war kein Kostverächter und hatte schon einige Schönheiten in seinen Armen gehalten. Doch sobald er verheiratet war, wäre das leichte Leben vorbei. Gerade deshalb wollte er sich nachts an den Körper einer attraktiven Lady schmiegen. Denn niemals würde er sich nach seiner Hochzeit woanders Befriedigung holen und seine Gattin betrügen. Er war kein rücksichtsloser Bastard. Außerdem würde er dafür sorgen, dass es seiner Zukünftigen an nichts fehlte. Nun ja, an fast nichts. Eine zu enge Bindung durfte sie nicht erwarten. Ashton ging jedoch davon aus, dass die meisten jungen Damen wussten, worauf sie sich einließen. Liebe stand nur selten auf dem Programm.

Aber in diesem stickigen Saal würde er die für ihn perfekte Frau nicht finden. Nicht heute. Keine der anwesenden jungen Damen sprach ihn wirklich an. Wobei er leider nicht wusste, was eine Frau haben musste, um ihm dauerhaft zu gefallen. Das hatte er bisher nicht herausgefunden. Auf jeden Fall sollte sie geistig auf seiner Höhe sein, schließlich wollte er kluge Kinder.

Ashton atmete tief durch, als er in die warme Nacht trat und die Stufen der Villa hinabstieg, die am Rande des Regent's Park lag. An der mit Bäumen gesäumten Straße wartete seine Kutsche auf ihn, doch er überlegte, die kurze Strecke bis zu seinem Haus, das ebenfalls im Stadtteil Marylebone lag, zu gehen. Die Nacht war angenehm warm und er brauchte Luft. Die ganzen Duftwässerchen und Schweißgerüche hatten sein Gehirn vernebelt.

Er wollte soeben seinem Kutscher Bescheid geben, als ein leises, aber glockenreines Lachen, das sich wie das Lied eines Engels anhörte, seinen Blick auf einen Zweispänner lenkte, der nur ein paar Meter weiter parkte. Fackeln säumten die Straße zusätzlich zu den Laternen und erhellten die Gestalten zweier Frauen. Die eine schätzte er auf vierzig, die andere gerade einmal halb so alt. Sie standen vor der kleinen Kutsche dicht beieinander und tuschelten miteinander. Es war die jüngere der beiden, die lachte. Als sie sein Starren bemerkte, schloss sie sofort den Mund, senkte den Blick und versteckte ihr Gesicht hinter ihrem Fächer.

Ashton musterte sie ungeniert, während er kurz seinen Zylinderhut anhob, um seine wirren Strähnen darunter zu richten. Ihr schwarzes Haar, das sie zu einem kunstvollen Knoten trug, schimmerte mysteriös im Feuerschein, und die Flammen der Fackeln zauberten orangefarbene Muster auf ihren weißen Umhang sowie das zartviolette Kleid.

Als sie den Fächer sinken ließ, blickte sie scheu in seine Richtung, und sein Herzschlag beschleunigte sich. Sie war eine Grazie, wunderschön und anmutig wie eine römische Göttin, besaß ein perfekt geschnittenes, herzförmiges Gesicht und sinnliche Lippen. Sie überragte ihre Begleiterin um eine halbe Haupteslänge, war aber immer noch kleiner als er.

Warum war sie ihm bisher nicht aufgefallen? Sie schien geradezu unsichtbar gewesen zu sein, obwohl sie ihm nun direkt ins Auge stach. Ihre schüchterne Art reizte ihn, und er wollte unbedingt mehr über sie erfahren.

Wer war sie?

»Sie wollen den Ball schon verlassen, meine Damen?«, fragte er die beiden, während er auf sie zuschlenderte. »Ich hoffe, Sie sind wohlauf?«

Die ältere der beiden, in deren Haar sich erste graue Strähnen zeigten, wandte den Kopf und sah ihn unverwandt an. Ihre Gesichtszüge ähnelten der jüngeren. Sie

10

war unverkennbar ihre Mutter oder eine nahe Verwandte. »Uns geht es ausgezeichnet«, antwortete sie freundlich. »Vielen Dank.«

Ashton gesellte sich zu ihnen und verbeugte sich galant. »Verzeihen Sie meine Rüpelhaftigkeit. Aber das liebliche Lachen hat mich auf Sie beide aufmerksam gemacht und mich meine Manieren vergessen lassen. Ich bin Lord Lexington.«

»Oh.« Die ältere Dame machte einen Knicks und strahlte ihn an. »Sehr erfreut, Lord Lexington. Ich bin Lady Clearwater, und das ist meine Tochter Penelope.«

Ashton verbeugte sich erneut und grinste Penelope verschmitzt an, sodass sie gleich noch röter wurde. Als sie nichts sagte, sondern ihn nur mit einem Knicks begrüßte, wandte er sich wieder an ihre Mutter. »Ihr Gatte ist Phillipe Clearwater?«

Sie nickte. »So ist es, Lord Lexington. Kennen Sie ihn persönlich?«

»Leider hatten wir noch nicht das Vergnügen.« Ashton kannte so gut wie alle Adligen aus London mit Rang und Namen, zumindest vom Hörensagen. Lady Clearwater war also die Frau eines Barons, der ein passables Stadthaus in Mayfair und ein prächtiges Landgut in der Grafschaft Kent besaß, nahe der Stadt Rochester, soweit er wusste. Die Familie war angesehen, nahm in der Gesellschaft jedoch keinen allzu hohen Bekanntheitsgrad ein und sollte sich überwiegend auf dem Landsitz aufhalten. Je unsichtbarer seine Zukünftige war, je weniger politische Verbindungen ihre Familie besaß, desto besser.

Ashton sagte zu Lady Clearwater: »Es wäre mir eine Ehre, Ihren Gatten kennenzulernen«, und wandte sich danach an ihre Tochter. »Was hat Sie gerade so sehr erheitert, Miss Clearwater?«

»Es war nichts, Mylord«, antwortete sie leise.

Er mochte ihre Stimme. Sie klang weder schrill noch aufdringlich. »Es hat sich alles andere als nach nichts angehört.«

Prompt wurde sie wieder rot und senkte erneut den Blick. Ashton wollte sie nicht länger quälen, obwohl er durchaus den Grund für ihre Fröhlichkeit erfahren wollte, um sie noch einmal lachen zu hören. Stattdessen fragte er: »Warum verlassen Sie den Ball zu dieser frühen Stunde, Miss Clearwater?«

Bevor sie antworten konnte, verkündete ihre Mutter stolz, dass an diesem Abend so viele Herren Interesse an Penelope erkundet hatten, dass sie sich vor Heiratskandidaten kaum retten konnte und sie sich deshalb rar machen wollten, um das Interesse der Adligen noch mehr zu befeuern. Munter redete sie drauf los, als würde sie ihn schon ewig kennen. »Im letzten Jahr, zu Penelopes erster Saison, schien sie keiner haben zu wollen. Aber nun ist sie zu einer wahren Schönheit erblüht. Finden Sie nicht auch, Lord Lexington?«

»In der Tat«, raunte er und räusperte den Kloß aus seinem Hals. Er hatte heute wohl zu viel geredet, oder warum versagte ihm nun beinahe die Stimme?

Dass Penelope von der Rede ihrer Mutter überhaupt nicht angetan war, erkannte er selbst in der Dämmerung. Sie grub die Finger in ihr Retikül und ein Muskel in ihrer Wange zuckte. Außerdem blitzte Unmut in ihren Augen auf. Sie schien Feuer im Blut zu haben, jedoch eine unterwürfige Art zu besitzen. Wahrscheinlich verbot es ihr die gute Erziehung, mit den Augen zu rollen oder ihrer Mutter zu widersprechen.

»Haben Sie sich schon für einen Kandidaten entschieden?«, fragte er sie, bevor ihre Mutter sie noch mehr in Verlegenheit brachte.

12

Penelope schüttelte den Kopf und schien nun nicht mehr ganz so stark zu erröten. Allerdings kam ihr immer noch kein Wort über die hübschen Lippen.

Ashton glaubte nicht, dass sie einen einfachen Verstand besaß. Schließlich hatte sie sich zuvor angeregt mit ihrer Mutter unterhalten, und ihre Körpersprache zeigte ihm deutlich, wie es in ihr arbeitete. Offenbar war sie bloß schüchtern oder sehr zurückhaltend.

Perfekt. »Gut, dann werde ich Ihnen morgen einen Besuch abstatten, wenn Ihnen das recht ist.«

»Das ist uns außerordentlich recht, Lord Lexington!«, antwortete Lady Clearwater euphorisch. »Wir freuen uns sehr. Nicht wahr, Penelope?«

Sie nickte und lächelte zittrig.

Ihre Mutter gab ihm die Adresse des Stadthauses, und er verabschiedete sich bei den beiden. Als er sich vor Penelope verbeugte, musterte er sie erneut eindringlich und versuchte, etwas von ihrem Geruch zu erhaschen. Wenn er sich nicht irrte, duftete sie nach Jasminblüten. Er kannte dieses Aroma von seinen zahlreichen Reisen und mochte es sehr.

Diesmal wandte sie nicht den Blick ab, zumindest nicht in den ersten Sekunden. Ashton meinte, eine gewisse geistige Reife hinter ihren Pupillen aufblitzen zu sehen, obwohl sie bestimmt noch keine zwanzig war. Gleichzeitig wirkte sie unerfahren, sehr gut erzogen und unterwürfig. Er würde sie gewiss nach seinen Vorstellungen formen können. Wunderschön war sie außerdem. Diese Mischung reizte ihn sehr.

Penelope Clearwater verkörperte auf den ersten Blick all das, was er suchte. Sie wäre die perfekte Ehefrau für ihn, und er würde alles daransetzen, sie zu bekommen. Als Nächstes würde er gleich einmal herausfinden, wer seine

Nebenbuhler waren und wie er sie loswurde. Außerdem überlegte er fieberhaft, wie er seine Zukünftige überzeugen konnte, dass er der einzig in Frage kommende Heiratskandidat für sie war.

Kapitel 2 – Lady Clearwaters Liste potenzieller Heiratskandidaten

Als Penny dem Earl nachblickte, der eilig zurück in die Villa marschierte, sank ihr Herz. Unentwegt dachte sie: *Du dumme, dumme, dumme Gans! Jetzt hast du ihn davongejagt.*

Sie hatte sich vor Lord Lexington wie eine Idiotin benommen! Dazu hatte ihre Mutter sie permanent in Verlegenheit gebracht, sodass es noch schwerer für Penny gewesen war, einfach sie selbst zu sein.

Mutter war ansonsten keine Tratschtante, aber sie hatte überhaupt nicht mehr aufgehört, Peinlichkeiten von sich zu geben. Das ganze Zusammentreffen war ein einziges Fiasko gewesen! Deshalb suchte der Earl nun das Weite. Ja, er schien nicht schnell genug vor ihr fliehen zu können.

Äußerst schade. Sie hätte Lord Lexington gerne besser kennengelernt und ihn davon überzeugt, dass sie für sich selbst sprechen konnte und kein naives Dummchen war. Zwar wollten die meisten Männer eine Frau, die weder zu viel vom Weltgeschehen verstand, noch ihnen widersprach, doch so schätzte sie den Earl nicht ein. Gewiss war er keiner dieser altmodischen Herren, sondern ein moderner Mann. Er sah auch keinen Tag älter aus als dreißig, während einige andere Anwärter beinahe doppelt so alt waren.

Als sie sich von ihrem Kutscher auf den Zweispänner

14

helfen ließen, hörte Mutter gar nicht mehr auf zu schwärmen, weil sich nun auch ein Earl auf ihre Liste mit potenziellen Heiratskandidaten gesellt hatte.

»Deine erste Saison war ein Fiasko«, bemerkte sie liebevoll, während sich Penny neben sie setzte, »aber dieses Jahr ist ein voller Erfolg!« Sie holte ihren Zettel aus dem Retikül und verkündete stolz: »Wir haben einen Marquess, einen Viscount, zwei Baronets und einen Knight. Jetzt möchte dich auch noch ein Earl besuchen! Ach, meine liebe Tochter, ich freue mich sehr.«

»Ich freue mich auch«, murmelte Penny weniger euphorisch und hoffte, Lord Lexington irgendwo zu erblicken. Aber er war wie vom Erdboden verschluckt.

Wenn sie daran dachte, wie er auf sie aufmerksam geworden war, wurde ihr gleich wieder heiß. Sie hatte vor Freude und Übermut gelacht, weil so viele Herren versprochen hatten, sie demnächst zu besuchen – aber das hatte sie dem Lord unmöglich beichten können. Sie wäre vor Scham im Boden versunken, und er hätte geglaubt, sie wäre nur auf sein Geld und ein Luxusleben aus. Dabei wünschte sie sich nichts sehnlicher, als einen liebevollen Mann zu finden, der ihre Gefühle erwiderte, um mit ihm eine Familie zu gründen. Er müsste auch nicht dem Hochadel angehören, doch da würden ihr ihre Eltern wohl einen Strich durch die Rechnung machen. Mama hatte es weniger gut gefunden, dass auch ein junger Knight und zwei Baronets um sie geworben hatten. Dabei war gerade der Knight Sir Simon Robertson derjenige, der ihr am besten gefiel.

Sie war schon neunzehn Jahre alt. Herrje, ihre innere Uhr tickte jeden Tag lauter. Ihr ganzes Leben war sie vorbereitet worden, Ehefrau und Mutter zu werden, und sie wollte dieses Ziel endlich erreichen.

Nach dem Fiasko im letzten Jahr war sie todtraurig ge-

15

wesen und hatte gedacht, nie einen Mann zu finden. Sie hatte ohnehin ein Jahr später als die meisten jungen Frauen debütiert, da sie mit siebzehn noch ausgesehen hatte wie ein halbes Kind und ihre Eltern beschlossen hatten, noch ein Jahr zu warten. Aus dem Küken war leider erst spät ein Schwan geworden.

Aber nun hatten ihr gleich fünf Herren Hoffnungen gemacht, darunter eben auch jener junge Knight, der passabel aussah und sie unentwegt angegrinst hatte. Das bedeutete wohl, er hatte ernsthaftes Interesse an ihr.

Penny hatte sich von ihrer besten Seite gezeigt, in Wahrheit jedoch meistens den Mann heimlich beobachtet, der angeregt mit einigen Gästen gesprochen hatte – Lord Lexington, wie sie nun wusste. Doch er hatte nie in ihre Richtung gesehen. Womöglich hatte er sie zwischen all den Herren auch gar nicht bemerkt. Und dann hatte er plötzlich vor ihr gestanden und sie sich absolut daneben benommen. Er würde sie sicher nicht besuchen kommen, höchstens aus reiner Höflichkeit.

Sie hatte sich auf den ersten Blick in ihn verguckt, obwohl er für sie ein Fremder gewesen war. Doch jetzt, da sie seinen Namen kannte, kratzte sie in ihrem Kopf alles zusammen, was sie über ihn in den letzten Jahren aufgeschnappt hatte – was nicht viel war. Im Grunde wusste sie nur, dass ihn sowohl die ledigen als auch die verheirateten Frauen anhimmelten. Das war aber auch schon alles.

Ob er eine Mätresse hatte?

»Mama«, sagte Penny und unterbrach ihre Mutter mitten im Redeschwall. »Was kannst du mir über Lord Lexington erzählen?«

Ihre Mutter starrte sie entgeistert an, während sie durch die schwach beleuchteten Straßen fuhren. »Du hast mir ja gar nicht zugehört, Liebes.«

16

»Es tut mir leid. Ich bin furchtbar aufgeregt.«

»Ich wollte gerade mit dir besprechen, wer wohl das Rennen machen wird.«

»Mama, das sind keine Pferde, sondern Menschen.«

»Ich sehe da keinen großen Unterschied. Wir sollten den edelsten Hengst im Stall bevorzugen.«

»Mama!«, rief Penny empört und hoffte, dass der Kutscher nicht lauschte. Zum Glück klackerten die Hufe der Tiere auf dem Kopfsteinpflaster. Zudem hörte der alte John nicht mehr so gut.

»Also, dann noch einmal.« Ihre Mutter seufzte schwerfällig. »Wir sollten die zwei Baronets streichen, den Knight sowieso.«

»Was hast du denn gegen Sir Simon?« Sie fand den jungen Mann, der ihr schöne Augen gemacht hatte, sehr sympathisch.

»Er ist ein Knight! Er hat zwar ein passables Auskommen, aber du solltest nicht unter deinem Rang heiraten«, mahnte sie ihre Mutter. »Darum fallen auch die Baronets weg. Zum Glück haben wir noch den Viscount . . .«

»Mama, Lord Hexham ist uralt!«

Ihre Mutter seufzte resigniert. »Du hast recht. Er wird mir wohl keine Enkelkinder schenken können.«

»Mama!« Langsam kam sich Penny wie eine Zuchtstute vor.

»Es bleiben also nur noch der Marquess of Brancaster und Lord Lexington übrig, wobei der Marquess über dem Earl rangiert und sehr vermögend ist.«

»Habgier hat schon die eine oder andere Frau ins Eheunglück gestürzt«, murmelte Penny.

»Ich kenne die Geschichten, mein Schatz, doch der Marquess ist gutherzig. Außerdem kam er auf dich zu, und ich will dich gut versorgt wissen. Lord Lexington wäre auch interessant. Leider habe ich über ihn so gut wie keine Informationen!«

Das fand Penny äußerst dubios. Normalerweise verbreiteten sich Klatsch und Tratsch unter dem *ton* wie ein Lauffeuer. Es mussten doch Geschichten über den Earl im Umlauf sein! Andererseits sprach es für ihn, dass es nichts zu erzählen gab. Er lebte wohl zurückgezogen, oder er war kein Aufschneider. Penny mochte diese Herren ohnehin nicht, die ständig mit nichtigen Taten angaben, um sich zu profilieren. Sie wollte einen mutigen, klugen Mann und keinen Prahler. Und da sich Lord Lexington mit dem türkischen Ambassador sehr angeregt unterhalten und mit ihm gelacht hatte, schien er ein freundlicher Mann zu sein.

Himmel, dieses Lachen! Immer, wenn sie es gehört hatte, war ihr Herz wild herumgesprungen und sie hatte nicht den Blick von seinem attraktiven Gesicht abwenden können.

Ihre Mutter klebte wegen der Dunkelheit beinahe mit der Nase an ihrer Liste, als würde sie hoffen, noch einen Kandidaten darauf zu entdecken. »Vielleicht hätten wir doch länger auf Lady Billingtons Feier bleiben sollen, um noch mehr Kandidaten zu sammeln.«

Penny sagte nichts dazu. Sie war mit der Männerschar überfordert gewesen und nun froh, dem Trubel um ihre Person entfliehen zu können. Sie war es nicht gewohnt, umschwärmt zu werden, auch wenn es ihr gefallen hatte.

Immer wieder kehrten ihre Gedanken zu Lord Lexington zurück. Ihr Lachen hatte ihn auf sie aufmerksam gemacht. Bestimmt war er ein humorvoller Mann, mit dem sie Spaß haben konnte, und kein biederer Mensch. Und sie dumme Kuh hatte ihm das Gefühl vermittelt, eine Langweilerin zu sein.

Seufzend ließ ihre Mutter den Zettel sinken. »Der Mar-

18

quess hat nach dem Tod seiner Frau – Gott habe Elisabeth selig – drei Jahre um sie getrauert. Er ist eine treue Seele, und wir kennen ihn gut. Er ist schließlich ein Bekannter unserer Familie. Er würde gut für dich sorgen.«

»Er ist fast wie ein Onkel für mich, Mama.« Penny schüttelte sich. Sie konnte sich absolut nicht vorstellen, mit dem Marquess eine Familie zu gründen. Er war zwar noch keine vierzig, doch er entsprach absolut nicht ihrem Geschmack. Außerdem war er ein Langweiler.

Dann passt er ja zu mir, dachte sie sarkastisch.

Sie sollte nicht zu wählerisch sein, denn sonst würde sie als alte Jungfer enden. Doch tief in ihrem Herzen hoffte sie, dass Lord Lexington sie besuchen würde und um ihre Hand anhielt. Er kam ihr allerdings wie der unerreichbare Märchenprinz vor. Wahrscheinlich hatte sie nicht den Hauch einer Chance bei ihm – und das hatte sie sich selbst zuzuschreiben.

Kapitel 3 – Hitzewallungen

Rochester, England
Trenton House
Oktober 1835

Penny seufzte glücklich, während sie am Rande der Tanzfläche auf einem Stuhl saß, sich am geöffneten Fenster frische Luft zufächerte und auf ihre Freundin wartete. Obwohl sich Penny vor fünf Monaten wie eine Idiotin benommen und geglaubt hatte, Lord Lexington vergrault zu haben, war sie nun mit ihm verlobt. Bald würden sie sogar heiraten! War das zu fassen? Sie konnte es immer noch nicht

19

glauben. Ihr Märchenprinz hatte sie erwählt.

Heute war er extra aus London gekommen, um mit ihr gemeinsam die Veranstaltung im Hause ihrer besten Freundin Izzy – eigentlich Isabella Norwood – zu besuchen. Izzys Stiefmutter hatte gut vierzig Gäste – darunter einige gut betuchte Junggesellen – geladen, in der Hoffnung, ihre einundzwanzigjährige Stieftochter endlich unter die Haube zu bringen. Izzy, die ihre Freiheiten liebte und in vielen Belangen völlig anders war als Penny, hatte vor wenigen Minuten, als die Musiker eine Pause angekündigt hatten, das Weite gesucht. Ja, sie war regelrecht aus dem Saal gestürmt – angeblich, um sich die Nase zu pudern. Doch Penny kannte ihre Freundin in- und auswendig. Sie war eher vor den anwesenden Herren geflohen, die ein Auge auf sie geworfen hatten und alle mit ihr tanzen wollten.

Seltsam, dass auch ihr neuer Nachbar Henry Griffiths, der Marquess of Wakefield, verschwunden war. Womöglich war er auch schon nach Hause gegangen. Die meiste Zeit machte er den Eindruck, als würde er sich nicht wohlfühlen. Was vielleicht daran lag, dass er von allen nur »der unheimliche Lord« genannt und ständig angestarrt wurde. Mit der Narbe, die seine halbe Wange entstellte, sah er tatsächlich etwas gruselig aus, aber ansonsten schien er ganz nett zu sein. Allerdings hatte Penny kaum Blicke für andere Männer übrig, denn es interessierte sie allein Ashton Courtenay, der Earl of Lexington.

Zum tausendsten Mal ließ sie sich durch den Kopf gehen, was nach dem Fiasko vor der Kutsche passiert war: Lord Lexington machte ihr tatsächlich am nächsten Tag seine Aufwartung und brachte einen Riesenstrauß wundervoller Blumen mit. Außerdem bat er ihren Vater um Erlaubnis, sie heiraten zu dürfen. Bei seinem ersten Besuch! Papa hatte natürlich nichts dagegen und Mama wurde vor Freude

20

fast ohnmächtig.

Zum Glück hatte den Earl ihr dämliches Verhalten nicht abgeschreckt. Penny zögerte keine Sekunde und willigte freudestrahlend ein, als er vor ihr auf die Knie ging und um ihre Hand anhielt.

Hach, an diesen romantischen Augenblick dachte sie unentwegt. Sein unwiderstehliches Lächeln war seit diesem Moment in ihrem Herzen verankert. Diesen verträumten Blick, den er ihr dabei geschenkt hatte, würde sie niemals vergessen. Er war solch ein attraktiver Mann! Es mussten ihm doch unzählige Frauen zu Füßen liegen? Warum hatte er gerade sie ausgewählt?

Er war nicht auf ihre Mitgift angewiesen; außerdem hatte er sie vor der Verlobung nur einmal gesehen.

Die Antwort lag glasklar vor ihren Augen: Er musste sich auf den ersten Blick in sie verliebt haben. Ihr war es schließlich nicht anders gegangen.

Obwohl er solch ein attraktiver Mann war und jede haben könnte, hatte Penny bis heute keine anrüchigen Geschichten über ihn gehört. Er schien kein stadtbekannter Lebemann und auch sonst in keiner Weise auffällig geworden zu sein, sei es durch Glücksspiel oder weil er sich übermäßig betrank. Einen besseren Ehemann konnte sie sich nicht wünschen.

Alles lief für Penny gerade perfekt, und sie hoffte sehnlichst, dass auch Izzy ihr Glück fand. Sie betonte zwar ständig, dass sie keinen Ehemann brauchte, sondern sich lieber um ihren Papa und die Verwaltung des Hauses kümmern wollte. Doch in Wahrheit sehnte sich doch jede Frau nach starken Armen, die sie zärtlich umschlossen?

Ach, sie war eine Träumerin. Das hatte sie bestimmt von Izzy. Seit ihrer Kindheit waren sie unzertrennlich und wurden deshalb von vielen »Pizzy« genannt, weil es sie jahrelang nur im »Set« gegeben hatte. Die Herrenhäuser ihrer Eltern lagen nicht weit voneinander entfernt, und sie hatten zahlreiche Abenteuer erlebt, sehr zum Leidwesen von Mama und Papa. Doch die beiden hatten Izzy trotz ihrer etwas anderen Art ebenfalls in ihr Herz geschlossen. Penny würde ihre Freundin schrecklich vermissen, denn bald ging sie mit Ashton – wie sie ihn bereits nennen durfte – auf Hochzeitsreise und würde danach bei ihm leben.

Hoffentlich fand sie heute ein paar ruhige Minuten mit ihm, um ihn ein wenig besser kennenzulernen. Sie wusste immer noch fast nichts von ihm, nur dass er Ashton Courtenay hieß, am fünfzehnten Juli dreißig geworden und somit genau elf Jahre älter war als sie. Er besaß ein Herrenhaus in der Grafschaft Nottinghamshire – was leider weit weg von Kent lag – und eine riesige, freistehende Villa in London, kein Stadthaus wie ihre Eltern, das zwischen anderen dicht an dicht in einer Reihe stand. Ashtons Vorfahren waren schon immer sehr vermögend gewesen und er war – neben ein paar Cousins – leider als einziger von seiner Linie noch übrig. Penny wollte dafür sorgen, dass ihre Familie schnell wuchs. Dann wäre er nicht mehr allein.

Jeden Tag seit seinem ersten Besuch hatte er ihr einen frischen Blumenstrauß liefern lassen, zuerst in das Stadthaus ihrer Eltern und seit ihrer Rückkehr auf das Land ins Herrenhaus. Die Verlobung hatten sie im Juli offiziell bekanntgegeben. Er musste sie also sehr verehren und konnte es anscheinend kaum erwarten, zu heiraten. Das freute sie immens, auch wenn sie es traurig fand, dass er seit ihrer ersten Begegnung nur noch selten bei ihr vorbeigesehen hatte. Aber er war bestimmt im Parlament sehr beschäftigt gewesen. Seit August hatte es allerdings geschlossen und Ashton war verreist gewesen. Aber nun war er endlich bei ihr!

All ihre anderen Verehrer hatten keine Chance gegen

22

ihn gehabt – zum Glück! Im Grunde war Ashton wie ein Engel aus dem Nichts erschienen, um sie vor einer großen Dummheit zu bewahren. Denn Sir Simon, der ihr wunderschöne Augen gemacht hatte und ihre Nummer eins auf dem Heiratsmarkt gewesen wäre, war hoch verschuldet und nur auf ihre Mitgift aus, wie sich herausgestellt hatte. Alle anderen Herren hatten aus unerklärlichen Ursachen das Interesse an ihr verloren gehabt.

Vielleicht deshalb, weil sie gehört haben, dass Ashton um mich wirbt. Niemand kann ihm das Wasser reichen, dachte sie vergnügt und schaute zu ihm. Angeregt unterhielt er sich etwas abseits mit Lord Hastings, der mit seiner bezaubernden Frau Emily angereist war. Lady Hastings und ihr Mann schienen sich sehr zu lieben, und Penny hoffte, dieses Glück auch einmal mit Ashton zu erleben. Er sah heute wieder exzellent aus, sodass sie kaum den Blick von ihm wenden konnte. Der weinrote Gehrock stand ihm ausgezeichnet. Er betonte vorzüglich seine breiten Schultern. Darunter trug er eine perlmuttfarben schimmernde Seidenweste und ein weißes Hemd. Seine Breeches saßen perfekt und spannten leicht an seinen muskulösen Oberschenkeln. Ashton war wirklich ein sehr attraktiver Mann.

Am liebsten wollte Penny zu ihm eilen, um mit beiden Händen in sein dunkles Haar zu fahren. Ob es sich so weich anfühlte wie es aussah? Bald würde sie es herausfinden.

Als er in ihre Richtung blickte, entschuldigte er sich sofort bei Lord Hastings und eilte zu ihr. »Ich habe nicht gesehen, dass du ganz allein hier sitzt, Penelope, sonst hätte ich dir schon eher Gesellschaft geleistet.«

»Das ist sehr aufmerksam von dir.« Ihr Herz klopfte wild vor Zuneigung, und sie konnte nur mit Mühe ein Grinsen unterdrücken.

»Wo steckt Miss Norwood?«, fragte er und setzte sich ne-

23

ben sie. Dabei wehte ihr sein angenehmer Duft nach Bergamotte entgegen. Sie liebte diesen Geruch, zitronig frisch und ein wenig würzig.

»Izzy ist vor dem ganzen Trubel um ihre Person geflohen. Sie mag es gar nicht, von ihrer Stiefmutter Rowena verkuppelt zu werden.« Besagte Dame hatte Lord Rochford, einen der ledigen Adligen, in Beschlag genommen. Sie stand so dicht bei ihm, dass ihn ihr großer, runder Babybauch beinahe berührte. Rowena war nur ein paar Jahre älter als Izzy, weshalb es zwischen den beiden öfter zu Reibereien kam. Beinahe machte es den Eindruck, als würde Rowena dem Marquess schöne Augen machen, während sie sich eine blonde Strähne um den Finger wickelte und ihn regelrecht anhimmelte. Er sah wirklich gut aus und würde perfekt zu Izzy passen.

Ashton beugte sich zu Penny und flüsterte ihr grinsend zu: »Miss Norwoods Stiefmutter besitzt ein sehr einnehmendes Wesen.«

»Allerdings«, antwortete sie leise, wobei sie sich ebenfalls zu ihm beugte. Sie fand seine Nähe sehr angenehm. »Und es passt Rowena gar nicht, dass Izzy hier die Hosen anhat.«

Ashtons Grinsen wurde noch breiter. »Nicht nur im sprichwörtlichen Sinne, habe ich gehört.«

Er hatte wirklich schöne Zähne, hell und gerade. Außerdem sündhaft geformte Lippen. Ob er gut küssen konnte?

Hör auf, ihn anzustarren, ermahnte sie sich und setzte sich aufrecht hin.

Puh, warum war ihr plötzlich so heiß? Das musste an den zahlreichen Kerzen und Öllampen liegen, die den riesigen Salon erhellten.

Ashton lächelte sie sanft an und brauchte gar nichts zu sagen, um ihr Inneres aufzuwühlen. Es gefiel ihr, dass er

24

nicht so aufdringlich war wie ein paar andere Männer, die ihr Interesse deutlich gezeigt hatten. Ashton war eben ein wahrer Gentleman … und er hatte eine fast so große Nase wie ihr Vater, wie sie schmunzelnd feststellte. Aber sie passte hervorragend in Ashtons maskulines Gesicht.

»Was erheitert dich?«, wollte er wissen.

»Ich bin einfach nur glücklich«, gestand sie ihm ehrlich und überlegte fieberhaft, worüber sie mit ihm reden und dabei etwas über ihn erfahren konnte. Die Bereiche rund um Politik, Wirtschaft und Literatur sollte sie vielleicht erst einmal meiden. Sie wusste von Izzy, dass diese Themen bei Männern nicht gut ankamen, zumindest nicht, wenn Frauen versuchten, mit ihnen darüber zu diskutieren.

Politik und Wirtschaft waren ohnehin nicht ihre Favoriten, aber sie las regelmäßig die Times, die Papa täglich mit mehreren Stunden Verzögerung aus London geliefert bekam. Schließlich wollte sie wissen, was in der Welt passierte. Allerdings ging sie nie ohne ein gutes Buch zu Bett. Sie mochte Abenteuer- und Liebesgeschichten. Auch spannende Sachbücher hatten es ihr angetan, und sie liebte Bildbände mit exotischen Tieren.

Sollte sie das ansprechen? Ach, es war so schwer, mit einem Mann die richtige Konversation zu beginnen. Also zeigte sich Penny von ihrer besten Seite und sprach nur über das Wetter, den Familiengarten und ihre verstorbene Katze Tabby – um Ashton durch die Blume zu sagen, dass sie sich gerne um jemanden kümmerte. Sie glaubte zwar nicht, dass er einen Rückzieher machen würde, falls sie andere Bereiche ansprach, aber sicher war sicher. Seine Augen schienen stets zu lächeln, wann immer er sie anblickte, sodass ihr ganz warm ums Herz wurde.

Tiefergehende Gespräche konnte sie nach ihrer Heirat immer noch mit ihm führen. Sie würde sich einfach herantasten, wie viel von der wahren Penelope Clearwater er vertragen konnte. Doch wie sie Ashton einschätzte, konnte er eine Menge aushalten. Irgendwie wirkte er robuster als andere Adlige. Was vielleicht an seinem sonnenverwöhnten Teint lag sowie all den Muskeln und der feinen Narbe an seiner Wange, die ihm etwas Verwegenes verlieh.

Als Ashton sagte: »Ich hatte auch mal ein Haustier«, horchte Penny auf.

»Welches?«, fragte sie.

»Einen Clumber Spaniel namens Rusty.«

»Rusty? Das klingt lustig.«

»Vater hat den Hund so genannt, wahrscheinlich wegen der rostroten Flecken in seinem weißen Fell.« Für einen Moment glitt sein Blick in die Ferne, und ein Schatten huschte über seine schönen dunkelbraunen Augen.

»Was ist aus ihm geworden? Also … aus Rusty?« Penny wusste, dass Ashtons Eltern längst nicht mehr lebten und wollte nicht in alten Wunden bohren, da er gerade ein wenig geknickt wirkte.

Doch er lächelte sie sofort wieder an. »Er war eigentlich der Jagdhund meines Vaters. Als er zu schwerfällig wurde, halb blind war und zu hinken anfing, haben sich überwiegend meine Mutter und ich um ihn gekümmert. Mum wollte nicht, dass Vater ihn erschießt.«

Penny schnappte nach Luft. »Hätte er das denn getan?«

»Er wollte kein krankes Tier durchfüttern. Aber er konnte meiner Mutter nichts abschlagen, und Rusty hatte noch ein paar schöne Jahre bei uns. Zumindest glaube ich, dass es ihm gut ging.«

»Das klingt wunderbar.« Seine Mutter schien ein großes Herz gehabt zu haben.

»Nach ihrem Tod habe ich den Hund versorgt, weil mein Vater …« Ashton senkte den Kopf und fuhr sich hektisch über den Nacken. »Na ja, Rusty starb leider ein paar Monate später. Er war schon sehr alt.«

»Und du hattest seit dem Tag kein Haustier mehr?«

»Keine Zeit«, murmelte er und wandte den Blick ab. Langsam füllte sich der große Salon wieder, und die ersten Musiker kehrten zu ihren Instrumenten zurück.

»Du warst bestimmt auf der Universität und hast dich nach dem Tod deiner Eltern um alles allein kümmern müssen.« Penny musterte Ashton, wann immer er sich unbeobachtet fühlte. Er hatte unglaublich dichte Wimpern.

»Hm«, brummte er. »Ich war erst achtzehn, als mein Vater starb.«

»Das tut mir sehr leid. Es muss hart für dich gewesen sein.«

Leicht zuckte er mit einer Schulter. »Ich hatte viele Aufgaben und war abgelenkt.«

Gerade als Penny fragen wollte, wie es ihm in dieser Zeit ergangen war, stand er auf. »Deine Freundin ist zurück. Ich lasse euch beide allein.« Er verbeugte sich galant vor ihr und gesellte sich zu ihrem Vater, der neben Izzys Papa – Viscount Trenton – stand.

Schade. Sie hatten sich gerade so gut unterhalten und endlich hatte er etwas von sich preisgegeben. Allerdings konnte sie ihn über sein Leben noch nach ihrer Hochzeit ausfragen. Auf der Hochzeitsreise, die sie in zwei Wochen antraten, würden sie jede Menge Zeit zusammen in der Kutsche verbringen. Ihre beste Freundin würde sie hingegen bald nicht mehr so oft sehen, deshalb sollte Penny jede Sekunde mit Izzy genießen.

Sie sah heute bezaubernd aus und in dem grünen Kleid, auch wenn es etwas zu pompös für sie war, wie eine richtige junge Dame. Penny kannte sie fast nur in Hosen. Auch ihr rotblondes Haar war ordentlich zurechtgemacht worden, wahrscheinlich von Rowenas Zofe. Izzy hatte keine

27

Ankleidedame, sondern zog sich selbst an.

»Danke, dass du mir beistehst, Penny«, flüsterte Izzy ihr zu und setzte sich neben sie.

Penny strich sich eine Locke aus der Stirn und lächelte sie aufmunternd an. »Natürlich stehe ich dir bei. Dazu sind beste Freundinnen doch da.«

»Wirst du auch noch für mich Zeit haben, wenn du verheiratet bist?« Izzy klang ein wenig bekümmert, weshalb Penny schnell ihre Hand drückte.

»Ashton möchte mir nach der Parisreise sein riesiges Herrenhaus in Nottinghamshire zeigen. Aber zum Beginn der neuen Saison werden wir in London sein. Ich bin also nächstes Jahr gar nicht so unendlich weit weg und werde dir jede Woche schreiben … natürlich auch während unserer Hochzeitsreise.« Liebe Güte, wenn sie daran dachte, wurde ihr wieder heiß.

Izzy sah leider noch unglücklicher aus als zuvor. Penny wusste, dass ihre Freundin nur ungern Trenton House verließ, weil sie sich stets um ihren alten Papa sorgte. Sie war seit ihrer Kindheit nicht mehr in London gewesen.

»Ich werde sicher nicht eingehen vor Langeweile.« Izzy zog eine beleidigte Schnute. »Dennoch wünschte ich, du hättest noch gewartet.«

Heirat war ein Thema, bei dem sie sich noch nie einig gewesen waren. »Izzy, nächstes Jahr werde ich schon zwanzig! Außerdem lasse ich mir doch keinen Earl entgehen.« Sie lächelte Ashton an und fächerte sich Luft zu. Ihr war unglaublich warm. Bald würde ihr noch heißer werden, denn den nächsten Tanz hatte sie ihm versprochen. Noch stimmten die Musiker, die auf einem niedrigen Podest am Ende des Salons saßen, allerdings ihre Instrumente.

Der »unheimliche« Lord Wakefield hatte sich zu Izzys Papa gesellt, der auf einem Stuhl saß. Seine Beine machten

28

ihm oft zu schaffen. Penny entging nicht, dass Izzys Blicke ständig in diese Richtung glitten. Prompt stieß sie einen frustrierten Seufzer aus. Izzy wirkte immer unzufriedener, während sich Penny überglücklich fühlte, weil Ashton hier war. Allerdings hatte Izzy ihrer Stiefmutter versprechen müssen, mit jedem alleinstehenden Herrn, der geladen war, zu tanzen. Und Rowena hatte eine Menge gut betuchter Adeliger eingeladen. Nicht nur die ledigen Lords aus den umliegenden Ländereien waren angereist, sondern einige sogar von weiter weg gekommen. Izzys Stiefmutter schien es wirklich ernst zu sein, Izzy zu verheiraten – und die wirkte deshalb alles andere als erfreut, während Penny ihre eigene Hochzeit kaum erwarten konnte.

»Wer steht als Nächster auf deiner Tanzkarte?« Penny griff einfach nach dem Zettel, der auf Izzys Schoß lag, und riss die Augen auf. »Der unheimliche Lord Wakefield!«

»Hmm«, brummte Izzy, anscheinend nicht glücklich darüber, mit ihm tanzen zu müssen – oder weil sie bald all ihre liebgewonnenen Freiheiten aufgeben musste.

Penny beugte sich ein wenig zu ihr. »Ich kann nicht verstehen, warum du so lange zögerst. Du bist schon zweiundzwanzig. Willst du denn keine eigene Familie gründen? Bald wird dich kein Mann mehr ansehen!«

»Keiner sieht mich wirklich an, Penny. Sie alle finden mich seltsam.«

»Dann bist du blind. George und Andrew vergöttern dich!«

»Penny, deine Brüder sind acht und fünfzehn Jahre alt.« Izzy kicherte leise. »Und sie sehen in mir wahrscheinlich eher einen Kumpel und keine Frau zum Heiraten. Außerdem sind sie ein wenig zu jung für mich, findest du nicht?«

Penny atmete erleichtert auf, weil sie ihre Freundin ein bisschen aufgeheitert hatte. In den nächsten Minuten unterhielten sie sich über die anderen Gäste, schwärmten von

29

Lady Hastings' wunderbarem grünen Kleid und gingen die Vorzüge der anwesenden Herren durch. Aber Izzy interessierte sich für keinen von ihnen.

Als die Musiker den nächsten Tanz ankündigten, sprang Izzy fast vom Stuhl. Sie wirkte äußerst nervös, als der unheimliche Lord Wakefield mit raumgreifenden Schritten auf sie zumarschierte.

Penny stand gemeinsam mit ihr auf und drückte ihre Hand. »Ich habe Ashton die Quadrille versprochen. Viel Spaß mit deinem Lord!« Schnell huschte sie zu ihrem Verlobten, bevor Izzy sie aufhielt, und hoffte, dass sich ihre Freundin wenigstens ein bisschen amüsierte.

Ashton stellte sich mit ihr und den anderen Tänzern auf, und als die Musik zu spielen begann, schien Penny zu schweben. Sie genoss es, mit ihm zu tanzen oder einfach nur bei ihm zu sein, liebte es, seine Körperwärme zu spüren und seinen angenehmen Duft zu riechen. Penny musste sich, genau wie bei den anderen Tänzen zuvor, mehrmals auf die Figuren konzentrieren, weil sie ständig zu ihrem Verlobten sehen und sich ins Gedächtnis rufen musste, dass sie nicht die einzigen Anwesenden im Saal waren. Immer, wenn sie Ashton ganz nahe kam, ihm die Hand reichte oder mit ihm im Kreis schritt, lächelte er sie an. Schade, dass sie sich nicht richtig unterhalten konnten. Sie hätte gerne das Gespräch von zuvor weitergeführt. Noch mehr ärgerte es sie, dass sie Handschuhe trug. Sie wollte Ashton fühlen, wissen, wie weich seine Haut war und seine Finger direkt an ihren spüren.

Es dauerte einen Moment, bis Penny registrierte, dass sich Izzy und Lord Wakefield nicht auf dem Parkett befanden. Penny entdeckte die beiden am Rande des Salons auf den Stühlen. Sie tranken Limonade und schienen sich über etwas Lustiges zu unterhalten. Zum ersten Mal an diesem

Abend wirkte ihre Freundin einigermaßen glücklich. Das erleichterte Penny so sehr, dass sie sich für den Rest des Tanzes voll und ganz auf Ashton konzentrierte. Seine Bewegungen waren unglaublich geschmeidig, und er schien sich mit ihr zu amüsieren.

Als die Musik verstummte, zog er sie kurz an seinen großen, warmen Körper und raunte: »Das hat Spaß gemacht.«

»Mir auch«, antwortete sie heiser.

Himmel, was hatte dieser Mann bloß an sich, dass es ihr in seiner Nähe ständig die Sprache verschlug?

Verlegen wandte sie das Gesicht ihrer Freundin zu. Izzy wirkte plötzlich alles andere als gutgelaunt, und Penny erkannte auch sogleich, warum. Rowena zerrte den nächsten Tanzpartner auf ihrer Liste – es war Lord Rutherford – zu Izzy. Sie würde wohl mit dem Adligen, der mehr als doppelt so alt war wie sie, tanzen müssen. Rowenas energischer Blick duldete keinen Widerspruch.

Penny hätte so gerne noch Ashtons Gesellschaft genossen, doch sie musste ihrer Freundin zu Hilfe eilen. Deshalb sagte sie zu ihm: »Hast du später noch ein wenig Zeit für mich? Ich möchte nach meiner Freundin sehen. Sie wirkt sehr deprimiert.«

Ashton lächelte verschwörerisch. »Musst du sie vor Lord Rutherford retten?«

»So ähnlich«, antwortete sie zerknirscht.

Er beugte sich noch einmal nahe zu ihr und flüsterte: »Später gehörst du mir allein.« Dann wandte er sich um und ging.

Penny schnappte nach Luft. Wie hatte er das bloß gemeint? Herrje, der Mann sorgte noch dafür, dass sie vor Hitze explodierte!

»Lord Rutherford!«, hörte sie Izzy sagen. »Sie sind also der Nächste auf meiner Tanzkarte.«

31

»In der Tat, meine liebe Miss Norwood«, antwortete er. »Auf einen Tanz mit Ihnen freue ich mich schon den ganzen Tag.«

Penny erkannte den ergrauten Mann nur von hinten, doch Izzy blickte genau in ihre Richtung.

Während sich Penny mit ihrem Fächer Luft zuwedelte, blinzelte sie ihre Freundin an. Das war ihr geheimes Zeichen, dass Penny unbedingt mit ihr sprechen musste.

»Lord Rutherford!«, stieß Izzy so laut hervor, dass sich einige Gäste zu ihr umdrehten. »Würde es Ihnen etwas ausmachen, mir eine Limonade zu holen? Ich könnte eine Erfrischung vertragen.«

Er nickte und eilte davon.

Penny ergriff die Gelegenheit, um zu ihr zu treten. »Ich habe dich mit Lord Wakefield beobachtet, Izzy. Du scheinst dich sehr gut mit ihm unterhalten zu haben. Warum habt ihr nicht getanzt?«

»Ich glaube, er hat Schmerzen im Bein.«

»Wegen einer Kriegsverletzung?«

»Vermutlich.«

Penny blickte ihre Freundin empört an, während sie sich wild Luft zufächerte. Ihr war immer noch unglaublich heiß. »Du weißt es gar nicht? Worüber habt ihr denn die ganze Zeit geredet?« Sie hatte auf informative Neuigkeiten gehofft.

»Wir haben erst lange über mich gesprochen, und als es wirklich interessant wurde, war die Quadrille schon wieder vorbei.«

»Schon?« Penny ließ sich auf den Stuhl plumpsen. Erst jetzt bemerkte sie, wie anstrengend der Tanz gewesen war. »Ich bin völlig außer Atem. Ich kann verstehen, dass du eine längere Pause gebraucht hast. Du tanzt heute bereits den ganzen Abend!«

32

Izzy seufzte. »Ich gestehe, ich würde mich gerne noch länger mit Lord Wakefield unterhalten.«

»Bei dir hat er oft gelächelt«, flüsterte Penny ihr grinsend zu. »Eigentlich zum ersten Mal an diesem Tag. Doch wenn ich ehrlich bin, finde ich ihn immer noch angsteinflößend. Er steht stramm wie ein Offizier und …«

»Er war ja auch ein Offizier.« Izzy rollte mit den Augen. »Ein Captain, soweit ich gehört habe.«

Penny nickte zustimmend. »Er soll erst in der Armee gedient und sich später der Ostindien-Kompanie angeschlossen haben. Bestimmt versteckt er eine Waffe unter seinem Rock.«

Plötzlich prustete Izzy los. »Du hast eine noch blühendere Fantasie als ich.«

Penny grinste, froh, ihre Freundin erneut aufgeheitert zu haben. »Was dachtest du denn, was er unter seinem Rock versteckt?« Schlagartig wurde sich Penny der Doppeldeutigkeit ihrer Worte bewusst, woraufhin eine neue Hitzewelle durch ihren Körper raste.

Izzy riss gespielt entsetzt die Augen auf. »Penelope Clearwater, woher kommen plötzlich diese schmutzigen Gedanken?«

»Ashtons Anwesenheit bringt mich völlig durcheinander«, gestand ihr Penny und hoffte, dass ihr strapazierter Fächer den Abend überleben würde. Himmel, die Hitze wollte nicht aus ihrem Gesicht weichen. »Izzy, ich bin so furchtbar aufgeregt wegen der Hochzeitsnacht.«

Izzy setzte sich neben sie und legte einen Arm um ihre Schultern. Ernst blickte diese sie an. »Das haben wir doch schon besprochen«, sagte sie und senkte die Stimme. »Wenn der Mann rücksichtsvoll ist, tut es angeblich nicht weh, und ich glaube, dein Earl ist ein guter Mann. Außerdem habe ich dich letzten Monat zu Bauer Smither mitge-

33

nommen, und du hast gesehen, wie es funktioniert.«

»Das waren Kühe, Izzy!« Lebhafte Bilder, die sich tief eingebrannt hatten, tanzten vor ihren Augen. Wie der Bulle der Kuh in den Nacken gebissen und sich mit seinem ganzen Gewicht auf sie geworfen hatte. Und dann ... Herrje, war das Geschlechtsteil bei einem Mann auch so groß?

»Recht viel anders ist es bei den Menschen auch nicht«, murmelte Izzy. »Also ... vielleicht überlegst du dir das noch einmal wegen der Hochzeit, wenn du Vorbehalte hast.«

Penny schmunzelte, als sie daran dachte, dass Ashton ihr in den Nacken beißen würde. Und war sein »kleiner Pirat« auch so groß? Unwahrscheinlich, denn dann hätte er gar keinen Platz mehr in seiner stramm sitzenden Hose.

Beinahe prustete sie los. Kleiner Pirat ... so nannte ihre Zofe Trish dieses männliche Anhängsel. Außer an Statuen hatte Penny allerdings noch nie ein Exemplar gesehen.

Himmel, was war nur in sie gefahren? Die Aufregung wegen der bevorstehenden Hochzeit hatte seltsame Auswirkungen auf ihr Denkverhalten.

»Ich werde keinen Rückzieher machen«, erklärte sie resolut. »Ich habe heute Morgen meine Zofe gefragt, ob sie etwas über das Thema weiß. Sie sagt, sie hätte eines unserer Zimmermädchen mit dem Knecht gesehen, und es machte den Eindruck, als würde es der Frau gefallen.«

Izzy schüttelte sich, sagte jedoch nichts mehr. Sie wirkte sehr nachdenklich.

Als Lord Rutherford mit der Limonade zurückkam, wünschte Penny ihrer Freundin alles Gute und machte sich auf die Suche nach Ashton. In zwei Wochen würde sie seine Gattin sein und endlich erfahren, was sich wirklich zwischen Mann und Frau im Ehebett abspielte. Sie war zuversichtlich, dass es ganz anders ablaufen würde als bei Kühen.

Kapitel 4 – Annäherung

Auch wenn sich Ashton angeregt mit den Gästen unterhielt und sich keineswegs langweilte, ließ er seine Zukünftige nur selten aus den Augen. Es gefiel ihm, wenn sie lachte, sich abwesend mit zwei Fingern über ihren eleganten Hals fuhr, wenn sie über etwas nachzudenken schien, oder ihre Augen fröhlich funkelten. Gerade lächelte sie verhalten und errötete sanft. Worüber sprach sie mit ihrer Freundin so angeregt? Was ging in Penelopes hübschem Kopf vor?

Zu seiner eigenen Verwunderung wollte er sie besser kennenlernen, was leider gar nicht so einfach war. Sie hing beinahe den ganzen Abend an Izzy, sofern diese nicht tanzte. Natürlich hatte ihm Penelope auch schon zwei Tänze geschenkt. Doch diese hatten es nicht zugelassen, sich privat zu unterhalten. Sobald die Musik verstummte, war sie immer regelrecht zu ihrer Freundin geflohen.

Es ärgerte ihn ein bisschen, dass ihn Penelope anscheinend weniger interessant fand als Isabella Norwood. Hatte Penelope nur Ja zu ihm gesagt, weil er ein wohlhabender Earl war? Er hatte geglaubt, bei ihr ehrliches Interesse an seiner Person zu spüren.

Pah, was machte er sich darüber Gedanken? Es sollte ihn freuen, dass sie einer Zweckehe zustimmte, schließlich würde ihm das sehr gelegen kommen. Doch es kratzte an seinem Ego, dass er weniger anziehend auf sie wirkte als die »verrückte Isabella« oder »die Hosenlady«, wie Lord Trentons Tochter von den meisten hinter vorgehaltener Hand genannt wurde.

Penelope und sie verband eine fast lebenslange Freundschaft, wie unschwer an der Vertrautheit zwischen den beiden zu erkennen war. Nur schienen die zwei Frauen grund-

35

verschieden zu sein. Isabella Norwood benahm sich in einigen Belangen eher wie ein Mann. Sie trug für gewöhnlich Hosen, verwaltete Trenton House und beschäftigte das Dienstpersonal – sehr zum Ärger ihrer Stiefmutter, die seit der Heirat mit Lord Trenton die eigentliche Dame des Hauses war. Außerdem kümmerte sich Izzy um das Wohlergehen der Pächter und die Instandhaltung des Anwesens.

Penelope, hingegen, war ganz die Tochter eines Barons, wohlerzogen und mit den besten Manieren gesegnet. Ihre Hauptbeschäftigungen waren wohl eher Sticken und Malen. Leider hatte Ashton bisher nicht herausgefunden, womit sie sich am liebsten die Zeit vertrieb. Ihre Eltern schwärmten ihm nur ständig von ihrer wundervollen Singstimme vor.

Sein Gesangstalent war unterirdisch.

Gegensätze zogen sich oft an, hieß es. War seine Wahl auch deshalb auf Penelope gefallen?

Erstaunlicherweise genoss er ihre Nähe und musste aufpassen, sie nicht zu nah an sich heranzulassen. Der Abend machte Spaß, und er hätte nicht gedacht, sich so gut mit einer Frau zu verstehen. Wenn sie ihn im Bett auch zufriedenstellte, konnte er sich glücklich schätzen. Ashton konnte kaum abwarten, herauszufinden, wie seine Zukünftige unter all dem teuren Stoff aussah. Sein letztes Vergnügen mit einer Dame war schon eine ganze Weile her, und er sehnte sich nach körperlicher Nähe, dem weichen Leib einer Frau, ihren Duft und weiblichen Schenkeln um seinen Hüften.

Als Lord Rutherford zu Isabella zurückkehrte, eilte Ashton sofort zu Penelope und nahm ihre Hand.

»Möchtest du noch einmal tanzen?«, fragte sie sanft lächelnd.

»Eigentlich wollte ich ein wenig frische Luft schnappen.«

36

»Das klingt gut.« Sie warf einen Blick über ihre Schulter. »Soll ich Mama fragen, ob sie mit uns … Oh, sie tanzt mit Papa.«

Sehr gut, er wollte seine zukünftige Frau dringend allein sprechen. »Du brauchst keine Anstandsdame«, erklärte er ihr, während er sie zwischen den Gästen hindurchmanövrierte. »Wir werden bald heiraten.«

Penelope sah plötzlich aus wie ein in die Ecke getriebenes Tier.

Zwischen Vorhang und Terrassentür blieb er mit ihr stehen, durch den dicken Stoff ein wenig abgeschottet von den anderen, und fragte leise, aber dicht an ihrem Ohr: »Vertraust du mir?«

»Das tue ich, Ashton.« Mutig blickte sie ihm in die Augen. »Deshalb ist meine Wahl auch auf dich gefallen. Du warst mir von all meinen Verehrern der Liebste.«

Sein Herz machte einen Freudensprung, doch gleich danach verkrampfte es sich. Hoffentlich fand sie nie heraus, wie er ihre Nebenbuhler losgeworden war. Ashton kannte die schmutzige Wäsche der meisten Adligen in London. Er hatte den Männern also nur androhen müssen, dass er nicht nur der lieblichen Penelope Clearwater die eine oder andere unschöne Geschichte erzählen würde, sollten sie ihr weiterhin den Hof machen, sondern auch den Klatschblättern. Das hatte gewirkt.

Ja, er hatte unfaire Mittel eingesetzt. Aber was tat Mann nicht alles, um die perfekte Frau zu bekommen?

Penelope hatte dennoch keinen Grund zur Beschwerde, schließlich bewahrte er sie davor, entweder einen Mitgiftjäger, einen Spieler, einen Trunkenbold oder den größten Schwerenöter von ganz London zu ehelichen.

Mit ihm traf sie es hingegen nicht schlecht. Er konnte sich mit ihr aber auch nicht beschweren. Ihre Familie war angesehen, Skandale waren ihm keine bekannt, und ihr Vater war politisch weniger aktiv, weil er sich meistens auf dem Land aufhielt. Ashton hatte dem Baron unauffällig auf den Zahn gefühlt, und dessen Antworten hatten Ashton zufriedengestellt. Außerdem hatte er herausfinden wollen, was Penelopes Vater über ihn gehört hatte und von ihm hielt.

Alles war bestens; er würde der strahlende Schwiegersohn sein. Ashtons hervorragender Ruf lag zum Großteil daran, dass er sich nicht oft in London aufhielt, er kaum einen näher an sich heranließ und deshalb keiner etwas über ihn wusste. Er schloss nur oberflächliche Freundschaften, trank in Gesellschaft nie mehr als ein Glas Alkohol, damit sich bloß nicht seine Zunge lockerte und er vielleicht ungewollt Geheimnisse preisgab. Einzig Captain William Quintrell, den er seit seiner Studienzeit kannte, war sein engster Vertrauter und bester Freund. Gemeinsam hatten sie schon das eine oder andere Abenteuer bestritten. Ashton freute sich darauf, den Haudegen bald wiederzusehen. Er wusste nur noch nicht, wie er Penelope die Änderung seiner Pläne für die Hochzeitsreise beibringen sollte.

Als er mit ihr auf die dunkle Terrasse trat, atmete er auf, weil keine anderen Gäste anwesend waren. Die Nacht war sternenklar, aber kein Mond zu sehen.

Er führte Penelope zu einer Bank, die schwach von dem Licht erhellt wurde, das durch die Vorhänge des Salons fiel. Sie nahmen beide auf der schmalen Sitzfläche Platz, und als sie sich zurücklehnte, schloss sie die Augen und atmete tief ein. »Die frische Luft tut gut. Es ist unglaublich warm im Saal.«

»Allerdings«, erwiderte er, ohne den Blick von ihrem hübschen Gesicht zu nehmen. Auch wenn sie ihre Augen geschlossen hielt, wusste er, dass sie braun waren, genau

38

wie seine, nur etwas heller. Ihre Lippen sahen wie zwei weiche, samtige Kissen aus und besaßen den perfekten Schwung. Ihre Nase war gerade und klein, nicht so riesig wie seine. Gut. Dann kamen sie sich beim Küssen nicht in die Quere.

Als sie die Lider öffnete und ihm das Gesicht zudrehte, lächelte sie. »Warum grinst du? Einen Penny für deine Gedanken.«

»Ich hätte lieber *eine* Penny.«

Sie lachte. »Die gehört dir bald für immer.« Abrupt blickte sie in eine andere Richtung.

Dachte sie daran, dass in Kürze nicht mehr ihr Vater, sondern er über ihr Leben bestimmte? Wie mochte sich eine Frau fühlen, die kaum eine Entscheidung selbst treffen durfte?

Er hatte bis jetzt nie darüber nachgedacht. Aber Penelope hatte recht. Nach der Hochzeit gehörte sie allein ihm.

Ashton spürte eine kribbelnde Vorfreude. Ob sie ihre unschuldige, leicht schüchterne Art beibehalten würde?

Er grinste in sich hinein. Als seine Ehefrau würde sie nicht lange unschuldig bleiben.

Ashton liebte ihre Unverdorbenheit. Außerdem mochte er es, Penelope zu reizen. Deshalb stellte er seine Schenkel ein wenig auseinander, damit er auf der schmalen Bank ihr Bein berührte. Durch die zahlreichen Stofflagen schien sich ihre Hitze in seine Haut zu brennen.

»Sag mir, wenn dir zu kalt wird«, raunte er. »Dann hänge ich dir meinen Gehrock um.«

»Das ist sehr aufmerksam von dir. Im Moment glühe ich regelrecht, und der Abend ist überraschend mild. Unser Tanz hat mich ganz schön erhitzt.«

Nicht nur sie.

Sie wedelte sich noch einmal Luft zu, bevor sie den Fä-

39

cher zusammenschob und in einer Tasche ihres Kleides verschwinden ließ. Dann faltete sie die Hände in ihrem Schoß.

»Was machst du den ganzen Tag, wenn du keine Feste besuchst?«, fragte er frei heraus.

Sanft lächelte sie ihn an, als würde sie sich über sein Interesse freuen. »Wenn ich mit meiner Familie in London wohne, gehe ich mit Mama gerne Freunde besuchen oder zum Einkaufen. Es gibt wahnsinnig tolle Modegeschäfte dort.«

Er schmunzelte. »Dann wird es dir in Paris gefallen.«

»Ich kann es kaum erwarten«, gestand sie ihm, und selbst in der Dunkelheit bemerkte er, wie sich ihre Wangen verfärbten.

Nun wollte er zu gerne wissen, was in ihrem Kopf vorging. Ob sie an die bevorstehende Hochzeitsnacht dachte?

Als sie scheu den Blick senkte, fragte er schnell: »Und womit beschäftigst du dich, wenn ihr auf dem Land lebt?«

»Dann bin ich oft bei Izzy oder sie ist bei mir.«

Das hatte er sich fast gedacht. Eigentlich wollte er jetzt nicht über ihre Freundin reden. Doch höflich wie er war, fragte er: »Und wie vertreibt ihr euch die Zeit?«

»Meistens reden wir.«

Als er lediglich eine Braue hob, weil ihn die Themen der beiden interessierten, setzte sie schnell hinzu: »Über ... alle möglichen Dinge. Manchmal reite ich mit ihr auch aus, wenn sie einen der Pächter besuchen muss, oder wir gehen spazieren.«

»Nur ihr beide, ganz allein?«

»Papa möchte natürlich, dass wir jemanden mitnehmen. In letzter Zeit bevorzugt Andrew, sofern er nicht am College ist, oder George. Er sagt, meine Brüder sollen ruhig sehen, wie die Pächter leben und was sie alles leisten. Aber

40

meistens fliehen wir vor den Rabauken.«

Ashton schnaubte amüsiert. »Klingt, als wären die beiden eine Plage.«

Sie schmunzelte. »Ich liebe sie, aber sie hecken ständig gemeinsam etwas aus. Dabei liegen sieben Jahre zwischen ihnen. Andrew ist schon fünfzehn und ein junger Mann, George acht. Aber sie benehmen sich fast wie Zwillinge.«

Er wünschte, er hätte auch Geschwister. Doch vielleicht war es ganz gut, dass er allein war. So musste er sich um niemanden sonst kümmern. Und wenn ihn Vaters Verhalten nach Mutters Tod schon derart mitgenommen hatte, wie hätten dann erst andere seiner Familie darauf reagiert?

»Als Kinder haben wir uns auch oft davongeschlichen«, fuhr Penny fort und riss ihn aus seinen Gedanken. »Es gab einen großen Streit, als Papa dahinterkam, und ich hatte einen Monat lang Hausarrest. Seitdem hat er ein wachsames Auge auf uns beide, denn Izzy ist beinahe wie eine Tochter für ihn. Rund um unser Herrenhaus darf ich mich mit ihr alleine aufhalten. Aber wenn wir weiter weg wollen, begleitet uns meist Trish, meine Zofe. Zumindest bis wir außer Sichtweite sind.«

Penelope überraschte ihn. Er hatte nicht erwartet, dass eine Rebellin in ihr steckte. In einigen Punkten waren sie doch nicht so verschieden. »Deine Freundin Isabella hat dich wohl ein wenig mit ihrer unkonventionellen Art angesteckt?«

Sie lächelte verhalten. »Mit Izzy habe ich mich immer unbeschwert gefühlt und konnte den ganzen Benimmregeln für eine Weile entfliehen.«

Sie hatte anscheinend eine strenge Erziehung genossen. Bei ihm musste sie sich nicht perfekt verhalten. In der Tat gefiel es ihm, wenn sie sich weniger steif benahm.

»Doch die wilden Jahre sind vorbei.« Ernst blickte sie

41

ihn an. »Wir sind erwachsen geworden. Izzy hat meist nur noch wenig Zeit, weil sie sich hier um alles kümmert, und ich bin bereit, ein neues Kapitel aufzuschlagen.«

»Klingt poetisch.«

Offen lächelte sie ihn an. »Ich mag Gedichte.«

»Du liest also? Sticken und Malen liegen dir eher weniger?«

»Natürlich bestricke ich auch Taschentücher oder Kissenbezüge«, antwortete sie schnell, wobei sie leicht errötete. »Diese Tätigkeit hat etwas Beruhigendes. Aber viel lieber spiele ich Piano, oder ich singe auch sehr gerne.«

»Das habe ich bereits gehört.« Schmunzelnd legte er seine Hand auf ihre, die sie immer noch im Schoß gefaltet hatte. Er wünschte, sie hätten beide nicht diese verdammten Handschuhe an.

Erneut huschte eine sanfte Röte über ihr Gesicht. »Mama wird nicht müde, das zu erwähnen.«

»Dein Vater ebenso«, sagte er grinsend. »Sowie andere Gäste. Sie freuen sich darauf, dich spielen und singen zu hören. Ich übrigens auch.«

»Wirklich?«, flüsterte sie und ergriff seine Hand.

Ashton beugte sich zu ihr und raunte nah an ihrer Wange: »Ich will alle deine Talente kennenlernen.«

Als sie nicht zurückwich, sondern die Augen schloss, traute er sich, seine Lippen sanft an ihren Hals zu drücken. Penelope keuchte leise auf, während er ihren Geruch einsog. Dort duftete ihre Haut besonders intensiv nach Jasmin.

Er drehte sich mit dem ganzen Körper weiter zu ihr und legte die andere Hand seitlich auf ihren Oberschenkel, während er seine Lippen tiefer gleiten ließ. Er küsste ihr Schlüsselbein und hätte gerne an ihrer Schulter geknabbert, doch leider störte das Kleid.

Penelope bebte am ganzen Leib. Sie hielt die Augen immer noch geschlossen und atmete schwerer, ihr Dekolleté hob und senkte sich deutlich. Ashton konnte sich gerade noch zurückhalten, nicht den Stoff nach unten zu ziehen, um ihre Brüste zu küssen.

Bald ..., dachte er.

Es waren kaum mehr zwei Wochen bis zur Hochzeitsnacht. So lange musste er sich noch gedulden. Dennoch wollte er unbedingt jetzt schon ein wenig mehr von Penelope erhaschen.

»Gebiete mir Einhalt, wenn ich etwas mache, was dir missfällt«, befahl er mit vor Lust dunkler Stimme und führte ihre Finger an seinen Mund. Durch den Handschuh drückte er ihr einen Kuss auf den Handrücken.

Penelope nickte lediglich, öffnete jedoch die Lider.

Ashton begann, den Handschuh von ihrem Oberarm abzurollen und jedes Stück blasser, seidenzarter Haut, das er freilegte, zu küssen. Mit der anderen Hand streichelte er durch das Kleid ihren Oberschenkel.

Sie biss sich auf die Unterlippe und lehnte sich weiter zurück, während er ihr den Handschuh ganz abzog und jede ihrer Fingerspitzen küsste. Dabei verfolgte er Penelopes Reaktionen genau. Ihr Atem ging immer schwerer.

Verdammt, langsam wurde es eng in seiner Hose.

Zu gerne wollte er seine Lippen auf ihren leicht geöffneten Mund drücken, aber so weit war Penelope noch nicht. Ashton durfte sie nicht überfordern, obgleich er merkte, dass sie sein Tun erregte. Er wusste, welche Wirkung er auf Frauen hatte und kannte alle Tricks, um die Damen unter sich schmelzen zu lassen. Je langsamer er zu Beginn voranschritt, desto mehr wollten sie ihn später.

Wie würde Penelope erst im Bett auf ihn reagieren, wenn er sie nach allen Regeln der Kunst verführte? Er konnte kaum erwarten, das herauszufinden. Ashton wollte sie stöhnen

43

hören, sie sollte sich winden vor Lust und Leidenschaft. Er würde sie in allen möglichen Stellungen nehmen, ja, vielleicht sogar ein paar Figuren aus dem Kamasutra ausprobieren, falls sie experimentierfreudig war.

Selbstverständlich würde er nie etwas gegen ihren Willen tun und genau auf ihre Reaktionen achten. Denn nur wenn sie Spaß an der ganzen Sache hatte, konnte auch Ashton alles in vollen Zügen genießen. Im Moment legte Penelope eine natürliche Hingabe an den Tag, die ihn ungemein anstachelte. Sie schob eine Hand in seinen Nacken und krallte die andere in seinen Unterarm, als müsste sie sich irgendwo festhalten. Ihre leicht geöffneten Lippen schienen ihn geradezu anzuflehen, geküsst zu werden. Doch wenn er das tat, würde er sich nicht mehr beherrschen können.

Damit er sie nicht gleich an Ort und Stelle vernaschte, zog er die Hand weg und half ihr, den Handschuh wieder überzustreifen. »Wir sollten zurückgehen. Die anderen vermissen uns vielleicht schon.«

»Na-natürlich.« Sie blinzelte ihn an, als würde sie gerade aufwachen.

Es freute ihn, dass er ihr eine Welt gezeigt hatte, die sie nicht kannte. Doch er ärgerte sich auch, dass sie beide noch nicht verheiratet und an einem Ort waren, an dem sie keiner stören konnte. Vielleicht fanden sie später mehr Zeit füreinander. Schließlich übernachtete er, solange die Feierlichkeiten dauerten, in dem Herrenhaus von Penelopes Vater. Seine Zukünftige schlief nicht weit von ihm entfernt …

»Was hältst du davon, wenn wir uns in ein paar Stunden noch einmal sehen, nur wir beide?«, fragte er, als er ihr die Hand reichte und mit ihr in Richtung Terrassentür schlenderte – ganz langsam, damit niemand der Gäste mitbekam, wie es um ihn stand. Der aktuelle Tanz war beendet, die

Musik verstummt. Bestimmt würden sie nicht mehr lange allein hier draußen sein.

»In ein paar Stunden?« Penelopes glatte Stirn legte sich in Falten. »Dann sind wir längst nicht mehr hier.«

»Allerdings.« Vor der halb geöffneten Terrassentür blieb er stehen und grinste Penelope schief an. In ihrem Gesicht spiegelten sich alle möglichen Emotionen wider, vor allem Unglauben und Entsetzen, aber auch Neugier.

Während sie schwieg, pochte sein Herz wild. Ashton hoffte, nicht zu weit zu gehen, als er sagte: »Ich werde zu dir kommen, wenn alle schlafen.«

Ihr süßer Mund klappte auf und ihre Lider verengten sich. Ein wenig von der Rebellin blitzte hindurch, und er glaubte, sie würde ihn gleich beschimpfen. Doch dann schien sie sich zu fassen und flüsterte ihm vehement zu: »Mein Vater bringt dich um, wenn er dich erwischt!«

»Er wird mich nicht erwischen.« Er war es schließlich gewohnt, wie ein Geist durch Häuser zu schleichen.

Als sie nach Luft schnappte, legte er einen Arm um ihre Taille, um sie an seinen Körper zu ziehen, und raunte ihr ins Ohr: »Keine Sorge, meine Liebe. Ich verspreche dir, nichts zu tun, was dir missfallen könnte. Ich will nur ein wenig Zeit mit dir allein verbringen. Du vertraust mir doch?«

»Das tue ich, Ashton«, wisperte sie, wobei sie die Hände auf seine Brust legte und schon wieder atemlos klang.

»Dann ist es beschlossen.« Erleichtert, dass sie ihm keine Szene gemacht hatte, atmete er durch. »Ich werde drei Mal leise bei dir klopfen.«

Bevor peinliches Schweigen aufkommen konnte und weil er nicht wollte, dass sie sich über später den Kopf zerbrach und womöglich ihre Meinung änderte — er sah, wie es hinter ihrer Stirn ratterte — sagte er schnell: »Jetzt möchte ich gerne noch einmal mit dir tanzen. Würdest du mir

45

diesen Gefallen tun?«

Sämtliche Anspannung schien von ihr zu weichen, und sie lächelte ihn ehrlich an. »Diesen Gefallen tue ich dir gerne.«

Puh, sie war ihm nicht böse. Die streng erzogene Miss Penelope Clearwater überraschte ihn immer wieder. Sie war klug, reizend und mit den besten Manieren ausgestattet. In der Öffentlichkeit eher zurückhaltend, entfaltete sie in seiner Gegenwart nach und nach ihr wahres Ich – das Ashton bisher sehr gut gefiel. In vielen Punkten war sie ganz anders als ihre zwar hübsche, aber anstrengende Freundin, die mit den Herren über Politik und Landwirtschaft diskutierte. Es grenzte an ein Wunder, dass die anwesenden Lords noch nicht die Feier verlassen hatten – sehr zum Ärger von Isabella Norwood, die wohl keinen der Kandidaten heiraten wollte.

Zum Glück hatte Penny sofort eingewilligt, seine Frau zu werden, und ließ es zu, dass er später zu ihr kommen durfte. Es erleichterte ihn ungemein, dass sie ihn anziehend fand und auf seine Annäherungsversuche mit Leidenschaft reagierte. Es könnte nicht besser zwischen ihnen laufen. Ashton konnte es kaum erwarten, sie in ihren privaten Gemächern zu besuchen, um ihre Leidenschaft noch mehr anzufachen. Bis zu ihrer Hochzeitsnacht würde sie glühen vor Lust und sich nach ihm verzehren. Dann würde er ihr zeigen, wozu er wirklich fähig war.

Kapitel 5 – Heiße Küsse und mehr

Penny saß an ihrem Toilettentisch, auf dem eine Lampe schummriges Licht verbreitete, und wartete auf Ashton. Ihre Zofe Trish hatte sie längst fürs Bett zurechtgemacht und sich in ihr eigenes Zimmer unter dem Dach zurückgezogen. Penny trug ihren dicken dunkelgrünen Schlafrock, weil es nachts schon empfindlich kühl wurde, und darunter ihr hochgeschlossenes Nachthemd.

Hinter ihr, in der Nähe des Bettes, loderte ein Feuer im Kamin. Gerade hatte sie noch einmal selbst Holz nachgelegt, denn sie wollte das Mädchen, das dafür zuständig war, auf keinen Fall wecken. Es war schon sehr spät und ohnehin besser, wenn alle schliefen. Niemand sollte mitbekommen, wenn sich Ashton zu ihr stahl.

Was führte er im Schilde? Warum wollte er unbedingt mit ihr allein sein?

Ihre Neugierde brachte sie fast um! Allerdings zitterten ihre Hände auch vor Aufregung. Hastig faltete Penny sie im Schoß und starrte ihr Spiegelbild an.

Trish hatte ihr die Haare gekämmt, sodass sie in großen schwarzen Wellen über ihre Schultern flossen. Kein Mann – außer ihrem Papa und ihre Brüder – hatte sie jemals mit offenem Haar erblickt. Doch in kaum mehr zwei Wochen würde Ashton ohnehin alles von ihr zu sehen bekommen.

Herrje, würde er sie wirklich in ihrem Schlafzimmer besuchen? Zum Glück war sie mit ihm verlobt! Andererseits hätte sie das einem Mann niemals gestattet. Aber Ashton hatte eine Art an sich, dass sie ihm kaum etwas abschlagen konnte – zumindest nichts, was sie tief in ihrem Herzen ebenfalls wollte. Nur ihre Erziehung ließ sie zweifeln, ob sie wirklich das Richtige tat.

47

Wenn sie daran dachte, wie Ashton auf der Terrasse ihren Hals und ihren Arm geküsst hatte, wurde ihr gleich wieder heiß. Er hatte ein gewaltiges Feuer in ihr entfacht und dafür gesorgt, dass ihr ganzer Körper regelrecht vibriert hatte. Und noch etwas anderes war in ihr vorgegangen, etwas völlig Neues, das sie noch nicht in Worte fassen konnte. Es hatte sich auf jeden Fall fantastisch angefühlt.

Penny sehnte sich nach seinen starken Armen, die sie bestimmt fest und dennoch zärtlich halten konnten, seinen Berührungen und seinem wunderbaren Duft. Im Grunde konnte sie seinen Besuch kaum erwarten. Dennoch zuckte sie zusammen, als es drei Mal leise an ihrer Tür klopfte.

Er war tatsächlich gekommen!

Ihre Knie fühlten sich seltsam weich an, als sie sich erhob, um ihm zu öffnen. Kaum war der Spalt groß genug, huschte er geschmeidig herein und sperrte ab.

Himmel, er sah unglaublich attraktiv aus. Er trug lediglich ein Hemd, Breeches und dazu Stiefel. Auf Krawattentuch, Weste und Gehrock hatte er verzichtet. Der obere Knopf am Kragen war geöffnet, sodass Penny einen Blick auf seinen männlichen Hals werfen konnte. Außerdem war er nicht frisch rasiert, weshalb die Bartstoppeln seine Wangen schattierten. Im Flammenschein des Kaminfeuers hatte er fast etwas Dämonisches an sich.

Außerdem erinnerte Ashton sie an einen Piraten. Einen äußerst attraktiven Piraten.

»Hat dich jemand gesehen?«, fragte sie atemlos. Seine Nähe raubte ihr schon wieder sämtliche Luft.

»Niemand«, flüsterte er schmunzelnd und zog sie noch an der Tür in seine Arme.

Verlegen spielte sie an seinem Kragen und war versucht, den Daumen über sein kantiges Kinn zu streichen. »Vielleicht hat dich jemand heimlich beobachtet?«

»Ich war vorsichtig«, murmelte er an ihrer Schläfe. »Das bin ich immer.«

Ihr Herz stolperte, und sie drückte ihre Hände an seine Brust, bevor sie ihm direkt in die Augen blickte. »Wie oft hast du dich denn schon in das Zimmer einer Frau geschlichen?«

Er grinste so breit, dass seine Zähne im Halbdunkel regelrecht aufblitzten. »Ein paar Mal, aber nie, wenn sie anwesend war.«

Gerade als Penny nachhaken wollte, wie er seinen Kommentar gemeint hatte, legte er die Arme noch fester um ihre Taille und raunte: »Weißt du, was ich schon den ganzen Abend machen wollte?«

»Was?«, hauchte sie und las in seinem feurigen Blick, dass es etwas Ungehöriges sein musste. Doch sie wich nicht zurück. Penny vertraute ihm.

»Das.« Sanft fasste er mit einer Hand in ihren Nacken, bevor er ihr einen Kuss aufdrückte.

Penny erwartete, dass seine Lippen ungestüm auf ihre treffen würden, stattdessen war Ashton unglaublich zärtlich. Er knabberte an ihrem Mund, kitzelte diesen mit der Zunge oder stupste dagegen, als würde er Einlass verlangen.

Penny sank gegen ihn, weil ihre Knie noch weicher wurden, und stöhnte verhalten. Schon schlüpfte seine Zungenspitze in ihren Mund, um ihre zu necken.

Ashton schmeckte köstlich, wie süßer Wein, und das Kitzeln auf ihrer Zunge breitete sich bis in ihren Bauch aus.

Herrje, was machte dieser Mann bloß mit ihr? In seinen Armen wurde sie zu Butter. Geschmolzener Butter!

Das ist mein erster, richtiger Kuss, dachte sie, *und er ist überwältigend. Ashton ist überwältigend.*

»Ash«, wisperte sie, ergriffen von den Gefühlen, die er in

ihr auslöste, und erntete von ihm ein Glucksen.

»Ash?«

Sie erstarrte. »Habe ich dich eben so genannt?«

»Hm«, summte er an ihren Lippen, bevor er sie erneut küsste. »Wahrscheinlich, weil dich mein Kuss so heiß macht, dass du jeden Moment zu Asche zerfällst.«

Breit grinste sie ihn an. »Überheblicher Kerl.«

Er lachte. »Seit wann nimmt meine tugendhafte Verlobte kein Blatt vor den Mund?«

»Seit sich mein ziemlich von sich eingenommener Verlobter in mein Schlafzimmer geschlichen hat und meinen Verstand vernebelt.« Sie fühlte sich herrlich unbeschwert in seiner Nähe, zu Scherzen aufgelegt und wie beschwipst. Seine Küsse schienen ihre Zunge gelockert zu haben.

Hoffentlich träumte sie das alles nicht. Er war der perfekte Mann, in allen Belangen. Sie fühlte sich rundum wohl bei ihm.

»Ich mag den Kosenamen«, gestand er ihr. »Wegen ausgleichender Gerechtigkeit brauche ich nun auch einen für dich. Am naheliegendsten ist natürlich Penny.«

»So nennt mich für gewöhnlich nur Izzy. Aber Erlaubnis erteilt.« Schließlich würde er ihre neue »beste Freundin« werden – oder wenigstens die zweitbeste –, wünschte sie sich. Zumindest hatte sie sich in ihren Träumen immer ausgemalt, einen liebevollen Mann zu finden, mit dem sie über wirklich alles reden konnte und der ihre Sorgen verstand, so wie Izzy. Penny würde ihre Gespräche schrecklich vermissen. Aber Ashton schien ein annehmbarer Ersatz zu sein.

Sein Griff lockerte sich, und er wich mit dem Kopf ein wenig zurück. Dabei sah er so aus, als würde ihm nicht gefallen, dass Izzy sie Penny nannte, warum auch immer. Doch dann zeigte er sein verwegenstes Lächeln und raunte: »Nun

50

gut, dann werde ich mir einen eigenen Kosenamen für dich ausdenken. Wie wäre es mit … Nelly?«

»Bitte nicht!« Grinsend schüttelte sie den Kopf. »So heißt mein Pferd. Das könnte zu Verwechslungen führen.«

Todernst blickte er sie an. »Du nimmst mich auf den Arm.«

»Nein, wirklich!«

»Dann … Nele?«

»Klingt wie der Name einer Puppe.«

»Pen?«

»Hmmm.« Sie legte den Kopf leicht schief und schmunzelte. Es machte Spaß, mit ihm über Kosenamen zu diskutieren. Allerdings wollte sie mehr von seinen Küssen, und die bekam sie nicht, solange er keinen neuen Namen für sie gefunden hatte. Deshalb sagte sie: »Mit Pen kann ich leben. Aber nicht ohne das hier.« Ihr Herz überschlug sich fast vor Aufregung, als sie mit einer Hand in Ashtons Nacken fuhr und ihm mutig einen festen Kuss aufdrückte.

Kurz versteifte er sich – wohl aus Verblüffung wegen ihrer dreisten, völlig unangemessenen Art –, bevor ein erotisches Knurren in seiner Kehle vibrierte. Unverwandt hob er sie auf die Arme, sodass sie einen überraschten Laut ausstieß, marschierte mit ihr durchs Zimmer und setzte sie auf ihrem Bett ab.

»Meine Pen ist eine verwegene Frau«, raunte er. »Wer hätte das gedacht?«

»Die machst allein du aus mir.« Himmel, ihr Gesicht brannte vor Scham und Nervosität. So kannte sie sich gar nicht!

Doch, das bist du, kühn und unerschrocken, wisperte ihr ein Stimmchen in ihrem Kopf zu. *Sonst hättest du dich als Kind nicht getraut, mit Izzy all die verrückten Abenteuer zu erleben.*

Und jetzt erlebte sie ein neues und aufregendes Abenteuer mit ihrem zukünftigen Mann.

»Bist du auch verwegen genug, um deinen Morgenrock abzulegen?«, fragte er rau, während er neben ihr auf dem Bett saß und seine Augen im Schein des Kaminfeuers dämonisch schimmerten.

Gewiss wollte er etwas mehr von ihrer Haut sehen. Da er einige Kleidungsstücke weniger trug als gewöhnlich, war es nur fair, den dicken Mantel auszuziehen. Bloß zitterten ihre Finger dabei schrecklich, sodass es gar nicht so einfach war.

Ash legte seine Hand über ihre und blickte sie ernst an. »Du musst das nicht tun, wenn du nicht willst.«

Himmel, er war perfekt! Das konnte sie nicht oft genug wiederholen.

»Ich will es«, wisperte sie, stand auf, um schnell aus dem Stoff zu schlüpfen, und setzte sich wieder. Sie kam sich vor ihm ohnehin nicht entblößt vor, schließlich trug sie noch ihr braves, hochgeschlossenes Nachtgewand. Doch die Stücke, die sie mit ihrer Mutter vor Kurzem in London gekauft hatte – für ihre Zeit als verheiratete Frau – waren sehr viel sündhafter. Herrje, damals bei der Schneiderin war sie knallrot angelaufen und hatte sich nicht vorstellen können, sich darin ihrem zukünftigen Mann zu zeigen. Aber Ash schaffte es irgendwie, ihren Mut anzustacheln.

Er musste wohl bemerkt haben, dass sie die ganze Zeit auf seinen entblößten Hals blickte, denn er raunte: »Du darfst dir alles genau ansehen und ruhig näherkommen. Schließlich ist es ziemlich düster hier drin.«

Oh dieser Mann! Sie bemerkte genau, wie seine Mundwinkel zuckten. Es machte ihm Spaß, mit ihr zu spielen, sie zu reizen. Aber was er konnte, konnte sie auch!

Sie drehte sich zu ihm und strich sanft mit den Fingerspitzen an seinem männlichen Hals hinab, bis das Hemd sie stoppte.

»Nur zu«, sagte er rau und krallte die Hände in ihre Laken. »Geh ruhig weiter.«

Wollte er etwa, dass sie seine Brust entblößte? Sie wollte nichts lieber, als Ash in seiner vollen Pracht zu sehen! Aber ganz so mutig war sie dann doch nicht. Immerhin traute sie sich, noch einen Knopf zu öffnen, und spürte ein paar Härchen an ihren Fingern. Als sie darüber strich, schloss er leise stöhnend die Augen.

Wagemutiger geworden, weil ihm gefiel, was sie tat, fuhr sie an seinem Hemd tiefer und befühlte durch den Stoff die sanften Muskelstränge seiner Brust und den flachen Bauch. Der versteckte sich leider halb im Bund seiner Breeches und … Herr im Himmel, was war das für ein Zelt in seiner Hose?

Ash öffnete die Lider und blickte ihr tief in die Augen. »Daran bist allein du schuld, Penelope. Du erregst mich wie keine Frau zuvor.«

»Wirklich?«, fragte sie heiser. Das konnte sie sich kaum vorstellen, denn sie besaß absolut keine Erfahrung mit Männern.

»Ich mag deine Neugier.« Er beugte sich zu ihr und griff in ihr Haar. »Und ich bewundere deinen Entdeckergeist.« Er führte sich eine ihrer schwarzen Strähnen ans Gesicht und atmete tief ein. »Du duftest unglaublich gut.«

»Meine Zofe wäscht meine Haare mit einer Seife, die aus dem Orient stammt«, antwortete sie heiser. »Papa hat mir letztes Jahr zu Weihnachten eine kleine Kiste voller Seifen geschenkt.« Plötzlich fiel ihr ein, was sie längst machen wollte, und fuhr mit den Fingern in sein Haar. Es fühlte sich dicker an als ihres, dennoch war es seidenweich. Anschließend ließ sie die Fingerspitzen über seine leicht stoppeligen Wangen gleiten und strich über seine schönen Lippen.

Erneut erklang dieses leise Knurren, und er drückte sie ohne Vorwarnung aufs Bett, um sie zu küssen. Nur diesmal ging er ungestüm und leidenschaftlich vor.

Pennys Herz vollführte wilde Sprünge. Wie von selbst öffneten ihre Finger einen weiteren Knopf an seinem Hemd, und auf einmal glitt es ihm über die Schulter. Penny berührte dort seine weiche Haut und entdeckte eine feine Narbe an seinem Schlüsselbein.

Sie würde ein anderes Mal fragen, woher Ash diese Verletzung hatte, denn im Moment wollte sie nur noch von ihm geküsst und gestreichelt werden. Sie genoss es, halb unter ihm zu liegen, durch ihr Nachthemd seine Körperwärme zu spüren und ihm so nah zu sein wie nie zuvor.

Ashton hatte nicht so weit gehen wollen, doch Penelopes unschuldige und zugleich leidenschaftliche Art brachte seine Beherrschung jedes Mal ins Wanken. Während er sie wie ein Barbar küsste, der sich an seiner Kriegsbeute erfreute, streichelte er ihre Arme, ihren Bauch … und schließlich lag eine seiner Hände auf ihrer Brust. Penny zuckte nicht einmal, als er vorsichtig zudrückte, um durch den Stoff ihres braven Nachthemdes zu befühlen, wie ihre Brüste beschaffen waren. Sie passten genau in seine Hände und besaßen die perfekte Größe. Überhaupt schien alles an seiner Verlobten perfekt zu sein. Das stellte er immer wieder fest. Er freute sich riesig, dass er sie entdeckt und sich für eine Heirat entschieden hatte.

Wenn er mit dem Daumen über einen ihrer harten Nippel rieb, wand sie sich unter ihm und stöhnte verhalten. Ashton wollte noch mehr dieser verruchten Töne aus ihr holen, und die Gelegenheit war günstig, als sie ihre Beine anzog und die Füße auf der Matratze abstellte. Jetzt, da ihre langen Beine nicht mehr aus dem Bett hingen, konnte er ganz einfach unter ihr Nachthemd fahren. Doch er durfte Penelope nicht erschrecken. Deshalb streichelte er zuerst vorsichtig ihre schlanken Fesseln, dann ihre Waden.

Ihre warme, weiche Haut spüren, aber nicht sehen und schmecken zu können, brachte ihn schier um. Sein beinahe schmerzhaft pochender Penis verlangte längst nach Freiheit, doch er musste sich noch gedulden. Penelope hatte es verdient, erst in ihrer Hochzeitsnacht zur Frau gemacht zu werden. Sie war eine ehrbare junge Dame, dazu erzogen worden, einen Ehemann glücklich zu machen und ihm Kinder zu schenken. Ashton wollte nur das tun, was ihr auch wirklich gefiel.

»Du kannst mir jederzeit Einhalt gebieten, Pen«, murmelte er an ihrer Wange, während sich seine Hand unter ihrem Nachthemd wie von selbst höher schob und sich auf ihr Knie legte.

»Ich vertraue dir, Ash«, flüsterte sie heiser, wobei sie in seinem Haar wühlte.

Sie war wirklich unschuldig. Zwar leidenschaftlich, aber verdammt unerfahren. Sie hatte keine Ahnung, wie sehr sie ihn reizte und wie gefährlich ihr das werden könnte. Jeder andere Mann hätte sich längst auf sie geworfen und sie genommen. Aber er konnte sich beherrschen, obwohl es ihm unsagbar schwerfiel. Er war es gewohnt, auch in brenzligen Situationen die Kontrolle zu bewahren.

Als er mit der Hand zwischen ihre Schenkel glitt, bog sie den Rücken durch und stöhnte losgelöst. Verflucht, sie machte es ihm wirklich nicht einfach!

Ashton wich zurück und stellte sich vor das Bett. Dabei rutschte ihm das Hemd ganz von den Schultern, sodass er schnell aus den Ärmeln schlüpfte und es auf den Boden gleiten ließ. Penelopes Augen schienen regelrecht zu leuchten, während sie seinen entblößten Oberkörper studierte.

55

In ihrem glühenden Blick las er, dass ihr gefiel, was sie sah. Das freute ihn ungemein, obwohl er wusste, welche Wirkung er auf Frauen hatte. Doch sie senkte verschämt die Lider, nachdem ihr offenbar die Beule in seiner Hose aufgefallen war.

»Weißt du, was du mit mir anstellst?«, fragte er rau und strich sich durch die Breeches über seine Erektion.

Keine gute Idee! Sein Schwanz bäumte sich auf und wollte mehr! Wenn er seine Hose öffnete ... sobald die letzte Schranke fiel ... würde es auch für ihn kein Zurück mehr geben.

Natürlich könnte ihn Penelope mit der Hand befriedigen, aber er wollte ihr jetzt nicht zu viel zumuten, sie nicht erschrecken. Sie würde sein bestes Stück noch früh genug kennenlernen.

Eisern sammelte er all seine Beherrschung und setzte sich wieder neben sie aufs Bett. Er sollte endlich gehen, hatte er doch nur ein paar heiße Küsse stehlen wollen. Aber Penelope wirkte erhitzt, und er wollte sie nicht in diesem Zustand zurücklassen. Stattdessen wollte er ihr einen kleinen Vorgeschmack geben, was sie in der Ehe erwarten würde.

Ashton sah plötzlich unheimlich gequält aus, woraufhin Penny schnell seine Hand drückte. »Es tut mir leid, wenn ich dir Unbehagen bereite.« Sie hatte keine Ahnung, wie sie sich verhalten musste oder wie sie ihm etwas von den zwar verwirrenden, aber wunderbaren Gefühlen, die er in ihr auslöste, zurückgeben konnte. Es fehlte ihr an sämtlicher Erfahrung! Und Izzys Anschauungsunterricht mit den Tieren brachte sie hier auch nicht weiter. Na ja, fast nicht. Immerhin wusste sie, welcher Körperteil dieses Zelt in seiner Hose verursachte. Doch seine Erregung schien ihm eher

Schmerzen zuzufügen, als ihm schöne Gefühle zu bescheren.

»Du hast nichts falsch gemacht«, sagte Ash rau. »Im Gegenteil. Bisher gefällt mir alles, was du tust.«

Ihr Blick flackerte und wanderte erneut zu seiner Hose. »Du wirkst nicht gerade entspannt. Was kann ich besser machen?«

Schmunzelnd zupfte er an der Beule. »Ignoriere das einfach und genieße. Du darfst mich in Zukunft noch oft genug verwöhnen. Sobald wir verheiratet sind, werde ich dir haargenau zeigen, wie ich es gerne habe.«

Sie ahnte, was er meinte, und Hitze breitete sich bis in den letzten Winkel ihres Körpers aus. Seine direkte Art war ungewohnt für sie, doch sie mochte es, wenn er solche Dinge sagte. Sie führten dazu, dass dieses seltsam wohlige Gefühl in ihr noch stärker wurde.

»Und jetzt lass uns weniger reden, sondern mehr davon tun«, murmelte er, zwinkerte schelmisch und drückte sie wieder zurück aufs Bett, um sie leidenschaftlich zu küssen. Genau wie zuvor, stahl sich eine Hand unter ihr Nachthemd, um ihre Beine entlangzustreichen. Penny genoss es, seine warme Hand direkt an ihrer Haut zu fühlen, ohne dass ein Handschuh störte – auch wenn es schrecklich ungehörig war. Je näher er ihrer Körpermitte kam, desto mehr sehnte sie sich nach etwas Bestimmtem. Sie konnte es nur nicht greifen.

Fast schon hilflos schnappte sie mit den Lippen nach Ashs Mund und wollte ihn am liebsten anflehen, nicht aufzuhören mit dem, was er gerade tat. Doch das schickte sich wohl nicht. Sie sollte ihm Einhalt gebieten, ihn stoppen! Aber seine Berührungen, die nur noch Zentimeter von ihrem pochenden Schoß entfernt waren, fühlten sich zu gut an.

Als er dicht an ihrem Ohr mit heiserer Stimme fragte: »Darf ich dich überall berühren?«, nickte sie atemlos. Schon bedeckte seine Hand ihre Scham, rieb darüber, und brachte alles dort unten noch wilder zum Klopfen.

Die Zimmerdecke drehte sich plötzlich, ihr Körper schien zu schweben, ihre Haut prickelte und ihr Atem ging immer schwerer. Das musste Lust sein. Pure Lust.

Oder Wahnsinn.

Egal, was es war … Das Gefühl war berauschend.

Als Ashton mit einem Finger ihre intimste Stelle teilte und über die harte Perle rieb, stieß Penny einen Schrei aus.

Sofort lag seine andere Hand auf ihrem Mund. »Scht, meine Schöne. Sonst hört dich jemand.«

Das war ihr im Moment reichlich egal. Ash sollte bloß nicht aufhören! Denn genau dort schien die Stelle zu sein, die diese rasende Lust durch ihren Körper jagte und ihn entzündete.

Sie drückte beide Hände auf seine, um ihre Lippen fest zu verschließen, und ließ sich von dem Strudel der Leidenschaft mitreißen. Während Ash immer schneller rieb und ihr Schoß von Sekunde zu Sekunde heftiger pochte, stöhnte Penny losgelöst, wobei sie versuchte, durch die Nase genügend Luft zu bekommen. Aber sogar die erschwerte Atmung erregte sie. Das war doch verrückt!

Kein Wunder, dass es Sünde war, sich selbst zu berühren oder vor der Ehe mit einem Mann intim zu werden. Diese Lust stellte seltsame Dinge mit ihr an. Hoffentlich landete sie dafür nicht in der Hölle.

Als Ash raunte: »Denk nicht so viel, Süße. Lass einfach los«, warf sie alle Zweifel über Bord und genoss bloß noch das Spiel seiner Finger. Und während sie innerlich zu explodieren schien und dieses wunderbare Gefühl den Höhepunkt erreichte, nahm er die Hand von ihrem Mund, um ihr dafür seine Lippen aufzudrücken. Losgelöst stöhnte sie in Ashs Mund, krallte die Finger in sein weiches Haar und

58

bog ihm ihren Unterleib entgegen. Sie benahm sich wie eine Sünderin, und sie liebte es. Sie liebte … Ash. Ja, so musste es sein, denn sonst würde sie sich ihm niemals auf diese Weise hingeben können.

Kaum war ihr Stöhnen verklungen und sie aus einer Art Nebel aufgetaucht – obwohl ihr Schoß immer noch leicht pochte –, grinste er sie verrucht an. »Ich hatte nicht erwartet, dass so viel Leidenschaft in dir steckt.«

Seinem seligen Gesichtsausdruck nach zu urteilen, schien das gut zu sein. Sie konnte Ash jetzt nur nichts fragen, denn sie fühlte sich immer noch nicht richtig in dieser Welt angekommen.

Was hatte er bloß mit ihrem Körper angestellt?

Penny wusste es nicht. Doch als er ihr einen Gute-Nacht-Kuss gab, sein Hemd aufhob und sich davonstahl, schwebte sie immer noch im siebten Himmel.

✻

Penny ging ihr feuriger Earl seit dem heimlichen Besuch nicht mehr aus dem Kopf. Auch nicht das, was er mit ihrem Körper angestellt hatte. Am nächsten Tag, als die Feierlichkeiten auf dem Landgut von Izzys Vater weitergeführt wurden, verhielt er sich jedoch wieder ganz wie ein Gentleman. Nur seine heimlichen, heißen Blicke trafen sie bei jeder Gelegenheit und setzten ihren Körper erneut in Flammen. Herrje, diese Hitze, die allein er entfachte, würde sie bald verbrennen!

Penny wollte so gerne mit jemandem über die Geschehnisse der letzten Nacht sprechen, doch die für Izzy eingeladenen Herren buhlten wie verrückt um ihre Freundin – was diese sichtlich in den Wahnsinn trieb.

Sogar Penny wurde für das Werben um ihre Freundin in

Beschlag genommen. Lord Thaunton, einer von Izzys hartnäckigsten Verehrern, bat sie, ihn am Klavier zu begleiten. Der Baron, der bestimmt dreimal so alt war wie Izzy, wollte seine auserwählte Zukünftige mit seinem Auftritt beeindrucken. Er sang wirklich nicht schlecht, aber Penny konnte sich kaum auf das Spiel konzentrieren, weil Ashton sie die ganze Zeit musterte. Sie war heilfroh, dass niemand auf die Idee kam, sie zum Singen aufzufordern. Mama bemerkte vor ihren Freunden stets, Penelope könne hervorragend das Piano spielen und besäße eine erstklassige Singstimme.

Penny sang auch für ihr Leben gern – und wäre sie nicht die Tochter eines Barons, hätte sie sich wohl als Sängerin selbstständig gemacht. Aber in Ashtons Anwesenheit würde sie wahrscheinlich keinen geraden Ton herausbringen. Allein seine Nähe brachte sie ständig durcheinander, weshalb sie sich auch beim Sprechen öfter verhaspelte. Er musste sie mittlerweile für völlig unfähig halten. Penny freute sich trotzdem sehr, dass er zu Besuch gekommen war und ehrliches Interesse an ihr zeigte.

Leider musste er früher zurück nach London fahren, um vor der Parisreise noch einige Dinge zu regeln.

Sie hoffte, dass das der wahre Grund war und sie ihn nicht in die Flucht getrieben hatte. Er verabschiedete sich jedoch mit mehreren Entschuldigungen von ihr und stahl sich in einem unbeobachteten Moment noch einen Kuss. Außerdem schickte er wieder jeden Tag Blumen.

Penny vermisste ihren Charmeur schrecklich – besonders wenn sie allein im Bett lag. Tagsüber war sie oft zu beschäftigt, sich den Kopf über ihn zu zerbrechen, denn die Hochzeitsvorbereitungen befanden sich im vollen Gange. Gemeinsam mit Mama und ihren drei Tanten Rosmary, Harriet und Rebecca plante Penny ihren großen Tag seit Monaten. Sie hatte sich für die Trauung den Mittwoch ausgesucht, denn der Tag sollte Glück bringen, während Samstage und Sonntage nicht infrage kamen, weil sie allein Gott gewidmet waren.

Es galt wirklich eine Menge zu bedenken! Sogar die Wahl des Monats spielte eine Rolle. Im Juni wurde am liebsten geheiratet. Aber auch der April oder die Wintermonate waren begehrt.

Penny hätte so gerne Izzy gefragt, ob sie ihre Brautjungfer sein wollte. Doch ihre Freundin hasste leider nichts mehr, als Aufmerksamkeit auf sich zu ziehen. Außerdem hielten Izzy die Aufgaben rund um Trenton House beschäftigt, weshalb Penny ihre Tanten gebeten hatte, die Brautjungfern zu spielen. Alles war bestens organisiert, und einer perfekten Trauung sollte nichts mehr im Weg stehen. Dennoch wurde Penny nervöser, je näher ihr großer Tag heranrückte.

Kapitel 6 – Die Hochzeit

Landgut von Lord Clearwater
Grafschaft Kent
November 1835

Auf einmal war der große Tag da. Penny hatte am frühen Morgen nur eine halbe Tasse Tee trinken können, so aufgeregt war sie. Noch nervöser fühlte sie sich, als sie vor ihrem Toilettentisch saß und sich von ihrer Zofe Trish zurechtmachen ließ. Penny war heilfroh, dass wenigstens die Sechzehnjährige, die vor über einem Jahr für sie eingestellt wurde und aus der nahegelegenen Stadt Rochester stammte, ruhige Hände besaß. Trish flocht ihr gerade rosa Blüten ins Haar. Die Blumen besaßen dieselbe Farbe wie ihr wunderschönes Brautkleid.

Penny konnte es kaum fassen, schon bald Ashtons Frau zu werden. Ob ihm ihr roséfarbenes Kleid gefallen würde?

Getrübt wurde ihre Vorfreude allerdings ein bisschen, weil sie nicht bei Izzys eigener Hochzeit dabei sein konnte. Doch niemand – und am wenigsten Penny – hatte gedacht, dass ihre beste Freundin im selben Jahr heiraten würde wie sie!

Es war etwas vorgefallen, was Izzys Vater dazu veranlasst hatte, den »unheimlichen« Lord Wakefield zu einer Heirat mit ihr zu drängen. Izzys Papa hatte sogar eine Sondergenehmigung erwirken können, beziehungsweise sollte das Izzys Stiefmutter in die Wege geleitet haben. Die Hochzeit war schon in einer Woche!

Arme Izzy. Sie war völlig durch den Wind. Und gerade jetzt musste sie, Penny, wegfahren. Ihre Freundin brauchte sie wahrscheinlich dringender denn je. Doch Izzy machte ihr keinerlei Vorwürfe. Ja, es schien gerade so, als hätte sie sich mit dem Gedanken, ebenfalls eine Ehefrau zu werden, arrangiert. Hoffentlich behandelte Lord Wakefield sie gut. Der Mann war ihr ein wenig unheimlich.

Penny hatte ihr einen emotionalen Brief geschrieben, den Mama Izzy nächste Woche an ihrem Hochzeitstag überreichen würde. Ihre beste Freundin sollte etwas Persönliches von ihr bekommen, wenn sie schon nicht selbst dabei sein konnte.

»Ach …« Penny seufzte. »Ich wünschte, ich könnte Izzy beistehen.«

Trish zupfte an ihrer Frisur, um alle Blüten in die perfekte Position zu rücken. »Sie können ihr ja jeden Tag aus Paris einen Brief schreiben, Miss, da wird sie sich bestimmt freuen.«

»Freust du dich auch schon auf Paris, Trish?« Penny musste unbedingt ein bisschen Konversation betreiben, um sich abzulenken.

»Paris soll großartig sein«, bemerkte ihre Zofe strahlend, bevor ihr Lächeln erstarrte. »Nur vor der Überfahrt mit der Fähre graut mir schrecklich. Ich bin nicht für die See geschaffen.«

»Es ist ja nur ein kurzes Stück«, erklärte ihr Penny. »Für gewöhnlich braucht ein Dampfschiff gerade einmal zwei Stunden und fünfundvierzig Minuten für die Strecke von Dover nach Calais. Außer, mein Verlobter hat uns eine Passage für die Dampfer *Dasher* oder *Arrow* gebucht. Die beiden Schiffe sollen die Überfahrt noch schneller schaffen.«

»Arrow – Pfeil. Das klingt gut.« Trish hörte sich erleichtert an. »Was Sie immer alles wissen, Miss.«

»Ich habe alles verschlungen, was ich über die Reise auftreiben konnte, und sehe mir die Route nach Paris fast jeden Tag auf der Landkarte an.« Ihr graute eher ein bisschen vor der langen Kutschfahrt. Aber Ashton würde bei ihr sein und sie würden sehr viel Zeit zu zweit verbringen. Nicht mehr lange und sie war Penelope Courtenay, Lady Lexington.

Herrje, sie würde hier ausziehen und musste Mama und Papa auf Wiedersehen sagen! Einige ihrer Sachen waren längst gepackt und zu Ashtons Landgut in Nottinghamshire geschickt worden, wo sie sich nach ihrer Hochzeitsreise aufhalten würden, bevor es zur neuen Saison nach London ging. Ihr Gepäck für Paris stand ebenfalls bereit.

Auch wenn sie ihre Eltern, ihr Heim und auch Izzy schrecklich vermissen würde, freute sie sich auf ihr neues Leben an Ashtons Seite.

Ob er sich schon in der Familienkapelle befand? Am liebsten wollte sie zum Fenster laufen und hinaussehen, ob

63

sie ihn irgendwo erspähen konnte.

Damit er sie vor der Trauung nicht zu Gesicht bekam, hatte er mit seinen Bediensteten, die mit nach Paris fahren würden, in einem Gasthaus in Rochester übernachtet. Penny konnte kaum erwarten, ihn wiederzusehen.

Es klopfte, und ihre Mutter trat ins Zimmer, woraufhin Trish einen Knicks machte und zur Seite ging.

»Du siehst zauberhaft aus, Penelope.« Mama stellte sich hinter den Stuhl, legte ihr die Hände auf die Schultern und blickte Penny über den Spiegel in die Augen. »Es wird Zeit. Bist du fertig?«

»Ich bin bereit.« Als sie sich erhob, zitterten ihre Knie, und sie hakte sich sofort bei ihrer Mutter ein.

»Papa wartet in der Halle auf dich«, erklärte diese ihr, als sie ihr Zimmer verließen. Er würde sie zur Kapelle und an Ashtons Seite führen.

Pennys Beine wollten sie kaum tragen, als sie die große Treppe hinunter schritt. Zum Glück half Mama ihr mit der Schleppe.

Am Fuße der Stufen stand ihr Vater. Er hatte einen dunkelgrünen Frack an, der farblich perfekt mit ihrem Kleid harmonierte, während sich ihre Mutter für einen Fliederton entschieden hatte. Dieselbe Farbe würden auch die Brautjungfern tragen.

Mama übergab sie ihm, und sie hakte sich sofort bei Papa unter, aus Furcht, vor Aufregung jeden Moment zusammenzubrechen, denn die Glocken der Kapelle, die sich in der großen Gartenanlage befand, läuteten bereits! Das bedeutete, dass sich die Gäste nun in der Kapelle einfinden würden.

Papas Augen glitzerten verdächtig, als er mit leicht rauer Stimme sagte: »Obwohl ich mich wahnsinnig freue, bin ich auch traurig, dass ich mein Mädchen verliere.«

64

»Ach, lieber Papa.« Penny schenkte ihm eine innige Umarmung. »Ich bin ja nicht aus der Welt. Ich werde euch regelmäßig schreiben, versprochen, und sobald die Saison in London beginnt, sehen wir uns wieder. Außerdem hast du immer noch Andrew und George.«

Mama riss alarmiert die Augen auf. »Wo stecken diese Strolche schon wieder? Ich hoffe, sie befinden sich bereits in der Kapelle!« Mit diesen Worten stürmte sie zur Tür hinaus, während sich Penny und ihr Vater schmunzelnd anblickten.

Andrew war extra vom College nach Hause gekommen, um der Hochzeit beiwohnen zu können, und hatte nichts anderes im Sinn, als mit seinem kleinen Bruder Unfug anzustellen. Andrew würde wohl nie erwachsen werden. Penny würde die beiden Kindsköpfe schrecklich vermissen.

Während sie mit ihrem Vater durch die Halle ging, lief Trish hinter ihr her und trug die Schleppe – die eigentlich Andrew halten sollte.

Penny versuchte, alles aufzusaugen, um sich später an jedes Detail ihrer Hochzeit zu erinnern. Doch sie bezweifelte, ob ihr überhaupt etwas in Erinnerung bleiben würde, denn vor ihren Augen drehte sich die ganze Welt.

Das Haus war festlich dekoriert worden, überall verteilten sich herrliche Blumenbouquets in der Farbe ihres Hochzeitskleides. Sie schritten durch den Hauptsalon auf die breite, mit Girlanden geschmückte Terrasse, die sich fast über die gesamte Rückseite des Gebäudes zog. Das prächtige Landgut aus gelbem Sandstein war auf einem niedrigen Hügel erbaut worden und von Rosengärten umgeben. Selbst zu dieser Jahreszeit leuchteten immer noch ein paar gelbe, violette und rote Blüten in der milden Novembersonne.

Die Gäste machten ihnen Platz und nickten oder winkten ihnen lächelnd zu. Unter riesigen Pavillons tummelten sich viele Adlige aus London sowie die halbe Nachbarschaft. Es wurde geredet, gelacht und getrunken, außerdem wurden jede Menge Häppchen verspeist. Die Angestellten schienen kaum hinterherzukommen, die Gläser und Platten neu zu füllen.

Über Stufen ging es hinunter zu einer großen Wiese, auf der ein mächtiger Springbrunnen sprudelte. Als Kinder hatten sie alle öfter darin gebadet, auch Izzy. Andrew und George hatten noch im September die Beine ins Wasser baumeln lassen.

Neben dem Brunnen wand sich ein Weg einen zweiten Hügel hinauf zur kleinen Familienkapelle. Dort oben würde Ashton sie erwarten. Pennys Beine zitterten immer mehr, je näher sie ihm kam.

Die Glocken läuteten noch, und der Strom der Gäste schloss sich ihnen an. Nicht alle fanden Platz in der kleinen Kapelle, nur die Familie, engsten Verwandten und besten Freunde. Alle anderen mussten der Zeremonie von draußen lauschen.

Penny hielt nach Izzy Ausschau, sah sie aber nirgendwo. Dafür entdeckte sie deren Stiefmutter Rowena, die ein grelles orangefarbenes Kleid trug und mit ihrem Babybauch aussah wie eine Orange. Izzys Vater ging neben ihr. Er hatte einen edlen dunkelgrünen Frack an.

»Andrew! George!«, hörte Penny ihre Mutter schimpfen, und die beiden Rabauken liefen hinter der Kapelle hervor.

Wie es für jüngere Geschwister der Braut vorgesehen war, sollte George Blumen streuen; Andrew musste Pennys Schleppe tragen. Das passte ihm — seinem empörten Gesichtsausdruck nach zu urteilen — ganz und gar nicht und war ihm sicherlich schrecklich peinlich, schließlich wurde er bald sechzehn. Doch Penny freute sich riesig, dass ihre beiden Brüder anwesend waren und ihr den Gefallen taten. Aber was hatten die zwei zuvor getrieben? Ihr schwarzes Haar war völlig durcheinander und ihre Wangen gerötet. Es war ein Wunder, dass ihre Mutter nicht die Contenance verlor. Stattdessen liefen ihr unentwegt Freudentränen über die Wangen.

Ach, wie sehr würde sie Mama vermissen!

Als Penny mit ihrem Papa die Kapelle betrat und die Musiker zu spielen begannen, traf ihr Blick unweigerlich auf Ashton, der am Altar neben dem Pfarrer auf sie wartete und sie breit angrinste. Sofort hüpfte ihr Herz wie verrückt. Er trug einen schwarzen Anzug und cremefarbene Handschuhe, schließlich war schwarze Kleidung an diesem Tag allein dem Bräutigam vorbehalten, damit niemand dem Brautpaar die Schau stahl. Er hatte nie besser ausgesehen.

Izzy war außerdem hier! Sie saß fast ganz vorne. Dort hatte Penny ihr einen Platz reserviert. Sie trug ein hellblaues Seidenkleid mit kleinen Puffärmeln und sah bezaubernd darin aus. Lord Wakefield befand sich bei ihr und schien nur Augen für Izzy zu haben.

Während Penny an ihr vorbei schritt, schenkten sie sich beide ein breites Lächeln. Schlagartig fühlte sie sich weniger nervös.

Kaum erreichte Penny den Altar – wobei Andrew einmal so fest an der Schleppe zog, dass sie beinahe nach hinten kippte –, übergab Papa sie an Ashton. Von nun an existierte für sie nur noch ihr Liebster, sodass sie von der Zeremonie kaum etwas mitbekam.

Welch Glück sie doch hatte, einen solch ansehnlichen und wohlhabenden Ehemann abzubekommen. Und aufrichtige Gefühle schien er außerdem für sie zu haben. Das hier war der schönste Tag ihres Lebens!

Ihr strapaziertes Herz überschlug sich beinahe, während

der Pfarrer ihn fragte: »Ashton Seymour Courtenay, fünfter Earl of Lexington, wollen Sie diese Frau zu Ihrer Ehefrau nehmen, um nach Gottes Verordnung im heiligen Stand der Ehe zusammenzuleben? Wollen Sie sie lieben, trösten, ehren und in Krankheit sowie Gesundheit zu ihr stehen?«

Als er antwortete: »Ich will«, und sie erneut schelmisch angrinste, fiel Penny beinahe in Ohnmacht vor Überwältigung.

»Penelope Elisabeth Clearwater«, fuhr der Pfarrer fort, sodass sie sich schnell sammelte, um nicht wirklich noch umzukippen. Schließlich wollte sie unbedingt Ashs Frau werden. »Wollen Sie diesen Mann zu Ihrem Ehemann nehmen, um nach Gottes Verordnung im heiligen Stand der Ehe zusammenzuleben? Wollen Sie ihm gehorchen und ihm dienen, ihn lieben, ehren …«

»Ich will!«, stieß sie so vehement hervor, dass sie glaubte, Ashton glucksen und ein paar Gäste leise lachen zu hören, obwohl Mamas freudige Schluchzer unentwegt durch die Kapelle hallten und alles übertönten.

Gelübde wurden rezitiert und wiederholt, wobei sie sich erneut konzentrieren musste. Sie versuchte, nicht zu grinsen, sondern ein neutrales Gesicht aufzusetzen, bis schließlich ihr Ehering gesegnet wurde. Da hielt sie nichts mehr. Sie lächelte Ashton offen an, während er ihre rechte Hand nahm und mit fester Stimme sagte: »Mit diesem Ring heirate ich dich, mit meinem Leib werde ich dich verehren und dich mit all meinen weltlichen Gütern ausrüsten.«

Als er ihr den goldenen Ring ansteckte, war er die Ruhe selbst, während sie am ganzen Körper bebte. Ihre Hand zitterte auch ganz schrecklich, als sie nur wenig später im Kirchenbuch zum letzten Mal mit ihrem Mädchennamen unterschrieb. Von nun an würde sie Lady Lexington sein, jetzt war es besiegelt. Fortan bestimmte Ashton über ihr Leben.

Sie fühlte sich bei ihm aufgehoben und beschützt. Er war der Richtige.

Die Gäste warfen bunte Blütenblätter, als Penny an Ashtons Arm nach draußen in den strahlenden Sonnenschein trat. Der Pulk folgte ihnen nach unten zur Terrasse des Herrenhauses, auf der sich ein Tisch an den anderen reihte. Papa hatte gleich mehrere Köche angestellt, damit die Besucher mit den verschiedensten, exotischsten und wohlschmeckendsten Köstlichkeiten versorgt wurden.

Penny saß an Ashtons Seite am Kopf der Tafel und versuchte, etwas zu essen, schließlich lag eine lange Reise vor ihr. Doch sie war immer noch sehr aufgewühlt und strahlte mit der Sonne um die Wette. Zum Glück redete er die meiste Zeit mit ihrem Vater, denn sie wusste vor Aufregung gar nicht, worüber sie mit ihm – ihrem Mann! – nun sprechen sollte.

Leider saß Izzy so weit weg, dass sie sich nicht mit ihr unterhalten konnte. Bald würde Penny ihre beste Freundin für eine kleine Unendlichkeit nicht mehr sehen. Deshalb entschuldigte sie sich bei Ashton und gab vor, sich die Nase pudern zu müssen, winkte Izzy, schlüpfte ins Haus und schloss sich mit ihr in einem leeren Salon ein.

»Endlich haben wir ein paar Minuten für uns.« Penny umarmte ihre Freundin fest. »Wie fandest du die Zeremonie?«

»Traumhaft«, murmelte diese in ihr Haar. »Ihr beide seid das schönste Brautpaar auf Erden. Du bist jetzt eine Ehefrau!«

»Oh, Izzy, ich bin so schrecklich aufgeregt. In weniger als einer Stunde muss ich mich von allen verabschieden und reise mit Ashton nach Paris. Kannst du dir das vorstellen?«

»Alles verändert sich«, sagte Izzy bedrückt.

Als sie sich lösten, legte ihr Penny eine Hand an die Wange. »Ach, Süße, es wird bestimmt nicht so schrecklich

69

werden mit deinem Henry. Du magst ihn doch?«

»Ja schon, aber …« Izzy wirkte geknickt, und Penny wünschte, sie hätten noch etwas mehr Zeit zusammen.

Plötzlich lächelte ihre Freundin und drückte ihr ein Päckchen in die Hand. »Ich habe eine Kleinigkeit für dich. Damit du mich nie vergisst.«

Penny blinzelte sich eine Träne aus dem Auge. »Ich werde dich niemals vergessen, Izzy. Du bist doch wie eine Schwester für mich.« Schnell machte sie die Schachtel auf und zog eine Kette mit einem silbernen Herzanhänger heraus. Als sie das Medaillon öffnete, keuchte sie überrascht auf, denn darin fand sie zwei selbst gezeichnete Portraits, die Izzy und sie zeigten. »Oh, es ist wunderschön. Vielen Dank! Ich weiß, wie viel Mühe es dich gekostet haben muss, für ein paar Stunden still zu sitzen und zu zeichnen.«

Izzy grinste schief. »Für meine beste Freundin würde ich sogar über glühende Kohlen gehen.«

»Ach … du.« Penny drehte ihr überwältigt von ihren Gefühlen den Rücken zu, bevor sie noch in Tränen ausbrach. »Machst du es mir bitte gleich um?«

»Natürlich«, raunte Izzy, die anscheinend selbst mit den Tränen kämpfte, und murmelte erstickt: »Versprich mir, jede Woche zu schreiben«, während sie Penny die Kette anlegte.

»Du weißt doch, dass ich das tun werde. Den ersten Brief setze ich sofort auf, sobald ich in Paris angekommen bin.« Penny wandte sich um und lächelte sie aufmunternd an. »Im Gegenzug will ich genau wissen, wie es mit Henry und dir weitergeht. Bald bist auch du eine Ehefrau, ist das zu fassen!«

Innerhalb eines Jahres änderte sich das Leben für sie beide schlagartig. Das Schicksal schmiedete oft die verrücktesten Pläne.

70

Kapitel 7 – Abschied

Nachdenklich betrachtete Ashton seine hübsche, junge Ehefrau, die neben ihm saß und aus dem Fenster der Kutsche starrte. Sie hatte beim Abschied von ihrer Familie und Isabella keine Träne vergossen. Doch nun wirkte sie bedrückt.

Unentwegt spielte sie an dem silbernen Herzanhänger und schien jedes Detail der vorbeiziehenden Landschaft aufzusaugen. Oder sie wollte ihm einfach nur nicht ihr trauriges Gesicht zeigen.

Plötzlich wurde ihm bewusst, dass er Penelope schlagartig aus ihrem alten Leben riss, weg von ihren Eltern, bei denen sie die letzten neunzehn Jahre verbracht hatte, weg von ihrem Heim, ihren Freunden und auch allen anderen, die sie kannte. Sie würde mit ihm ein völlig neues Kapitel aufschlagen.

Er erinnerte sich an den Tag, als sein Vater gestorben war und wie er sich damals gefühlt hatte. Allein und verloren. So ähnlich sah es wohl auch gerade in ihr aus.

Doch sie war nicht ganz allein, sondern hatte nun ihn. Er würde versuchen, ihr das Leben so angenehm wie möglich zu machen, gerade weil er ihr nicht all das bieten konnte, was sie aufgeben musste.

Erst als sie das Land von Lord Clearwater verließen, lehnte sie sich zurück und starrte auf ihre im Schoß gefalteten Hände. Um sie etwas aufzumuntern, drückte Ashton ihre Finger und lächelte sie an. »Ich wollte dir schon die ganze Zeit sagen, wie bezaubernd du aussiehst.« Das tat sie wirklich. Es hatte auf der Feier keine attraktivere Frau gegeben.

Ihre Mundwinkel hoben sich zittrig. »Danke schön.«

»Woher hast du das Medaillon?« Das war ihm erst nach der Zeremonie an ihr aufgefallen.

71

»Von Izzy.« Ihre Augen strahlten, während sie sich an den Hals griff, um den Anhänger aufzuklappen. Darin verbargen sich zwei kleine, außerordentlich detailgetreue handgemalte Bilder von ihr und ihrer Freundin.

Ashton beugte sich zu Penelope, um es sich genauer anzusehen. »Miss Norwood hat wirklich Talent.«

»Das hat sie, ihr fehlt es bloß manchmal an Geduld.«

Als er die winzige Träne bemerkte, die in ihren dichten schwarzen Wimpern hing, konnte er nicht anders, als Penelope zu küssen.

Sofort lehnte sie sich an ihn, als würde sie seine Nähe suchen, und intensivierte den Kuss. Ihre Lippen schnappten nach seinem Mund, und leise Seufzer drangen durch die Kabine der Kutsche.

Sein Herz wummerte wild darauf los und in seinem Magen prickelte es plötzlich. Er hatte wohl zu viel Schaumwein getrunken.

Als Penelope eine Hand auf seinem Oberschenkel abstützte, schoss ein köstliches Gefühl bis in seinen Unterleib. Am liebsten wollte er jetzt ihre Hand an seinem Schwanz spüren. Er bräuchte nur den Hosenlatz zu öffnen, und Ashton wusste, dass Penelope nicht zurückweichen würde. Sie war nicht nur leidenschaftlich, sondern auch neugierig und hingebungsvoll. Aber wahrscheinlich sehnte sie sich gerade nach Nähe und danach, von ihm in den Arm genommen zu werden.

Bis jetzt war Penelope von ihrer Familie, ihren Freunden und viel Herzenswärme umgeben gewesen. Ashton hatte mitbekommen, wie nahe sie einigen Menschen stand und wie sehr sie von ihnen geliebt wurde. Doch nichts davon würde er ihr bieten können, zumindest nicht gleich, schließlich dauerte es ein wenig, eine neue Familie zu gründen.

Er kam sich vor wie eine Bestie.

72

Trotz seiner düsteren Gedanken wollte er mehr von ihr, am liebsten alles und sofort! Bisher hatte er das weibliche Geschlecht immer auf Distanz gehalten, sich selten öfter als ein Mal mit einer Frau vergnügt und sich nach keiner zurückgesehnt. Doch Penelope beherrschte immer mehr seine Gedanken und Träume. Nachdem er sie heimlich in ihrem Schlafzimmer besucht hatte, war sie ihm nicht mehr aus dem Kopf gegangen. Das war nicht gut! Und nun band ihn die Heirat für immer an sie. Er würde ihr nicht mehr entkommen.

Verflucht, er wollte ihr gar nicht entkommen! Nicht in diesem Moment. Er würde nur ein wenig von der süßen Frucht naschen, bevor er wieder auf Abstand ging, so wie damals, als er behauptet hatte, er müsse wegen der Reisevorbereitungen zurück nach London. Ein bisschen von ihr zu kosten schadete bestimmt nicht. Und Penelope schmeckte mehr als süß.

Ashton zog sie an sich, strich über ihren Rücken und genoss ihre unerfahrenen, aber trotzdem hungrigen Küsse. Es fühlte sich verdammt gut an, von ihr begehrt zu werden, doch er musste höllisch aufpassen, sie nicht zu nah an sein Herz zu lassen. Wie unsichtbare Klauen schien etwas an seiner Brust zu zerren, um sie aufzureißen und Penelope Einlass zu gewähren. Fuck!

Obwohl er nichts lieber wollte, als sie auf seinen Schoß zu ziehen, um sich augenblicklich in ihrem erhitzten Körper zu versenken, lehnte er sich zurück, um den innigen Moment zu unterbrechen.

Er wollte kein Monster sein und würde gewiss nicht in der Kutsche über sie herfallen. Das hatte sie nicht verdient. Er würde seine Libido im Zaum halten und bis zur Hochzeitsnacht warten.

Schwer atmend starrte sie ihn an, ohne von ihm zurückzuweichen. Ihre Brust hob und senkte sich einladend, und er erinnerte sich daran, wie verdammt feucht sie gewesen war, als er ihr einen Höhepunkt verschafft hatte.

Verflucht, er könnte sie auf der Stelle nehmen!

»Du bist bestimmt müde«, raunte er.

Kein bisschen, schien ihr glühender Blick zu sagen, dennoch nickte sie, als wollte sie ihm nicht widersprechen.

Ihr Gehorsam schürte seine Lust nur noch mehr.

Fuck!

Immer noch wich sie nicht zurück. Er las es in ihren Augen: Sie wollte mehr Küsse, mehr von seinen Umarmungen. Doch die durfte er ihr nicht geben! Gleich fühlte er sich wieder wie ein Untier. Jeder normale Mann würde sich freuen, eine Frau wie Penelope zu haben. Aber es wäre für sie beide einfach das Beste, wenn sie sich nicht zu sehr aufeinander einließen.

Anstatt sie auf Abstand zu halten, fragte er: »Möchtest du deinen Kopf auf meinem Schoß betten?«

War er wahnsinnig, ihr solch ein Angebot zu machen? Er sollte sofort die Kutsche verlassen und sich draußen neben den Fahrer setzen oder auf seinem Pferd weiter reiten, das sein Stallbursche mitführte. Aber er konnte sich nicht bewegen.

Für einen Moment blickte seine brave Ehefrau ihn an, als hätte er den Verstand verloren. Sie stammte aus gutem Hause und erwartete von einem Lord wohl nicht solch ein Angebot. Doch dann schenkte sie ihm ein ehrliches Lächeln, schlüpfte aus ihren Schuhen, zog die Füße an und rollte sich wie ein Kätzchen auf der engen Bank zusammen.

Schnell rutschte er ganz zum Fenster, damit sie besser Platz fand, und holte unter dem Sitz eine Decke hervor. Die breitete er über ihr aus, wobei ihn Penelope selig angrinste, als wäre sie schrecklich verliebt in ihn.

Der Drang, aus der Kutsche zu springen, wurde übermächtig.

Verdammt, andere Paare schliefen nicht einmal im selben Bett oder Zimmer, und er bot seiner Frau an, auf seinem Schoß zu ruhen?

Als sie den Kopf auf seinen Oberschenkel legte, unterdrückte Ashton sowohl ein Stöhnen als auch seine unanständigen Gedanken. Ihr Mund befand sich nicht weit weg vom Zentrum seiner Lust, das permanent auf alles reagierte, was Penelope machte.

»Ich freue mich sehr auf Paris«, sagte sie und drehte ihm das Gesicht zu.

Ein Stich durchfuhr seine Brust. Er hatte ihr immer noch nicht gebeichtet, dass sie einen längeren Umweg machen würden. Aber nicht, um ihr ein weiteres Land zu zeigen, sondern weil er einen Auftrag zu erledigen hatte.

Sie durfte niemals von seinem geheimen Doppelleben erfahren. Das würde ihre Unbeschwertheit ruinieren.

Ashton legte einen Arm über sie und wusste nicht, wie er die nächsten Stunden in ihrer Nähe überleben sollte. Sie fühlte sich warm und weich an und roch außerordentlich gut. In der ganzen Kutsche duftete es nach Jasmin. »Reist du gerne?«

»Ich habe England noch nie verlassen«, erzählte sie ihm. »Wir sind natürlich öfter in London gewesen und haben vor Jahren einen Verwandten im Norden besucht. Als Kind habe ich die lange und äußerst langweilige Reise mit der Kutsche verabscheut. Aber in deiner Begleitung wird die Fahrt gewiss erträglich.« Erneut strahlte sie ihn an. »Endlich sind wir unter uns. Ich habe so viele Fragen an dich.«

Panik wallte in ihm auf. Verdammt, er hätte vorhin doch lieber aussteigen sollen! Aber jetzt würde er sich lächerlich machen, wenn er feige aus der Kutsche stürmte. Außerdem brauchte Penelope nun seine Nähe. Deshalb schluckte er nicht nur seine negativen Gefühle, sondern gleich sämtliche Emotionen hinunter, und grinste sie schief an. »Was willst du denn wissen?«

»Einfach alles.«

Fuck! Seit wann war sie so neugierig?

Vielleicht wollte sie nur reden, um sich abzulenken, damit sie nicht an ihr altes Zuhause dachte. Was konnte er tun, um sie von der Fragerei abzuhalten?

Plötzlich erinnerte er sich, als er, genau wie Penelope jetzt, mit dem Kopf auf dem Schoß seiner Mutter gelegen hatte. Sie waren nach Italien gefahren und …

»Woran denkst du?«, fragte sie ihn.

»An eine lange, langweilige Reise«, gestand er ihr und erstarrte. Er wollte ihr nichts aus seiner Vergangenheit berichten, weil es einfach zu sehr schmerzte, sich daran zu erinnern. Doch als sie ihn bat, seine Gedanken mit ihr zu teilen, begann er zögerlich zu erzählen. »Als ich ungefähr fünf war, fuhr ich mit meiner Familie nach Italien. Meine Eltern verreisten sehr gerne, aber ich habe die langen Fahrten jedes Mal gehasst. Meine Mutter hat immer versucht, mich zu beschäftigen, doch …«

»Hattest du keine Nanny?«, unterbrach sie ihn.

»Sie fuhr natürlich auch mit, damit sie auf mich aufpassen konnte, wenn meine Eltern ausgingen. Aber sie saß in einer anderen Kutsche.«

Penelopes Augen wurden groß. »Du hattest also auch ein engeres Verhältnis zu deinen Eltern?«

Er brummte zustimmend und starrte schnell aus dem Fenster.

»Dann hattest du genau solch ein Glück wie ich«, sagte sie sanft.

Er wollte ihr am liebsten entgegen schreien, dass er seit

76

Mutters Tod nie wieder glücklich gewesen war. Aber dann würde er sich vor Penelope schrecklich blamieren. Er war jetzt ihr Ehemann, ihr Beschützer, und kein weinerliches Kind mehr.

»Wie hat deine Mutter dich abgelenkt?«, fragte sie prompt. »Hat sie dir vorgelesen?«

»Auch. Meistens wollte sie jedoch, dass ich schlafe«, gestand er ihr zähneknirschend, woraufhin sie lachte.

»Meine Mutter ebenfalls. Aber es hat bei mir nie geklappt.«

Mist. »Im Schlaf vergeht die Zeit schneller, hat meine Mutter immer gesagt. Als würde man eine Zeitreise machen.«

»Da ist etwas Wahres dran«, murmelte Penelope, zog sich eine Rose aus dem Haar, die sie wohl störte, und schloss sie in ihrer Faust ein. Dann schmiegte sie ihren Kopf wieder wie ein Kätzchen an sein Bein. »Und bist du einfach so eingeschlafen?«

Er grinste. »Natürlich nicht, aber sie hatte ihre Tricks.«

»Jetzt bin ich neugierig.«

»Sie hat immer das hier bei mir gemacht.« Ashton strich mit dem Daumen sanft über ihren Nasenrücken und die Stirn.

Wohlig seufzend schloss Penelope die Augen. »Das fühlt sich schön an.«

Sie war schön. Während er sie streichelte, musterte er unentwegt ihre dichten schwarzen Wimpern, die gerade Nase und ihre rosigen Lippen. Ihre Haut fühlte sich unglaublich weich an und sah völlig makellos aus. Penelope war beinahe unnatürlich hübsch, weshalb sich Ashton erneut wunderte, warum sie ihm damals auf Lady Billingtons Ball nicht aufgefallen war.

Vielleicht, weil er durch seinen Auftrag zu sehr abgelenkt gewesen war oder er nicht ernsthaft genug nach einer Ehefrau gesucht hatte, bis Penelope seinen Weg kreuzte ...

Sie schien seine Streicheleinheiten zu genießen, und er machte weiter, froh, dass sie keine Fragen mehr stellte. Dabei hätte er durchaus Lust, sich zu unterhalten, aber nicht über dieses eine Thema.

Seine Eltern hatten sich auf den Reisen auch immer über alles Mögliche unterhalten. Nie ging ihnen der Gesprächsstoff aus. Ash dachte daran, wie verliebt die beiden waren und welchen respektvollen sowie zärtlichen Umgang sie miteinander pflegten. Oft schmiegte sich seine Mutter an Papa, wenn sie sich unbeobachtet glaubten. Nur selten verreisten sie getrennt, und beide wirkten immer unendlich glücklich miteinander. Außerdem waren die zwei stets für ihn da und überließen ihn nur selten den ganzen Tag der Nanny – bis Mutters Tod alles verändert hatte. Der Schmerz über ihren Verlust hatte seinen Vater ruiniert und schließlich auch Ashton in den Abgrund gezogen.

Er sah die Bilder deutlich vor sich: Seine Mutter, die mit Fieber im Bett lag und ihm trotzdem etwas vorlas, weil er nicht schlafen konnte. Ashton spürte, dass es ihr schlecht ging, und wollte nicht in sein eigenes Bett.

Sie hatte sich doch bloß an einer Dorne gestochen!

Papa hatte ihr zum achtundzwanzigsten Geburtstag achtundzwanzig Rosensträuße in allen möglichen Farben geschenkt. Mama hatte von jedem Strauß eine Blume genommen, um sie zu einem neuen, bunten Bouquet zusammenzubinden. Dabei hatte sie sich verletzt, und die winzige Wunde hatte sich entzündet.

Am übernächsten Morgen war sie nicht mehr aufgewacht.

Ihm wurde heiß und kalt, als ihm gewahr wurde, dass er Penelope ebenfalls Blumen, darunter auch Rosen, geschickt hatte, fast jeden Tag!

Rosen hatten seine Mutter getötet. Rosen, die Papa ihr

78

als Zeichen seiner Liebe überreicht hatte …

Ashton war erst acht gewesen, als er weinend an Mamas Grab gestanden hatte. Er hatte sich gefühlt, als hätte ihm jemand das Herz in der Brust zerteilt. Er suchte Trost bei seinem Vater, doch der schloss sich den ganzen Tag in seinem Arbeitszimmer ein, ließ niemanden an sich heran.

Ashton weinte sich jede Nacht in den Schlaf und rief nach seiner Mutter. Nanny Abbey konnte ihn kaum beruhigen.

Einen Monat nach Mutters Tod brachte ihn seine Nanny zu seinem Vater, nachdem dieser Ashton immer noch nicht hatte sehen wollen. Das Kindermädchen war am Ende seiner Kräfte angelangt und hoffte wohl, Papa könnte ihr helfen. Doch als sie mit dem kleinen Ashton an der Hand bei ihm vorstellig geworden war, hatte er nur gesagt: »Ich kann ihn nicht ansehen. Schaffen Sie ihn mir aus den Augen, Miss Peacock! Er erinnert mich zu sehr an Rosalie …«

Die plötzliche Abneigung in den Augen seines Vaters hatte Ashton beinahe umgebracht und ihm das Herz endgültig aus der Brust gerissen. Er war sich unendlich allein und verloren vorgekommen. Doch er war wohl noch zu klein, um mit dem Gedanken zu spielen, sich selbst das Leben zu nehmen.

Einen Monat danach hatte sein Vater ihn in ein Internat geschickt, in dem alles noch schlimmer gewesen war, und später hatte Ashton ohnehin fast das ganze Jahr an der Universität verbracht. Dort war er wenigstens abgelenkt gewesen und hatte Freunde gefunden. Doch sein Herz war kalt geblieben.

Ashton wollte bei seinen Kindern alles anders machen, und zwar so, wie es sein sollte, wie es fast alle in ihren Kreisen taten: Er würde dafür sorgen, dass Penelope und er ihren Nachwuchs höchstens eine Stunde am Tag zu sehen bekamen und sie erst gar keine so enge Verbindung zu den Kleinen aufbauen konnten. Dann wäre der Verlustschmerz für niemanden zu groß, sollte etwas passieren. Es würde allerdings nicht einfach werden, Penelope davon zu überzeugen, die Erziehung ihrer Kinder anderen Leuten zu überlassen. Schließlich hatte sie eine starke Bindung zu ihren Eltern und wollte diese Tradition sicher fortführen. Aber sie würde seine Entscheidung akzeptieren müssen.

Als er daran dachte und sie betrachtete, wie sie selig in seinem Schoß schlummerte, fühlte er sich gleich noch erbärmlicher. Er konnte sich gut vorstellen, wie sie ihr gemeinsames Kind an ihre Brust drückte, ihm Lieder vorsang und es anhimmelte. Sie sah aus, als würde sie gerade von genau solch einer Situation träumen. Und er wollte ihr das verwehren.

Sein Herz krampfte sich zusammen. Es schlug also doch nicht nur, um Blut durch seinen Körper zu pumpen, sondern er fühlte sehr wohl noch etwas.

Natürlich fühlte er etwas. Lust, Verlangen, Erregung.

Doch da war plötzlich mehr …

Fuck!

Was war nur los mit ihm? Seit wann war er solch ein Weichling?

Normalerweise traf er rationale Entscheidungen mit kühlem Kopf und setzte diese auch durch, ohne Wenn und Aber. Doch Penelope verwirrte seine Sinne. Es wurde dringend Zeit, etwas mehr Abstand zu ihr zu bekommen. Allerdings würde das in den nächsten Wochen nicht einfach werden.

Verdammt, sie wusste immer noch nichts von der Änderung der Reiseroute. Er hatte ihr auf der Kutschfahrt erzählen wollen, dass sie einen Umweg machten. Aber im Moment brachte er es nicht übers Herz, sie damit zu »überraschen«,

80

weil sie schon mit genug Veränderungen zu kämpfen hatte. Außerdem war er froh, dass sie ihm keine Fragen mehr stellte, deshalb wollte er sie auch nicht wecken.

Er würde später einen passenden Zeitpunkt finden, schließlich waren sie noch ein paar Stunden bis zum Gasthaus in Dover unterwegs. Dort würden sie auch ihre Hochzeitsnacht verbringen. Ashton konnte es kaum erwarten, sich mit seiner wunderschönen Frau zu vereinen. Allerdings sollte er nach dem Akt ihrer Nähe entfliehen, um ihrem Zauber nicht noch mehr zu verfallen. Er würde einfach behaupten, in sein eigenes Zimmer zu gehen.

In Adelskreisen war es normal, getrennte Schlafzimmer zu haben, deshalb würde Penelope hoffentlich keine Fragen stellen und nicht bemerken, dass er im Raum seines Kammerdieners nächtigte. Leider gab es nicht genug Zimmer im Gasthaus, um tatsächlich ein weiteres allein für sich zu buchen, denn er wollte seine Angestellten nicht alle im Stall schlafen lassen. Es lag noch eine ungemütliche Reise vor ihnen. Besonders aber vor Penny und ihm.

Verflucht, er hätte den Auftrag absagen sollen! Nun war es zu spät dazu.

Der geheime Umschlag in Ashtons Innentasche schien plötzlich mehrere Kilo zu wiegen, wie eine schwere Bürde.

Erst hatte er überlegt, Penelope mit seinen Angestellten nach Paris vorzuschicken und er würde nachkommen. Doch erstens war das ihre Hochzeitsreise – das konnte selbst solch ein herzloser Bastard wie er seiner Frau nicht antun – und zweitens war er für Penelopes Sicherheit verantwortlich. Nirgendwo war sie besser geschützt als in seiner Nähe.

Kapitel 8 – Die Hochzeitsnacht

Penny war tatsächlich auf Ashtons Bein eingeschlummert und hatte es genossen, von ihm gestreichelt zu werden. Als sie die Augen aufschlug, taten ihr von der seltsamen Liege-position allerdings die Knochen weh. Doch sie ließ sich nichts anmerken, setzte sich hin und richtete ihre Haare. Er sollte sie nicht für ein verweichlichtes Mädchen halten.

Kaum war sie wach genug, um das Gespräch mit ihm wieder aufzunehmen – mit der Hoffnung auf mehr Küsse –, fragte er sie, ob sie ihm etwas aus dem Buch vorlesen woll-te, das sie für die Reise eingepackt hatte. Es war ein Ge-dichtband von William Wordsworth.

Penny tat ihm den Gefallen mit Freuden, war aber etwas enttäuscht, als er einschlief und die Lider erst bei ihrer An-kunft in Dover wieder öffnete. Sie hätte sich so gerne er-neut mit ihm unterhalten und mehr aus seinem Leben er-fahren, zumal es draußen zu fortgeschrittener Stunde kaum noch etwas zu sehen gab.

Von der Hafenstadt bekam sie im Dunkeln auch nicht viel mit. Aber das mit zahlreichen Lampen erhellte Gast-haus machte einen passablen Eindruck. Ash hatte keine Kosten und Mühen gescheut und das ganze Haus nur für sie beide und das Personal gebucht.

Beim Abladen des Gepäcks stellte er ihr die Dienerschaft vor, die mit ihnen reiste. Penny befürchtete, dass sie sich in all der Aufregung keinen einzigen Namen merken konnte. Die halbe Belegschaft begleitete sie nach Paris! Wenigstens den Namen seines Kammerdieners, einem etwa vierzigjäh-rigen Mann mit leicht ergrautem Haar, versuchte sie sich einzuprägen: Albert Price. Schließlich war er Ashtons per-sönlicher Diener, zu dem er täglich engen Kontakt pflegte.

Penny beneidete Mr Price fast ein bisschen. Er wusste bestimmt alles über seinen Herrn.

Im Gasthaus nahmen Ash und sie in einem Separee ein köstliches Essen ein, doch vor Nervosität wegen der bevorstehenden Nacht konnte es Penny kaum genießen. Sie versuchte, Ashton in ein Gespräch zu verwickeln und die angefangene Unterhaltung fortzuführen, aber er zeigte sich leider wenig kooperativ. Wahrscheinlich war er müde von der Reise. Penny hingegen fühlte sich, als würden Flöhe in ihrem Magen herumhüpfen. Nicht mehr lange, und Ashton würde sie zu einer richtigen Frau machen. Warum bloß musste sie immer an die Kuh und den Bullen von Bauer Smither denken? Ach, wenn ihr Izzy jetzt beistehen könnte!

Penny wurde schlagartig bewusst, dass keine Freundin sie auf ihrer Reise begleiten würde und Izzy auch später, wenn sie mit Ashton zusammenlebte, nicht in der Nähe sein würde.

Gewiss schloss sie neue Bekanntschaften. Aber ob sie jemals wieder eine Seelenverwandte wie Izzy finden würde, mit der sie über alles reden konnte, war fraglich. Zum Glück begleitete sie ihre Zofe.

Zwar war Trish keine Freundin oder Vertraute – noch nicht –, doch eine liebe Person, mit der sich Penny gut verstand. Sie war also nicht ganz allein.

Ich bin nicht allein, ich habe jetzt Ashton!, dachte sie und ließ ihn während des Essens kaum aus den Augen. Er wirkte nachdenklich, und sie hatte das Gefühl, er wollte ihr etwas sagen. Wahrscheinlich bildete sie sich das nur ein, weil die Nacht aller Nächte bevorstand.

Nach einem zusätzlichen Glas Wein, mit dem Ashton und sie auf ihre Vermählung anstießen, führte er sie auf ihr Zimmer im ersten Stock und versprach, in einer Stunde nachzukommen. Er musste noch ein paar Dinge mit seinen

Angestellten besprechen. Vielleicht wollte er ihr aber auch etwas Privatsphäre gönnen, solange Trish ihr bei der Abendtoilette half.

Als Penny schließlich ihr neues Nachthemd trug und Trish ihr vor dem Frisiertisch die Haare kämmte, stieg ihre Aufregung ins Unermessliche. Durch den dünnen Stoff konnte man ihre Figur mehr als erahnen und vor allem ihre Brustwarzen durchschimmern sehen! Sie kam sich schrecklich verrucht vor. Dieses Gefühl erzeugte bei ihr ein seltsames Kribbeln im Schoß, was sie noch mehr durcheinanderbrachte.

Trish lächelte sie aufmunternd an. »Lord Lexington scheint mir ein guter Mann zu sein, Miss ... ähm ... Mylady.« Sie errötete zutiefst. »Es tut mir leid, Lady Lexington. Ich muss mich erst an Ihren Titel gewöhnen.«

»Du musst dich nicht entschuldigen, Trish. Für mich ist das auch alles neu, und ich bin schrecklich nervös.« Zitternd holte sie Luft, während sie sich im Spiegel betrachtete. Ob sie Ashton gefallen würde? Zum ersten Mal würde er sie nackt sehen – vermutete sie. Denn im Grunde wusste sie überhaupt nicht, was passieren würde.

Über den Spiegel blickte Penny zu Trish, die hinter ihr stand. »Was wolltest du mir sagen?«

Ihre Zofe errötete noch mehr. »Ich wollte sagen, dass Sie nicht nervös zu sein brauchen. Lord Lexington wird gewiss vorsichtig sein.«

»Vorsichtig?«

»Beim ersten Mal soll es wehtun, habe ich gehört«, wisperte Trish.

Sofort schossen ihr wieder Izzys Worte in den Kopf: *Wenn der Mann rücksichtsvoll ist, tut es angeblich nicht weh. Außerdem habe ich dich letzten Monat zu Bauer Smither mitgenommen, und du hast gesehen, wie es funktioniert.*

84

Erneut sah sie den Bullen und die Kuh vor Augen, woraufhin sie nicht wusste, ob sie losprusten oder weinen sollte. Hoffentlich lief der ganze Akt bei den Menschen etwas anders ab und Ashton würde weniger rabiat sein.

Als es klopfte, zuckte Penny zusammen, und Trish verabschiedete sich von ihr. Schon ging die Tür auf, Ashton trat ein und ihre Zofe huschte nach draußen. Jetzt war Penny mit ihrem Ehemann allein. Er hatte sich bereits ebenfalls für die Nacht umgekleidet, denn er trug einen dunkelgrünen Schlafrock, der mit goldenen Ornament-Stickereien verziert war. Selbst darin machte er mit seinen breiten Schultern eine hervorragende Figur. Ob er darunter ein Nachthemd anhatte? Oder einen dieser indischen Pyjamas? Bald würde sie es wissen.

Herrje, klopfte ihr Herz wild. Hoffentlich fiel sie nicht in Ohnmacht.

Ashton hatte sich so lange von seiner Frau ferngehalten wie er konnte, wichtige Dinge mit seinen Angestellten besprochen und seinem Kammerdiener Bescheid gegeben, dass er wahrscheinlich bei ihm nächtigen würde. Price hatte sofort veranlasst, eine Liege in das kleine Zimmer bringen zu lassen, damit Ashton im Bett schlafen konnte. Price war der beste Valet, den er jemals hatte – er hatte nach Vaters Tod einige ein- und wieder ausgestellt, da sie ihm alle zu neugierig gewesen waren. Price hingegen war zurückhaltend und trotzdem stets auf Zack. Wichtige Botschaften überbrachte Ashton jedoch immer persönlich. Price hatte keine Ahnung von seinen »Spezialtätigkeiten«, und wusste nur wenig über seine Eltern. Sein persönlicher Diener stellte auch keine Fragen, wenn Ashton ohne ihn unterwegs war. So mochte er das.

Keine Erkundigungen über seine Vergangenheit einzuholen, würde er sich auch von Penelope wünschen. Sie war ihm viel zu neugierig, weshalb er in Zukunft weniger Zeit mit ihr verbringen sollte. Doch natürlich würde er sich nicht vor seiner Pflicht drücken.

Als er sie vor dem Toilettentisch sitzen sah, blieb er wie erstarrt im Zimmer stehen, weil er von ihrer Schönheit schier überwältigt wurde. Sie hatte sich auf dem Stuhl zu ihm gedreht, und das lange schwarze Haar fiel ihr über eine Schulter. Es schimmerte verführerisch im Schein der Lampen und des Kaminfeuers, genau wie der zarte weiße Stoff ihres Nachthemdes, sodass Penelope wie ein Zauberwesen aussah, ja, beinahe wie eine Fee.

»Ist alles zu deiner Zufriedenheit?«, fragte er und räusperte sich mehrmals, weil seine Stimme sehr rau klang.

»Es ist alles wunderbar«, antwortete sie.

Das erleichterte ihn. Er hatte extra das beste Gasthaus von Dover für ihre Übernachtung ausgesucht. Das Zimmer war zwar bei Weitem nicht so groß wie die Räume, die er gewohnt war, aber die Ausstattung machte einen gehobenen Eindruck und alles war sauber.

Als sie »Ashton« flüsterte, sich langsam erhob und regelrecht auf ihn zuschwebte, durchfuhr ihn ein wohliges Beben. Ihre Wangen röteten sich, weil ihr sicher nicht entging, dass er ihre Brustwarzen durch den feinen Stoff schimmern sah, genau wie das dunkle Dreieck zwischen ihren Schenkeln. Doch seine mutige Penelope bedeckte sich nicht.

»Ash? Ist alles in Ordnung?«, fragte sie, als sie vor ihm stand.

»Hm«, machte er nur, denn ihre Ausstrahlung entwaffnete ihn. Sein verräterischer Körper reagierte auf ihr ganzes Wesen, als wäre sie ein Magnet und er ein Stück Eisen, das unweigerlich von ihr angezogen wurde. Außerdem erregte es ihn, wenn sie den von ihr erfundenen Kosenamen für

86

ihn benutzte, vor allem wenn sie ein Hauch von Nichts trug.

Egal was sie tat – er reagierte darauf.

Dass sie ihn beim Vornamen nannte, hätte er allerdings von Beginn an unterbinden sollen. Es stellte zu viel Intimität zwischen ihnen her.

Sie schien nervös zu sein, denn er bemerkte das leichte Zittern ihres Körpers. Sofort streckte er die Arme aus, um sie an sich zu ziehen. Ob er ihr jetzt seine Reisepläne verraten sollte? Oder würde das ihre erste Nacht ruinieren?

»Geht es dir gut?«, fragte er und küsste sie auf die Stirn.

»Jetzt ja.« Scheu lächelte sie ihn an. »Ich habe dich vermisst.«

Er hatte ihre Nähe auch vermisst, und dieses Gefühl ängstigte ihn. Er durfte Penelope nicht noch mehr verfallen. Doch es zügig hinter sich zu bringen, wäre ihr gegenüber nicht fair. Nicht bei ihrem ersten Mal. Also würde er heute liebevoll und so vorsichtig sein, wie er konnte, und die Nächte danach seine Pflicht schnell erledigen, bis sie sein Kind erwartete.

Verflucht, er schämte sich wegen seiner schändlichen Gedanken. Zum Glück konnte Penelope diese nicht hören.

Was, wenn er sich doch ganz und gar auf sie einließe? Zwischen ihnen musste es nicht so enden wie bei seinen Eltern …

Die Liebe hat Vater ruiniert. Du bleibst stark, schwor er sich und küsste sie.

Sofort drängte sie sich fester an ihn, zerwühlte sein Haar und versuchte, mit einer Hand unter seinen Morgenrock zu schlüpfen.

Dieses gierige Wesen!

Er liebte ihre Leidenschaft.

Hastig löste er den Gürtel und streifte den Mantel ab, sodass er hinter ihm auf den Boden fiel und er entblößt vor ihr stand. Er schlief immer nackt, denn dann fühlte er sich frei. Nur in sehr kalten Nächten zog er sich einen Pyjama an.

Zittrig holte Penelope Luft, als wäre sie erschrocken, und wich einen Schritt zurück. Einen völlig nackten Ehemann hatte sie wohl nicht erwartet. Soweit Ashton wusste, ließen die meisten Ehepaare während des Aktes einen Großteil ihrer Kleidung an. Aber das wollte er nicht. Er musste Haut an Haut spüren, seine Frau schmecken, riechen und berühren können.

Mutig blickte sie an ihm herunter, und als sie seine Erektion bemerkte, die ihr steinhart entgegen ragte, färbten sich ihre Wangen tiefrot. Schnell hob sie den Blick, und Unsicherheit flackerte in ihren Augen auf. Natürlich hatte sie keine Ahnung, was sie tun sollte, doch er war ja hier. Er würde ihr alles zeigen, besonders die körperliche Liebe mit all ihren Facetten. Ashton hatte längst noch nicht alles selbst ausprobiert, aber mit Penelope würde er jede seiner verdorbenen Fantasien ausleben, während sie unter ihm nach mehr flehte. Sie war eine leidenschaftliche Frau; mit ihr würde er jede Menge Spaß haben.

Ashton zog sie an sich, und endlich spürte er die Hitze ihrer Haut durch den dünnen Stoff ihres langen Nachthemdes, erahnte die Form ihrer Brüste, die sich gegen seinen Oberkörper drückten. Ashton holte Penelope an ihrem herrlichen Hinterteil noch fester heran, damit sie fühlte, was sie mit ihm anstellte.

Penelope schmiegte sich an ihn, zeigte keine Scheu. Ihre gierigen Küsse sagten ihm, dass sie mehr wollte. Was für eine unglaubliche Frau.

Sie fuhr mit einer Hand zwischen ihre Körper und befühlte seine Brust. Als sie mit dem Daumen über einen seiner harten Nippel rieb, entfuhr ihm ein leises Stöhnen. Ihre unschuldige Art heizte ihm nur noch mehr ein.

Außer dem Knistern des Kaminfeuers war lediglich ihrer beider Atem zu hören. Die düstere Umgebung des Zimmers machte Penelope wohl mutig, und er wollte wissen, wie weit sie gehen würde.

»Du darfst mich überall berühren«, erklärte er rau, legte seine Hand auf ihre und drückte sie tiefer, um ihr zu zeigen, dass sie wirklich jede Stelle erkunden durfte.

Sie biss sich auf die Unterlippe, während sie seinen Bauch befühlte, und er ließ niemals ihre Hand los, drängte sie aber zu nichts. Weil sie sich nicht traute, ihn auch dort anzufassen, wo alles spannte und pochte, zeigte er ihr, wo sie ihn berühren sollte. Dabei küsste er sie, um sie abzulenken, dennoch keuchte sie überrascht auf, als sie seine Härte umschloss.

Ashton küsste sie noch einmal, bevor er ihr gebannt zusah, wie sie ihn unschuldig und neugierig befühlte, entweder ihre Fingerspitzen über die Verästelungen seiner Adern gleiten ließ oder seinen Schaft mit den Fingern umschloss. Ashton konnte sich gerade noch zurückhalten, in ihre enge Faust zu pumpen und abzuspritzen. Dieses Vergnügen durfte er sich noch nicht gönnen, sonst wäre ihre Hochzeitsnacht jetzt schon zu Ende.

Gewiss hatte sie noch nie einen echten Penis gesehen, und in diesem Zustand ohnehin nicht. Ihre vorsichtigen Berührungen trieben ihn an den Rand des Wahnsinns. Er wollte so gerne mehr. Sofort! Doch sie sollte ihn in Ruhe erkunden dürfen, um ihre Furcht davor zu verlieren.

Als er vor Lust stöhnte, zog sie die Hand zurück. Vielleicht dachte sie, er hätte Schmerzen.

Ja, es schmerzte, sie nicht augenblicklich zu nehmen! Aber er wollte ihr nicht wehtun und es trotz der »Qualen«, die sie ihm zufügte, genießen. Noch nie war es so gewesen

89

wie gerade, bisher hatte er es immer schnell hinter sich gebracht. Bei Penelope wollte er das plötzlich nicht mehr, auch wenn er sich geschworen hatte, den Akt zukünftig so zügig wie möglich abzuhaken.

Verdammt! Er war verflucht.

Penny konnte kaum begreifen, dass sie gerade einen nackten Mann befühlte. Ihren Mann! Auch dass sie nun verheiratet war, glaubte sie noch gar nicht richtig. Sie kam sich wie in einem wunderschönen, aufregenden Traum vor.

Ash besaß den Körper eines griechischen Gottes: herrlich breite Schultern, leicht ausgeprägte Brustmuskeln, einen flachen Bauch und lange Beine. Nur wuchsen bei ihm, im Gegensatz zu der antiken Statue, die bei ihren Eltern in der Eingangshalle stand, Härchen an Brust, Armen und Beinen. Die fand Penny an ihm jedoch sehr passend, denn dadurch wirkte er noch männlicher.

Zwischen den Schenkeln fand sie ein Nest aus dunklen Haaren, aus dem sein einschüchternder Phallus ragte. Prompt erinnerte sie sich an den paarungswilligen Stier. Wie sollte Ashton nur in sie passen? Herrje, er sah riesig aus! Sein Geschlecht fühlte sich im Inneren hart wie Stein und außen weich wie Samt an. Wie konnte das sein?

Als er mit rauer Stimme fragte: »Darf ich dein Nachthemd ausziehen?«, brachte sie es lediglich fertig, zu nicken. Vor Aufregung versagte ihr die Stimme. Jetzt wurde es wohl ernst.

Er ging in die Hocke, fasste den Stoff am unteren Saum und stand auf, wobei er das Hemd nicht losließ. Das feine Gewebe glitt über ihren Körper; automatisch hob Penny die Arme – und stand nur eine Sekunde später splitternackt vor ihm.

Himmel, das war schnell gegangen.

Seine vor Vergnügen funkelnden Augen schienen zu sagen: Gleiches Recht für alle.

Oh, dieser süße Schuft!

Penny erstarrte und wusste nicht, wohin mit ihren Händen. Am liebsten wollte sie das Laken vom Bett reißen, um sich zu bedecken, zumal ihre Brustwarzen unnatürlich hart und ihre Brüste dadurch äußerst verrucht aussahen. Aber sie wollte nicht feige sein und verharrte stramm wie ein Soldat. Ashton stand völlig selbstsicher vor ihr und schien sich kein bisschen seiner Nacktheit zu schämen, obwohl sie seine Erregung in dem düsteren Raum überdeutlich sehen konnte. Sie fragte sich, ob er auch ihr ansehen konnte, dass sie großen Gefallen an ihm fand. Zumindest schloss sie aus seiner körperlichen Reaktion, dass sie ihm gefiel. Oder konnten Männer hart werden, wann sie wollten? Sie wusste leider so gut wie gar nichts über diese eine Sache!

Er betrachtete sie ausführlich und ging langsam um sie herum, als wäre er ein Händler, der seine neue Ware begutachtete. Dabei streiften seine Fingerspitzen ihre Brüste, ihren Bauch sowie ihre Pobacken und hinterließen auf ihrer Haut feurige Spuren.

Herrje, warum gefiel ihr seine intensive Musterung? Ein köstliches Beben durchzog ihren Körper, und die Wellen schienen alle in ihrem Schoß zusammenzulaufen und dort das heftige Klopfen zu verstärken.

Als er wieder vor ihr zu stehen kam, verdunkelte sich sein Blick und brannte sich regelrecht in sie.

»Du bist wunderschön und einfach unglaublich«, raunte er, zog sie erneut an sich und küsste sie.

Penny schmiegte sich an ihn, wobei sie seine harte Männlichkeit an ihrem Bauch spürte. Ashton grub seine Hände in ihr Gesäß, knetete es und drückte seine Lippen stürmischer auf ihren Mund als zuvor. Er schien sie beinahe zu verschlingen und schaffte es trotzdem, dass sich seine Küsse nicht grob, sondern verlangend und besitzergreifend anfühlten. Sie war ja nun auch sein Eigentum, doch dieser Gedanke erschreckte sie nicht, im Gegenteil. Bei Ashton fühlte sie sich so sicher wie nirgendwo sonst.

Gerade als sie ihm sagen wollte, wie sehr sie ihn liebte, hob er sie auf die Arme und legte sie schwungvoll auf dem Bett ab. Sein auf sie fixierter Blick erinnerte sie an eine exotische Raubkatze, die sie auf Bildern gesehen hatte, und sie fragte sich, ob er nun wie ein wildes Tier über sie herfallen würde. So wie der Bulle über die Kuh.

Langsam kroch er über sie und senkte sich auf sie herab, ohne sie zu zerdrücken. Ashton küsste sie zärtlich, während sich sein hartes Geschlecht an ihre Scham presste.

Penny erwartete, dass er jede Sekunde in sie eindringen würde. Stattdessen rutschte er auf ihr tiefer, küsste ihre Wange, ihren Hals, ihre Brüste. Als er eine ihrer spitzen Knospen zwischen die Lippen sog, entfuhr ihr ein überraschter Schrei, weil glühende Lust zwischen ihre Schenkel schoss. Sie grub die Finger in sein Haar, die andere Hand in seine Schulter, und genoss sein wildes Zungenspiel.

Doch er verharrte nicht bei ihren Brüsten, sondern rutschte noch tiefer. Ashton zog eine Glutspur über ihren Bauch und drückte schließlich ihre Beine auseinander, damit er sich dazwischen knien konnte. Er schenkte ihr noch einen verwegenen Blick, bevor er mit dem Kopf abtauchte und sie auch dort küsste, wo alles wild pochte.

Penny wusste gar nicht, was sie tun sollte. Es gehörte sich bestimmt nicht, eine Frau auf diese Stelle zu küssen! Aber was wusste sie schon? Sie wusste nur eines: Das, was er dort mit seiner Zunge anstellte, fühlte sich nicht nur verdorben, sondern fantastisch an!

Sie versuchte, sich zu entspannen und zu genießen, was

92

er ihr schenkte. Als er den Daumen hinzunahm, um über ihre Perle zu reiben, spürte sie, dass sie bald wieder den Gipfel der Lust erreichen würde, so wie beim letzten Mal in ihrem Zimmer. Doch heute hörte Ashton einfach auf, kurz bevor dieses köstliche Gefühl einsetzte.

Er kroch auf sie, und Penny schmeckte sich selbst, während er sie ausgiebig küsste. Und plötzlich bemerkte sie einen Druck zwischen ihren Schenkel.

Als Ashton raunte: »Bleib einfach entspannt«, wusste sie, dass es nun ernst wurde. Der Druck nahm zu, und Ashtons hartes Geschlecht fühlte sich wie ein gigantischer Eindringling an. Alles spannte, und als sie ein leichter Schmerz durchfuhr, zuckte sie zusammen.

Sofort verharrte er, küsste sie zärtlich und strich über ihr Haar. »Hat es sehr wehgetan?«

»War nur ein kurzer Schreckmoment«, gestand sie ihm atemlos, denn nun fühlte sie nur noch köstliche Hitze in ihrem Schoß.

Behutsam schob er sich tiefer in sie und murmelte zwischen ihren Küssen: »Du wirst dich daran gewöhnen. Beim nächsten Mal kannst du es mehr genießen.«

Es erleichterte sie, einen erfahrenen Mann an ihrer Seite zu haben, der wusste, was er tat. Unaufhörlich drängte er sich tiefer in sie, diesmal mit mehr Druck, und als Penny glaubte, dass es längst nicht mehr weitergehen konnte, begann er, in einem sanften Rhythmus in ihr hin und her zu gleiten. Dabei küsste er sie gieriger und knetete eine ihrer Brüste, während sie die Arme um ihn schlang und sich unter ihm sehr geborgen fühlte. Er war so vorsichtig, dass ihr vor Rührung beinahe die Tränen kamen. Doch als sich das herrliche Gefühl in ihrem Schoß erneut aufbaute, verflogen alle anderen Gedanken, denn sie wollte nur noch mit ihrem Liebsten den Gipfel erklimmen.

»Ash«, wisperte sie hilflos, klammerte sich an ihn und stieß ihm das Becken entgegen, weil sie gut und gerne noch etwas mehr Reibung vertragen konnte. Dabei stöhnte sie wie eine frivole Frau! Doch das war ihr im Moment egal, sollte er von ihr denken, was er wollte. Wenn dort unten nicht bald mehr passierte, würde sie sterben!

»Scht«, machte er und schmunzelte verschmitzt. »Ich werde dir geben, was du brauchst.« Er fasste mit einer Hand zwischen ihre erhitzten Körper, um an ihrer Perle zu reiben, wobei er sich immer noch in ihr befand. Und als er an ihr rieb und gleichzeitig in sie stieß, löste sich mit einem Schlag die gesammelte Spannung in ihr. Während sie die herrlichsten Gefühle durchströmten, Blitze über die Zimmerdecke zu zucken schienen und sich alles in einem süßen Strudel drehte, stöhnte auch Ashton losgelöst und warf den Kopf zurück. Seine Stöße schienen noch tiefer zu gehen, obwohl sie langsamer wurden, und eine Gänsehaut überzog seinen wunderschönen Körper. Penny strich über die angespannten Sehnen an seinem Hals und über die harten Kügelchen seiner Brustwarzen. Nie hatte sie einen schöneren Mann gesehen, und sie wusste, dass sie sich gerade noch ein bisschen mehr in ihn verliebt hatte.

Tief holte er Luft, stieg von ihr herunter und streckte sich auf dem Rücken neben ihr aus. Da das Feuer im Kamin fast heruntergebrannt und die Temperatur im Raum gefallen war, strich ein kühler Hauch über ihren feuchten Körper. Schnell warf sie die Decke über sie beide, während Ash wie ein geschlagener Soldat neben ihr lag und im Halbschlaf etwas murmelte, was sie nicht verstand. Er sah dabei so süß aus, dass sie ihn gar nicht mehr aus den Augen lassen konnte, selbst als er schon tief und fest schlief.

Penny lag noch lange wach, weil sie auf einer Wolke der Glückseligkeit schwebte und erst verarbeiten musste, was gerade geschehen war. Sie liebte Ashton abgöttisch und war überglücklich, den besten Mann der Welt abbekommen zu haben. Mit ihm hätte ihr nichts Besseres passieren können.

Kapitel 9 – Eine unerwartete Überraschung

Als Penny am Morgen die Augen aufschlug, fühlte sie sich zwar etwas wund, aber ansonsten fantastisch. Das erste Mal war gar nicht so schlimm gewesen– im Gegenteil! Ashtons einfühlsame Art hatte ihr sämtliche Angst genommen, und es hatte auch nur ganz kurz wehgetan. Danach war es einfach nur unglaublich schön gewesen. Dank Ashton. Er war eben etwas Besonderes.

Als sie sich zu ihm drehte, blickte sie bloß auf ein weißes Laken. Wo steckte er?

Sie strich über seine Seite des Bettes und spürte keinerlei Wärme. Er musste also schon vor einer Weile aufgestanden sein. Das fand sie sehr schade, denn sie hätte sich jetzt gerne an ihn gekuschelt. Aber er hatte sicher noch einiges zu organisieren, und sie sollte auch aufstehen, damit sie pünktlich die Fähre erreichten.

Erst als sie sich aufsetzte, bemerkte sie ihre Zofe Trish, die sich so leise wie eine Katze durch den Raum bewegte und behutsam die Vorhänge aufzog. Draußen waberte weißer Nebel am Fenster vorbei; die Sonne schien sich noch nicht blicken lassen zu wollen.

»Guten Morgen, Mylady«, sagte die junge Frau leise, bevor sie Penny ein Kleid zurechtlegte und passende Schuhe aus der Reisetruhe holte.

Penny nickte ihr zu und verschwand hinter dem Paravent, um sich zu erleichtern und am Waschtisch frischzumachen. Sie hatte Blut auf dem Bettlaken erblickt, was ihr peinlich war. Doch sie fühlte auch Stolz. Nun war sie eine richtige Frau. Ashtons Ehefrau, um genau zu sein.

Hach, wie sie ihn vermisste.

Ohne ihn kam sie sich leer und verlassen vor, und ihr wurde erneut bewusst, dass heute nicht ihre Eltern mit ihr am Frühstückstisch sitzen würden und sie nicht einfach Izzy besuchen könnte. Für die nächsten Wochen würde Ash ihr einziger Begleiter sein.

Darüber war sie jedoch nicht traurig. Sie hatte es genossen, die ganze Nacht neben ihm zu liegen, seine Körperwärme zu spüren und sich mit dem Kopf an seine Schulter zu schmiegen. Einmal hatte er sie im Schlaf sogar in die Arme gezogen. Das hatte sich schön angefühlt.

»Hast du Lord Lexington gesehen?«, fragte sie Trish und trat zu ihr.

»Er ist im Stall und bespricht etwas mit den Kutschern. Anschließend erwartet er Sie in der Gaststube zum Frühstück, Mylady.« Trish war ganz weiß im Gesicht und ihre Hände zitterten.

Penny musterte sie besorgt. »Geht es dir nicht gut?«

Ihre Zofe schien beinahe in Tränen auszubrechen, als sie weinerlich sagte: »Oh, Miss … Mylady … Ich weiß nicht, wie ich die lange Schifffahrt überstehen soll.«

Lächelnd schüttelte Penny den Kopf. »Aber Trish, das hatten wir doch geklärt. In spätestens drei Stunden …«

»Es war nie die Rede von Portugal!«, unterbrach sie das Mädchen. »Bis dorthin sind wir doch Tage unterwegs. Oder Wochen? Ich weiß nicht einmal, wo Portugal liegt!«

»Portugal?« Penny hob die Arme, als Trish ihr ins Unterkleid half. »Da muss ein Missverständnis vorliegen. Es geht nach Paris.«

Vehement schüttelte Trish den Kopf. »Lord Lexington hat von Portugal gesprochen. Da bin ich mir sicher, Mylady. Er hat ausdrücklich betont, dass alle nach Paris vorausfahren werden, nur Sie, Mylord und ich werden nach Lissabon segeln.«

Tief atmete Penny durch. Bestimmt hatte sich ihre Zofe verhört. Warum sollten denn nur sie drei nach Portugal segeln? »Weißt du was, Trish? Wir gehen gemeinsam hinunter und ich werde meinen Mann gleich fragen. Es war bestimmt nur ein Missverständnis.«

Trish lächelte erleichtert. »Vielen Dank, Mylady. Ich bin nämlich wirklich nicht für die See geschaffen. Eine längere Reise auf dem Wasser würde ich nicht überleben, nicht noch einmal.«

»Wie meinst du das?« Penny wusste nicht viel über ihre Zofe, zumindest kaum etwas aus ihrem Privatleben. Immer, wenn Penny sie persönliche Dinge fragte, wich Trish aus.

Auch diesmal schwieg sie einige Sekunden lang, doch schließlich erklärte sie zögerlich: »Sie wissen ja, dass ich mit meiner Familie vor ein paar Jahren aus Amerika gekommen bin. Als wir nach England gesegelt sind, habe ich all die langen Wochen auf dem Schiff beinahe ununterbrochen ...« Sie räusperte sich leise. »Ich erspare Ihnen die Details, Mylady. Aber ich war bei unserer Ankunft kaum noch am Leben.«

»Das tut mir sehr leid, Trish.« Das hörte sich wirklich schrecklich an. Penny hatte grauenvolle Bilder vor Augen, wie sich ihre Zofe als junges Mädchen ständig hatte übergeben müssen und unter Deck mit Kopfschmerzen und heftiger Übelkeit dahinvegetierte, ohne viel frische Luft und Licht abzubekommen. »Ich wusste nicht, dass es dir so schlecht ging.«

»Ich habe es auch noch nie jemandem erzählt«, gestand ihr Trish mit hochrotem Gesicht. »Ich will nicht für schwach gehalten werden.«

Sofort ergriff Penny ihre Hand. »Niemand hält dich für schwach, weil du seekrank warst. Ich habe gehört, dass einige Menschen sehr unter einer Seereise leiden und andere eben nicht. Das hat nichts damit zu tun, ob jemand schwach oder stark ist. Selbst den gestandensten Mann kann es treffen.«

Trish blinzelte sich eine Träne fort und lächelte. »Sie sind immer so freundlich, Mylady.«

»Ich sage nur die Wahrheit.« Penny hoffte, dass sich ihre Zofe wegen der Reiseänderung irrte. Denn solch eine längere Schifffahrt wollte sie dem Mädchen wirklich nicht zumuten.

ɔ❀ɕ

Penny war froh, dass Ash bereits in der Wirtsstube am Frühstückstisch saß, als sie in Begleitung von Trish bei ihm eintraf. Ihre Zofe stand verlegen hinter ihr, während sie sich ihm gegenüber an den Tisch setzte. »Guten Morgen, Ashton.«

»Guten Morgen«, murmelte er, wobei er sie anlächelte. Dann warf er einen stirnrunzelnden Blick auf Trish.

»Das ist meine Zofe«, erklärte ihr Penny. »Sie glaubt, wir drei segeln nach Portugal und fahren nicht nach Paris. Das wollte ich vor der Abreise klarstellen, um sie zu beruhigen.«

Als Ash leicht das Gesicht verzog, als würde er Schmerzen leiden, verkrampfte sich Pennys Magen. »Wir fahren doch nach Paris?«

»Natürlich tun wir das«, antwortete er hastig. »Allerdings nehmen wir einen Umweg über Portugal. Es sollte eine Überraschung sein.«

98

Ihre Zofe holte hinter ihr scharf Luft. »Oh nein, jetzt habe ich alles verdorben.«

»Du heißt Trish, oder?«, fragte Ashton sie.

»Ja, Mylord«, erwiderte sie geknickt.

»Du hast dir nichts zuschulden kommen lassen. Ich war ein Esel, denn ich wollte es meiner Frau längst erzählen.« Mit zerknirschter Miene wandte er sich an Penny. »Du hast gestern so traurig ausgesehen, nachdem wir dein Heim verlassen haben, da wollte ich nicht gleich mit der nächsten Neuigkeit ins Haus fallen. Später ... habe ich es völlig vergessen. Ich hoffe, du nimmst mir die Planänderung nicht übel.«

Wenn er derart arm guckte, konnte sie ihm nicht böse sein. »Ich freue mich, ein weiteres Land zu sehen. Doch ich wünschte, du hättest es mir eher mitgeteilt.«

Trish trat näher an den Tisch und drückte sich eine Hand an die Brust. »Ich bin nicht für das Meer geschaffen, Mylord, das überlebe ich nicht.«

Ash schmunzelte. »So schrecklich ist eine Seefahrt nun auch nicht.«

»Für Trish schon«, erklärte ihm Penny. »Sie wird leicht seekrank. Es würde ihr während der ganzen Reise sehr schlecht gehen.« Auch wenn sie sich freute, ein weiteres Land kennenlernen zu dürfen, war sie dennoch ein wenig aufgebracht. Hätte sie eher von Ashtons Plänen gewusst, hätte sie eine andere Zofe mitnehmen können, obwohl ihr Trish mittlerweile sehr ans Herz gewachsen war.

Penny drehte sich zu ihr um und lächelte sie aufmunternd an. »Von mir aus kannst du mit den anderen Angestellten nach Paris reisen.« Sie würde auch eine Weile ohne Zofe auskommen. Zudem brauchte sie als verheiratete Frau keine Anstandsdame mehr, schließlich hatte sie nun Ashton an ihrer Seite.

Der nickte entschlossen. »Ich werde dich Price' Obhut überlassen. Er wird dir eine andere Arbeit zuweisen, bis wir in Paris eintreffen.«

Trish lächelte zittrig. »Das ist sehr großzügig von Ihnen, Mylord. Aber ich kann Lady Lexington unmöglich allein lassen!«

Ash fuhr sich über das glattrasierte Kinn. »Ich denke, es wird sich jemand finden, der meiner Gattin beim Wechseln der Garderobe hilft.«

Während Trish unschuldig nickte, wurde es Penny heiß. Sie erkannte am Funkeln seiner Augen, dass er ihr nur allzu gern aus dem Kleid helfen würde. Zumindest letzte Nacht hatte er es sehr eilig damit gehabt.

Trish blickte Penny weiterhin zerknirscht an. »Wer wird Ihnen jeden Tag die passende Kleidung zurechtlegen oder diese flicken, falls etwas zu nähen ist? Wer wird Sie frisieren, Ihnen den Nachmittagstee bringen oder Sie unterhalt...«

»Wir schaffen das«, unterbrach sie Ashton und setzte süffisant hinzu: »Wir Adligen sind nicht ganz so hilflos, wie Sie vielleicht denken.«

»Oh.« Trishs Gesicht lief knallrot an, und Penny verkniff sich ein Grinsen. Sie kannte durchaus einige Damen, die ohne ihre Zofe völlig verloren wären. Aber sie konnte sich durchaus selbst anziehen und sich auch die Haare machen. Sollte etwas zu nähen sein, würde sie das ebenfalls hinbekommen. Schließlich hatte sie beim Sticken gelernt, mit Nadel und Faden umzugehen.

»Tausend Dank, Mylord.« Trish verbeugte sich unzählige Male, wobei Tränen in ihren Augen schwammen. »Tausend Dank auch Mylady. Ich wünsche Ihnen eine wundervolle Reise und freue mich darauf, Sie in Paris wiederzusehen.« Rückwärts und immer noch in gebeugter Haltung verließ sie den Raum, und als sie nicht mehr zu sehen war, lehnte

100

sich Ashton aufatmend zurück. »Ich dachte schon, sie hört nie auf zu reden.«

Penny schmunzelte. »Sie möchte eben nur, dass es mir an nichts fehlt.«

»Dafür werde ich sorgen«, raunte er, schenkte ihr einen feurigen Blick und nahm dann schnell einen Schluck aus seiner Tasse.

Pennys Herz hüpfte vor freudiger Erwartung. Was würden die nächsten Nächte mit Ashton bringen? Sie sehnte sich jetzt schon wieder nach seinen erfahrenen Händen und … seiner geschickten Zunge.

Zum Glück kam die Bedienung, um Penny das Frühstück aufzutischen, bevor sie noch tiefer in den Erinnerungen an ihr erstes Mal versank und ebenfalls rot anlief. Sie lenkte sich mit dem leckeren Essen ab, und es gab alles, was ihr Herz begehrte. Ordentlich griff sie zu, da sie nicht wusste, wie die Verpflegung auf dem Schiff aussehen würde.

Als sie in ihrem Separee wieder unter sich waren, fragte Penny: »Dein Valet begleitet dich also auch nicht?«

»Nein. Er ist das gewohnt. Ich verreise meistens ohne ihn.«

»Und warum schickst du das restliche Personal ebenfalls nach Paris? Weshalb kommt denn wirklich niemand mit uns?« Das fand sie sehr untypisch, ja geradezu revolutionär!

»Du brauchst nicht alles zu wissen«, murmelte er in seine Tasse, ohne Penny anzusehen. »Vertrau mir einfach.«

Sie brauchte nicht alles zu … Oh, was …? Diese Antwort hatte sie von ihm nicht erwartet.

Plötzlich fühlte sie eine immense Enttäuschung aufsteigen und es brodelte in ihr. Wieso wollte er ihr diese ganz normale Frage nicht beantworten?

Tief atmete sie durch und biss von ihrem knusprigen

Toast ab, um sich zu beruhigen. Sie wollte ihm im Gasthaus keine Szene machen. Das stand ihr als seine Frau ohnehin nicht zu. Und vielleicht sollte sie auch nicht vorschnell eingeschnappt sein. Plante er eine weitere Überraschung?

Allerdings wurde ihr auf einen Schlag bewusst, dass sie im Grunde nichts über ihren Mann wusste, denn sie hatte felsenfest geglaubt, er wäre anders als die meisten anderen Ehemänner, die ihre Frauen bevormundeten. Doch anscheinend hatte auch bei ihm eine Frau nicht viel zu sagen, besaß kein Mitbestimmungsrecht und war lediglich das Eigentum ihres Gatten. Aber womöglich täuschte sie sich auch.

Hoffentlich!

Für sie würde eine Welt zusammenbrechen, wenn sich Ashton als herrischer Barbar entpuppen würde. Sie musste deshalb gleich wissen, woran sie bei ihm war, bevor sie ihr Herz noch mehr an ihn verlor. Sie versuchte, möglichst ruhig zu bleiben, und fragte wie beiläufig: »Wieso kannst du mir den Grund nicht nennen, warum uns niemand begleiten wird?«, und nahm einen weiteren Bissen von ihrem Toast.

Er stieß die Luft aus, als würde ihn ihre Impertinenz nerven. Doch er erklärte erstaunlich gefasst: »Es hat für mich immer etwas Befreiendes, allein zu reisen. Gefällt es dir nicht, wenn wir beide unter uns sind? Wenn keine Bediensteten den ganzen Tag um uns herumhuschen? Wir könnten uns weniger steif benehmen und müssten uns nicht ständig penibel an die Etikette halten. Ich weiß, dass du aus sehr gutem Hause stammst und es für dich eine große Umstellung sein wird. Aber es ist ja nur für kurze Zeit. Ich brauche das zwischendurch.«

Ein leises »Oh« war alles, was sie hervorbrachte. Mit dieser Antwort hatte sie nicht gerechnet, doch sie fühlte sich nun ein wenig erleichtert.

Er wollte also mehr Zweisamkeit? Dagegen hatte sie absolut nichts einzuwenden. Der Rest klang auch plausibel, obwohl es sehr ungewöhnlich war, dass ein Mann in seiner Stellung nicht einmal seinen Kammerdiener mit auf eine Reise nahm. Aber sie hatte ja schon mitbekommen, dass Ashton kein gewöhnlicher Mann war.

Er grinste verschmitzt. »Bist du nun schockiert?«

»Oh ... was? ... Nein! Nur überrascht.«

»Nun ja, ich liebe das Abenteuer, und eine Seereise ist immer spannend. Außerdem ist Lissabon eine aufregende Stadt, in der es wahnsinnig viel zu entdecken gibt.«

»Ein Abenteuer würde Izzy gefallen«, murmelte Penny in ihre Teetasse. Doch ob ihr selbst so viele Abenteuer zusagen würden?

Ashton schien sie wie ein Raubtier zu mustern und jede ihrer Reaktionen einzuschätzen. Es kam ihr beinahe so vor, als wolle er gar nicht, dass ihr seine verrückten Ideen gefielen. Aber da musste sie sich wohl erneut täuschen. Dennoch hatte sie den Eindruck, dass er ihr etwas verschwieg.

»Wie lange werden wir auf See sein?«, wollte sie wissen und war froh, als er sofort antwortete.

»Wir brauchen neun bis zwölf Tage nach Lissabon, je nach Wetterverhältnis. Dort werden wir ein paar Tage bleiben und anschließend mit der *Rajula* zurücksegeln bis nach Le Havre. Von da aus geht es mit der Kutsche innerhalb von zwei Tagen nach Paris.«

Penny setzte ihre Tasse etwas zu vehement auf dem Tisch ab, sodass sie klapperte. »Wir sind also vielleicht einen Monat länger unterwegs als geplant? Ich muss Mama und Papa sofort einen Brief schreiben!«

Als sie sich rasch erhob, sah Ash wieder aus, als würde er Schmerzen leiden. »Du kannst ihnen schreiben, sobald wir in Paris sind. Sie werden sich nicht wundern, erst viel später von dir zu hören. Es ist schließlich unsere Hochzeitsreise.«

Anstatt sich zu setzen, schob Penny den Stuhl ganz zurück. »Aber ich muss zumindest Izzy informieren, denn ich habe ihr versprochen, mich jede Woche bei ihr zu melden. Wenn ich das nicht tue, wird sie denken, es ist etwas passiert.«

Penny glaubte, Ashton bei der Erwähnung des Namens ihrer Freundin leise stöhnen zu hören. Doch er erhob sich ebenfalls, um sie auf ihr Zimmer zu begleiten. »Also schön, dann schreib deinen Brief. Aber beeile dich. Wir müssen in einer Stunde beim Schiff sein.«

❧

Während Penny am Sekretär saß, überlegte sie, was sie Izzy schreiben sollte. Bloß fiel ihr das Nachdenken nicht gerade leicht, wenn Ash ihr ständig über die Schulter sah!

»Erwähne unseren Umweg über Portugal nicht, sondern tu so, als wärst du bereits in Paris«, bat er sie. »Ich habe mein Personal ebenfalls angehalten, nichts anderes zu erzählen.«

Empört wandte sich Penny auf dem Stuhl zu ihm um. »Ich soll meine Freundin anlügen? Warum?«

»Ich erkläre dir das später, wenn wir auf dem Schiff sind.« Er warf einen flüchtigen Blick zur Wanduhr und bat Penny, sich zu beeilen. »Mein Kammerdiener wird den Brief in Paris aufgeben.«

In Penny kochte es erneut. Wieso tat Ash bloß so geheimnisvoll und wollte ihr nichts erzählen? Es durfte doch jeder wissen, dass sie ihre Hochzeitsreise ausweiteten. Oder?

Wenn er schon nicht mit der Wahrheit rausrücken woll-

104

te und sie ihre Freundin anlügen musste, würde sie es ihm heimzahlen. Ein bisschen, zumindest. Deshalb schrieb sie nach den anfänglichen Standardfloskeln über das Wetter und den Verlauf der Reise:

Die Hochzeitsnacht im Gasthaus habe ich mir anders vorgestellt. Sie war nicht gerade sehr berauschend, und ein wenig hat mich Ashtons Verhalten an Bauer Smithers Bullen erinnert ...

Penny musste aufpassen, nicht zu lachen, denn sie glaubte, ein leises Grollen hinter sich zu vernehmen. Ihr war es allerdings peinlich, dass Ashton jedes Wort ihrer Korrespondenz mitlas. Als ihr Ehemann hatte er das Recht dazu. Nur hatte sie niemals erwartet, dass Ashton sie derart überwachen würde. Er war wohl doch kein bisschen anders als andere Männer.

»So etwas schreibst du deiner Freundin?«, fragte er düster.

Im vorwurfsvollen Ton antwortete sie: »Izzy und ich reden über alles und haben keine Geheimnisse voreinander.«

»Ich kann dir den Grund jetzt nicht nennen«, murmelte er und seufzte schwerfällig, während er begann, hinter ihr auf und ab zu laufen. »Du musst mir einfach vertrauen.«

Da er ein wenig geknickt wirkte – oder war er vielleicht ein besonders guter Schauspieler? – schrieb sie weiter: *Doch Ashton ist ein wahrer Gentleman und sehr einfühlsam. Es wird mit jedem Mal besser.*

Eigentlich sollte er ihr kein bisschen leidtun! Aber wenn sie an letzte Nacht dachte, konnte sie ihm nicht wirklich böse sein. Er hätte sie auch ganz anders behandeln können.

Schnell wechselte sie im Brief das Thema, bevor sie noch etwas schrieb, was sie später bereuen würde, und setzte hinzu: *Paris ist eine Wucht! Ich wünschte, du wärst bei mir, damit wir die ganzen Modeläden plündern könnten. Ich weiß, du machst dir nichts aus Kleidern, aber sicher würde dir die Stadt gefallen.*

Wie sehr Penny sich wünschte, ihre beste Freundin nun wirklich hier zu haben. Penny musste aufpassen, nicht in Tränen auszubrechen, während sie die letzten Zeilen schrieb und danach die feuchte Tinte mit Löschsand trocknete.

Nachdem sie den Brief gefaltet und versiegelt hatte, riss Ash ihr das Papierstück regelrecht aus der Hand.

Aufgebracht stand Penny auf. Warum verhielt er sich derart seltsam? »Ich kenne dich gar nicht mehr, Ashton«, wisperte sie den Tränen nahe und fragte sich, was er ihr verschwieg.

»Du hast mich nie gekannt.« Mit diesen harschen Worten wandte er sich um und marschierte aus dem Raum.

Kapitel 10 – Mrs Lexington

Das ist ja gehörig in die Hose gegangen!, dachte Ashton missmutig, als er mit Penelope am Arm zum Anlegesteg schritt, an dem das große Segelschiff seines Freundes Captain William Quintrell auf sie wartete. Nebelschwaden waberten über das Wasser, sodass Ashton die hohen Kreidefelsen an der Küste durch den milchigen Dunst lediglich erahnen konnte. Die Sonne, deren Strahlen sich tapfer durch die weiße Wand zu kämpfen versuchten, stand als glühende Kugel über dem Horizont. Es roch nach Salz, Algen und Fischabfällen. Die Möwen, die um die drei hohen Masten der Fregatte kreisten, schienen Ashton mit ihrem lachenden Gekreische zu verspotten, während ihn Penelope keines Blickes würdigte. Dieser graue Morgen passte perfekt zu seiner Stimmung, verflucht!

Er ärgerte sich, wie das Gespräch über die Planänderung

106

der Reise verlaufen war. Doch noch mehr ärgerte er sich über den Inhalt von Penelopes Brief. Am liebsten hätte er ihn zerreißen wollen! Doch natürlich befand sich das Schriftstück längst in Price' Obhut.

War das erste Mal für sie wirklich derart miserabel gewesen?

Sein erstes Mal mit ihr hatte sich unglaublich angefühlt! Penelopes Leidenschaft sowie ihr Verlangen hatten ihn schier überwältigt. Oder hatte sie ihm nur etwas vorgespielt?

Er hatte den Akt für sie so angenehm und schön wie möglich gestaltet. Und auf diese Weise dankte sie es ihm? Garantiert wollte sie ihn bloß ärgern, weil er sie mit den Reiseänderungen regelrecht überfallen und ihr befohlen hatte, im Brief nichts von Portugal zu erwähnen. Ihre Zofe würde außerdem nicht mitkommen, was Penelope sicher zusätzlich verstimmte, auch wenn sie etwas anderes behauptete.

Er war ein fantastischer Liebhaber, das wusste er sehr wohl! Dennoch fühlte er sich in seiner Mannesehre gekränkt, als er mit ihr vor der Laufplanke hielt, über die sie auf die *Rajula* gelangen würden.

Captain William Quintrell, den Ashton schon seit seiner Studienzeit kannte und ihn deshalb nur »Quinn« nannte, wartete dort am Pier auf sie. Er trug Breeches, Stiefel, ein weißes Hemd sowie eine dunkle Weste, und ein leichter Windstoß verwirbelte sein dunkles Haar.

Wäre Quinn Kapitän auf einem Passagierschiff, würde er wohl eine lange Hose, einen farblich passenden Rock sowie eine Kapitänsmütze tragen. Aber auf der Rajula ging es etwas weniger formal zu. Quinn gehörte das Schiff, er war sein eigener Boss, und jeder konnte seine Dienste buchen. Die waren nicht immer ganz legal, doch ihr gemeinsamer

»Bekannter«, für den Quinn auch schon das eine oder andere Mal einen Gefallen getan hatte, sorgte dafür, dass sein Freund eine reine Weste hatte.

Quinn war Ashtons engster Vertrauter, denn er wusste wirklich so gut wie alles über ihn. Gemeinsam hatten sie schon einige Abenteuer bestritten. Ashton freute sich darauf, den Haudegen wiederzusehen, entließ Penelopes Ellbogen und umarmte seinen alten Freund. Ashton spürte dessen Körperwärme, als er ihm auf die Schulter klopfte, denn Quinn trug im Gegensatz zu ihnen keinen Mantel, obwohl eine unangenehm kühle Brise wehte. Doch der Seebär war rauere Bedingungen gewohnt und deshalb abgehärtet.

»Danke, dass du so kurzfristig einspringen konntest«, sagte Asthon, als er ihn losließ.

»Du hattest Glück, dass ich den nächsten Auftrag noch nicht angenommen hatte, Lexington. Da habe ich mich doch lieber für deine Anwesenheit entschieden.« Quinn warf einen Blick über Ashtons Schulter auf Penelope und grinste schief. »Wo bleiben unsere Manieren? Wir reisen diesmal schließlich in Begleitung einer Lady!«

Ashton trat zur Seite und kratzte sich an einer Braue. »Das ist meine Frau Penelope.«

Quinn verbeugte sich galant vor ihr. »Captain William Quintrell, zu Ihren Diensten, Lady Lexington. Ich habe schon einiges von Ihnen gehört. Es ist mir eine Ehre, die Dame kennenzulernen, die den ewigen Junggesellen gebändigt hat. Wurde wirklich Zeit.«

Sie schmunzelte und öffnete den Mund. Doch bevor sie etwas erwidern konnte, warf Ashton schnell ein: »Du bist genauso alt wie ich, Quinn. Wo ist denn *deine* Ehefrau?«

Sein Freund zwinkerte. »Die muss erst noch erfunden werden, fürchte ich.«

108

Penelope räusperte sich leise und machte einen Knicks. »Sehr erfreut, Sie kennenzulernen, Captain Quintrell.« Dann lächelte sie Quinn für Ashtons Geschmack etwas zu freundlich an. »Leider habe ich noch nichts von Ihnen gehört, Captain.«

Quinns Augen wurden groß, während er einen gespielt empörten Seitenblick auf Ashton warf. »Der Schuft hat Ihnen nichts von mir erzählt, obwohl wir alte Freunde sind?«

Penelope grinste. »Absolut gar nichts.«

Quinn lachte und bemerkte süffisant: »Zum Glück haben wir ja nun ein paar Wochen Zeit, um uns kennenzulernen.« Schnell machte er einen klugen Schritt von Ashton weg. Er wollte diesem Charmeur am liebsten die Faust in den Magen rammen, bester Freund hin oder her. Doch er riss sich zusammen, als Quinn sie beide bat, die Rajula zu betreten, und folgte ihm mit Penelope über die Gangway auf das Schiff.

Ashton faszinierte es immer wieder, einen Blick auf die unzähligen Seile und Segel über seinem Kopf zu werfen. Sowohl dort oben als auch an Deck herrschte rege Betriebsamkeit. Matrosen überprüften Taue und kletterten in die Wanten oder sogar auf den dreißig Meter hohen Hauptmast. Dort oben bei gutem Wetter zu arbeiten, war heikel genug, bei Unwetter jedoch absolut lebensgefährlich.

Der Erste Offizier Mr Walsh, ein schwarzhaariger, stämmiger Mann mit Vollbart, erteilte Befehle und brüllte diese über das ganze Schiff, das mindestens so lang wie der Hauptmast und bestimmt über acht Meter breit war.

Quinn stellte seiner Frau den vorbeieilenden Schiffsjungen vor, einen höchstens zwölfjährigen, schmächtigen Burschen mit Sommersprossen und blondem Haar, das er unter einer ausgefransten blauen Kappe verbarg. »Das ist Lou, mein Mündel. Sie können sich mit allen Fragen, oder sollten Sie etwas während der Reise benötigen, an ihn wenden, Mrs Lexington.«

Lou machte einen Diener und schenkte ihr ein zahnlückiges Grinsen. »Sehr erfreut, Madam.«

Als Penelope Ashton wegen der seltsamen Anrede stirnrunzelnd anschaute – es hieß schließlich »Lady« Lexington –, hoffte er, sein eindringlicher Blick würde sie davon abbringen, von Nachfragen abzusehen. Vielleicht lag es aber auch an ihrer Erziehung, dass sie nichts dazu sagte und Lou ein freundliches Lächeln schenkte. Ashton würde ihr später eine Erklärung liefern, die sie ohnehin einfordern würde, wie er sie kannte.

Über eine schmale Treppe ging es zur ersten Ebene unter Deck und von dort geradeaus durch einen dunklen, schmalen Gang bis zum Heck des Schiffes. Den hinteren Teil der Fregatte nahm der großzügige Kapitänssalon ein. Ashton hatte darin schon viele Stunden mit Quinn bei einer guten Flasche Wein, Brandy oder anderen Köstlichkeiten verbracht, die sein Freund von seinen Reisen mitgebracht hatte. Gleich daneben befand sich Quinns Kajüte.

Als der die Tür zum Salon öffnete, entdeckte Ashton darin ihr Gepäck sowie ein großes Bett, das früher nicht hier gewesen war.

»Ihr bekommt für die Dauer der Reise den Kapitänssalon«, erklärte Quinn.

»Das kann ich nicht annehmen.« Ashton schüttelte resolut den Kopf. »Du bist der Captain, das ist dein Schiff.« Den Salon nutzten sowohl der Captain als auch höhere Gäste als Aufenthaltsraum.

»Ich bestehe darauf.« Quinn zwinkerte ihm zu. »Schließlich seid ihr frisch vermählt und die einzigen Gäste an Bord. Seht es als mein Hochzeitsgeschenk an euch. Ich habe un-

110

seren Schiffszimmermann Cadwell extra beauftragt, euch eine große Koje einzubauen.«

Während Penelope sanft errötete, bedankte sich Ashton murmelnd bei seinem Freund und musterte unauffällig die breite, mit bunten Kissen dekorierte Koje, in der zwei Personen gut Platz fanden. Verdammt! Er hatte gehofft, mit Penelope in einer kleineren Kabine zu wohnen, in der es getrennte Betten gab. Doch er musste zugeben, dass es viel angenehmer war, in diesem großen Raum zu leben. Eine durchgehende Fensterreihe am Heck, vor der dunkelblaue Vorhänge hingen, ließ jede Menge Licht herein. Penelope würde sich hier sehr viel wohler fühlen als in einer kleinen, dunklen Kabine. Sie konnte tagsüber an dem geräumigen Tisch sitzen, um auf das Meer zu blicken oder zu lesen. An der Wand neben der Tür stand ein großes Regal voller Bücher. Bestimmt gab es dort Lesestoff, der seine kluge und wissbegierige Frau interessierte. Doch er wusste, dass sie auch selbst ein paar Bücher eingepackt hatte.

Quinn verabschiedete sich bei ihnen und verbeugte sich vor Penelope. »Wenn Sie mich nun entschuldigen, Lady Lexington, ich muss an Deck, die Pflicht ruft. Wir legen in wenigen Minuten ab. Ich wünsche Ihnen eine angenehme Reise, und bitte zögern Sie nicht, sich bei mir oder Lou zu melden, sollten Sie irgendetwas vermissen.«

Penelope errötete sanft. »Vielen Dank, Captain. Ich weiß Ihre Großzügigkeit sehr zu schätzen.«

Quinn schenkte Ashton noch ein anzügliches Grinsen, das sie zum Glück nicht mitbekam, weil offenbar die große Weltkarte ihre Aufmerksamkeit erregte, die neben dem Bücherregal an der Wand hing, und verließ die Kajüte.

»*Mrs* Lexington?«, fragte Penny und wandte sich zu Ashton um, kaum waren sie unter sich. »Warum haben mich vorhin der Schiffsjunge und selbst Captain Quintrell nicht standesgemäß angesprochen?«

Tief holte er Luft. Wie vermutet, forderte sie Antworten. »Nur Quinn kennt meine wahre Identität, und so soll es auch bleiben«, erklärte er ihr so wahrheitsgetreu wie möglich, während er seinen Hut abnahm und auf dem Tisch ablegte. »Für die Crew bin ich Ashton Lexington, ein Kaufmann aus London, und nicht Ashton Courtenay, der Earl of Lexington.«

»Das ist doch ...« Ihre glatte Stirn legte sich in Falten. Anscheinend wusste sie nicht, was sie davon halten sollte. Schließlich fragte sie mit zusammengekniffenen Lidern: »Was verschweigst du mir? In was für eine Sache ziehst du mich hinein?«

Er lachte, da sie anscheinend eine wilde Einbildungskraft besaß. »Ich ziehe dich nirgendwo hinein. Ich liebe es einfach, inkognito zu verreisen und mich weniger steif benehmen zu müssen. Das ist mein kleines Stück Freiheit, das ich mir ab und zu herausnehme. Und da ich das Spiel gemeinsam mit Quinn nun einmal vor Jahren begonnen habe, wäre es seltsam, der Crew jetzt die Wahrheit zu sagen.«

Quinn wusste natürlich genau, wer Ashton war. Und außer Ashton wusste wahrscheinlich niemand, wer Quinn wirklich war. Aber das ging auch keinen etwas an. Als Captain behandelte er seine Crew fair und bezahlte gut, deshalb segelten dieselben Leute seit Jahren mit ihm. Ashton kannte die ganze Mannschaft, versuchte jedoch, keinen zu nah an sich heranzulassen. Quinn war die einzige Ausnahme, weil sie sich schon so lange kannten. Ihr gutes Verhältnis ließ sich auch schlecht rückgängig machen. Doch auch mit ihm sprach Ashton nicht über alles, schon gar nicht darüber, welche Absichten er Penelope gegenüber hegte. Das war seine Privatangelegenheit. In einem Brief hatte er

Quinn lediglich über seine Heirat informiert und woher seine Frau stammte.

»Offiziell bin ich ein Kaufmann und du bist meine Gattin«, erklärte er ihr und blieb wieder so dicht an der Wahrheit, wie er konnte. Seine Geheimidentität ließ hoffentlich nicht darauf schließen, zu welchen mächtigen Leuten er Beziehungen pflegte. »Es ist auch allgemein sicherer, inkognito zu verreisen. Adlige werden gerne einmal als Geiseln genommen, um Lösegeld zu erpressen.«

Als sie erschrocken die Luft einsog, setzte er schnell hinzu: »Du brauchst keine Angst zu haben. Bei mir kannst du dich sicher fühlen. Ich kenne ein paar Tricks zur Verteidigung. Vor Quinn und der Crew hast du ohnehin nichts zu befürchten. Das sind alles ehrbare, gute Leute.«

Ihr Gesicht entspannte sich und sie atmete durch. Weniger missmutig sagte sie: »Du hättest mich einweihen können.«

»Es tut mir auch schrecklich Leid, wie alles gekommen ist.« Er trat zu ihr und zog sie in die Arme, um sie noch ein wenig versöhnlicher zu stimmen. »Ich war erst zu beschäftigt, dir von der Reiseänderung zu erzählen, weil ich so viel vorbereiten musste. Dann kam nie der richtige Augenblick, und schließlich war es zu spät. Kannst du mir verzeihen? Und kannst du damit leben, dass dein Ehemann ein etwas anderer Earl ist?«

Penny wusste noch nicht, was sie von seiner abenteuerlichen Geschichte halten sollte. Doch wenn er sie wie ein trauriges Hündchen anblickte, konnte sie ihm nicht böse sein, obwohl seine Erklärung wirklich kurios anmutete. Andererseits klang sie plausibel. Außerdem wusste der Captain wirklich Bescheid, denn er hatte sie korrekt angesprochen, als sie unter sich gewesen waren.

Schnell wog sie alle Fakten ab. Ashton wollte ihr mit dem Umweg über Portugal eine Freude bereiten. Er hatte sich viel Arbeit gemacht, um ihr ein besonderes Abenteuer zu bieten. Das sollte sie ihm hoch anrechnen. Sie war ihm wichtig. Und gegen ein kleines Abenteuer hatte auch sie nichts einzuwenden, dann hätte sie wenigstens Izzy etwas zu erzählen. Spätestens wenn Penny ihre Freundin wieder einmal persönlich traf, würde sie ihr alles berichten, jedes einzelne Detail, egal ob Ashton es ihr erlaubte oder nicht. Izzy würde auch nichts weitergeben. Sie war keine Tratschtante.

Herrje, sie war ja eine richtige Rebellin! Das lag womöglich daran, dass sie sich vor Ashton nicht fürchtete. Sie vertraute ihm, und in seinen Armen fühlte sie sich immer sicher und geborgen. Es gefiel ihr außerdem, dass er sich verteidigen konnte.

»Na gut«, antwortete sie schmunzelnd und lehnte sich versöhnlich gegen ihn. Sie vermisste seine Nähe und hasste es, sich mit ihm zu streiten. »Ich verzeihe dir – und ich kann damit leben, dass du voller Überraschungen steckst.«

Er atmete auf. »Dem Himmel sei Dank. Ich habe aktuell nämlich keine Möglichkeit, dich mit Blumen zu beschwichtigen.«

Sie kicherte und fragte süffisant: »Mich würde allerdings interessieren, wie deine Verteidigungsmethoden aussehen?«

»Ich kann außerordentlich gut fechten, boxen und mit einer Schusswaffe umgehen.«

Dieser Angeber! »Das klingt, als wärst du unbesiegbar.«

»Bei besonders brenzligen Situationen würde ich weglaufen«, gestand er ihr grinsend.

Ihr Mundwinkel zuckte. »Hm, es steckt also doch ein wenig Vernunft in dir.«

»Vernunft ist mein zweiter Vorname.«

»Nein, der lautet Seymour«, erwiderte sie und lachte.

Es tat gut, mit ihm herumzualbern. Sofort fühlte sie sich leichter.

Sie traten auseinander, als vom Deck Rufe ertönten. Die Gangway wurde eingefahren, die Taue, die das Schiff mit dem Pier verbanden, gelöst, der Anker eingeholt. Über ihnen knarzten die Planken, als unzählige Füße darüberliefen. Nun ging es los! Penny fühlte sich ein wenig aufgeregt, vor allem, als der Boden plötzlich stärker schwankte. Sie war niemals zuvor auf einem Schiff mitgefahren.

»Woher kennst du den Captain?«, wollte sie von Ashton wissen. Der war zu einem Fenster gegangen, um hinauszusehen.

»Wir waren zusammen in Oxford, bevor er sich für eine Karriere auf See entschieden hat.«

Der Captain hatte an einer solch renommierten Universität studiert? Also musste Mr Quintrell wohlhabende Eltern haben, die die hohen Gebühren aufbringen konnten. Penny wollte gerne erfahren, warum er die Laufbahn des Captains gewählt hatte. Der Mann steckte wohl ebenfalls voller Überraschungen. Jedoch wollte sie nicht neugierig sein und Ashton über Mr Quintrell und dessen Mündel Lou ausfragen. Penny hatte sehr wohl bemerkt, dass es Ash nicht gefallen hatte, wie sie den Mann zuvor angelächelt hatte. Dabei wollte sie nur freundlich sein … und ihren Gatten ein wenig ärgern, wie sie ehrlich zugeben musste. So kannte sie sich gar nicht! Aber Ashton schien völlig neue Seiten aus ihr herauszukitzeln.

In ihrer Brust breitete sich Wärme aus, weil er sich mit der Reise besonders viel Mühe gegeben hatte. Das bedeutete wohl, er hatte sie sehr gern.

Ashton stieß sich vom Fenster ab und half ihr, den Mantel abzulegen. »Am besten, du bleibst in der Kajüte«, sagte er. »Wenn ein Schiff ablegt, geht es an Deck sehr betriebsam zu.«

Da hatte er gewiss recht. Es war bestimmt nicht einfach, eine solch große Fregatte aus dem Hafen ins offene Meer zu navigieren. Die Segel mussten gesetzt werden, und es war entscheidend, woher der Wind blies. Jeder Matrose hatte seine ihm zugewiesene Aufgabe oder erhielt einen Befehl ... vermutete sie. Im Grunde hatte sie wenig Ahnung über die genauen Abläufe auf einem Schiff.

»Und wo werden wir essen?«, wollte sie wissen und löste die Schleife an ihrem Hut.

»Für gewöhnlich esse ich zusammen mit Quinn hier im Salon. Aber da er ihn nun uns überlassen hat ...«

»Werden wir zusammen hier essen«, schloss sie seinen Satz und legte ihren Hut neben den seinen auf den Tisch.

Ein Muskel in seinem Kiefer zuckte, und er wirkte plötzlich angespannt. »Wie du möchtest. Ich werde Lou Bescheid geben, dass er unser Essen hier servieren soll.«

Als er sich zur Tür wandte, machte ihr Herz einen Sprung. »Jetzt?« Sie wollte nicht, dass er sie nun verließ.

»Ich habe einiges mit Quinn zu besprechen.«

Ach, er durfte den Captain also stören? »Und was mache ich solange?«

»Auspacken, lesen ...« An der Tür drehte er sich zu ihr um und fuhr sich durchs Haar. »Soll ich Lou Bescheid geben, damit er dir beim Auspacken hilft?«

Normalerweise war Trish für ihr Gepäck zuständig, aber die war ja nun leider nicht hier. »Ich denke, das bekomme ich allein hin«, erklärte sie eine Spur zu schnippisch. »Aber danke für das Angebot.«

Er seufzte schwerfällig. »Was ist los? Dir liegt doch noch etwas auf dem Herzen?«

»Ich hätte gerne vom Deck aus zugesehen, wenn das

Schiff ablegt.« Sie fand es ein wenig unfair, dass er allein nach oben gehen wollte.

»Von hier aus hast du auch eine hervorragende Sicht.« Er deutete auf die Fensterreihe. »Und du stehst an Deck niemandem im Weg.«

Als sie empört den Mund aufriss, kam Ashton sofort wieder auf sie zu. »Das war nicht böse gemeint. Ich habe nur Angst, dass du verletzt wirst, weil dich vielleicht jemand übersieht. Am besten, du bleibst während der gesamten Reise in der Kajüte. Dort oben geht es fast immer hektisch zu und es weht ein unangenehmer Wind. Ich möchte nicht, dass du krank wirst.«

Seine Fürsorge wärmte ihr Herz. Jedoch würde sie durchdrehen, wenn sie die ganze Zeit in diesem Raum verbringen musste!

Er gab ihr einen schnellen Kuss und marschierte zur Tür. »Und nun entschuldige mich, ich habe einiges mit Quinn zu bereden.«

Weg war er.

Kapitel 11 – Die grausame Wahrheit

Penny atmete tief durch und ging zu einem der Fenster, durch das sie den Anlegesteg im Blick hatte. Langsam bewegte sich die Fregatte vom Pier weg, und je weiter sie sich vom Land entfernte, desto schlechter wurde wegen des Nebels die Sicht. Bald war Dover nicht mehr zu erkennen.

Es grummelte in ihr, weil sie Ashton Recht geben musste. Von Deck aus hätte sie bei diesem Wetter auch nicht mehr gesehen. Trotzdem wäre sie jetzt lieber oben bei ihm.

Seufzend schlenderte Penny zurück zum Tisch und wollte sich missmutig auf einen Stuhl fallen lassen. Doch dieser ließ sich nicht bewegen. Er war am Boden festgeschraubt!

Natürlich, dachte sie und erinnerte sich, darüber gelesen zu haben. *Hier sind alle Möbel mit dem Schiff verankert, damit niemand bei heftigerem Seegang von herumfliegenden Teilen erschlagen wird.*

Sie blickte sich in dem niedrigen Raum um und entdeckte Holzleisten vor jedem Regal, die verhinderten, dass der Inhalt herausfallen konnte. Das Bett – die sogenannte Koje – war ebenfalls fest eingebaut, und sogar ihre Kleidertruhen waren mit Seilen gesichert worden, jedoch so, dass sie sich öffnen ließen.

Als das Schiff plötzlich stark schwankte, konnte sich Penny gerade noch an der Stuhllehne festhalten. Ihr Magen rumorte leicht, aber ansonsten ging es ihr gut. Sie gehörte hoffentlich nicht zu den Menschen, die leicht seekrank wurden.

Da sie nicht wusste, was sie nun allein tun sollte, stellte sie sich breitbeinig – es sah sie ja zum Glück niemand – vor die Weltkarte und suchte Portugal. Ihre Reise führte an der französischen Küste entlang und dann durch die Biskaya – das war eine riesige Bucht im Atlantischen Ozean, die auf der Karte als Meerbusen von Gascogne bezeichnet wurde. Danach fuhr das Schiff an Spanien vorbei. Gleich darauf folgte Portugal.

Auf dem Papier sah die Strecke gar nicht weit aus. Doch wenn sie sich vorstellte, wie groß die jeweiligen Länder wirklich waren … Sie seufzte schwerfällig. Lieber säße sie jetzt mit Ashton in der Kutsche auf dem Weg nach Paris. Die Stadt hätten sie in zwei bis drei Tagen erreicht, und Penny hätte sich zwischendurch die Beine vertreten können. Hier durfte sie das ja nicht!

Natürlich war sie auch sehr gespannt auf Portugal. Dort

würde es zu dieser Jahreszeit sicherlich wärmer sein als in Paris, da Lissabon näher am Äquator lag.

Ach, wenn Trish doch hier wäre! Plötzlich vermisste Penny ihre Zofe schmerzlich. Nicht weil es ihr abging, bedient zu werden, sondern weil sie gerne jemanden zum Reden hätte. Warum durfte Ash nach oben? Weil er die Abläufe auf einem Schiff kannte und »niemandem im Weg stand«?

Sie würde bestimmt niemanden bei der Arbeit behindern.

Hoffentlich ließ Ashton sie nicht zu lange allein.

Die nächsten Stunden verbrachte Penny damit, aus dem Fenster auf das Meer zu starren – wo es leider nicht viel zu entdecken gab – und die Bücher des Captains durchzublättern. Da war einiges an interessanter Lektüre dabei, aber Penny konnte sich gerade nicht darauf konzentrieren. Deshalb sah sie ihre Reisetruhen durch, um ein paar Dinge auszupacken, wie ihre Toilettenartikel. Im Salon gab es einen Waschtisch mit Spiegel, sogar eine Seife und Handtücher lagen bereit, bloß der Krug mit Wasser fehlte.

In Penny formte sich eine Idee, denn plötzlich fiel ihr ein formidabler Grund ein, warum sie gezwungen war, die Kajüte zu verlassen. Trish war nicht hier, darum musste sie sich selbst um frisches Wasser bemühen. Der Captain hatte gesagt, sie könne sich an Lou wenden – und genau das würde sie nun tun. Womöglich war der Bursche unter Deck anzutreffen. Oder sie suchte die Küche – auf einem Schiff Kombüse genannt – und bat den Koch um einen Krug.

Vorsichtig zog sie die Tür einen Spalt auf und lauschte. Außer dem ewigen Knarzen des Schiffes und dem Rauschen der See hörte sie nur leise Stimmen, die wahrscheinlich vom Deck oder aus dem Bauch des Schiffes stammten. Sie wollte Ashton nicht über den Weg laufen, denn dem würde ihr kleiner Ausflug sicher nicht gefallen.

Schnell huschte sie in den düsteren Gang und zog die Tür zu. Langsam bewegte sie sich in Richtung Bug, wobei sie sich immer dicht an der Wand hielt, damit sie sich gleich festhalten konnte, sollte das Schiff wieder einen Schlenker machen. Außerdem behinderte sie auf diese Weise auch niemanden.

Zwei junge Matrosen eilten an ihr vorbei, nickten ihr zu und verschwanden in der Dunkelheit. Sie schlich weiter, doch als sie plötzlich deutlich Ashtons Stimme hörte, erstarrte sie.

»Ich konnte diesen Auftrag einfach nicht ablehnen«, vernahm sie von ihm.

»Es ist deine Hochzeitsreise, Lexington. Du hättest auch mal Nein sagen können.« Das klang wie der Captain. Die beiden mussten sich im nächsten Raum befinden, denn etwas Licht fiel durch den Spalt einer angelehnten Tür in den düsteren Gang.

Worüber redeten die zwei? Welchen Auftrag hatte Ashton nicht ablehnen können?

»Reizen dich die Annehmlichkeiten und Vorteile mehr als dein Weib?«, fragte Captain Quintrell amüsiert.

»Du weißt, dass ich es nicht nur deswegen mache.«

»Deine Frau hat keine Ahnung, warum du nach Portugal musst, oder?«

»Natürlich nicht.« Ashton klang ungehalten, und je mehr Penny hörte, desto heftiger raste ihr Herz.

»Wolltest du nicht aufhören, sobald du verheiratet bist?«

»Das eine muss das andere nicht ausschließen, Quinn. Außerdem habe ich so etwas nie behauptet.«

Schwer atmend lehnte sich Penny gegen die Wand. Wo-

120

von sprach Ashton bloß? Schmuggelte er Ware?

Himmel, wo war sie da nur hineingeraten? Womöglich war er gar kein echter Earl?

Nein, nein, nein, du hast zu viel Fantasie, sagte sie sich, um sich zu beruhigen. Doch ihr Mantra half leider gar nicht.

»Und du hast deine Frau auch sonst in nichts eingeweiht, nehme ich an?«, fragte der Captain.

»Nein«, knurrte Ash, »und so soll es auch bleiben.«

»Willst du ihr denn irgendwann einmal sagen, dass du …«

»Auf keinen Fall! Wir beide haben einen Eid geschworen, unser Geheimnis zu wahren.«

»Sie wird früher oder später Fragen haben, Lexington.«

Penny hörte Ashton stöhnen. »Sie stellt ohnehin schon zu viele Fragen.«

»Das hast du wohl nicht erwartet, als du sie ausgesucht hast, was?«, fragte der Captain frech.

»Ganz und gar nicht. Ich habe mich in ihr geirrt, denn ich wollte eine Frau, die fügsam und zurückhaltend ist.«

Captain Quintrell lachte leise. »Klingt, als hätte sie Feuer im Blut. Dann passt sie doch perfekt zu dir.«

Pennys Herz klopfte so laut in den Ohren, dass sie immer angestrengter lauschen musste. Was meinte Ashton mit: Er hatte sich in ihr geirrt? Er klang so, als hätte er eine perfekt erzogene, unaufdringliche und demütige Frau gesucht.

Das war sie im Grunde auch! Aber Ashton hatte ihr das Gefühl gegeben, ein guter Freund zu sein und dass sie gleichberechtigte Partner wären. Penny hatte sich bei Ashton sicher gefühlt und war mehr aus sich herausgegangen als gewöhnlich.

Als er sagte: »Sie hat die Situation zu akzeptieren, wie sie ist«, zersprang etwas Kaltes in ihrer Brust und Tränen stahlen sich in ihre Augen. Seine Worte machten sie unendlich traurig, aber auch wütend, weil sie sich in ihm getäuscht hatte.

Als ihr plötzlich Lou pfeifend entgegenkam, eine Flasche in der Hand, hielt Penny die Luft an. Es war zu spät, umzukehren, der Junge würde sie auf frischer Tat beim Lauschen ertappen! Doch zu ihrem Glück machte er einen Bogen, betrat die Kajüte, in der sich Ash aufhielt, und schloss die Tür. Die Stimmen verstummten.

Sie hatte ohnehin genug gehört.

Atemlos lehnte sie sich gegen die Wand und hoffte, dass ihr rasendes Herz nicht aus der Brust springen würde. Es kränkte sie zutiefst, dass Ashton sie nur erwählt hatte, weil er dachte, sie wäre eine Frau, die sich nicht für ihren Mann interessierte, zu allem Ja und Amen sagte und keine neugierigen Fragen stellte. Da hatte er sie aber gründlich unterschätzt!

Und sie hatte sich leider gründlich in ihm getäuscht. In welche Machenschaften war er verwickelt? Er benahm sich wie ein Pirat! Wie ein herzloser Seeräuber, der keinerlei aufrichtige Gefühle für sie hegte! Wie hatte er bloß während ihrer Hochzeitsnacht so liebevoll und einfühlsam sein können? Penny verstand diesen Widerspruch nicht. Sie verstand *ihn* nicht! Oder hatte er ihr letzte Nacht etwas vorgespielt? Aber warum hätte er das tun sollen, wenn sie früher oder später ohnehin erfuhr, wie er dachte und handelte?

Sie fühlte sich völlig verwirrt.

Nur eines wusste sie mit Sicherheit: Sie war ihm überhaupt nicht wichtig. Ashton verfolgte mit der Reise seine eigenen Ziele. Die Fahrt nach Portugal hatte nichts mit ihrer Hochzeit zu tun. Er war ein Lügner und wahrscheinlich ein Schmuggler oder so etwas Ähnliches! Hatte er es denn nötig, sich auf illegalem Weg zu bereichern? Was meinte er,

122

dass er es nicht wegen der »Annehmlichkeiten und Vorteile« machte? Brauchte er lediglich den Nervenkitzel? So wie andere Adlige dem Glücksspiel verfallen waren?

Penny wunderte sich nicht länger, warum zu Hause niemand von dieser Reise erfahren sollte und er »inkognito« unterwegs war. Von wegen Kaufmann. Er war ein Betrüger!

Verflixt, sie hätte schon viel früher hellhörig werden müssen. Er war von Beginn an zu perfekt gewesen, alles an ihm! Selbst seine Augenfarbe passte optimal zu seinem Haar! Oh, er war ein verteufelt guter Schauspieler, eiskalt und berechnend.

Zum Glück hatte sie dieses Gespräch mitbekommen, bevor sie sich unsterblich in diesen Mistkerl verliebt hätte. Sie würde garantiert nicht das brave Frauenzimmer spielen. Jetzt erst recht nicht!

Doch wie würde er reagieren, wenn sie sich nicht gefügig zeigte? Würde er dann auch vor ihr seine dunkle Seite offenbaren? Sie sollte vielleicht auf der Hut sein.

Penny erschauderte. Im selben Moment spürte sie, wie sich etwas an ihren Fuß drückte. Schnell presste sie sich die Hand auf den Mund, um den aufkeimenden Schrei zu ersticken, erkannte jedoch rechtzeitig, dass eine pechschwarze Katze um sie herumstrich. Eine Katze, die nur noch ein Auge besaß, das im Halbdunkel bernsteinfarben zu funkeln schien, als sie maunzend zu Penny aufblickte.

Sofort bückte sie sich, um das Tier aufzuheben und an ihre Brust zu drücken. »Na, meine Süße, wer bist du denn?« Ihre Stimme klang erstickt und ihre Lider brannten, doch sie wollte nicht in Tränen ausbrechen. Nicht wegen diesem Lügner!

Um sich abzulenken, kraulte sie das Tier am Kopf. Es erinnerte sie an ihre verstorbene Katze Tabby. »Du Arme, du hast ja nur noch ein Auge.«

Penny zuckte zusammen, als die Tür aufging. Zu ihrer Erleichterung trat nicht Ashton, sondern der Schiffsjunge Lou in den Gang. Er zog die Tür hinter sich zu und kam in ihre Richtung.

»Mrs Lexington!«, sagte er überrascht, nachdem er fast in sie hineingelaufen wäre. »Ah, Sie haben unseren Schiffskater Parzival kennengelernt.«

»So, Parzival heißt du also, du kleiner Charmeur.« Wenigstens existierte ein Mann auf dieser Fregatte, der sie nicht anlügen würde. Katzen waren rigoros ehrliche Wesen. Sie verstellten sich nie. Penny wusste immer, woran man bei ihnen war.

Lou trat näher, um dem Kater kurz über den Kopf zu streichen. »Normalerweise ist er nicht so zutraulich und versteckt sich lieber den ganzen Tag im Bauch des Schiffes, um Mäuse und Ratten zu jagen.«

Penny schüttelte sich und setzte Parzival ab. »Dann will ich ihn nicht weiter aufhalten.«

Lou grinste. »Wollen Sie zu Ihrem Mann, Madam? Er sitzt mit dem Captain in der Offiziersmesse.«

»Nein, ich wollte eigentlich zu dir.«

Ein ehrliches Strahlen war Lous Antwort. »Was kann ich für Sie tun?«

»Hast du vielleicht einen Krug Wasser für mich, damit ich mich frischmachen kann?«

Der Junge nickte. »Den bringe ich Ihnen gleich in den Salon.«

»Vielen Dank.«

Leiser setzte Lou hinzu: »Süßwasser gibt es eigentlich nur für die Morgentoilette, ansonsten müssen wir uns mit Salzwasser begnügen. Aber ich zweige Ihnen schnell etwas ab.«

124

»Bitte mach dir keine Umstände, Lou.«

»Kein Problem, Madam. Wir sind diesmal nicht so lange auf See. In spätestens zwei Wochen können wir in Lissabon die Süßwasserfässer wieder auffüllen.« Er drehte sich um und rannte davon.

Penny war froh, neben Parzival noch einen zweiten Verbündeten gefunden zu haben. Das machte ihre augenblickliche Situation ein winziges bisschen erträglicher.

Kapitel 12 – Nachforschungen

Als Lou ihre Kajüte betrat, um den Krug auf den Waschtisch zu stellen, entging Penny nicht, dass er fasziniert ihre Ansammlung an Fläschchen und anderer Toilettenartikel betrachtete.

»Die ist aber schön«, murmelte er und deutete auf die versilberte Haarbürste.

Penny wunderte sich, dass sich ein Junge dafür interessierte.

Er riss die Augen auf und stammelte: »Also wenn ich mal heirate, werde ich solch eine Bürste meiner Frau schenken.«

Sie schmunzelte. »Da wird sie sich bestimmt freuen. Ich habe sie von meiner Mutter zu Weihnachten bekommen, nachdem ich sie in einem Londoner Geschäft gesehen hatte. Mir hat sie nämlich auch auf den ersten Blick gefallen.«

Lous Gesicht lief knallrot an und er verabschiedete sich schnell.

Schade, sie hätte sich gerne mit ihm unterhalten ... oder ihn ausgefragt, besser gesagt. Aber bestimmt musste er arbeiten.

Penny wusste nicht, was sie allein mit sich anfangen sollte, zumal ihr das Gespräch zwischen Ashton und dem Captain nicht mehr aus dem Sinn ging. Sie versuchte, sich ein wenig hinzulegen, fand aber keine Ruhe. Ashtons Worte rotierten ununterbrochen in ihrem Kopf. Deshalb setzte sie sich an den Tisch und blätterte eines von Captain Quintrells Büchern durch, das von der Navigation eines Schiffes handelte. Doch auch darauf konnte sie sich nicht konzentrieren, weshalb sie sich überwiegend die Bilder ansah oder einfach nur aus dem Fenster starrte. Es hatte aufgeklart und die Sonne ließ die Oberfläche des Meeres funkeln, als hätte jemand Diamanten darauf verstreut. Penny konnte sich daran allerdings nicht erfreuen.

Gegen Mittag, als Lou ihnen Suppe vorbeibrachte, gesellte sich auch Ashton zu ihr an den Tisch. Während er nachdenklich wirkte und kaum redete, brachte sie vor Wut kaum einen Löffel hinunter. Unentwegt überlegte sie, was sie jetzt tun sollte.

Er hielt sie für seekrank, weil sie so still war und blass um die Nase aussah. Deshalb empfahl er ihr, sich hinzulegen, und verschwand wieder.

Penny kochte bloß noch mehr.

Gegen Nachmittag klopfte Lou erneut an, um ihr Kekse, Tee, Zucker und ein Milchkännchen an den Tisch zu bringen. Er hatte wirklich an alles gedacht. *Mein Bauch rumort mittlerweile so laut, dass das Geräusch bestimmt auf dem ganzen Schiff zu hören ist,* dachte sie schmunzelnd. Sie hatte aber nicht nur Hunger, sondern vor allem lagen ihr Ashtons Worte schwer im Magen.

Penny war dankbar für die Abwechslung und wollte nicht, dass der Junge schon wieder ging. »Hast du jetzt viel zu arbeiten?«, fragte sie ihn, bevor er sich umwandte.

»Nein, der Captain gibt mir jeden Nachmittag frei, damit

126

ich lernen kann. Rechnen und Geografie und so was. Manchmal, wenn er ein wenig Zeit hat, hilft er mir. Aber heute hat er sehr viel mit Ihrem Mann zu bereden.«

Das war das Stichwort! »Haben die zwei denn beruflich miteinander zu tun oder sind sie nur alte Freunde?«, fragte sie vorsichtig, während sie sich etwas Tee einschenkte.

Lou krallte die Finger in die Lehne des gegenüberstehenden Stuhles, weil das Schiff plötzlich heftig schwankte, sodass der Tee beinahe aus der Tasse schwappte. »Sie sind gute Freunde, was ich im Laufe der Jahre mitbekommen habe. Mr Lexington ist schon oft mit uns gefahren. Ich weiß aber nicht viel über ihn, nur dass er Kaufmann ist und der Captain ihn deshalb hin und wieder aus geschäftlichen Gründen mitnimmt.«

Aus geschäftlichen Gründen ... Penny horchte auf.

»Vielleicht haben wir auch Waren von ihm dabei.« Lou zuckte mit den Schultern. »Aber das wissen Sie sicher besser, Madam. Der Captain redet mit mir nur manchmal über solche Dinge.«

Penny wusste gar nichts, und das machte sie fast wahnsinnig! »Möchte der Captain nicht, dass du eines Tages sein Schiff übernimmst? Oder hat er andere Pläne für dich?«

Lou senkte den Blick und murmelte: »Es wird wohl nicht möglich sein, dass ich Captain werde.«

»Warum nicht?«

Der Junge kratzte sich an der Wange und starrte auf den Teller mit den Keksen. Ihm lag etwas auf der Seele, das spürte Penny deutlich. Doch sie wollte nicht nachhaken. Vielleicht würde sich Lou ihr irgendwann anvertrauen. Noch waren sie schließlich Fremde füreinander.

»Was möchte der Captain für dich?«, fragte sie und hielt ihm den Teller hin.

Er nahm einen Keks und antwortete: »Er will, dass ich

ein Internat besuche. Ich möchte aber lieber hier bei ihm bleiben, so lange es geht.«

Penny nippte vorsichtig an ihrer Tasse. »Mmm, der schmeckt fantastisch.«

»Danke, Ma'am.« Plötzlich strahlte der Junge wieder. »Den habe ich aufgebrüht. Cookie lässt ihn immer zu lange ziehen, sodass er bitter wird.«

»Ist Cookie euer Koch ... äh, Smutje?«

Lou nickte. »Er heißt eigentlich Emmett, aber wir nennen ihn nur bei seinem Spitznamen.«

Es tat gut, sich mit jemandem unterhalten zu können, zumal sie sich schrecklich allein fühlte und so viele Fragen wegen Ashton hatte. Leider schien der Junge nichts zu wissen.

»Da ich auch gerade Zeit habe ...«, sagte sie und lächelte Lou an. »Was hältst du davon, wenn ich dir ein wenig bei deinen Aufgaben helfe?«

Strahlend erwiderte er: »Das würden Sie tun, Madam?«

»Natürlich. Hol deine Sachen her; hier am großen Tisch ist jede Menge Platz.«

Er hüpfte regelrecht aus der Kajüte, sodass Penny lachen musste – und das tat richtig gut an diesem kalten Tag.

⟨❀⟩

Es stellte sich heraus, dass Lou ein schlaues Kerlchen war. Die Grundregeln der Mathematik beherrschte er perfekt. Außerdem war er sicher in Wort und Schrift – und las sehr viel, wie er ihr gestand. In Geografie hatte er Penny sogar einiges voraus. Sie musste jedoch zugeben, dass dieser Bereich nicht zu ihren Stärken zählte. Ihre Gouvernante hatte überwiegend Wert auf ihre musische und sprachliche Entwicklung gelegt.

Lou könnte etwas aus seinem Leben machen, wenn er die richtigen Lehrer an seiner Seite hätte. Allerdings verstand sie gut, warum der Junge nicht von dem Menschen getrennt werden wollte, der wahrscheinlich so etwas wie ein Vater für ihn war. Lou sprach nur in den höchsten Tönen vom Captain. Der Mann schien sich gut um das Kind zu kümmern.

Nachdem sie alle Kekse vertilgt hatten und fertig mit dem Lernstoff für heute waren, fragte Lou, ob Penny eine Führung durch das Schiff wollte.

»Sehr gerne«, antwortete sie, da sie ohnehin nicht länger sitzen konnte und ihr alles recht war, was sie von Gedanken an Ashton ablenkte.

Penny folgte dem Jungen aus dem Salon und wartete vor der nächsten Tür auf ihn, während er in der Kapitänskajüte verschwand, um seine Bücher abzulegen. Als er mit einer Laterne in der Hand wieder auftauchte, fragte Penny: »Sehen wir uns auch das Deck an?«

»Gerade ist es ungünstig«, gestand ihr Lou. »Um vier Uhr nachmittags ist Wachwechsel und es werden kleinere Reparaturarbeiten durchgeführt.«

»Da will ich natürlich nicht stören«, sagte sie und fragte sich, wo Ashton steckte. »Haben denn alle an Bord Wachdienst?«

»Nicht alle«, erklärte ihr der Junge. »Der Captain, unser Arzt, der Zimmermann, Cookie und der Reverend halten keinen Wachdienst. Alle anderen sorgen für einen reibungslosen Betrieb wie die Matrosen, die die Segel bedienen. Außerdem steht der Rudergänger am Steuerrad, ein Mann sitzt im Ausguck ...«

»Ihr habt sogar einen Geistlichen auf dem Schiff?«, unterbrach Penny seine Aufzählung.

Lou grinste. »Ja, Ma'am. Jeden Sonntag hält er mit dem

129

Captain eine kleine Andacht. Und wären Sie nicht schon mit Mr Lexington verheiratet, könnte der Reverend Sie beide sogar auf dem Schiff vermählen.«

Penny spürte einen schmerzhaften Stich in der Brust. Sie wollte jetzt auf gar keinen Fall an ihre Hochzeit denken. Gestern war ihre Welt noch in Ordnung gewesen und heute stürzte sie wie ein Kartenhaus im Wind zusammen.

»Erzähl mir bitte mehr über das Schiff«, bat sie Lou. »Ich finde das alles sehr interessant.«

Der Junge leuchtete regelrecht und sein Brustumfang schien um mehrere Zentimeter zu wachsen. »Über uns befindet sich das Steuerrad. Es hat einen Durchmesser von eineinhalb Metern. Auf der gegenüberliegenden Seite des Schiffes, ganz vorne am Bug, liegen die Mannschaftstoiletten. Das sind einfache Sitzbretter, fast drei Meter über dem Meer.«

»Oh, das klingt gefährlich.« Penny war froh, dass es im Salon eine Tür gab, die auf einen schmalen Balkon am Heck führte. Dort gab es auch einen Abort, der durch eine kleine Kabine geschützt wurde.

Lou nickte. »Bei Sturm oder heftigem Seegang sollte man die Latrinen besser meiden, um nicht über Bord gespült zu werden. Es gibt jedoch für die Offiziere tiefer im Schiff eine Toilette, die dürfen die Matrosen in solchen Fällen benutzen.« Flüsternd setzte der Junge hinzu: »Das ist eigentlich nicht erlaubt, aber wir haben den besten Captain der Welt.«

Es erleichterte sie zu hören, dass Mr Quintrell ein guter Mensch zu sein schien.

Als sich Lou in Bewegung setzte und ihr in dem dunklen, schmalen Gang leuchtete, folgte sie ihm.

»Hier ist die Offiziersmesse.« Er deutete auf die Tür, hinter der Penny früher am Tag den Captain und Ashton re-

130

den gehört hatte. Lou zog sie auf und winkte Penny herein. »Kommen Sie, Mrs Lexington, es ist gerade keiner da. Hier können sich die Offiziere aufhalten und auch ihre Mahlzeiten einnehmen.«

In der geräumigen Kajüte befanden sich fünf große Tische, alles sah ordentlich und gepflegt aus. An den Wänden hingen Ölbilder, die exotische Landschaften zeigten, und es gab sogar ein Klavier!

»Funktioniert das?«, fragte Penny und deutete auf das Musikinstrument.

Er nickte und grinste schief. »Unser Arzt spielt ab und zu darauf, wenn es etwas zu feiern gibt. Aber er übt leider zu wenig.«

»Denkst du, dass ich es mal benutzen darf?«

Lous Augen strahlten. »Bestimmt hat der Captain nichts dagegen.«

»Wann wäre denn die beste Zeit? Ich will niemanden stören.«

»Nach dem Abendessen, so gegen sechs. Die Offiziere freuen sich immer über Unterhaltung, genau wie die anderen Seeleute, die dann Freizeit haben. Viele versammeln sich hier, um Backgammon zu spielen oder zu Claus' Fiedel zu tanzen.«

Penny grinste in sich hinein. Wie würde Ashton reagieren, wenn sie fremde Männer bespaßte?

Herrje, was hatte sie für Gedanken? Sie wollte keine Fremden erheitern. Eigentlich wollte sie nur Ash ärgern. Vielleicht fiel ihr noch etwas Besseres ein.

»Wer ist Claus?«, fragte sie Lou, als sie weitergingen.

»Ein Deckoffizier. Der spielt allerdings richtig gut.«

Penny vermutete, dass sie sich nun etwa in der Mitte des Schiffes befanden. Ihr stieg der Duft von gebratenem Fleisch in die Nase, als Lou eine weitere Tür öffnete. »Das

131

ist unsere Kombüse«, erklärte er ihr, blieb jedoch mit ihr im Rahmen stehen. »Hier arbeiten unser Smutje Cookie und die Küchenhilfe Patsy.«

In der Schiffsküche ging es hektisch zu. Ein etwa vierzigjähriger Mann mit Glatze, um dessen runden Bauch sich eine Schürze spannte, kommandierte mit Reibeisenstimme einen schlaksigen Jungen herum. »Wo bleibt das Salz, Patsy?«

»Schon hier, Sir!«, rief der Bursche und eilte mit einem Gefäß zu ihm an die Kochstelle.

Penny hatte noch nie einen Herd aus geschmiedeten Blechplatten gesehen. Von ihm führte ein Eisenrohr nach oben durch die Decke. Aus verschiedenen Töpfen dampfte es, und auf einem massiven Tisch verteilten sich unzählige große und kleine Gefäße mit Gewürzen. Auf der anderen Hälfte der Platte war ein Teig ausgerollt worden.

Cookie und Patsy schienen ziemlich viel zu tun zu haben und waren sehr geschäftig. Schließlich mussten sie alle Leute auf diesem Schiff verköstigen.

Als der Smutje sie endlich bemerkte, schenkte er ihr ein Grinsen, das jede Menge schiefer Zähne offenbarte. »Sie müssen Mrs Lexington sein. Herzlich willkommen an Bord der Rajula.« Er schubste mit seinem Ellenbogen den Küchenjungen an, der daraufhin errötete und haspelte: »Sehr erfreut, Madam.«

»Ich freue mich auch, Sie beide kennenzulernen«, sagte Penny lächelnd. »Die Suppe heute Mittag hat köstlich geschmeckt.«

»Das freut mich zu hören.« Grinsend strich sich der Koch über den Bauch, während der Bursche noch röter wurde.

»Hilfst du mir gleich beim Nachtisch, Junge?«, wollte Cookie von Lou wissen.

Der nickte. »Natürlich!«

»Lou macht den besten Syllabub der Welt«, erklärte der Koch. »Solange wir noch alle Vorräte an Bord haben, muss man das ausnutzen.«

Penny lachte. »Da haben Sie recht.« Sie mochte die Creme aus Weißwein, Zitronensaft und Sahne auch sehr gerne und freute sich darauf, jetzt, da es ihr etwas besser ging. Es tat gut, so vielen freundlichen Gesichtern zu begegnen.

»Ich zeige Mrs Lexington nur noch schnell das Schiff, dann bin ich sofort da!« Lou zog die Tür zu, und sie gingen weiter. Leider roch es immer unangenehmer, je näher sie dem Bug kamen. Ja, es stank beinahe wie in einem Stall!

»Jetzt sind wir ganz vorne.« Lou öffnete die Tür zu einem Raum, der nur zur Hälfte eine Decke besaß. Penny konnte den Wind auf ihrem Gesicht fühlen und am anderen Ende den grauen, schon beinahe dunklen Himmel sehen. Auf Stroh standen zwei Kühe; in einem Verschlag erkannte Penny ein paar Schweine, und in einem anderen Stall gackerten Hühner.

»Das ist ja … unglaublich!« Nutztiere auf einem Schiff hatte sie nicht erwartet.

»Hier hole ich für Cookie jeden Morgen frische Milch und Eier«, erklärte Lou und schloss die Tür wieder.

»Für was bist du denn alles zuständig?«

»Ich helfe hier und da, wo Not am Mann ist, füttere die Tiere und halte die Kabine des Captains sauber. Nur an Deck lässt er mich ungern arbeiten, außer wir haben eine ruhige See.«

»Er macht sich eben Sorgen um dich.« Penny war froh, dass sich jemand gut um den Jungen kümmerte. Lou war ein wirklich kluger, liebenswerter Bursche.

»Wollen Sie noch mehr sehen?«, fragte er und zog eine Klappe im Boden auf. Dunkelheit gähnte Penny neben einer Leiter entgegen, und ein äußerst widerlicher Geruch

133

stieg in ihre Nase.

»Uh, was stinkt denn da so?«

»Der Gestank kommt vom Bilgenwasser«, erklärte ihr Lou. »So nennt man das in den Rumpf eingedrungene Meerwasser und die Flüssigkeiten aus dem Inneren des Schiffes, die sich ganz unten im Kielraum sammeln. Den Besuch erspare ich Ihnen, da sich dort auch die Ratten aufhalten.«

Penny erschauderte. »Kann das Schiff durch das ganze Wasser im Bauch nicht sinken?«

»Das Zeug wird regelmäßig rausgepumpt. Sind vielleicht nur um die hundert Liter, die man nicht rausbekommt. Sollten die Ratten nach oben fliehen, wissen wir, dass das Schiff vollläuft und verloren ist.« Lou zwinkerte. »Da brauchen Sie sich aber keine Sorgen zu machen, Madam, wir passen gut auf.«

»Hier dringt Meerwasser ein?«, fragte sie skeptisch.

»Ein Schiff bekommt man nie ganz dicht. Irgendwo gibt es immer winzige Risse an den Außenplanken. Doch auch bei einem Sturm kann Wasser durch nicht geschlossene Luken ins Schiff fließen. Dazu kommen noch Urin und Kot von den Tieren sowie Teerauswaschungen von Dichtungen und Seilen.«

Pennys Magen hob sich unangenehm und sie drückte sich die Hand auf den Mund. »Ich glaube, das muss ich nicht sehen. Außerdem will ich dich nicht länger von der Arbeit abhalten.«

Lou grinste sie glücklich an. »Sie halten mich nicht auf, Madam.«

»Was ist denn sonst noch alles da unten?«

Mit einer geschmeidigen Bewegung schloss der Junge die Luke wieder. »Auf zwei weiteren Unterdecks verteilen sich mehrere Kabinen, in denen zum Beispiel der Boots-

134

mann und die Deckoffiziere schlafen. Außerdem liegt dort das Mannschaftsquartier der Matrosen. Die haben aber keine Kojen, sondern Hängematten. Ist platzsparender. Dann ist da unten noch die Werkstatt unseres Schiffszimmermannes und eine kleine Krankenstation. Im Mittelschiff befindet sich Platz, um empfindlichere Ladung zu verstauen. Im Kielraum lagern die schweren Lasten, im Vorschiff die Ersatzsegel und andere wichtige Teile für das Schiff.«

Penny staunte nicht schlecht. »Die Rajula ist ja beinahe eine schwimmende Stadt!«

»Genau das ist sie«, sagte Lou stolz, und sie machten sich auf den Rückweg. »Ich bringe Sie noch bis zum Salon.«

»Das ist sehr freundlich von dir.« Sie war wirklich froh, dass der Junge sie durch das düstere Schiff begleitete. Das andauernde Knarzen und Ächzen hörte sich unheimlich an, so als ob die Fregatte jeden Moment auseinanderbrechen würde.

Plötzlich drückte eine große Gestalt, die Penny lediglich schemenhaft erkannte, Lou zur Seite. Penny stieß einen Schrei aus, als die Person dicht vor ihr stehen blieb und ihr mit einem Arm in Kopfhöhe den Weg versperrte. Grollend sagte der Mann: »Wieso bist du nicht in unserer Unterkunft?«

Himmel, es war Ash! Seine Präsenz fühlte sich übermächtig an; Penny roch seinen angenehmen Duft und spürte die Wärme, die er ausstrahlte. Vor Erleichterung wollte sie ihn am liebsten küssen! Aber dann fiel ihr alles wieder ein.

»Lou hat mir das Schiff gezeigt«, antwortete sie kaum hörbar. Dieser Schuft hatte sie bis ins Mark erschreckt!

Penny versuchte, sich an ihm vorbeizuducken, um Lou zu folgen. Doch Ash drängte sie mit seinem Körper gegen die Wand.

»Kann ich noch etwas für Sie tun?«, hörte sie den Jungen mit fester Stimme fragen, denn sehen konnte sie ihn wegen Ashtons großer Gestalt nicht.

»Es ist alles bestens«, antwortete sie möglichst gefasst und diesmal lauter. »Mein Mann wird mich zurückbringen.«

»Dann bis später, Mrs Lexington, Mr Lexington«, sagte Lou, wobei er Ashtons Namen beinahe wie eine Drohung klingen ließ.

Penny rief ihm hinterher: »Vielen Dank für die interessante Führung!« Was für ein mutiges Kerlchen. Penny schloss den Burschen immer tiefer ins Herz.

Sie vernahm Lous eilende Schritte – und befand sich nun ganz allein mit Ashton in dem dunklen Gang.

»Du bist die einzige Frau an Bord«, knurrte er, ohne zurückzuweichen. »Ich will nicht, dass du hier allein umherwanderst zwischen all den fremden Kerlen.«

Als ob ihn das wirklich kümmerte! »Lou war bei mir.«

»Er ist ein Kind!«

»Ja, und ein sehr freundliches dazu.« Ihre Wut auf Ash verhalf ihr, die Stimme wiederzufinden. Außerdem fand sie den Mut, die Hände gegen seine Brust zu drücken, deren harte Muskeln sie selbst durch seinen Mantel spürte. »Lou hat mir ein wenig die Zeit vertrieben. Du glänzt ja durch deine Abwesenheit.«

»Es gibt bald Abendessen«, murmelte er und wich schlagartig zurück. »Quinn isst mit uns.« Er drehte sich auf dem Absatz um und marschierte die letzten Meter voraus bis in den Salon.

Penny blieb einige Sekunden lang atemlos stehen, bevor sie ihm innerlich grummelnd folgte und die Tür schloss.

War sie wahnsinnig, ihm zu widersprechen und schnippisch zu reagieren? Er war ihr Ehemann, ihr »Besitzer«, und ein Bandit wahrscheinlich dazu! Ihre Knie sollten in seiner Anwesenheit schlottern, denn sie war völlig seiner Gnade ausgeliefert. Stattdessen wurden ihre Beine weich, weil sie diesen Mann nach wie vor anziehend fand. Himmeldonnerwetter noch mal!

Ash entzündete ein paar Öllampen in der Kabine, denn mittlerweile war es recht düster draußen geworden, und warf seinen Mantel über die Lehne eines Stuhles. Es folgten seine Weste und das Krawattentuch, bevor er sich zum Waschtisch begab.

Nur gut, dass sie dem Herrn noch etwas Wasser übriggelassen hatte.

Penny drehte sich um, damit sie nicht in Versuchung kam, seine breiten Schultern zu bewundern, und überlegte sich, ob sie sich vor dem Abendessen umziehen sollte. Sie trug immer noch ihr Reisekostüm.

Normalerweise wechselte eine Lady die Kleidung mehrmals am Tag, je nach Anlass. Ein semiformelles Kleid wäre nun angedacht. Aber da müsste sie Ashton bitten, ihr mit den Häkchen am Rücken zu helfen. Im Moment wollte sie ihn allerdings nicht in ihre direkte Nähe lassen. Er hatte etwas an sich, das sie unweigerlich zu ihm hinzog.

Sie würde ihr Kostüm einfach anbehalten, schließlich befand sie sich immer noch inmitten einer Reise. Außerdem wärmte sie der dicke Stoff besser als ein dünnes Abendkleid. Seit die Sonne nicht mehr auf das Schiff schien, hatte es im Salon merklich abgekühlt.

Sie warf einen Blick über die Schulter zu Ashton, um zu beobachten, was er vorhatte. Er rollte die Ärmel seines Hemdes nach oben, schaufelte sich Wasser ins Gesicht und wusch auch seinen Hals. Dabei drückte sich ihr sein strammer Hintern entgegen, woraufhin sich ihr Gesicht prompt erhitzte. Sie erinnerte sich, wie herrlich sich diese zwei muskulösen Backen in ihren Händen angefühlt hatten.

Oh, dieser Mann! Er brachte sie schon wieder durcheinander.

Ohne sich seine über dem Stuhl hängende Kleidung wieder anzuziehen, setzte er sich an den Tisch und legte leise stöhnend den Kopf in den Nacken, als hätte er einen langen Tag gehabt. Penny war zu neugierig, was er all die Stunden getrieben hatte, wollte ihn aber nicht fragen. Er würde ihr ohnehin keine ehrliche Antwort geben.

»Du hast gesagt, der Captain isst mit uns«, begann sie vorsichtig und blieb auf der anderen Seite des Tisches stehen. »Willst du dich nicht umziehen?«

»Auf Quinns Schiff muss man sich nicht in allen Bereichen streng an die Etikette halten«, murmelte er, wobei er die Augen geschlossen hielt.

Penny war versucht, über sein stoppelbärtiges Kinn und den Hals tiefer zu streichen. Er bot einen verteufelt attraktiven Anblick. Es kam schließlich nicht alle Tage vor, einen Mann ohne Krawattentuch zu sehen.

Ihren Mann.

Er öffnete ein Auge und grinste verschmitzt. »Ich helfe dir gerne aus dem Kleid, falls du dich umziehen möchtest.«

Das würde ihm so passen! »Danke, aber ich lasse es an.«

Sie wusch sich die Hände und räumte Ashtons Kleidung zur Seite, was er mit einer hochgezogenen Braue quittierte. Wenn der Captain mit ihnen aß, sollte diese nicht über dem Stuhl hängen! So viel Anstand musste sein. Außerdem brauchte Penny etwas zu tun, um diesem heißen Schuft nicht den Hals umzudrehen.

Er schien sie nie aus den Augen zu lassen, und seine Blicke brannten sich regelrecht in ihr Kostüm. Flirtete er mit ihr, damit sie keine Fragen stellte?

Penny atmete auf, als es an der Tür klopfte und Captain Quintrell zu ihnen stieß.

Er nickte Ashton zu, der sich bei seiner Ankunft erhob, und verbeugte sich vor Penny. »Guten Abend, Lady Lexington. Ich hoffe, Sie haben sich bereits ein bisschen eingelebt.«

»Das habe ich«, antwortete sie sanft lächelnd. »Lou war so freundlich, mir das Schiff zu zeigen.«

Captain Quintrell hob eine Braue, ähnlich wie Ashton zuvor, woraufhin Penny schnell hinzusetzte: »Wir waren natürlich nicht an Deck, um niemanden zu behindern.«

Diesmal schenkte der Captain Ash ein Schmunzeln.

In ihr grummelte es wieder. Die beiden hatten sich gewiss über sie unterhalten.

Nachdem sich Penny gesetzt hatte — es war etwas ungewohnt für sie, dass ihr kein Bediensteter den Stuhl unterschob, aber der war hier ohnehin festgeschraubt —, nahmen auch die Männer Platz. Ashton saß ihr gegenüber und der Captain am Kopf des Tisches. Prompt klopfte es erneut, und Lou trat ein, ein Tablett in einer Hand balancierend. Darauf stapelte sich Geschirr, das er geschwind auf dem Tisch verteilte.

»Was wollen Sie trinken, Mrs Lexington?«, fragte der Captain, wobei er nun wieder die inkorrekte Anrede benutzte. »Wir haben neben Süßwasser auch portugiesische und spanische Weine an Bord sowie diverse Biere wie Ale und Porter.«

»Ich hätte gerne ein Glas Wasser und einen süßen Rotwein.«

Der Captain nickte und fragte Ashton: »Ein Porter und einen Grog für dich, Lexington?«

Der grinste seinen Freund an. »Du kennst mich einfach schon zu gut.«

Lou eilte zurück in die Kombüse, um die Getränke zu holen. Anschließend brachte er Schüsseln und Platten mit lecker duftenden Speisen.

139

»Bitte greifen Sie herzhaft zu, Eure Ladyschaft«, sagte der Captain, als sie unter sich waren, »solange wir noch frische Waren an Bord haben.«

»Das duftet wirklich köstlich«, murmelte sie, und der Captain tat ihr alles auf den Teller, wonach ihr gelüstete.

Auf diesem Schiff lief wirklich einiges anders ab. Aber damit konnte Penny leben. Ja, sie fand es sogar aufregend und erfrischend, einmal aus ihren gewohnten gesellschaftlichen Konventionen auszubrechen. Sie wurde schließlich nicht jeden Tag von einem Captain bedient.

Die Männer nahmen sich selbst, und als sie zu essen begannen, wurde es ruhig am Tisch. Nur das Knarzen des Schiffes sowie das Schlagen der Wellen gegen das Heck waren zu vernehmen, ab und zu auch ein Ruf von Deck.

Penny hatte das Gefühl, unentwegt von Ashton angestarrt zu werden. Doch immer, wenn sie zu ihm blickte, sah der auf seinen Teller.

»Lou ist also Ihr Mündel, Captain?«, fragte sie, um die unangenehme Stille zu durchbrechen.

Captain Quintrell nickte. »Das ist er.«

»Wie kam es dazu, wenn ich fragen darf?«

»Lou und ich sind vom selben Blut, Lady Lexington. Da es sonst niemanden gab, der ihn nach dem Tod seiner Mutter aufnehmen wollte oder konnte, habe ich ihn zu mir geholt.«

Nun wusste Penny auch nicht viel mehr als zuvor, nur dass Lou und der Captain miteinander verwandt waren. Seiner vagen Aussage nach zu urteilen, wollte er nicht über die genauen Umstände sprechen. Ashton war also nicht der einzige Mann mit Geheimnissen.

»Das ist sehr großzügig von Ihnen, Captain«, sagte sie lächelnd und beschloss, das Thema zu wechseln. Captain Quintrell war auch gleich sehr viel gesprächiger, als sie ihn

140

über seine Reisen ausfragte.

Penny hörte ihm aufmerksam zu, während er von Begegnungen mit Walen und weniger freundlichen Genossen auf zwei Beinen erzählte, ihr exotische Länder und deren Sitten beschrieb oder von kulinarischen Köstlichkeiten schwärmte. Er schien schon sehr viel erlebt zu haben.

Hier und da stellte Penny eine Frage, um mehr Details zu erfahren, während Ash einfach nur lauschte.

Der Captain unterbrach seine abenteuerlichen Erzählungen, als Lou den Tisch abräumte und das Dessert brachte.

»Ich liebe Syllabub«, sagte Penny zu ihm und grinste ihn wissend an.

Lou grinste verschmitzt zurück, als er ihr das Schälchen hinstellte. Auf der Sahnehaube hatte er nur bei ihrer Süßspeise zwei kleine Pfefferminzblätter wie ein Herz angeordnet, der kleine Charmeur.

In ernstem Ton flüsterte sie ihm zu: »Hast du denn schon gegessen?«

»Mache ich gleich«, antwortete er und verschwand wieder.

Ash beugte sich schmunzelnd über den Tisch, um ihre Nachspeise zu begutachten. »Du scheinst einen neuen Verehrer zu haben.«

Ach, wenn ein Junge sie anhimmelte, gefiel ihm das. Schulterzuckend erwiderte sie: »Eifersüchtig? Er ist ein wirklich ehrlicher und freundlicher Bursche.«

Der Captain verschluckte sich an seinem Bier, sodass ihm Ashton auf den Rücken klopfen musste, dann grinste er.

Was war daran so witzig? Leicht verschnupft erklärte sie dem Captain: »Lou spricht nur in den höchsten Tönen von Ihnen.«

Seine Miene wurde ernst. »Lou ist mir auch sehr wichtig.«

Was hatte ihn an ihren Worten amüsiert? Sie verstand die Männer einfach nicht.

141

Kapitel 13 – Gekränkter Männerstolz

Als Penny wenig später allein mit Ashton im Salon war – ab acht Uhr abends begann auf dem Schiff die Nachtruhe – versuchte sie, aus ihrem Kleid zu schlüpfen. Doch sie kam einfach nicht an alle Häkchen auf dem Rücken heran.

Ashton stellte sich hinter sie und raunte: »Du musst nur etwas sagen, dann helfe ich dir.«

Stocksteif blieb sie stehen, sich seiner Nähe und der Hände auf ihrem Körper nur allzu bewusst. »Danke«, krächzte sie, nachdem er die Häkchen geöffnet hatte. »Den Rest schaffe ich allein.«

»Ich bin dir gerne weiter behilflich.«

Als sie daraufhin nichts erwiderte und ihm weiterhin den Rücken zukehrte, klang er etwas ruppig, als er sagte: »Ich gehe noch mal ein wenig frische Luft schnappen. Bin gleich zurück.«

Er stürmte davon, als würde er vor ihr fliehen.

Traurig ließ sie den Kopf hängen. Erneut ließ er sie allein. Mit dem wundervollen Eheleben – das er ihr ohnehin nur vorgegaukelt hatte – schien es vorbei zu sein. Nun zeigte er immer mehr sein wahres Gesicht.

Versucht, nicht in Tränen auszubrechen, zog sich Penny ihr Nachthemd an, kämmte sich die Haare und schlüpfte unter die Decken. Würde so jetzt jeder Tag ihrer Reise aussehen? Und was passierte, sobald sie »zu Hause« waren?

Penny vergrub ihr Gesicht im Kissen und wünschte sich zurück zu ihren Eltern und in eine Zeit, als die Welt noch in Ordnung gewesen war.

Ashton hatte heute schon mehr als genug Stunden auf dem zugigen Deck verbracht und war froh gewesen, eine Weile im Warmen zu sitzen. Doch in Penelopes Nähe konnte er keinen klaren Gedanken fassen. Gerade jetzt musste er über einiges nachdenken.

Kaum war er an der frischen Luft angekommen, nahm er einen tiefen Atemzug und roch den Hauch von Tabak. Am Hauptmast verbreitete eine schaukelnde Laterne etwas Licht, sodass er eine Gestalt an der Reling erkennen konnte. Es war Quinn, der eine Pfeife rauchte.

Der schnaubte amüsiert, als sich Ashton neben ihn stellte. »Ich habe das Gefühl, du läufst vor deiner Frau weg, Lexington. Den ganzen Tag klebst du an meinem Hintern oder starrst stundenlang auf die See, bestehst darauf, dass ich mit euch esse, und dann lässt du deine Gattin sogar nachts allein. Soll ich schon mal meine Koje anwärmen, damit du es gleich schön kuschlig hast?«

»Sehr witzig, Quinn.« Er hatte sich von seinem Freund keine unterschwellige Standpauke erhofft, sondern Unterstützung. »Du hast ja bemerkt, wie neugierig sie ist. Selbst dir hat sie unentwegt Fragen gestellt.« Die Wolkendecke brach auseinander und ein paar Sterne blinkten auf. Sogar die Mondsichel war zu sehen. Dieser romantische Anblick würde Penelope bestimmt gefallen.

Quinn lachte. »Daher weht der Wind. Du wolltest mich also dabei haben, damit deine Gattin keine weiteren Fragen stellt. Sie soll also weder etwas von deinen Geheimaktivitäten bemerken, noch willst du sie näher an dich heranlassen. So wie keinen.«

Ashton sagte nichts dazu, denn er hatte sich früher am Tag bereits mit Quinn über das Thema unterhalten und von seiner Warte aus war dazu alles gesagt. Über sein Gefühlsleben würde er mit ihm ohnehin nicht diskutieren.

Ashton wunderte sich, warum Penelope plötzlich schnippisch reagierte und ihm die kalte Schulter zeigte. Lag es an der Reiseänderung, in die er sie nicht eingeweiht hatte, oder daran, dass sie den ganzen Tag im Salon bleiben sollte?

Er hatte nicht geglaubt, dass sie zur nachtragenden Sorte gehörte. Dabei sollte eher *er* beleidigt sein.

Wobei »beleidigt« nicht das korrekte Wort war. Eher fühlte er sich in seiner Mannesehre gekränkt. Dieser Brief an ihre Freundin ging ihm nicht aus dem Kopf. Hatte Penelope ihr erstes Mal tatsächlich furchtbar gefunden? Es hatte auf ihn einen ganz anderen Eindruck gemacht.

Ashton wusste schließlich, was Frauen gefiel. Er war ein fabelhafter Liebhaber!

»Ts«, machte er und erntete von Quinn einen fragenden Blick.

Falls sie ihn mit dem Brief nicht hatte ärgern wollen, würde Ashton seiner Frau beweisen, dass er es noch besser konnte. Bloß musste er dafür zu ihr gehen. Er musste sowieso mit ihr schlafen, bis sie sein Kind unter dem Herzen trug. Je schneller er es hinter sich brachte, desto besser.

Quinn grinste, sodass seine hellen Zähne im Dunkeln deutlich zu erkennen waren. »Deine Penelope scheint dich ganz schön zu beschäftigen. Derart nachdenklich kenne ich dich gar nicht.«

»Ich denke höchstens an meinen Auftrag«, murmelte er und überlegte, wie er auf diesem Schiff Abstand zu ihr halten konnte, ohne Quinn ständig auf die Pelle zu rücken.

Ashton wollte sich nicht zu sehr an seine liebreizende Gattin gewöhnen. Er dachte ohnehin ständig über sie nach, selbst wenn er von ihr getrennt war. Doch gegen sich aufbringen wollte er sie auch nicht.

Genau das ist es, du Esel!

Ashton stöhnte innerlich. Penelope war natürlich beleidigt, weil er sie den ganzen Tag allein gelassen hatte. Sie waren frischvermählt, und sie erwartete auf ihrer Hochzeitsreise sicher, dass sie mehr Zeit miteinander verbrachten oder etwas gemeinsam unternahmen. Letzteres gestaltete sich schwer auf einem Schiff, aber sie könnten sich zum Beispiel gegenseitig Gedichte vorlesen oder einen ähnlich romantischen Unsinn anstellen.

Quinn hatte recht, er war vor Penelope davongelaufen. Er sollte schleunigst zu ihr zurückeilen, um es wiedergutzumachen. Vielleicht könnte er ihr helfen, die Haare auszubürsten. So etwas machten Frauen – oder deren Zofen – bevor sie zu Bett gingen. Das würde ihr bestimmt gefallen. Und danach würde er sie exquisit auf seine Weise verwöhnen, sodass sie den langweiligen Tag vergaß. Das wäre auch ganz nach seinem Geschmack.

Ashton besaß einen verdammt starken Willen. Er würde sich einfach nicht in Penelope verlieben. Begehren durfte er sie, auch ihrer Attraktivität und Leidenschaft verfallen. Das war rein körperlich und hatte nichts mit Liebe zu tun.

✻

Als er in den Salon zurückkehrte, lag Penelope bereits im Bett, ihm den Rücken zugewandt. Gut, dann würde er direkt zum Verwöhnprogramm übergehen. Er schob den Riegel vor die Tür, zog sich komplett aus, wusch sich schnell, löschte die Lampen und huschte zu ihr unter die Decken.

Penelope rührte sich nicht. Er hörte allerdings an ihren unregelmäßigen Atemzügen und leisen Seufzern, dass sie noch wach war.

Er flüsterte ihren Namen, doch sie zeigte weiterhin keine Regung.

145

Dann eben nicht!, dachte er wütend, drehte sich auf den Rücken und verschränkte die Arme. Was für ein stures Weibsbild!

Ashton fand nur langsam in den Schlaf, obwohl das Schaukeln des Schiffes sonst immer beruhigend auf ihn wirkte und er an Bord der Rajula meist schlummerte wie ein Baby. Irgendwann nachts erwachte er, weil er ein Kribbeln im Arm spürte. Penelope lag darauf, ihm nun das Gesicht zugewandt – wie er an ihrem Atem an seinem Hals bemerkte. Eine ihrer Hände ruhte auf seiner nackten Brust.

Hatte er sie im Schlaf an sich gezogen oder hatte sie sich an ihn geschmiegt?

Er wusste es nicht. Er wusste bloß, dass ihn ihre Wärme und ihr Jasminduft schwindlig machten und es sich wunderbar anfühlte, sie nah bei sich zu spüren. Am liebsten wollte er sich auf sie legen, ihr das Nachthemd nach oben schieben und sich in ihr verlieren, um all seine verwirrenden Gedanken für einen Moment zu vergessen. Doch er beherrschte sich. Natürlich würde er sich ihr niemals aufdrängen, auch wenn sie seine Ehefrau war und er das Recht dazu hatte. Irgendein kleiner Teil seiner Seele wollte nicht, dass sie ihn hasste.

Er drehte sich zu ihr, brachte seinen Arm behutsam in eine günstigere Position, um sie nicht zu wecken, und berührte vorsichtig mit seinem Fuß eines ihrer Beine. Ein leiser Seufzer verließ ihren Mund, woraufhin sie sich an seine Brust kuschelte und ihren Arm um seinen Brustkorb schlang.

Er schmunzelte. Zumindest im Schlaf schien sie nicht wütend auf ihn zu sein.

Ashton steckte seine Nase in ihr weiches Haar, das besonders intensiv nach Jasmin roch, umarmte seine Frau und fühlte plötzlich eine angenehme innere Ruhe.

Erst beim Morgengrauen schlug er die Augen erneut auf. Penelope schmiegte sich immer noch an ihn und schien im Land der Träume gefangen zu sein, denn hinter ihren Lidern zuckte es. Da ihre Beine miteinander verschlungen waren, berührte seine steinharte Erektion ihren Oberschenkel.

Verflucht!

Der Drang, sie auf ihre leicht geöffneten rosigen Lippen zu küssen und anschließend mit ihr zu verschmelzen, wurde beinahe übermächtig. Doch ihr wunderschönes Gesicht im ersten Licht des Tages zu betrachten, machte ihm plötzlich Angst. Obwohl er nichts lieber wollte, als mit ihr zu schlafen, schrie eine Stimme in ihm, so schnell wie möglich diese Kajüte zu verlassen. Er durfte nicht noch mehr für seine Frau empfinden, denn es tat jetzt schon zu weh, sich mit ihr zu streiten. Er musste sich erst einmal wieder in den Griff bekommen – beziehungsweise seine Gefühle.

Behutsam zog er seinen Arm unter ihrem Kopf hervor und schlüpfte aus dem Bett. Dann betrat er splitternackt wie er war den schmalen Balkon am Heck des Schiffes, um sich zu erleichtern.

Fuck, war das kalt! Ein eisiger Wind riss an seiner Haut, und seine Erektion machte es ihm nicht gerade einfach, weshalb er länger draußen stand als gewöhnlich.

Als er in den Salon zurückkehrte, war er hellwach, durchgefroren und jede Lust im Keim erstickt. Perfekt!

Während er sich leise wusch, überlegte er, sich zu Quinn aufs Deck zu begeben. Doch bei einem Blick aus dem Fenster fröstelte es ihn abermals. Es sah nach Regen aus. Außerdem wollte er seine Frau nicht noch mehr gegen sich aufbringen.

Schnell zog er sich an und erinnerte sich, dass immer noch der Umschlag, den er in Lissabon ausliefern sollte, in

147

seiner inneren Manteltasche steckte. Ashton hatte ihn bis jetzt fast ständig mit sich herumgetragen. Nicht, dass er beschädigt wurde. Nur der Empfänger durfte den Inhalt zu sehen bekommen. Selbst Ashton wusste nicht, was sich darin befand. Das wusste er nie.

Penelope hatte den Mantel gestern auf seine Reisetruhe gelegt, und dort lag er zum Glück noch. Ashton zog den Umschlag hervor, wobei er aufpasste, dass seine Frau immer noch schlief, und versteckte ihn in einem Geheimfach im Inneren der Reisetruhe, während er ein frisches Hemd herausholte. Seine Lieferung durfte auf keinen Fall in die falschen Hände geraten.

Da er sich aber nicht nur auf dem Schiff befand, um seinen Job zu erledigen, wollte er als Nächstes seiner Frau eine Freude bereiten. Deshalb ging er in die Kombüse, um für sie beide Frühstück zu besorgen. Der Koch stellte ein Tablett auf den Tisch, holte Geschirr und fragte Ashton, ob er und seine Gattin Kaffee wollten.

»Sehr gerne«, antwortete er und freute sich über den Service. Er hatte bloß keine Ahnung, ob Penelope Kaffee trank.

»Die Bohnen sind aus Guadeloupe«, erklärte der Smutje stolz. Soweit Ashton wusste, kaufte der Koch auf den Reisen die Verpflegung ein.

Während er wartete, bis der Kaffee aufgebrüht war, wirbelte Lou an ihm vorbei, stellte einen Korb mit Eiern und eine Kanne Milch auf dem Tisch ab und grinste Ashton an. »Guten Morgen, Mr Lexington! Ich bringe Ihrer Frau gleich den Tee. Ich weiß, wie Sie ihn am liebsten trinkt.«

Schmunzelnd nickte Ashton, wartete ab, bis der Koch die Eier fertig hatte und diese mit Toast, etwas Speck sowie Marmelade auf das Tablett stellte. Anschließend ging Ashton damit zurück in den Salon.

Penny saß vor dem Waschtisch und kämmte sich ihr langes Haar. Mit den noch leicht zerzausten Strähnen und in ihrem Morgenrock sah sie zum Niederknien aus.

»Guten Morgen«, sagte er gut gelaunt. »Ich habe uns Frühstück geholt.«

Sein Herz hüpfte, als sie ihn kurz anlächelte. »Guten Morgen. Vielen Dank.«

Er stellte das Tablett auf den Tisch und verteilte das Geschirr. »Ich wusste nicht, ob du Kaffee oder Tee bevorzugst, deshalb gibt es beides. Lou bringt gleich den Tee.«

»Das ist sehr zuvorkommend von dir.« Sie setzte sich zu ihm und schnupperte an der Tasse. »Ich trinke beides, bevorzuge allerdings Tee. Doch dieser Kaffee duftet wirklich köstlich.«

»Die Bohnen stammen aus Guadeloupe«, erklärte ihr Ashton, froh, sich mit ihr normal unterhalten zu können. Anscheinend hatte sie ihm sein sträfliches Benehmen vom Vortag verziehen.

Während sie einen kleinen Schluck nahm und vor Genuss die Augen schloss, kribbelte es in seinem Magen. Danach starrte sie ihn intensiv an, als würde sie bis in seine Seele blicken wollen, woraufhin er ihr schnell die Schale mit dem Toast reichte.

Dankend nahm sie sich eine Scheibe und strich Marmelade darauf.

Sie aßen in einvernehmlichem Schweigen, und Ashton entspannte sich zunehmend. Der Tag begann vielversprechend.

Lou klopfte an und trat ein, um den Tee zu bringen. Außerdem hatte er frisches, warmes Wasser für die Morgentoilette dabei.

»Du bist ein Schatz und denkst wirklich an alles!« Penny strahlte den Burschen an, als hätte er ihr die Sterne vom

149

Himmel gepflückt. »Wollen wir heute wieder zusammen lernen? Ich hätte den ganzen Tag Zeit.«

Der Junge grinste bis hinter beide Ohren. »Sehr gerne, Madam, das passt prima. Ich habe heute meinen freien Tag!«

Ashton verschluckte sich beinahe an seinem Ei. Penelope hatte ihm nicht verziehen. Nicht das kleinste bisschen.

Nachdem er sich hart geräuspert hatte, fragte er den Burschen: »Du musst heute nicht arbeiten?«

»Nein, Sir. Der Captain gibt mir immer einen ganzen Tag in der Woche komplett frei. Aber ich sehe dann trotzdem nach den Tieren und helfe Cookie, falls er mich braucht. Ansonsten habe ich heute nichts zu tun.«

Penny klatschte erfreut in die Hände. »Großartig! Dann komm doch in einer Stunde mit deinen Büchern vorbei.«

Kaum hatte der Junge mehr hüpfend als gehend die Kabine verlassen, verschränkte Ashton die Arme vor der Brust und blickte seine Frau eindringlich an. »Ich hatte gehofft, wir könnten heute den Tag zusammen verbringen.«

Unschuldig klimperte sie mit ihren dichten Wimpern. »Oh. Ich habe gedacht, du bist wieder an Deck bei deinem Freund.«

Diese Hexe! »Ich werde mich einfach in eine Ecke setzen, um zu lesen, und euch nicht stören.«

Sie kniff kurz die Lider zusammen, als würde es ihr nicht gefallen, dass er ihnen beim Lernen zusehen wollte. Doch dann lächelte sie und erwiderte zuckersüß: »Das ist sehr rücksichtsvoll von dir. Es macht mir aber wirklich nichts aus, falls du lieber Zeit mit dem Captain verbringst.«

Er hätte sie am liebsten auf den Mond katapultiert!

»Soll ich dir beim Ankleiden helfen?«, fragte er durch zusammengebissene Zähne.

»Nicht nötig. Ich habe ein Kleid, das ich leicht selbst an-

150

legen kann, und werde mir noch einen dünnen Mantel überziehen. Es ist doch etwas frisch heute.«

»In Portugal ist es wärmer«, knurrte er, erhob sich abrupt und räumte unwirsch ihre Teller aufs Tablett. »Ich bringe das zurück in die Küche.«

»Lass dir ruhig Zeit«, säuselte sie.

Er stand kurz davor, einen Mord zu begehen, und schritt so würdevoll wie möglich aus dem Salon.

Warum wollte sie ihn plötzlich dringend loshaben? War sie immer noch beleidigt wegen gestern? Oder zeigte sie nun ihr wahres Gesicht? Hatte sie ihn nur geheiratet, weil er ein Earl war, damit sie alle Annehmlichkeiten dieses Lebens genießen konnte? Er hatte gedacht, sie würde etwas für ihn empfinden.

Aber dass sie auf Abstand geht, ist doch genau das, was du willst!

Bloß gefiel es ihm ganz und gar nicht, dass sie ihm die kalte Schulter zeigte. Zu allem Unglück weckte das seinen Eroberungsdrang. Jetzt wollte er erst recht mehr Zeit mit ihr verbringen.

Tu das nicht, ermahnte er sich.

Verflucht, dieses Weib brachte ihn völlig durcheinander!

Ashton »klebte« mal wieder an Quinns Hintern, wie der es nannte, damit sich seine Frau in Ruhe zurechtmachen konnte. Penelope wollte ihn ohnehin nicht dabei haben, wenn sie sich umzog und frisierte, das hatte sie mehr als deutlich gezeigt. Es nieselte, der Wind pfiff ihm um die Ohren und Quinn hatte kaum Zeit für ihn, sodass Ashton knapp eine Stunde später schlecht gelaunt in den Salon zurückkehrte.

Lou saß bereits mit Penelope am Tisch und grüßte ihn, während seine Gattin mit der Nase tief in einem Buch steckte. Sie ignorierte ihn also weiterhin.

Ashton legte den Mantel ab und griff blind nach einem Lexikon aus Quinns Regal. Damit zog er sich in die Koje zurück, lehnte sich mit überschlagenen Beinen lässig gegen die Wand und tat so, als würde er lesen. In Wahrheit beobachtete er Penelope, deren Profil er genau im Visier hatte, und hörte der Unterhaltung der beiden zu.

Es ärgerte ihn, dass sie sich derart leidenschaftlich um den Jungen kümmerte, aber ihn nicht eines Blickes würdigte. Andererseits war er ein bisschen stolz auf seine Gattin, weil sie Lou viel über die griechische Mythologie erzählen konnte – selbst Ashton lauschte ihr fasziniert –, und dem Burschen auch andere eher frauenuntypische Dinge sehr gut erklären konnte.

Ashton war dennoch heilfroh, als es Zeit für das Mittagessen wurde und Lou in der Küche beim Abwasch helfen wollte. Er brachte ihnen noch das Essen in den Salon, danach war Ashton endlich mit Penelope allein. Es gab eine Curry-Hühnersuppe, und er hatte wirklich großen Appetit. Schiffsreisen machten ihn immer hungrig.

»Wie war deine Lektüre?«, fragte Penelope ihn wie beiläufig und schenkte ihm einen unschuldigen Augenaufschlag.

»Interessant«, murmelte er.

Sie schmunzelte. »Hm, ich hatte den Eindruck, als hättest du das Buch verkehrt herum gehalten.«

Verdammt!

»Das sah nur so aus«, murmelte er und führte schnell einen weiteren Löffel der köstlichen Suppe zu seinem Mund.

Ihre Augen nahmen einen sanften Ausdruck an, als sie sagte: »Lou ist wirklich klug, nicht wahr?«

152

»Ja, er scheint ein aufgewecktes Kerlchen zu sein.«

»In welchem Verwandtschaftsverhältnis steht er denn zum Captain?«

»Das weiß ich gar nicht«, antwortete Ashton, froh, dass sich Penelope mit ihm unterhielt. Sobald das Wetter etwas freundlicher wurde, würde er sie mit an Deck nehmen. Das besänftigte sie vielleicht vollends.

»Aber ... ihr seid gut miteinander befreundet, oder?«

»Das sind wir. Quinn spricht allerdings nicht viel über seine Vergangenheit, und das akzeptiere ich.« Ashton wusste nur, dass Quinn als junger Mann von seinem Vater verstoßen worden war – die Umstände waren jedoch ganz andere als bei ihm selbst – und fortan auf eigenen Beinen stehen musste. Aber das war zu privat, um es Penelope anzuvertrauen.

Sie redeten über belanglose Dinge, bis sie fertiggegessen hatten. Anschließend brachte Ashton das Tablett sofort in die Kombüse, bevor Lou es holte, weil er noch eine Weile mit seiner Frau ungestört sein wollte. Als er zurück in den Salon kam, legte sie sich gerade in die Koje, allerdings auf die Decken, und erklärte: »Ich möchte mich ein wenig ausruhen, bevor ich später mit dem Jungen weiter lerne.«

»Das ist eine vorzügliche Idee, da schließe ich mich doch glatt an.« Das war seine Chance, ihr wieder näherzukommen, auch wenn er ihrem eher erschrockenen Gesichtsausdruck entnahm, dass ihr seine Entscheidung weniger gefiel.

Gerade als er sich zu ihr legen wollte, drang ein herzzerreißendes Maunzen durch das Holz der Tür.

Penelope setzte sich kerzengerade auf. »Das ist Parzival! Kannst du ihn bitte hereinlassen? Vielleicht fehlt ihm etwas?«

»Parzi... wer?« Als er die Tür aufzog, schoss ein schwar-

153

zer Blitz durch die Kabine und sprang in die Koje. Der einäugige Schiffskater!

Nachdem Parzival mehrmals über Penelopes Beine getapst war, rollte er sich wild schnurrend neben ihr zusammen, während sie ihm selig lächelnd das Fell kraulte. »Brauchst du ein paar Streicheleinheiten, du tapferer Rattenjäger?«

Ashton unterdrückte ein frustriertes Knurren. Was suchte denn der Kater hier? Und woher kannte Penelope dessen Namen? Wahrscheinlich hatte sie ihn auf Lous Tour durch das Schiff getroffen.

Ashton hatte das Tier früher schon ein paar Mal gesehen, ihm aber keine Beachtung geschenkt.

Dafür schenkte Penelope dem Kater umso mehr Beachtung, sprach zu ihm wie eine Mutter zu einem Baby, verhätschelte und streichelte ihn, bis er schnurrend neben ihr eindöste.

Klasse. Nun fand er keinen Platz mehr in der Koje, und für seine Frau schien er nur noch aus Luft zu bestehen. Was trieb das Schicksal bloß für ein seltsames Spiel mit ihm?

Der Schiffskater ... ernsthaft?

Sein Frust verwandelte sich in Wut. Er hatte wirklich alles versucht, seinen Fehler wiedergutzumachen und Penelope zu besänftigen. Aber nun reichte es ihm. Das wurde ihm hier zu dumm!

Er schnappte sich seinen Mantel, stapfte aus dem Salon und knallte die Tür hinter sich zu. Sollte sie doch ihr lächerliches Spiel durchziehen. Er machte dabei nicht länger mit!

Quinn war ihm allerdings auch keine Stütze. Aber nicht, weil der kaum Zeit für ihn hatte, sondern weil er Ashton ständig dämlich angrinste, da er sich von seiner Frau zum Narren halten ließ. Deshalb verzog sich Ashton in die leere

154

Offiziersmesse und legte sich im hintersten, dunkelsten Eck auf eine Bank, um ein wenig zu dösen. In den Salon wollte er jetzt nicht gehen, denn Penelope würde dort wahrscheinlich wieder mit dem Jungen lernen.

Als würde ihn eine höhere Macht quälen wollen, tauchte sie keine Stunde später mit Lou in der Offiziersmesse auf. Allerdings schienen ihn die beiden in der unbeleuchteten Ecke nicht zu bemerken, denn Lou sagte: »Sehen Sie, Madam, es ist keiner hier«, und die zwei setzten sich nebeneinander an das Klavier.

Gemeinsam versuchten sie sich an einem einfachen Lied, wobei Lou Penelope begleitete und sie die Melodie spielte. Das machte ihnen sichtlich viel Spaß, doch ihr Gekicher ließ Ashtons Laune weiter in den Keller sinken. Trotzdem konnte er nicht aufhören, seine Frau ununterbrochen anzustarren. Sie war so verdammt klug und schön, und er bewunderte es, wie liebevoll sie mit Lou umging. Sie würde eine gute Mutter werden.

Ihm fiel ein, dass er ihr einen engeren Kontakt zu ihren Kindern verbieten wollte, um die Herzen aller zu schützen. Doch je länger er sie mit Lou sah, desto falscher fühlte sich diese Idee an. Ein Kind brauchte seine Mutter, und selbst Ashton erinnerte sich gerne an die gemeinsame Zeit mit seinen Eltern zurück, so sehr es ihn auch immer noch schmerzte, die beiden viel zu früh verloren zu haben. Sie hatten ihm acht wundervolle Jahre lang das Gefühl gegeben, geliebt zu werden und der wichtigste Mensch auf der ganzen Welt zu sein. Irgendwie sehnte sich Ashton nach genau diesen Empfindungen zurück. Er wollte wieder mit Penelope scherzen, sie küssen und in den Armen halten, während sie ihn anblickte, als würde es nur ihn allein für sie geben.

Er befürchtete allerdings, dass sie sein Leben komplett

verändern könnte. Vor allem wurden seine Gefühle zu ihr, die sich nicht verleugnen ließen, von Tag zu Tag stärker, auch wenn es sich nur um reines Begehren handelte. Egal was sie tat, ja selbst wenn sie wütend auf ihn war, wirkte sie unglaublich anziehend auf ihn.

All diese verwirrenden Emotionen machten ihm allerdings auch Angst, und er wusste nicht, ob er schon bereit war, mehr zuzulassen. Doch von ihrer Seite aus würde das wohl ohnehin nichts werden. Nach wie vor verstand er nicht, warum sie immer noch schlecht auf ihn zu sprechen war. Sobald er mit ihr allein wäre, würde er die Sache klären, denn mittlerweile lag die Angelegenheit wie ein Stein in seinem Magen.

Kapitel 14 – Verborgene Talente

Penny war froh, dass sie sich entschieden hatte, mit Lou Klavier zu spielen. Das lenkte sie wenigstens eine Weile von Ashton ab. Sie hatte heute Vormittag bemerkt, dass er seinen Fehler von gestern wiedergutmachen wollte. Doch sie konnte seine falsche Freundlichkeit kaum ertragen, schließlich wusste sie, was er wirklich über sie dachte. Parzival war deshalb gerade im richtigen Moment aufgetaucht. Vielleicht spürte er, wenn sie Hilfe brauchte? Tiere sollten sehr feinfühlig sein. Tabby hatte sich auch immer an sie gekuschelt, wenn sie traurig gewesen war.

Penny hatte es sehr amüsant gefunden, zuzusehen, wie Ashton immer wütender geworden und schließlich aus dem Salon gestürmt war. Dabei sollte sie ihn vielleicht besser nicht gegen sich aufbringen. Trotzdem konnte sie nicht anders. Er trieb sie regelrecht dazu! Ihr lieber Herr Gemahl

156

sollte ruhig mitbekommen, wie es sich anfühlte, ignoriert zu werden.

Am Nachmittag füllte sich die Offiziersmesse langsam, und keiner der Männer wollte, dass Penny und Lou den Raum verließen. Der Junge besaß tatsächlich jede Menge musikalisches Talent und lange, schlanke Finger, die sich bestens zum Klavierspielen eigneten. Er könnte wirklich viel aus sich machen.

Die Matrosen schienen sich über die Abwechslung zu freuen und forderten Penny auf, ihnen etwas Flottes vorzutragen. Zuerst wusste sie nicht, ob das eine gute Idee war, doch Lou machte ihr Mut. Er flüsterte ihr zu, dass ihr jeder hier unendlich dankbar wäre, wenn sie ein paar neue Lieder hören dürften.

Je mehr sie vorspielte, desto besser fühlte sie sich. Endlich konnte sie all die weniger ladyliken Stücke zum Besten geben, die man sonst bloß auf dem Jahrmarkt oder in Hinterhoftheatern hörte. Jahrelang hatte Penny sie nur heimlich üben können, wenn sie allein im Haus gewesen war. Ein flotter Cancan war genau die Art von Musik, die ihr Spaß machte!

Lou stand neben ihr, klatschte zum Rhythmus und sprang im Kreis herum. Seine Augen funkelten vergnügt.

Hach, tat das gut, auf dem Klavier Dampf abzulassen! Penny konnte ihren Unmut für eine Weile vergessen, zumindest so lange, bis Ashton mitbekommen würde, wo sie steckte. Er würde sie wahrscheinlich lynchen! Ein Wunder, dass er noch nicht aufgetaucht war. Er musste das Klavierspiel doch hören? Aber an ihn wollte sie jetzt nicht weiter denken und sich einfach glücklich fühlen. Das hatte sie nach dem ganzen Fiasko verdient.

Ashton setzte sich in der dunklen Ecke auf und verschränkte die Arme vor der Brust. Es war ihm nun egal, sollte Penelope seine Anwesenheit bemerken. Für ihn war es wichtig, den Matrosen zu demonstrieren, dass er ein wachsames Auge auf seine Frau und vor allem auf alle anderen hatte. Sollte auch nur ein Kerl sie anzüglich anblicken, würde er ihn über Bord werfen.

Ashton war kein Schwächling. Da er bei seinen Geheimaufträgen stets mit unliebsamen Überraschungen rechnen musste, trainierte er regelmäßig. Solange er sich in London aufhielt, besuchte er mehrmals in der Woche einen Club, in dem er mit Gleichgesinnten Boxen und Fechten üben konnte. Wann immer er auf seinem Landsitz in Nottinghamshire residierte, schwamm er täglich morgens eine Stunde im See und ruderte am Nachmittag darüber. Wenn er unterwegs war, mussten fünfzig Liegestütze täglich reichen. Die machte er jedoch nicht vor seiner Frau, das war ihm irgendwie unangenehm.

Die meisten Seeleute entdeckten ihn natürlich und nickten ihm grüßend zu, aber deren Hauptaugenmerk galt Penelope. Sie wirkte am Anfang etwas verkrampft und unsicher und warf ständig einen Blick zur Tür. Hatte sie Angst, er könnte jeden Moment hereinstürmen? Doch nachdem ihr Lou etwas zugeflüstert hatte und weil die Matrosen sie respektvoll behandelten, schien sie sich zu entspannen.

Ashton hielt sich weiter im Verborgenen und staunte nicht schlecht, dass seine brave, gut erzogene Ehefrau ein beachtliches Repertoire an Chansons und Balladen beherrschte. Diese frechen Lieder hatte ihr garantiert nicht ihre Musiklehrerin beigebracht!

Als der Deckoffizier Claus mit seiner Fiedel hinzustieß und den »Tanz des Bootsmannes« anstimmte, begleitete ihn Penelope ohne Probleme auf dem Klavier, als hätte sie das Volkslied schon tausend Mal gehört. Sie war wirklich ein Naturtalent – und die Matrosen sowie Lou schienen die größte Freude an ihrer Vorführung zu haben, denn sie tanzten und klatschten zu ihrer Musik und lachten mit ihr.

Seine Gattin überraschte ihn immer wieder. Auch wenn ihn ihre Vorführung beeindruckte, machte sie ihn erneut unsagbar wütend. Da das Klavierspiel sie wohl erhitzte, legte sie ihren Mantel ab und präsentierte sich den anderen nun in einem blassblauen Kleid, das für seinen Geschmack viel zu viel Haut zeigte. Penelope zog die Aufmerksamkeit der kompletten Mannschaft auf sich! Sie war aber seine Frau und sollte *seine* Aufmerksamkeit erregen – das durfte sie niemals vergessen. Sie hatte ihn zu amüsieren, keine fremden Männer!

Anstatt sie von hier fortzubringen, konnte sich Ashton keinen Millimeter von seinem Platz wegbewegen. Das lag weder an den drei Männern neben ihm, die sich mit auf die Bank gequetscht hatten, noch an dem Tisch, der sich vor ihm befand. Sondern er begriff einfach nicht, dass seine Gattin ganz und gar nicht seinen Vorstellungen von einer Ehefrau entsprach. Sie war das genaue Gegenteil davon. Er fand sie immer noch wunderschön, keine Frage. Aber sie besaß einen viel zu wachen Verstand, eine rebellische Ader und brachte sein Blut nun auf ganz andere Weise zum Kochen.

Als sie lachend den Kopf zurückwarf, starrte er auf ihren schlanken Hals, versucht, seine Lippen darauf zu pressen. Plötzlich wollte er seine Frau so schnell wie möglich von hier wegbringen, mit ihr allein sein, ihr … die Leviten lesen!

Hastig erhob er sich und sprang in einer geschmeidigen Bewegung über den festgeschraubten Tisch, woraufhin alle Stimmen verstummten und Penelope ihn endlich bemerkte. Ihre Hände erstarrten auf den Tasten, und sie riss pa-

159

nisch die Augen auf.

Irgendwie verschaffte ihm das ein wenig Genugtuung.

Am liebsten wollte er sie über die Schulter werfen und aus der Offiziersmesse tragen, sie in die Koje werfen und so lange vögeln, bis sie wieder zu Verstand kam! Und er ebenfalls … Doch er beherrschte sich eisern, reichte ihr die Hand und sagte ungewöhnlich ruhig: »Ich glaube, du hast die Leute genug amüsiert. Es gibt gleich Abendessen, meine Liebe.«

»J-ja, ich habe völlig die Zeit vergessen«, stammelte sie, erhob sich zittrig und drückte sich ihren Mantel an die Brust.

Ashton packte sie am Arm und zog sie daran aus dem Raum. Kaum hatte er die Tür hinter ihnen geschlossen, grölten die Offiziere und restlichen Matrosen los und erneut erklang das Spiel der Fiedel.

»Was hast du dir dabei gedacht?«, fragte Ashton sie grollend auf dem Weg zu ihrer Kajüte. »Weißt du denn nicht, dass du die einzige Frau auf dem Schiff bist? Die Männer hätten …« Sein Blut kochte so sehr, dass er es nicht einmal aussprechen konnte!

Sie versuchte, sich von ihm loszureißen, doch er hielt sie eisern fest. Mit zusammengekniffenen Lidern blickte sie ihn an. »Lou hat gesagt …«

»Es ist mir egal, was ein Kind sagt!« Er schubste die Tür zum Salon auf, drückte Penelope hinein und verschloss sie hinter ihnen mit dem Riegel. Nun würde er mit ihrer Widerborstigkeit Schluss machen!

Langsam ging sie rückwärts, als wäre sie ein verschrecktes Tier, ohne den Blick von ihm zu nehmen. Dabei hielt sie weiterhin schützend ihren Mantel vor die Brust.

Oh ja, sie tat gut daran, sich vor ihm zu fürchten! Sie hatte sich seinen Anweisungen widersetzt und würde jetzt

160

die Konsequenzen tragen müssen. Wenn er mit seiner liebreizenden Gattin fertig war, sollte er sie keine Sekunde mehr aus den Augen lassen.

Himmel, Ashton war die ganze Zeit in der Offiziersmesse gewesen, und sie hatte ihn nicht bemerkt! Dafür fühlte sie seine Präsenz jetzt umso stärker – und er sah wütend aus. Unglaublich wütend. Seine Augen funkelten regelrecht und zwei tiefe Falten bildeten sich dazwischen. Seine ganze Ausstrahlung machte einen unheimlich düsteren Eindruck auf sie, und da er sich heute nicht rasiert hatte, wirkte er auf sie tatsächlich wie ein Pirat.

Nun fürchtete sie sich wirklich ein wenig vor ihm. Doch wahrscheinlich nicht so viel, wie sie sollte. Sie war immer noch berauscht von dem Klavierspiel, aber auch wütend auf ihn, weil er sie die ganze Zeit beobachtet hatte. Ja, regelrecht ausspioniert hatte er sie!

Als sie plötzlich mit ihrem Hintern gegen den Tisch stieß, schluckte sie hart und ihr Herz raste. Sie saß hier in der Falle. Aus dem Salon könnte sie vielleicht noch vor ihm fliehen, aber auf dem Schiff würde sie ihm niemals entkommen.

»Jetzt bist du nicht mehr so vorlaut, was?«, knurrte er, als er dicht vor ihr stehen blieb und ihr den Mantel aus der Hand riss. Den legte er über die nächste Stuhllehne, bevor er seinen eigenen Mantel auszog und darüber warf. Darunter trug er nur ein Hemd ohne Krawattentuch, sodass sie deutlich sehen konnte, wie hart und schnell die Ader an seinem Hals pochte. Außerdem strahlte er eine unglaubliche Hitze aus … und wie immer roch er gut.

Er trat noch einen Schritt auf sie zu und blickte zu ihr herab, sodass sie unwillkürlich beide Hände gegen seine Brust drückte.

161

Penny schluckte erneut und spürte unter dem Stoff seine angespannten Muskeln. Woher hatte er als Adliger all die Kraft? Er besaß den Körper eines arbeitenden Mannes; Ash benutzte seine Muskeln. Was tat er, um diese so vorzüglich zu formen?

Er stützte beide Hände seitlich von ihr an der Platte ab, sodass sowohl der Tisch als auch seine große Gestalt Penny gefangen hielten. Sie las Wut in seinen Augen, aber auch … Verlangen?

Da musste sie sich täuschen. Es hatte ihm überhaupt nicht gefallen, dass sie die Matrosen bespaßt hatte. Warum sollte er also erregt sein? Bedeutete sie ihm womöglich doch etwas, obwohl sie etwas anderes aus seinem Mund vernommen hatte? Oder wollte er den Seeleuten lediglich demonstrieren, dass sie seine Frau, sein Eigentum war, und er allein über sie bestimmte?

Sie wurde aus ihm nicht schlau.

Als sich sein Unterleib gegen ihren Bauch drückte, spürte sie sehr deutlich, wie es um ihn bestellt war. Also hatte er tatsächlich gerade Lust auf sie, obwohl sie nicht seinen Vorstellungen entsprach.

Pah, ein Mann musste eine Frau nicht lieben, um mit ihr das Bett zu teilen. Das wusste selbst sie! Wenn sie ganz ehrlich zu sich selbst war, fühlte sie sich trotz allem, was er über sie gesagt hatte, immer noch zu ihm hingezogen. Das war doch verrückt!

Er kam mit seinem Gesicht dem ihren ganz nah, sodass sich ihre Nasenspitzen beinahe berührten, und sagte leise, aber bedrohlich: »Hör auf, mich zu ignorieren.«

Dann hör du auf, mich zu belügen!, wollte sie ihm entgegnen, brachte die Wörter jedoch nicht über die Lippen. Seine Nähe machte sie schwach und schwindelig zugleich. Außerdem musste sie erst herausfinden, worin er verwickelt war. Solange sie nicht wusste, ob er zu den »Guten« gehörte, sollte sie ihn nicht weiter reizen. Sie hatte hier außer Lou keine Verbündeten und war Ashton auf diesem Schiff auf Gedeih und Verderb ausgeliefert.

Ach, wenn sie doch bloß wieder den Mann zurück haben könnte, der sie vor der Heirat heimlich in ihrem Schlafzimmer besucht und ihr das Gefühl gegeben hatte, die für ihn begehrenswerteste Frau der Welt zu sein. Die einzige. Die schönste.

Sie vermisste den früheren Ashton.

Hätte sie doch niemals dieses Gespräch zwischen ihm und dem Captain belauscht! Dann würde sie zwar unwissentlich mit einer Lüge leben, aber ihre Welt wäre in Ordnung.

Schlagartig hatte sie keine Lust mehr auf ihr Spiel. Womöglich waren seine Geheimnisse gar nicht so schlimm, wie sie vermutete. Noch vertraute er ihr nicht genug, um sie in alles einzuweihen, weil sie sich nicht richtig kannten. Zwar hatte seine Aussage endgültig geklungen, allerdings musste das nichts heißen. Vielleicht würde er sich ihr früher oder später doch anvertrauen.

»Ich werde dich nicht mehr ignorieren«, versprach sie und schob ihre Hände höher, um sie um seinen Hals zu legen.

Sein Gesicht entspannte sich leicht und eine seiner dunklen Brauen hob sich. »Du wirst also in Zukunft auf mich hören?«

Schwach nickte sie, woraufhin er die Arme um ihre Taille legte und an ihre Lippen keuchte.

Penny wunderte sich, wie leicht ihn ein paar Worte besänftigen konnten. Mal sehen, wie er darauf reagierte: »Ich werde von nun an fügsam sein, Ashton, und alles tun, was du von mir verlangst.«

163

Er kniff die Lider zusammen und presste den Unterleib fester gegen sie, wobei ein beinahe animalisches Knurren in seiner Kehle vibrierte.

Sie wollte lachen, doch sein Verhalten entfachte eine unbekannte Hitze sowie ein köstliches Kribbeln zwischen ihren Schenkeln.

Nein, nicht »unbekannt«, sondern »ungewohnt«. Penny wusste mittlerweile, was dieses Pochen zu bedeuten hatte.

»Braves Mädchen«, raunte er, als er die Augen öffnete. »Ich hätte ansonsten meine Methoden, um dir die Flausen auszutreiben.«

»Ach ja?«, erwiderte sie spitz, biss sich jedoch sofort auf die Zunge. Sie wunderte sich, wie wenig fügsam sie sich tatsächlich verhielt. Sie hatte wohl zu viele Stunden mit Izzy, diesem bezaubernden Freigeist, verbracht. Wenn ihre Freundin sie jetzt sehen könnte, würde sie sich bestimmt köstlich amüsieren.

Ashtons Hände um ihre Taille zogen sich zu. »Widersprichst du mir schon wieder?«

Ihr Herz machte einen aufgeregten Satz. In einem möglichst unterwürfigen Ton antwortete sie: »Ich würde gerne wissen, wie diese Methoden aussehen, Eure Lordschaft.«

Er knurrte leise. »Hör auf, auf diese Weise mit mir zu sprechen, du Luder. Das macht mich unsagbar heiß. Das weißt du genau!«

Verdammt, er hatte sie durchschaut!

Da sie nun tatsächlich Konsequenzen fürchtete und sich nicht anders zu helfen wusste, verstärkte sie ihren Griff in seinem Nacken, stellte sich auf die Zehenspitzen und küsste Ashton zärtlich. Vielleicht würde ihn das milde stimmen.

Das Gegenteil war der Fall. Er stöhnte laut auf und erwiderte den Kuss mit einer Vehemenz, dass sie glaubte, er wolle sie verschlingen. Ungestüm trafen seine Lippen auf ihren Mund, seine Zunge drang forsch in sie ein, und ehe sich's Penny versah, lag sie mit dem Rücken auf dem Tisch.

»Du willst also wissen, was ich mit meiner ungehorsamen Ehefrau anstellen würde?«, grollte er mehr erregt als erbost und beugte sich über sie.

Sie nickte ganz schwach. Obwohl ihr seine fast schon animalische Art Angst machen sollte, vertraute sie ihm immer noch. Er würde ihr niemals wehtun. Jeder andere Mann hätte sie nach diesem katastrophalen Tag längst gezüchtigt – doch was machte Ashton? Er küsste sie erneut und fuhr mit einer Hand unter ihre Röcke.

So sah also seine Strafe aus? Wenn sie das als Konsequenz zu fürchten hatte, wollte sie täglich ungehorsam sein.

Sie verlor sich in seinen wilden Küssen, zerwühlte seine Haare und rieb ihren Unterleib an ihm. Als sie ihn fast genauso stürmisch zurück küsste, hielt er plötzlich über ihr inne und grinste sie teuflisch an. »Oh nein, meine Liebe. So leicht kommst du mir nicht davon.«

Er machte einen halben Schritt zurück, und bevor Penny wusste, wie ihr geschah, hatte er sie auf dem Tisch herumgedreht. Er drückte eine Hand zwischen ihre Schulterblätter, sodass sie zwar noch mit den Füßen am Boden stand, aber ihr Oberkörper auf die Platte gepresst wurde. Mit der anderen Hand warf er ihre Röcke über Rücken und Kopf, sodass sich ihm nun ihr Hintern entgegenstreckte. Zum Glück trug sie noch ihre Pantalettes!

Mit einem kräftigen Ruck riss er den Spalt ihrer Unterwäsche am Schoß weiter auf, sodass sich ihm nun wirklich ihr nacktes Hinterteil präsentierte. Penny stieß einen überraschten Schrei aus und ihre Wangen brannten vor Scham. Sie war heilfroh, dass Ashton ihr Gesicht wegen der Unterröcke jetzt nicht sehen konnte.

Gerade, als sie sich über sein grobes Verhalten beschweren wollte – schließlich brauchte sie ihre warme Unterwäsche dringend –, traf etwas Hartes auf ihre Pobacke, sodass es laut klatschte, und ließ ein prickelndes Brennen darauf zurück.

Erneut schrie sie auf, dann erstarrte sie, aber ihr Herz raste.

Er hatte sie geschlagen! Zwar nicht fest, doch er hatte es getan!

Sie befürchtete, dass er sie nun windelweich klopfte, stattdessen fühlte sie, wie er über ihre heiße Haut pustete und sanft darüber strich. Verrückterweise klopfte es daraufhin noch härter zwischen ihren Schenkeln.

Ashton kniff sie in ihr weiches Fleisch. »Ich sollte diese herrlichen weißen Backen bearbeiten bis sie glühen«, sagte er süffisant, und prompt folgte ein zweiter Klatscher auf der anderen Seite.

Penny zappelte und versuchte, seinem eisernen Griff zu entkommen. »Unterstehe dich!«

Er schnaubte amüsiert. »Du wolltest doch wissen, wie meine Strafe für dich aussieht?«

»Ich dachte . . .«

»Was dachtest du?«, fragte er belustigt. »Dass ich mir eine zuckersüße Revanche einfallen lasse, die dir gefällt?«

Verlegen nickte sie unter ihren Röcken, woraufhin er dunkel lachte. »Das würde dir so passen.«

Als er plötzlich mit seinem Knie ihre Beine weiter auseinander drückte und seine Hand auf ihre Scham presste, legte sie sich die Hand auf den Mund und stöhnte leise.

»Du bist ja ganz feucht«, sagte er grollend und schob einen Finger in sie. »Klitschnass!«

Oh Himmel, peinlicher konnte es nicht mehr werden! Warum tat ihr der eigene Körper so etwas an? Ashton würde sie nun auch noch für verrucht halten, weil ihr seine grobe Behandlung gefallen hatte.

»Meine Ehefrau überrascht mich immer wieder.« Er bewegte den Finger in ihr und rieb im Inneren über einen Punkt, der das Klopfen verstärkte. »Du bist anscheinend gar nicht so brav und tugendhaft, wie ich geglaubt habe.«

»Doch!«, stieß sie hervor und stöhnte auf, als er in ihre pochende Perle zwickte. »Du machst das alles aus mir!«

»Jetzt gibst du mir also die Schuld?«, raunte er, nestelte irgendwo hinter ihr herum, und prompt fühlte sie, wie etwas Dickes, Hartes in sie eindrang. Herrje, das war sein … Auf dem Tisch?

Stöhnend entspannte sie sich und genoss diese neuen Gefühle, von denen sie nicht genug bekommen konnte. Schließlich hatte er sie ohnehin durchschaut. Trotzdem war sie froh, dass ihr Kopf unter den Röcken begraben war und Ashton nicht sehen konnte, wie sehr sie seine Behandlung wirklich genoss. Es fühlte sich äußerst gut an, von ihm in Besitz genommen zu werden, selbst in dieser verrückten Stellung!

Nun machen wir es doch wie die Tiere, dachte sie schmunzelnd und schrie erneut auf, weil er sie wieder auf den Po geschlagen hatte. Sie wollte sich beschweren, aber bloß ein langgezogener Stöhnlaut verließ ihren Mund.

Sie war verdorben, durch und durch. Ashton hatte sie in eine lüsterne, triebhafte Frau verwandelt, und sie liebte, was er mit ihr anstellte. Dafür würde sie wahrscheinlich in der Hölle landen, doch das war ihr gerade egal. Sie wollte den Moment einfach nur auskosten.

Ashton konnte kaum glauben, was er gerade tat, aber Penelope trieb ihn regelrecht dazu! »Jetzt fehlen dir die Worte, was?«, knurrte er, als er sich in ihrer engen, seidigen Hitze versenkte und Mühe hatte, seinen Samen nicht sofort zu verschießen. Er wollte seine zuckersüße Rache voll auskosten.

Er knetete ihre Pobacken, auf denen deutlich seine Handabdrücke zu sehen waren, und zog sie auseinander, um besser erkennen zu können, wie tief er in sein vorlautes Eheweib eindrang. Fuck, fühlte sich das fantastisch an!

Niemals zuvor hatte er eine Frau auf einem Tisch genommen. Dabei war das die optimale Stellung für seine Revanche. Ihm bot sich eine herrliche Aussicht auf ihre weiblichen Rundungen, und er hatte vollen Zugang zu ihr. Diese Position erregte ihn enorm, während sie wahrscheinlich nur den Gipfel erreichen würde, wenn er sie zusätzlich stimulierte. Das würde er allerdings tunlichst unterlassen. Er wollte sie verrückt vor Lust machen, ihr aber keinen Höhepunkt gewähren – zumindest vorerst –, um ihr all ihre Gemeinheiten heimzuzahlen. Jedoch musste er sich vergewissern, dass es ihr gut ging, denn es kam keinerlei Gegenwehr mehr von ihr.

Als er ihre Röcke ein wenig zusammenraffte, damit er ihr Gesicht erkennen konnte, traf ihn ihre Hingabe mit voller Wucht. Ihre Wangen waren gerötet, die Lider geschlossen, und sie atmete schwer vor Erregung. Sie schien nicht einmal zu bemerken, dass er sie betrachtete. Ihre Ergebenheit machte ihn gleich noch heißer.

Als sich ihr Schoß ein wenig zusammenkrampfte, konnte er sich nicht länger beherrschen. Er packte Penelope an den Hüften, bohrte sich noch tiefer in ihre Enge und stieß immer wieder zu. Zum Glück war der Tisch fest mit dem Boden verschraubt! Und zu seiner großen Erleichterung schien er seiner »Pen« keine Schmerzen zuzufügen, ja, sie genoss seine etwas gröbere Behandlung sogar!

Sein Herz wummerte wild vor Freude und Ekstase. Er hatte noch nie eine Frau gekannt, die dem Akt derart unterwürfig beiwohnte und dabei solche Lust empfand. Ashton schwebte auf einer Wolke der Glückseligkeit und gab sich dem Höhepunkt hin. Es kam ihm allerdings nicht richtig vor, sich in ihrem heißen Körper zu verströmen, sondern er wollte sie irgendwie zeichnen, ihr zeigen, dass sie ihm gehörte, ihm allein. Deshalb zog er seine Erektion gerade noch rechtzeitig heraus und verschoss alles auf ihre Pobacken. Was für ein geiler Anblick!

Dabei zog es ihm fast die Beine weg – was nichts mit dem leichten Schlingern des Schiffes zu tun hatte – und der Salon drehte sich vor seinen Augen. War sein Gipfel der Lust jemals derart heftig gewesen?

Penelope riss die Augen auf und ein Laut der Empörung drang über ihre rosigen Lippen, als die milchige Flüssigkeit ihren weißen Hintern verzierte und langsam daran herablief.

Ashton grinste verschmitzt. Da war sie wieder, seine widerspenstige Gattin. Doch zu seiner Überraschung hielt sie diesmal den Mund.

Da er sie nicht weiter ärgern wollte, zumal er gerade voll auf seine Kosten gekommen war und sie nicht, opferte er sein Taschentuch und wischte die Spuren seiner Leidenschaft von ihrer Haut. Danach säuberte er sich selbst und hatte kaum seinen Hosenlatz zugeknöpft, als es an der Tür klopfte.

»Ich bringe das Abendessen!«, drang Lous Stimme durch das Holz.

Während Penelope dunkelrot anlief und hastig ihre Röcke richtete, schlenderte Ashton schmunzelnd zur Tür, schob den Riegel zur Seite, öffnete und ließ den Jungen herein. Lou kam gerade im richtigen Augenblick. Die Schicksalsmächte schienen ausnahmsweise auch einmal ihm gewogen zu sein. Penelope konnte ihm jetzt nicht vor-

169

werfen, dass er es bei ihr nicht zu Ende gebracht hatte. Wobei Ashton stark vermutete, dass sie sich das ohnehin nicht traute.

Während der Junge den Tisch deckte und noch einmal losrannte, um die Getränke zu holen, setzte sich seine Frau stocksteif an den Tisch. Wahrscheinlich war es ihr unglaublich peinlich, dass sie es gerade dort getrieben hatten, wo sie gleich speisen würden. Immer noch atmete sie ein wenig schwerer, und als Lou sie fragte, ob mit ihr alles in Ordnung sei, hörte sich ihre Stimme fast eine Oktave höher an, als sie mit einem einfachen »Ja« antwortete.

Ashton musste sich eisern beherrschen, nicht loszuprusten. Penelope sollte sich außerdem nicht in Sicherheit wiegen und glauben, sie hätte es überstanden. Er war längst nicht fertig mit seiner unartigen Gattin. Aber es war gut, dass er zum Zug gekommen und seine immense Erregung abgeklungen war. Dadurch würde er sich später viel länger mit ihr beschäftigen können.

Nachdem Lou den Salon verlassen hatte, setzte sich Ashton Penelope nicht gegenüber, sondern er nahm direkt neben ihr Platz. Dann begann er sofort zu essen, denn er hatte einen Bärenhunger.

Penelope rutschte unruhig auf dem Stuhl hin und her, während auch sie aß. Ihre Erregung schien immer noch nicht abgeklungen zu sein.

»Hast du Hummeln im Hintern?«, fragte er sie schmunzelnd, woraufhin er einen finsteren Blick erntete. Sie war anscheinend richtig sauer auf ihn.

Er drehte sich zu ihr und raunte: »Lass mal sehen, ob ich dir helfen kann.« Prompt raffte er ihre Röcke, woraufhin sie überrascht aufkeuchte, und fuhr mit einer Hand zwischen ihre Beine.

Penelope ließ die Gabel auf ihren Teller fallen, während

er mit einem Finger in sie eindrang. »Immer noch heiß und feucht«, kommentierte er ihren Zustand.

Als er mit dem Daumen über ihre geschwollene Perle strich, kniff sie leise stöhnend die Schenkel zusammen.

Ashton beugte sich zu ihr und raunte ihr gespielt bedrohlich ins Ohr: »Lass die Beine geöffnet, du gieriges Luder.«

Zu seiner Überraschung gehorchte sie, schenkte ihm aber keinen weiteren Blick mehr, während sie weiter aß. Oder es zumindest versuchte. Denn er fuhr immer wieder unter ihre Röcke, um sie dort kurz zu massieren, zu streicheln, auszutasten. Er wollte sie verrückt vor Lust machen. Es würde ihm sehr gefallen, wenn sie nach Erlösung betteln würde.

Er brachte sie immer bis kurz vor den Höhepunkt und sprang schließlich auf, als Lou erneut klopfte, um das Geschirr abzuholen.

Demonstrativ leckte sich Ashton die feuchten Finger ab, was Penelope mit einem entsetzten Blick kommentierte, und ließ den Jungen herein.

»Ist alles in Ordnung mit Ihnen, Madam?«, fragte er sie prompt. »Sie sehen aus, als würden Sie Fieber bekommen.«

»Mir geht es gut«, krächzte sie. »Aber vielleicht gehe ich doch lieber gleich zu Bett.«

Der Junge nickte. »Wenn Sie nachts etwas benötigen, zögern Sie bitte nicht, mich zu rufen.«

Sie nickte zittrig lächelnd und atmete hörbar auf, als Lou den Salon verlassen hatte und Ashton ihn verriegelte. Dann zischte sie ihm zu: »Du bist der Teufel, Ashton Seymour Courtenay!«

Nun musste er doch lachen, und zwar so laut und lange, bis ihm der Bauch wehtat. Währenddessen starrte sie ihn erbost an, als wäre er wirklich Satan in Menschengestalt.

Oh ja, genau der wollte er für sie sein. Von nun an würde er sich nicht mehr von seiner bildhübschen Gattin auf der Nase herumtanzen lassen.

Kapitel 15 – Süße Rache, die Zweite

Penny kochte. Sie wollte Ashton vierteilen, derart wütend war sie auf ihn! Er benutzte ihren Körper, wie es ihm gefiel, erregte und ärgerte sie zugleich, weil er sie ohne Ende reizte und ihr keinen Höhepunkt erlaubte. Seit sie den Gipfel der Lust kennengelernt hatte, wollte sie ihn natürlich bei jedem Liebesspiel erleben – sofern sie hier von »Liebe« sprechen konnte. Aber dieser Schuft hörte immer kurz davor auf! Und sich selbst diesen Hochgenuss zu verschaffen, traute sie sich nicht. Nicht vor ihm.

»Lass uns zu Bett gehen«, sagte er heiser, nachdem sein Lachanfall aufgehört hatte. »Ich helfe dir beim Ausziehen.«

Aus seinem glühenden Blick schloss sie, dass seine Folter noch nicht zu Ende war. Na schön, sie würde mitspielen. Schließlich hatte sie nichts zu verlieren, sondern könnte einen Höhepunkt gewinnen. Falls er ihn ihr erneut verwehrte, würde sie einfach über Ashton herfallen. Derart verzweifelt war sie!

Teuflisch lächelnd legte er seine Kleidung ab, bis er nackt vor ihr stand. Sein Penis war nicht hart, zumindest nicht ganz, aber erneut auf dem besten Weg dazu. Vermutlich. Genau wusste sie es nicht.

»Hast du ihn genug begutachtet?«, fragte er verrucht grinsend.

Oh, dieser Mann! Er war ein Halunke, durch und durch. Leider konnte sie ihm kaum widerstehen.

Warum eigentlich?

Weil er verdammt gut aussieht, säuselte ihr eine innere Stimme zu. *Weil er genau weiß, was du willst. Und weil er dich im Grunde bisher wirklich gut behandelt hat.*

Dennoch ... Er spielte mit ihr, und das nicht nur im Bett. Sie wusste letzten Endes immer noch viel zu wenig über ihn.

Dicht stellte er sich hinter sie, um ihr Kleid zu öffnen. Prompt floss es zu Boden; es folgten die Unterröcke und ihr Mieder. Kaum war sie aus den Schuhen geschlüpft, kniete er sich zu ihren Füßen hin.

Ihr Herz pochte stürmisch. Ein nackter Earl als ihr persönlicher Diener rollte ihr die Seidenstrümpfe ab! Dabei berührte er auffällig oft ihre Haut und hinterließ ein angenehmes Prickeln darauf. Ihr verräterischer Schoß pochte bereits wieder wild.

Schließlich stand Penny nur noch in ihrem Unterhemd und den Pantalettes vor ihm – die er zuvor am Schritt weiter aufgerissen hatte. Das bedeutete wohl, sie musste ihre Unterwäsche selbst nähen!

Doch diese Gedanken zerstoben, während er ihr auch noch die restlichen Teile auszog und sie sich beide splitternackt gegenüberstanden.

Es war kühl im Raum, aber Penny war so erhitzt, dass sie nicht fror. Und wenn sie Ashton anblickte, wurde ihr ohnehin noch heißer. Oh, er sah wirklich verdammt gut aus, und das wusste er einzusetzen! Sie konnte nur mit Mühe widerstehen, über die Hügel und Täler seiner Muskeln zu streichen oder sein Haar zu zerwühlen oder seine stoppelbärtigen Wangen zu befühlen oder ihn von oben bis unten abzulecken und als ihr Eigentum zu markieren.

Er gehörte ihr aber nicht. Doch ihm gehörte alles von und an ihr.

Ash nahm sie an der Hand und zog sie zum Waschtisch. Dort befeuchtete er ein Tuch und rieb ihren Körper von oben bis unten ab. Ihren Brüsten widmete er sich besonders intensiv und ließ den Stoff so lange darüber kreisen, bis ihre Spitzen hart wie Steinchen waren. Auch ihrer Rückseite widmete er sich mit Hingabe und entfernte die restlichen Spuren seiner Leidenschaft von ihren Pobacken.

Verflixt, es gefiel ihr, wenn er sie ausgiebig wusch und sie dabei betrachtete, als wäre sie die einzige Frau auf der ganzen Welt, die er begehrte.

Zwischen ihren Beinen verschonte er sie ebenfalls nicht und rieb mehrfach über ihre Scham, sodass ihre Lust schnell wieder anwuchs. Aber wie immer reizte er sie nur, dieser Schuft!

Als er schließlich mit ihr fertig war, drückte er ihr den Lappen in die Hand und raunte: »Nun bist du dran.« Mittlerweile war seine Männlichkeit ordentlich gewachsen, wie unschwer zu erkennen war, und Penny versuchte, nicht ständig darauf zu starren. Es wirkte befremdlich auf sie, nicht nur einem nackten Mann gegenüberzustehen, sondern vor allem zu sehen, wie erregt er zu sein schien. Doch es freute sie, dass sie der Grund dafür war.

Penny überlegte, es ihm mit gleicher Münze heimzuzahlen. Nur deshalb nahm sie den Lappen, wrang ihn in der Schüssel aus und strich damit über Ashtons Hals. Genussvoll schloss er die Augen, während sie ihn wusch, und als sie über seine Brust rieb, keuchte er leise.

In ihrem Herzen spürte sie einen ziehenden Schmerz, weil ihr einerseits bewusst wurde, dass sie Glück hatte, solch einem attraktiven Mann zu gehören, der sie gut behandelte. Andererseits tat es weh, von seinem Leben ausgeschlossen zu werden. Belogen zu werden.

Wie würde es nach ihrer Reise weitergehen, sobald sie

174

nicht mehr auf engstem Raum zusammenwohnten? Würde er sie dann wieder ignorieren?

Sie blinzelte sich eine Träne weg und trat schnell hinter ihn, um seinen Rücken abzureiben. An die Zukunft wollte sie jetzt nicht denken, sondern jede herrliche Sekunde auskosten. Außerdem hoffte sie immer noch, dass alles nur ein Missverständnis war. Sie hatte schließlich nicht das ganze Gespräch zwischen ihm und dem Captain gehört.

Seine muskulösen Pobacken faszinierten sie, deshalb verweilte sie dort etwas länger, und Penny bemerkte darüber eine kurze Narbe, die ihr bisher nicht aufgefallen war. Ansonsten sah seine Haut makellos aus.

Da er sich zuvor ausgiebig ihrem Schoß gewidmet hatte, würde sie jetzt dasselbe bei ihm tun. Mutig trat sie wieder vor ihn, schloss eine Hand um seinen harten Schaft und rieb mit dem Lappen über die purpurne Eichel.

Prompt legten sich seine Finger um ihr Handgelenk, und er sog zischend die Luft ein. »Sei etwas sanfter.«

Penny erstarrte. »Entschuldige, ich wollte dir nicht wehtun.«

»Das hast du nicht.« Zärtlich blickte er sie an, bevor er ihre Wangen mit den Händen umschloss und ihr einen so süßen Kuss schenkte, dass sie vor Zuneigung beinahe in Tränen ausbrach. Was machte dieser Mann bloß mit ihrem Körper und ihrer Seele?

Als sich ihre Lippen trennten, raunte er: »Weitermachen«, und sie gab sich Mühe, nicht mehr so fest zu wischen. Allerdings schien das auch nicht richtig zu sein, denn immer wenn sie über seine pralle, aber weiche Spitze fuhr, holte er scharf Luft und spannte den Bauch an.

Er war erregt.

Ihre Behandlung erregte ihn!

Erneut hielt er ihre Hand fest und sagte mit rauer Stimme: »Das reicht.«

Fasziniert betrachtete Penny den durchsichtigen Tropfen, der aus dem Schlitz perlte. War sie dafür verantwortlich?

Als er raunte: »Leck ihn sauber«, glaubte sie, sich verhört zu haben.

Er grinste verwegen, während sie ihn entsetzt anblickte. »Du hast richtig gehört, mein lüsternes Eheweib. Ich will, dass du den Rest mit deiner Zunge erledigst.«

Sie sollte ihn ernsthaft dort unten … Hitze flutete ihren Schoß, während sie daran dachte, wie er dasselbe in ihrer Hochzeitsnacht bei ihr getan hatte. Was er im Gasthaus mit seiner Zunge angestellt hatte, wollte sie noch einmal erleben.

»I-ich weiß nicht, ob ich das kann«, stammelte sie verlegen.

Mit dem strengen Blick eines Lehrers legte er den Lappen zurück auf den Waschtisch. »Ich werde dir erklären, was du tun musst. Es ist ganz leicht.«

Das sagte er so einfach! Er mochte Erfahrung in solchen Dingen haben, doch für sie war das alles Neuland, außerdem schrecklich aufregend und … unanständig. Äußerst unanständig! Penny konnte sich beim besten Willen nicht vorstellen, dass sich alle Paare mit dem Mund … dort unten …

Als sie sich ausmalte, wie sich Ashtons Penis auf ihrer Zunge anfühlen würde, glaubte sie, zu verglühen.

»Geh in die Knie«, befahl er sanft, und sie gehorchte, denn sie wollte sich von ihm leiten lassen, wollte, dass ihm gefiel, was sie tat. Außerdem war sie neugierig, wie es *ihr* gefallen würde. Bisher hatte ihr mit Ashton alles Spaß gemacht. Sogar die Klapse auf ihren Hintern waren erregend gewesen.

176

Kurz kniff er stöhnend die Lider zusammen, als sie zu ihm aufblickte und den Mund öffnete. Dann nahm er seine harte Männlichkeit in die Hand und glitt damit behutsam zwischen ihre Lippen.

»Du kannst daran lecken und ganz vorsichtig saugen«, erklärte er mit einer Stimme, die rau und dunkel klang, sodass ihr wohlige Kribbelschauer über den Körper liefen.

Sie schloss die Augen, um sich ganz auf ihr Tun zu konzentrieren. Seine Kuppe fühlte sich glatt an, und wenn sie die Zunge in den Schlitz drückte, schmeckte es ein wenig salzig. Behutsam saugte sie, woraufhin Ashton heftig stöhnte und die Finger in ihr Haar grub.

»Du bist ein Naturtalent, Pen«, sagte er liebevoll, während er am ganzen Körper bebte. »Und deine Hingabe ist das Erregendste, was ich jemals erlebt habe.«

Das klang wie ein großes Kompliment. Sofort gab sie sich noch mehr Mühe, leckte schneller und nahm ihn tiefer auf. Sie spürte, welche Macht sie plötzlich über Ashton besaß, und das erregte sie selbst ungemein. Sie allein sorgte dafür, dass seine Knie zitterten, seine Stimme dunkler klang und sein Penis sogar noch ein wenig härter wurde.

Ihr Herz wummerte wild vor Freude und Zuneigung. Sie entließ ihn aus ihrem Mund und sagte: »Du bist aber auch ein guter Lehrer.«

Er grinste. »Wenn du glaubst, deine Komplimente könnten mich besänftigen, hast du dich getäuscht.«

Ehe sie sich's versah, hatte er sie auf die Beine gezogen und über seine Schulter geworfen.

»Ashton!« Sie zappelte hilflos und fürchtete, dass er wegen des schwankenden Bodens den Halt verlieren könnte. Doch er trug sie sicher zur Koje und legte sie darin ab.

»Und jetzt geh auf alle viere«, befahl er heiser.

Kaum hatte sie diese Position eingenommen, folgte ein

Klatscher auf ihre Pobacke.

»Hey, ich habe alles getan, was du gesagt hast!«, rief sie empört, obwohl der süße Schmerz das Klopfen zwischen ihren Schenkeln verstärkte.

»Ich weiß«, antwortete er schmunzelnd, »aber das war einfach zu verlockend.« Er kniete sich hinter sie, und als er mit einer Hand zwischen ihre Beine fuhr, stöhnte sie so laut auf, dass sie ihr Gesicht ins Kissen drückte. Es wäre zu peinlich, falls sie jemand hörte!

»Du bist mehr als bereit.« Hart rieb er über ihre wild pochende Stelle, bevor sie spürte, wie sich sein Geschlecht in sie drückte. Sie weitete. Sie ausfüllte.

Er drang in dieser Position viel tiefer ein als beim letzten Mal, und als es nicht weiter zu gehen schien, beugte er sich keuchend über sie, um ihre Schultern zu küssen. Mit der Hand stimulierte er zuerst ihre Brüste und glitt danach mit ihr bis zwischen ihre Beine. Und als er sich in ihr bewegte und gleichzeitig an ihrer empfindsamen Perle rieb, schwoll die Glut in ihr zu einem tobenden Feuer der Lust an.

Seine andere Hand krallte sich in ihre Pobacke. »Du liebst es, wenn ich dich benutze, nicht wahr, Pen?«

»Ja«, hauchte sie, selbst überrascht über ihr Geständnis. Hoffentlich würde er ihr bald einen Höhepunkt gewähren und sie nicht länger zappeln lassen. Ansonsten würde sie verrückt werden.

Ashton konnte kaum fassen, was er alles mit seiner Gattin anstellte. Er war einfach immer weiter gegangen, hatte sich von ihrem gemeinsamen Spiel treiben lassen und neue Dinge ausprobiert. Er wollte nichts gegen ihren Willen tun, und bisher schien ihr alles zu gefallen. Er rammte sich noch etwas fester in sie und atmete erleichtert auf, als sie mit purer Erregung auf seine wilden Stöße reagierte. Er

178

spürte, wie sie noch feuchter wurde, und hörte sie lauter stöhnen. Ashton konnte nicht den Blick von der Stelle nehmen, an der sie miteinander verbunden waren. Seine Erektion glitzerte von ihrer Lust, während diese immer wieder in ihrer unglaublich engen Hitze verschwand.

Fuck, er hatte noch nie so etwas Geiles in seinem Leben gefühlt und gesehen.

Pen gab sich ihm willig hin, drückte ihm ihren Unterleib regelrecht entgegen und schien diese Stellung sehr zu genießen. Was für ein Weib!

Obwohl er zuvor geglaubt hatte, er könnte sich nun länger beherrschen, schaffte er es kaum, seinen Orgasmus zurückzuhalten. Er wollte auch weder sich noch seine hingebungsvolle Frau länger quälen. Als sie das Gesicht ins Kissen presste und sich ihr Inneres fest um ihn zusammenzog, ließ auch er sich mit in den Strudel der Ekstase reißen. Der Höhepunkt schien nicht enden zu wollen, sowohl bei ihm, als auch bei ihr. Ashton glaubte, Sternchen zu sehen und tausend kleine, wunderschöne Tode zu sterben. Die Zeit schien stillzustehen, und er wusste nicht, wann er wieder in der Realität ankam, doch er fühlte sich herrlich befriedigt, aber auch unglaublich müde.

Als er sich aus ihr löste, drehte sie sich um und blickte ihn schwer atmend an. Ihre Schönheit und Leidenschaft überwältigten ihn immer wieder aufs Neue.

Er schaffte es gerade noch, ihr einen sanften Kuss aufzudrücken, bevor er sich erschöpft und glücklich neben ihr ausstreckte. Ashton wollte jetzt nirgendwo anders auf der Welt sein.

»Nun habe ich dich gezähmt, was, Kätzchen?«, sagte er grinsend und deckte sie beide zu.

»Das war nur ...« Sie riss die Augen auf, als wäre sie empört, und murmelte schließlich: »Das hatte nichts zu bedeuten.« Dann drehte sie ihm demonstrativ den Rücken zu.

Ashton schnaubte amüsiert. Er hatte zwar keine Ahnung, was er nun wieder falsch gemacht hatte. Doch es befriedigte ihn auf mehrfache Weise, dass er zumindest ihren Körper beherrscht hatte. Diese Tatsache konnte sie nicht verleugnen, und er freute sich darauf, sobald wie möglich mit dem »Unterricht« fortzufahren.

Kapitel 16 – Lous Geheimnis

Am nächsten Morgen atmete Penny auf, weil sie vor Ashton die Augen öffnete, denn sie fand sich in seinen Armen wieder. Hatte sie sich an ihn gekuschelt oder er sich an sie?

Egal, wie herum es war – er sollte keine falschen Schlüsse ziehen. Deshalb löste sie sich so behutsam wie möglich von ihm, damit er nicht aufwachte. Sie wollte so lange auf Abstand gehen, bis sie endlich erfuhr, was er vor ihr verbarg. Nur leider machte es ihr dieser Verführer nicht leicht! In seinen Armen zu liegen, war nach wie vor das beste Gefühl der Welt.

Vorsichtig stieg sie aus dem Bett und entzündete eine Lampe, weil es im Salon noch fast ganz dunkel war … und eiskalt! Am liebsten wollte sie wieder zu Ashton unter die Laken schlüpfen und sich an seinen warmen Körper schmiegen. Doch sie würde standhaft bleiben.

Schnell machte sie sich frisch, suchte ihre Kleider zusammen und zog sich an. Dabei fielen ihr natürlich auch die aufgerissenen Pantalettes in die Hände. Zum Glück hatte sie noch zwei weitere Paare im Gepäck.

Unglaublich, was Ashton gestern mit ihr angestellt hatte! Sie hatte ja nicht geahnt, was zwischen Mann und Frau alles möglich sein konnte und welche grandiosen Gefühle Ashton in ihr auslöste. Ihre immense Lust hatte ihre Scham irgendwann überdeckt. Erst nach Abklingen des Höhepunktes war sie wieder zu sich gekommen und verärgert gewesen, dass sie unter Ashtons erfahrenen Händen geschmolzen war.

Sie stellte sich neben die Koje, um ihren schlafenden Mann zu betrachten. Einen Arm hatte er neben dem Kopf angewinkelt und ihr das Gesicht zugedreht. Sein Mund stand ein wenig offen, und sie hatte große Lust, ihn darauf zu küssen. Außerdem wollte sie seine stoppelbärtigen Wangen berühren und sein verstrubbeltes Haar noch mehr durcheinanderbringen. Doch sie sollte diesen teuflischen Herzensbrecher lieber in Ruhe lassen, oder sie würde sich noch mehr in ihn verlieben.

Da die Decke nur bis zu seinem Bauchnabel reichte, zog Penny diese vorsichtig hinauf zu seinem Hals, damit ihn die Kälte nicht weckte. Anschließend machte sie sich daran, den Riss in ihren Pantalettes zu nähen. Zum Glück war der Stoff nur ein Stück entlang der alten Naht aufgerissen, sodass die Hose, nachdem Penny fertig war, beinahe wie neu aussah.

Zufrieden mit sich und ihren Nähkünsten, betrachtete sie ihr Werk. Sie brauchte keine Zofe, um in der großen weiten Welt zu überleben.

Als sie einen neuen Blick zu Ash warf, traf sie sein breites Grinsen. Hatte er nur getan, als würde er schlafen, und sie die ganze Zeit beobachtet?

Dieser Schuft!

Schnell versteckte sie die Unterwäsche hinter ihrem Rücken. »Guten Morgen.«

»Guten Morgen«, erwiderte er freundlich und setzte sich auf, sodass ihm die Decke in den Schoß rutschte. »Hast du gut geschlafen?«

»Das habe ich«, gestand sie ihm ehrlich, blieb aber auf der Hut, weil sie erst herausfinden wollte, ob er wieder etwas ausheckte.

»Was hältst du davon, wenn wir beide nach dem Frühstück an Deck gehen, um ein bisschen frische Luft zu schnappen?«

Ihr Herz vollführte einen aufgeregten Hüpfer. »Du willst mich wirklich mit nach oben nehmen?« Sie verkniff es sich, den spitzen Kommentar hinterher zu schieben, ob sie auch wirklich niemandem im Weg stehen würde. Stattdessen konnte sie ihre Freude nicht länger für sich behalten und grinste breit. Was war sie bloß für eine leicht zu manipulierende Gans. »Ich komme gerne mit!«

Er klatschte in die Hände und sprang regelrecht aus dem Bett. »Perfekt, dann haben wir einen Plan. Aber zieh dich warm an. An Deck bläst immer ein unangenehmer Wind. Vielleicht schlüpfst du auch gleich in zwei von diesen Dingern.« Grinsend deutete er auf ihre Pantalettes, die sie noch in der Hand hielt.

Oh, dieser Mann! Er schaffte es immer wieder, sie aus der Fassung zu bringen.

❧

Nach dem Frühstück stiegen sie tatsächlich nach oben. Als Penny den blauen Himmel über sich sah und ihr eine kühle Brise um die Nase wehte, grinste sie wie ein kleines Kind, dem das beste Geschenk der Welt gemacht worden war. Der Tag versprach, wunderschön zu werden, denn kein Wölkchen zierte den Himmel, und die aufgehende Sonne wärmte ihre kalten Wangen. Über ihren Köpfen bauschten sich die Segel, während der Erste Offizier Mr

Walsh, ein schwarzhaariger, stämmiger Mann mit Vollbart, den Matrosen Befehle erteilte. Ihr wurde ganz schwindelig, wenn sie den Männern zusah, die in den Wanten hingen, auf die Masten kletterten und auf den Stagen saßen, um Taue zu reparieren oder die Segel zu setzen. Zum Glück war die See einigermaßen ruhig. Penny wollte sich nicht ausmalen, wie gefährlich es bei heftigerem Seegang dort oben werden konnte. Kein Wunder, dass Captain Quintrell Lou nur ungern an Deck arbeiten ließ. Penny entdeckte den Burschen auch jetzt nirgendwo. Selbst das Frühstück hatte er ihnen heute nicht gebracht, sondern der Küchenjunge Patsy.

Als sich der Captain zu ihnen gesellte, um sich nach Pennys Befinden zu erkundigen, sagte sie: »Mir geht es sehr gut, vielen Dank der Nachfrage. Wo steckt denn Lou? Er ist mir heute noch gar nicht über den Weg gelaufen.«

»Er hat sich nicht wohlgefühlt und ich habe ihm freigegeben. Er befindet sich wahrscheinlich in der Kajüte.«

»Darf ich nach ihm sehen?«, fragte sie, wobei sie zuerst Captain Quintrell anblickte und danach Ashton.

»Natürlich, Lady Lexington«, antwortete der Captain. »Ehrlich gesagt bin ich froh, dass Sie ein Auge auf Lou haben. Ihre Anwesenheit tut ihm gut.«

Penny wusste nicht genau, wie er das meinte – vermutlich bezog er es aufs Lernen. Aber sie freute sich über das Kompliment.

Ash zuckte mit einer Schulter, als wäre ihm egal, was sie machte, doch seine Brauen schoben sich ein winziges bisschen zusammen. Sie hatte mittlerweile gelernt, seine Gesten zu deuten, und wusste, dass ihm ihr Wunsch nicht gefiel.

»Ich verbiete dir gewiss nicht, nach einem kranken Jungen zu sehen«, sagte er zu ihrer Überraschung. »Pass nur

183

auf, dass du dich nicht ansteckst.«

»Krank sah er mir nicht aus«, erklärte ihnen der Captain und runzelte nachdenklich die Stirn. »Lou hat weder Husten noch Schnupfen noch Fieber oder ein anderes Anzeichen einer Erkrankung gezeigt. Er meinte, er habe einen flauen Magen. Manchmal macht ihm der Seegang ein wenig zu schaffen.«

»Das kann ich ihm sehr gut nachfühlen.« Penny atmete tief die frische Luft ein. Wenn sie den ganzen Tag unter Deck arbeiten würde, so wie Lou, dem Schunkeln des Schiffes ausgesetzt und wenn sie dazu diesen unerträglichen Gestank des Bilgenwassers in der Nase hätte, würde ihr auch übel werden. Zum Glück gab es in ihrem Salon genug Fenster, um den ekelhaften Geruch herauszulassen, sodass er dort lediglich schwach wahrnehmbar war.

Dankbar strahlte sie Ash an. Sie hatte erwartet, dass er sie nicht zu dem Jungen lassen würde. »Ich werde später nach Lou sehen. Zuerst möchte ich noch die Aussicht genießen.« Sie wusste schließlich nicht, wann Ashton sie das nächste Mal mit nach oben nehmen würde, und der Junge schlief vielleicht noch. Sie wollte ihn nicht wecken.

Ashton wirkte schlagartig wieder gut gelaunt und raunte ihr ins Ohr: »Es freut mich, dass du mir ein wenig länger Gesellschaft leisten möchtest.«

Sie war derart überwältigt von den Eindrücken an Deck, dass sie vergessen hatte, länger schlecht auf ihn zu sprechen zu sein. Außerdem wollte sie das gar nicht mehr. Es strengte sie zunehmend an. Ohnehin war alles besser, wenn sie sich gegenseitig freundlich behandelten.

»Das da drüben ist die Küste von Frankreich.« Er deutete in etwa dorthin, wo die Sonne aufgegangen war, und Penny konnte schwach die Umrisse des Festlandes ausmachen.

»Ich sehe sie!«, rief sie, erleichtert, dass sie nicht mitten im riesigen Ozean trieben. »Liegt in dieser Richtung auch Paris?«

»Hm, ja, irgendwo dort liegt auch Paris«, antwortete er grinsend. »Du freust dich bestimmt schon auf die ganzen Modegeschäfte. In Lissabon gibt es aber auch ein paar sehenswerte Läden.«

Als das Schiff plötzlich »hüpfte« und der Boden unter Pennys Füßen verschwand, schlang Ashton blitzschnell einen Arm um ihre Taille und hielt sich an der Reling fest.

Penny drehte sich der Kopf, und sie warf Ash einen dankbaren Blick zu, froh, dass er auf sie achtgab. »Das Meer ist wirklich unberechenbar.«

»Langsam wird die See rauer«, erklärte ihr der Captain, der immer noch bei ihnen stand. »Aktuell verlassen wir den Ärmelkanal und gelangen in den Atlantischen Ozean. Dort werden die Bedingungen noch extremer. Die meisten Unruhen werden uns allerdings erwarten, wenn wir die Biskaya durchsegeln. Dieses Gebiet ist leider für schlechtes Wetter, Stürme und heftigen Seegang bekannt.«

Als Penny ihn alarmiert anblickte, grinste Captain Quintrell und tätschelte liebevoll die Reling. »Keine Sorge. Meine alte Lady hat schon Schlimmeres überstanden.«

Sie hoffte dennoch, dass die Fahrt relativ kommod verlaufen würde. Noch mehr Aufregung konnte sie nicht gebrauchen.

Eine Stunde später klopfte Penny an die Kabine des Captains, um Lou zu besuchen. Ash hatte sich für ein kleines Nickerchen in die Koje gelegt, also hatte sie genug Zeit, sich um den Jungen zu kümmern.

Als niemand im Inneren reagierte, klopfte sie erneut, diesmal lauter. »Lou? Bist du da?«

Ganz schwach glaubte sie, durch das Knarzen des Schiffes und das Pfeifen des Windes, der durch den Gang wehte, ein anderes Geräusch zu hören, das definitiv aus der Kajüte des Captains stammte. Es hörte sich an, als würde jemand weinen.

Beherzt öffnete sie die Tür, froh, dass sie nicht von innen verriegelt war, und blickte sich in dem Raum um. Er war nicht ganz so groß wie ihr Salon, aber für eine Unterkunft auf einem Segelschiff dennoch geräumig. Eine einzelne Fensterreihe ließ viel Licht herein; es gab einen ordentlich aufgeräumten Schreibtisch, einen Waschtisch, Seekarten an den Wänden, Truhen an der einen Seite und eine Koje auf der anderen, die fast so groß war wie ihr Bett im Salon. Penny sah jedoch niemanden. Doch das Schluchzen war nach wie vor zu hören. Es schien durch die Tür ganz hinten im Raum zu dringen. Wo die wohl hinführte?

Penny marschierte durch die Kapitänskajüte, die mit einem dunkelroten Teppich ausgelegt war, und öffnete vorsichtig die zweite Tür. Anscheinend war der große Raum durch eine Trennwand abgeteilt worden, denn dahinter lag ein ganz schmales Zimmer, das nur ein einziges Fenster besaß. Davor stand ein kleiner Tisch, auf dem Lous Schulbücher lagen. Darunter entdeckte Penny eine Truhe und auf der anderen Seite einen Waschtisch. Direkt über dem Schreibtisch und somit auch über dem Fenster, knapp unter der Kabinendecke, befand sich eine schmale Koje, die über eine Leiter zu erreichen war. Von dort oben kam das Schluchzen!

Penny erklomm die Leiter zur Hälfte und fand Lou unter den Laken liegen. Nur ein paar Haare seines blonden Schopfes blitzten hervor und … ein brünetter Puppenkopf?

Als Penny leise fragte: »Was ist denn passiert?« und Lous Schulter behutsam durch die Decke streichelte, hörte er sofort auf zu weinen und das Püppchen verschwand blitzschnell unter den Laken.

»Es ist nichts«, klang es erstickt hervor.

Penny schmunzelte. Typisch Junge. »Warum weinst du dann so fürchterlich?«

Erneut fing er an zu schluchzen, diesmal schlimmer als zuvor.

Ihr Herz verkrampfte sich. »Oh je. Bist du schlimm seekrank?«

»N-nicht seekrank.«

»Was hast du dann?«

Als er nicht antwortete, drückte sie sanft seine Schulter. »Bitte rede mit mir, Lou. Vielleicht kann ich dir helfen.«

»Können Sie nicht. Niemand kann das.«

Sie erinnerte sich an ihre eigene Kindheit. Damals war sie auch gerne ein wenig theatralisch gewesen. »Wenn du mir nicht sagst, was dir fehlt, kann ich gewiss nichts für dich tun.«

Nach endlosen Sekunden des Schweigens, stammelte er: »I-ich glaube, ich werde sterben.«

Penny erstarrte. »Warum denkst du denn so etwas?«

»I-ich blute.«

Sie schnappte nach Luft. »Hast du dir wehgetan? Sollen wir den Arzt aufsuchen?«

»Nein!«

»Vielleicht kann ich dich verbinden? Darin habe ich Übung. Meine Freundin Izzy hat sich früher ständig ihre Knie aufgeschürft und ich habe sie versorgt, weil sie Angst hatte, zu Hause geschimpft zu bekommen.«

Sie hörte, wie Lou unter den Laken zittrig die Luft einsog. »Das ist es nicht ...«

»Soll ich den Captain holen?«

»Nein! Ich will, dass Sie bei mir bleiben.« Endlich schlug er die Decke zurück, und Penny schnürte es bei dem traurigen Anblick das Herz ein. Lou trug ein langes Nachthemd und hatte sich in der Koje zusammengerollt wie ein Kätzchen. Zitternd presste er das Püppchen an seine Brust. Seine Augen sahen geschwollen und gerötet aus. Er musste schon länger weinen.

»Wo blutest du denn?«, fragte sie behutsam, weil sie nichts erkennen konnte.

Er drückte sich eine Hand auf den Unterleib und flüsterte: »Hier.«

Plötzlich wurde Penny alles klar. Warum er ein Püppchen besaß und in einem abgetrennten Bereich beim Captain wohnte. Sie erinnerte sich an seine feingliedrigen Finger, die ihr beim Klavierspielen an ihm aufgefallen waren, und strich ihm über das hübsche Gesicht … »Du bist ein Mädchen!« Sie wusste nicht, ob sie überrascht oder entsetzt sein sollte.

Lou nickte zögerlich.

Ein Mädchen auf einem Schiff! Das fand Penny so ungewöhnlich, dass sie überhaupt nicht damit gerechnet hatte. »Der Captain weiß das vermutlich?«

»Ja, nur er. Sonst darf es keiner erfahren. Wie haben Sie es herausgefunden?« Ein neuer Schluchzer drang aus seinem Mund. »Ach, egal, ich habe ohnehin nicht mehr lange zu leben.«

Penny fuhr Lou lächelnd durch die Haare. »Ach, meine Süße, du wirst nicht sterben. Mit dir ist alles in Ordnung. Du reifst zu einer jungen Frau heran, deshalb blutest du jeden Monat für ein paar Tage. Das ist ganz normal. Doch du solltest mit dem Captain sprechen. Du brauchst ein paar … Dinge.«

188

Lou riss die Augen auf. »Ich will mit ihm nicht darüber reden. Er ist ein Mann!«

Penny verstand sehr gut, dass dem Mädchen dieses Gespräch peinlich war. Deshalb sagte sie: »Soll ich mich mit ihm unterhalten?«

»Das würden Sie tun, Madam?«

»Wir Frauen müssen doch zusammenhalten, oder?«, antwortete Penny schmunzelnd, obwohl dieses Gespräch für sie bestimmt nicht weniger unangenehm verlaufen würde.

Lou strahlte plötzlich, richtete sich ein Stück in der niedrigen Koje auf und fiel Penny um den Hals. »Ich habe also wirklich nichts Schlimmes? Es tut ein bisschen weh.«

»Nichts Schlimmes, es ist nur lästig. Und ja, manchmal tut es auch ein bisschen weh.« Penny war überglücklich, dass Lou nichts fehlte. Sie streichelte über den schmalen Rücken des Mädchens, bevor sie sich sanft von Lou löste. »Ich hole dir sofort ein paar Dinge aus meiner Reisetruhe und erkläre dir, was du in Zukunft brauchst.«

»Danke.« Lous Augen leuchteten, doch ihre Hand krallte sich in Pennys Arm. »Bitte erzählen Sie niemandem, dass ich ein Mädchen bin.«

»Meine Lippen sind versiegelt. Versprochen.«

Zurück im Salon, fand sie Ash schlafend vor. Er lag immer noch in der Koje, die Arme vor der Brust verschränkt, und schnarchte leise. Erst nachdem sie eine Weile in der Kiste herumgewühlt hatte – weil sie nicht wusste, wo alles verräumt war, schließlich hatte Trish gepackt –, öffnete er ein Auge.

»Schon wieder hier?«, murmelte er schlaftrunken.

»Ich suche nur etwas für Lou.«

Ash drehte sich auf die Seite und stützte den Kopf auf eine Hand. »Was fehlt ihm denn?«

»Ihm ist bloß ein wenig unwohl.« Endlich hatte sie die Baumwolltücher gefunden und ließ diese diskret in ihrer eingenähten Rocktasche verschwinden. Niemand musste sie zu sehen bekommen. Dann drückte sie sich eines ihrer Körnerkissen an die Brust. Es war das hellblaue mit den weißen Ornamenten. Trish hatte anscheinend nur dieses eingepackt, doch das war kein Problem. Penny würde sich während der Reise einfach ein neues Kissen nähen und es in Portugal mit Getreidekörnern füllen. Vielleicht konnte sie dort auch Kirsch- oder Traubenkerne kaufen. Diese hatte sie bisher nicht getestet, denn die waren in London nur schwer zu bekommen.

Sie schloss die Truhe und warf Ashton einen schnellen Blick zu. »Ich gehe noch mal zu Lou nach nebenan.«

»Bekommt dein Mann noch einen Kuss?«, raunte Ash, weiterhin schlaftrunken. Er sah zum Niederknien aus. Wie so oft hatte er das Krawattentuch abgelegt und die oberen Knöpfe seines Hemdes geöffnet.

»J-ja, natürlich«, antwortete sie überrascht, denn damit hatte sie nicht gerechnet. Seine Worte klangen ehrlich, nicht gespielt, so als würde er tatsächlich etwas für sie empfinden. Womöglich mochte er sie jetzt wirklich. Ja, vielleicht hatte er seine Meinung über sie geändert.

Ihr Herz pochte hart, als sie sich über ihn beugte, ihm eine Haarsträhne aus der Stirn strich und ihn oberhalb der Braue zärtlich die Lippen aufdrückte. Am liebsten wollte sie sein Haar zerwühlen, sich zu ihm legen und die Nase an seinem Hals reiben, denn dort roch er immer unglaublich gut nach Ashton. Sie liebte ihren Mann jeden Tag mehr, egal ob ein Geheimnis zwischen ihnen stand oder nicht, weil sie tief in ihrem Inneren spürte, dass er ein guter Mensch war.

Als sich ihre Lippen von seiner Stirn lösten, schnaubte er belustigt. »Das war doch kein Kuss.« Verrucht grinsend legte er eine Hand in ihren Nacken, zog sie heran und eroberte ihren Mund mit seinem.

Stöhnend stützte sich Penny an seiner Brust ab, um nicht vollends in der Koje und auf ihm zu landen. Ihre Finger krallten sich in das Körnerkissen, das sich wie ein Schutzwall zwischen ihren Körpern befand. Auf diese Weise kam sie weniger in Versuchung, die Knöpfe an seinem Hemd noch weiter zu öffnen, damit sie seine breite Brust streicheln konnte. Egal was Ashton machte — Penny reagierte sofort darauf und wollte nur noch eins mit diesem verteufelt attraktiven Verführer werden.

Schwer atmend wich sie vor ihm zurück. »Können wir das später weiterführen?«, krächzte sie und musste sich räuspern, um ihre Stimme wiederzufinden. Sein intensiver Kuss hatte sie schwindelig gemacht. »Lou wartet auf mich.«

»Ich nehme dich beim Wort«, antwortete er rau und blickte sie dabei derart durchdringend an, dass sie genau wusste, wie der nächste Kuss enden würde. Ihr verräterischer Schoß pochte voller Vorfreude, und Penny verfluchte sich, dass dieser Kerl so viel Macht über sie hatte. Es gab schließlich noch einiges zu klären.

»Also dann … bis später.« Sie beeilte sich, von ihrem verführerischen Ehemann wegzukommen, und kaum hatte sie die Tür des Salons hinter sich zugezogen, lehnte sie sich kurz dagegen, weil sich ihre Knie wie Pudding anfühlten.

Wieso war sie eigentlich zu ihm in die Kabine gekommen?

Lou!

Himmel, die Kleine brauchte sie jetzt dringend.

191

Penny wurde bewusst, dass sie sich das Körnerkissen an die Brust drückte. Wo könnte sie es aufwärmen? Vielleicht an ihrem Körper. Der glühte nach Ashtons heißem Kuss immer noch.

Denk nach!, ermahnte sie sich.

Ihr fiel nur die Kombüse ein, da es in den Kajüten nämlich keine Öfen gab, wahrscheinlich wegen der Brandgefahr. Sie eilte los und traf in der Schiffsküche Patsy an. Penny bat den Burschen, das Körnerkissen eine Weile auf den warmen Ofen zu legen.

»Wozu ist das gut, Ma'am?«, wollte er wissen.

»Es hilft gegen Kälte. Die Wärme lindert aber auch Schmerzen und Verkrampfungen«, antwortete sie.

Der Junge grinste. »Da kann ich Ihnen auch einen heißen Ziegelstein mitgeben.«

»Vielen Dank, aber der ist viel zu schwer, um ihn Lou auf den Bauch zu legen«, erklärte ihm Penny lächelnd. Sie wusste die Vorteile eines Körnerkissens sehr zu schätzen, vor allem wenn sie von dieser roten Plage heimgesucht wurde. Den Tipp hatte sie vor Jahren von Izzy erhalten, die ihn wiederum von einer Bäuerin bekommen hatte.

Ach, Izzy, du hattest nie Probleme, mit anderen über solche Dinge zu reden.

Patsy setzte eine besorgte Miene auf. »Was hat Lou denn?«

»Ihm ist nur ein wenig unwohl. Morgen wird es ihm bestimmt wieder besser gehen.«

Der Küchenjunge grinste. »Gut, denn wir brauchen ihn hier dringend. Er ist der Einzige, der wirklich genießbaren Tee kochen kann und die besten Nachspeisen zubereitet.«

»Ja, er hat wirklich ein Händchen für gewisse Dinge«, sagte Penny, bedankte sich bei Patsy, als der ihr das aufgewärmte Kissen zurückgab, und eilte damit zu dem Mädchen.

192

Wie würde die Besatzung reagieren, wenn sie die Wahrheit über Lou wüsste?

※

»Hier, Süße, das lindert die Schmerzen. Leg das auf deinen Bauch.« Penny übergab Lou, die sich immer noch in ihrer Koje befand, das warme Körnerkissen und erntete ein seliges Lächeln.

»Danke, Mrs Lexington.« Seufzend schloss die Kleine die Augen und flüsterte: »Ich heiße eigentlich Lucy, aber das vergessen Sie ganz schnell wieder.«

Penny strich ihr über den Kopf. »Nenn mich doch ab jetzt Penny. Wir sind schließlich Verbündete.«

Lous Augen strahlten, als sie die Lider öffnete. »Das mache ich, Madam … Penny.«

Penny griff in ihre Rocktasche, um die Baumwolltücher herauszuholen. Sie erklärte dem Mädchen, was sie damit tun musste, und Lou ließ sie schnell mit hochrotem Kopf unter der Zudecke verschwinden.

»Ist der Captain eigentlich dein Vater?« Diese Frage brannte Penny schon die ganze Zeit auf der Seele. Außerdem wollte sie das Gespräch endlich auf andere Themen lenken.

Das Mädchen seufzte lächelnd. »Ich wünschte, er wäre es. Ich hab ihn nämlich wirklich gern.«

Gerade als sie nachhaken wollte, in welchem Verwandtschaftsverhältnis sie zueinander standen, drang vom Nebenraum die Stimme des Captains an ihre Ohren. »Lou? Ist alles in Ordnung?«

»Es geht Lou gut!«, rief Penny, kletterte die Leiter nach unten und ging zu ihm hinüber. »Also den Umständen entsprechend.«

»Umständen?« Captain Quintrell wirkte alarmiert und

193

stürmte an ihr vorbei in die Kammer.

Penny folgte ihm.

Genau wie sie gerade, stand er auf der Leiter, um zu dem Mädchen in die Koje zu blicken. »Was fehlt dir?«

»Ich ... also ...«, stammelte die Kleine.

»Es geht um Frauenangelegenheiten«, sagte Penny schnell, um Lou zu erlösen.

Daraufhin drehte sich der Captain so hastig zu ihr um, dass er fast von der Leiter fiel. »Sie wissen es also?«

Sie nickte. »Lou hat gedacht, sie müsse sterben, weil ...« Himmel, es kam ihr nicht leicht über die Lippen.

»Sterben?«

»Sie reift von einem Mädchen zur Frau heran. Haben Sie die Kleine denn nicht aufgeklärt?«

»Ich ...« Er stieß einen Fluch aus, für den er sich sofort entschuldigte, und kratzte sich am Nacken. »An so etwas habe ich überhaupt nicht gedacht.«

Penny verstand ihn, schließlich war er ein alleinstehender Mann. Wieso sollte er auch an so etwas denken?

Sie erklärte ihm mit möglichst fester Stimme und hoffentlich ohne rot bis in die Haarspitzen zu werden, was Lou von nun an brauchte und dass sie vielleicht manchmal nicht würde arbeiten können. »Irgendwann wird es jemandem auffallen, dass sich ihr Unwohlsein jeden Monat wiederholt.«

Quinn fuhr sich unwirsch durchs Haar und sprang von der Sprosse, auf der er stand, auf den Boden. »Ich hatte gehofft, ich hätte noch mehr Zeit.«

»Ich bezweifle, dass ein Schiff überhaupt die passende Umgebung für eine junge Dame ist«, bemerkte Penny vorsichtig.

»Ich bin gerne hier!« Lou lugte über den Rand der Koje und machte ein Gesicht wie der frühere Hund ihres Nachbarn, wenn er nach Essen bettelte. »Auf der Rajula ist es auch tausend Mal besser als im Heim. Mir gefällt es hier, und der Captain sorgt gut für mich.«

»Mrs Lexington hat leider recht«, gestand er Lou zerknirscht und blickte betrübt zu ihr auf. »Ewig kannst du nicht bei mir bleiben. Irgendwann wird es jemand herausfinden.«

Penny wollte sich nicht zu sehr einmischen, aber sie musste diese Frage stellen. »Wird das ein Problem sein?«

Captain Quintrell fuhr sich über das Gesicht und sah plötzlich sehr müde aus, so als würde die Last der ganzen Welt auf seinen Schultern ruhen. »Ich kenne meine Leute, fahre schon seit Jahren mit ihnen zur See und vertraue ihnen. Sie werden sicher nicht erfreut sein, dass ich ihnen etwas verheimlicht habe. Doch sie werden mich bestimmt nicht zerreißen.« Er lächelte milde. »Heutzutage denken zum Glück die wenigsten Matrosen, dass eine Frau an Bord Unglück bringt. Aber man kann schließlich in keinen hineinsehen, nicht wahr?«

Penny musste bei seinen Worten sofort an Ashton denken und nickte. »Haben Sie noch andere Verwandte, bei denen Lou unterkommen könnte?«

Er schnaubte sarkastisch. »Nur einen, aber bei dem würde ich sie nicht einmal für alles Geld der Welt lassen. Ich habe mit ihr bereits über ein Internat gesprochen, doch ...«

»Ich will nicht von hier weg!«, rief die Kleine.

Penny verstand sowohl den Captain als auch das Mädchen. Lou hatte niemanden auf der Welt außer diesen Mann. Doch welche Zukunft erwartete dieses Mädchen hier? Sie hatte so viele Talente! Auf ein Internat würde sie Lou allerdings auch nicht schicken wollen. Penny wusste nicht, ob es solche »Boarding Schools« überhaupt für Mädchen gab, womöglich im Ausland. Aber sie hatte gehört, dass die englischen Klassenzimmer finstere, triste Orte sein sollten. Körperliche Züchtigung war an der Tagesordnung, genau wie eine schlechte Ernährung und geringe Ausbildung. Diese Schulen waren eher Einrichtungen, um unerwünschte oder uneheliche Kinder unterzubringen. Eine strenge, kaltherzige Erziehung würde aus Lou einen seelischen Krüppel machen.

Wenn Penny könnte, würde sie die Kleine sofort zu sich nehmen und die besten Privatlehrer für sie engagieren. Doch sie würde nichts ohne ihren Mann entscheiden können, schließlich war Penny im Grunde nichts anderes als sein Eigentum.

Kapitel 17 – Geheime Wahrheiten

Ashton wunderte sich, warum er von nebenan mehrere Stimmen vernahm. Eine davon gehörte definitiv nicht zu Lou, sondern zu einem Mann! Alarmiert sprang er aus dem Bett und verließ den Salon.

Die Tür zu Quinns Kabine stand einen Spalt offen, deshalb hörte er, wie Penelope mit gedämpfter Stimme sagte: »Ihr Geheimnis ist bei mir sicher, Captain.«

Eine unsichtbare Faust schien sich in Ashtons Magen zu rammen, bevor sich darin Übelkeit ausbreitete. Worüber hatten sich die beiden unterhalten? Was hatte Quinn ihr erzählt? Sein Freund würde doch nichts über seine speziellen Aufträge verraten haben?

Nein, das glaubte Ashton nicht. Dann blieb nur noch … Kälte explodierte hinter seinem Brustbein. Quinn würde sich ihr doch nicht unsittlich genähert haben?

Ohne weiter zu zögern, schubste er die Tür auf und

warf den beiden, die viel zu dicht beieinanderstanden, finstere Blicke zu. Lou sah er nicht. »Was geht hier vor sich?«

»Nichts!«, antworteten sowohl seine Gattin als auch sein Freund unisono. Penelope wirkte derart schuldbewusst, als hätte Ashton sie in flagranti erwischt.

Zittrig lächelnd wandte sie sich an Quinn. »Lou kann das Körnerkissen behalten. Morgen geht es ihm bestimmt besser.« Dann verabschiedete sie sich und rauschte mit hochrotem Kopf an Ashton vorbei aus der Kabine.

Er folgte ihr bis in den Salon, versperrte die Tür und fragte dunkel: »Was hattest du da drin gemeinsam mit Quinn verloren?«

Penelope stand am Tisch und hielt sich mit einer Hand an der Stuhllehne fest. Erstaunlich gefasst antwortete sie: »Ich habe geschworen, nichts zu erzählen. Du brauchst dir aber keine Sorgen zu machen. Es berührt uns beide nicht.«

Er marschierte zu ihr und stellte sich dicht vor sie. »Mich berührt es sehr wohl, wenn meine Frau mit meinem Freund die Köpfe zusammensteckt!«

»Dein Freund ist ein ehrenhafter Mann!« Nun klang sie wirklich aufgebracht. »Er würde nie etwas tun, was mich kompromittieren oder dich verletzen könnte.«

»Dann kannst du mir ja sagen, was er dir erzählt hat«, knurrte Ashton und versuchte, sein erhitztes Temperament zu zügeln. Sie hatte ja recht, was Quinn betraf. Doch es ärgerte ihn, dass Penelope ihm, ihrem Ehemann, keine Auskunft geben wollte! Er wich keinen Schritt vor ihr zurück, denn er musste wissen, was sie mit seinem Freund besprochen hatte. »Um welche Geheimnisse ging es?«

Penelope kniff die Lider zusammen und bohrte ihm einen Finger in die Brust. »Das geht dich nichts an. Du erzählst mir schließlich auch nicht alles, du Pirat!«

War das jetzt ihr neues Schimpfwort für ihn?

Er fuhr sich über das Kinn und befühlte seine Bartstoppeln. Eine Rasur würde ihm tatsächlich nicht schaden. Doch das tat jetzt nichts zur Sache! »Na schön, dann werde ich ihn selbst fragen!«

»Tu das!«, rief sie ihm hinterher, als er aus dem Salon stapfte.

Ashton kochte. Gerade hatte es so gut mit seiner Frau funktioniert, und nun lief wieder alles völlig aus dem Ruder!

Ohne anzuklopfen, stürmte er Quinns Kajüte und warf die Tür hinter sich zu. Sein Freund blickte ihn schuldbewusst an. Garantiert hatte er mitbekommen, dass er sich mit Penelope gestritten hatte.

Quinn schloss die hintere Tür, die zu Lous Bereich führte – Ashton war oft genug hier gewesen, um jedes Detail dieses Raumes zu kennen – und fragte leise: »Alles in Ordnung zwischen deiner Frau und dir?«

»Nichts ist in Ordnung!« Ashton packte seinen Freund am Kragen und drängte ihn gegen die nächste freie Wand. »Machst du dich an Penelope heran?«

Quinn schnaubte kopfschüttelnd, wehrte sich aber nicht. »Wie lange kennst du mich jetzt schon, Lexington? Traust du mir das tatsächlich zu?«

»Sag du es mir!«

»Sie war wegen Lou hier, du Idiot.«

»Lüg mich nicht an! Ich habe genau gehört, dass ihr über ein Geheimnis gesprochen habt! Was verbergt ihr beide vor mir?«

Sein Freund grinste zynisch. »Ach, wenn andere Geheimnisse haben, stört dich das?«

»Quinn!« Ashton presste die Kiefer aufeinander und packte ihn noch fester am Kragen.

»Verflucht, Lexington, du bist ja total verliebt in deine Frau.«

198

»Bin ich nicht!«, knurrte er.

Quinn grinste. »Das sieht doch ein Blinder. Nur du willst es nicht wahrhaben. Es war absolut nichts zwischen deiner Gattin und mir. Es ging um Frauenangelegenheiten, und ich bin ihr sehr dankbar, dass sie sich darum gekümmert hat.«

»Ihr redet über ... was?«

»Lou ist ein Mädchen«, flüsterte Quinn ernst.

»Ein Mädchen?«, rief Ashton.

»Leise, Mann!« Quinn schubste ihn von sich und zog ihn am Ärmel weiter von der Kammertür weg. »Ja, das klingt verrückt. Ich habe selbst zu lange verdrängt, dass sich eine heranwachsende Frau in meiner Obhut befindet, und daher einiges ... übersehen.«

Ashton verstand plötzlich, was er meinte. Deshalb hatte Penny so lange in ihrer Truhe gewühlt!

Nun packte ihn Quinn am Kragen und sagte bedrohlich: »Wenn du das irgendjemandem erzählst, hänge ich dich an deinen Eiern auf.«

Beschwichtigend hob Ashton die Hände. »Ich sage nichts. Versprochen.«

Quinn ließ ihn los, und Ashton war unendlich erleichtert, dass sich alles in Wohlgefallen aufgelöst hatte. Peinlich berührt, weil er sich zum Ochsen gemacht hatte, murmelte Ashton: »Gut, dann haben wir das geklärt.«

Quinn richtete schnaubend sein Krawattentuch. »Nichts ist geklärt, Lexington. Du liebst sie. Warum willst du das nicht einsehen? Was ist so schlimm daran, in seine eigene Frau verliebt zu sein? Etwas Besseres kann dir doch gar nicht passieren.«

»Das geht dich einen Scheißdreck an, Quinn.«

»Ich kenne dich schon ewig, Mann. Ich weiß, was du durchgemacht hast, mir ging es schließlich ähnlich. Hast du deshalb Angst, zu deinen Gefühlen zu stehen? Weil sich dein Vater von dir abgewendet hat, als du ihn am dringendsten gebraucht hättest?«

»Kein Wort über ihn«, knurrte Ashton, ging seinen Freund jedoch nicht mehr körperlich an. Das hier war Quinns Schiff, er war hier der Captain und tat Ashton mit der Reise einen Riesengefallen. Er vertraute dem Mann und sollte ihn nicht gegen sich aufbringen.

In einem reuevollen Ton sagte Ashton: »Es tut mir leid, dass ich dich verdächtigt habe ...« Hart räusperte er sich und fuhr sich unwirsch durchs Haar. Verdammt, er hatte auch Penelope völlig zu Unrecht angeschrien!

»Hört, hört.« Sein Freund schmunzelte und klopfte ihm kameradschaftlich auf den Rücken. »Ich nehme dir deine Reaktion nicht übel. Hätte ich eine Frau und wäre sie aus deiner Kajüte gekommen, hätte ich dich zuerst verprügelt und danach Fragen gestellt. Ich freue mich für dich, mein Freund, dass es deine Lady geschafft hat, dein versteinertes Herz aufzubrechen.«

»Das hat sie nicht«, murmelte Ashton und verließ mit raumgreifenden Schritten die Kajüte, bevor ihn Quinn noch mehr nervte und er selbst wieder etwas Unüberlegtes tat.

Er hörte seinen Freund noch lachen, als er auf dem Deck ankam, um sein erhitztes Gesicht im Fahrtwind zu kühlen.

Penny hatte an der Salontür gelauscht und entfernte sich schnell davon, als sie im Gang dahinter Schritte vernahm. Ashton hatte sich mit seinem Freund in die Haare bekommen. Genaue Worte hatte sie leider nicht gehört. Nun ging

200

er ihr anscheinend wieder aus dem Weg, denn er kehrte nicht zu ihr zurück.

Dieses Hin und Her in ihrer Beziehung frustrierte sie. Unruhig lief sie durch den Salon und hoffte, dass sich zwischen Ashton und ihr bald wieder alles einrenkte. Erneut hatten sie sich gestritten, und beinahe wäre ihr herausgerutscht, dass sie ihn belauscht hatte. Vielleicht hätte sie sogar besser die Wahrheit sagen sollen, denn so konnte das nicht länger zwischen ihnen weitergehen. Penny hielt das nicht ewig aus!

Sie sollte ihm endlich gestehen, dass sie etwas gehört hatte, was nicht für ihre Ohren bestimmt war. Ash war ein guter Mann, zumindest ihr gegenüber verhielt er sich anständig. Das hatte er ihr bereits mehrmals bewiesen. Sie brauchte keine Angst vor ihm zu haben. Sie wusste nur nicht, wie sie dieses Gespräch beginnen sollte.

Doch nicht nur darüber wollte sie sich unterhalten. Gerne würde sie mit ihm über Lous Zukunft sprechen. Penny vermutete stark, dass der Captain Ash eingeweiht hatte, da es in der Nachbarkajüte plötzlich sehr ruhig geworden war. Sie wunderte sich allerdings, dass Ashton nichts von Lous wahrer Identität gewusst hatte. Aber so hatte wohl jeder seine Geheimnisse.

Ihr war das Mädchen in der kurzen Zeit sehr ans Herz gewachsen, und sie wollte unbedingt etwas für Lou tun. Doch zuerst musste sie wissen, was Ashton ihr verschwieg, denn sein Geheimnis könnte sich natürlich auch auf die Zukunft des Mädchens auswirken, sollte er etwas Gesetzeswidriges vertuschen. Lous Ruf durfte auf keinen Fall Schaden erleiden.

Penny sah sich im Salon um und ihr Blick fiel auf Ashtons große, mit orientalischen Mustern verzierte Reisetruhe. Ob sie seine Sachen durchsuchen sollte, um mehr über ihn zu erfahren?

Nein, so etwas machte sie nicht. Außerdem – sollte er sie dabei erwischen, würde der Graben zwischen ihnen womöglich unüberwindbar werden. Sie musste eher versuchen, sein Vertrauen zu gewinnen.

Schwermütig seufzend legte sie die Hand auf ihr Dekolleté und berührte den silbernen Herzanhänger, den sie von ihrer besten Freundin geschenkt bekommen hatte. Penny klappte ihn auf und betrachtete die beiden hübschen Zeichnungen. »Ach, Izzy, ich wünschte, ich könnte mit dir reden. Zu zweit haben wir noch immer alle Probleme gelöst.« Nicht dass sie je richtige Probleme gehabt hätte. Aber als Kind kam einem jede Kleinigkeit ungerecht oder unüberwindbar vor. Nun stand sie jedoch vor ganz anderen Herausforderungen.

Hier gab es allerdings weder Izzy noch ihre Eltern, die sich bisher um alles gekümmert hatten. Deshalb musste sich Penny dieser Angelegenheit selbst annehmen.

Eine Stunde später kehrte Ashton leicht verfroren in die Kabine zurück. Zu Pennys Überraschung war das Erste, was sie von ihm hörte, eine Entschuldigung wegen seines unmöglichen Verhaltens.

Sie legte die Arme um seinen Hals und lächelte ihn erleichtert an, bevor er ihr einen zarten Kuss aufdrückte. Wieder schmolz sie in seiner Gegenwart, während hinter ihrer Stirn alles durcheinanderwirbelte. Dieses Gefühlswirrwarr musste wirklich bald ein Ende finden.

Natürlich war Lou für den Rest des Tages das Hauptgesprächsthema. Mehrmals schüttelte Ash den Kopf, da er bisher nie bemerkt hatte, dass Lou gar kein Junge war. »Und ich habe fast geglaubt, der Kleine würde dich anhimmeln.«

Penny grinste. »Ich vermute, Lou war einfach froh, nicht

202

das einzige weibliche Wesen an Bord zu sein.«

»Ich bin auch sehr froh, dass du hier bist«, raunte er, ließ sie dann aber plötzlich los, als müsste er auf Abstand gehen. Manchmal verstand Penny ihn einfach nicht.

Am Abend aßen sie sowohl mit dem Captain als auch mit Lou gemeinsam im Salon, und das Mädchen hörte gar nicht auf zu reden. Sie schien wirklich überglücklich zu sein, endlich all ihre Gedanken mit jemandem teilen zu können, der keine Hosen trug. Penny bemerkte ihren sehnsüchtigen Blick auf ihr Kleid – sie hatte zur Feier des Tages etwas Besonderes angezogen – und konnte gut verstehen, dass sich die Kleine auch nach etwas Schönem sehnte. Vorsichtig sagte Penny zu Ashton: »Wenn wir zu Hause sind, könnte Lou uns doch einmal für ein paar Wochen besuchen?« Penny würde ihr London zeigen, mit ihr von einem Geschäft zum anderen bummeln, an der Themse eine heiße Milch mit ihr trinken oder im Sommer ein Eis mit ihr essen.

Lous Augen strahlten, während sie atemlos zwischen Ash und dem Captain hin und her schaute.

Ashton räusperte sich leise und sah Penny, mit einem Seitenblick auf seinen Freund, stirnrunzelnd an. »Von mir aus darf sie uns gerne besuchen.«

Als der Captain sagte: »Ich habe nichts dagegen«, sprang Lou vom Stuhl auf und fiel erst dem Captain, dann Penny um den Hals und bedankte sich anschließend auch bei Ashton.

Penny freute sich, Lou glücklich zu sehen, aber vielleicht hätte sie mit dem Vorschlag nicht so vorschnell sein sollen. Lou würde zwangsweise erfahren, dass sie Adlige waren. Doch das war wohl das geringste Problem, falls sich Ashs Geheimnis als etwas Ungehöriges herausstellte. Penny hatte Lou unbedingt aufmuntern wollen, und das hatte sie geschafft. Dringender denn je wollte sie nun wissen, was Ash vor ihr verbarg, und sie nahm sich fest vor, ihn endlich zu fragen.

Als sie sich später für die Nachtruhe fertigmachten, überlegte sie unentwegt, wie sie ihre Worte formulieren sollte. Allerdings ließ ihr der heiße Verführer keine Chancen, sich zu konzentrieren, denn kaum hatte sie ihr Tageskleid abgelegt, brachten sie seine brennenden Blicke völlig aus dem Gleichgewicht. Penny wusste genau, wonach es ihm gelüstete, und wenn sie ehrlich war, sehnte sie sich nach Ashtons Umarmungen, seinen Küssen und dem aufregenden Liebesspiel.

Kaum lagen sie unter den Laken, zog er sie an sich, und Penny schmiegte sich an ihn, um seine Streicheleinheiten zu genießen. Doch dabei blieb es nicht. Innerhalb weniger Minuten waren sie schon wieder so heiß aufeinander, dass ihre Nachtkleider in hohem Bogen aus der Koje flogen und Penny von Ashton exquisit verwöhnt wurde. Er wusste einfach, wie er ihren Körper in Flammen setzen konnte, und sie genoss jede einzelne Sekunde. Doch sowohl seine Worte als auch ihr Herz ließen ihr keine Ruhe. Nach dem Liebesspiel fragte sie sich deshalb erneut, ob sie ihn nun auf sein Geheimnis ansprechen sollte. Er wirkte zufrieden und ein sanftes Lächeln lag auf seinen schönen Lippen.

Leider schlief er so schnell ein, dass ihr wieder nichts anderes übrig blieb, als auf den nächstbesten Zeitpunkt zu warten. Doch der würde kommen, und dann schlug sie gnadenlos zu.

Kapitel 18 – Stürmische Zeiten

Ashton war es nur recht, dass sich Penelope noch mehr als sonst mit Lou beschäftigte, jetzt da sie wusste, dass der Bursche ein Mädchen war. Es tat seiner Gattin gut, nicht das einzige weibliche Wesen an Bord zu sein und jemanden zu haben, mit dem sie über Frauendinge reden konnte. Die beiden lernten viel zusammen, und Lou versuchte sich ein wenig als Zofe, half Pen beim Anziehen der komplizierteren Kleider und kämmte ihr die Haare.

Perfekt. Dadurch war Ashton nicht ständig mit seiner liebreizenden Gattin allein.

Er spürte nämlich, dass ihr etwas auf dem Herzen lag, und er hatte Angst, dass sie ihn zu seinen Gefühlen für sie befragen würde, derer er sich allerdings erst klar werden musste. Deshalb versuchte er, auf Abstand zu gehen, oder hielt sie weitgehend beschäftigt. Er spielte mit ihr Karten oder Schach, wenn Lou nicht bei ihnen war, stand mit ihr lange an Deck oder ... verführte sie. Denn nachts konnte er einfach nicht die Hände von ihr lassen. Ashton brauchte sie wie die Luft zum Atmen und sehnte sich nach ihrer Nähe, wann immer sie räumlich getrennt waren. Er war verflucht.

Fünf Tage nach Lous überraschender Offenbarung durchsegelten sie die Biskaya. Die See war so rau geworden, dass Penny ein wenig flau im Magen war. Sie saß auf einem Stuhl im Salon und hielt sich am Tisch fest, während Lou breitbeinig und sicher hinter ihr stand und ihre Haare zurechtmachte. Das Mädchen konnte ihr mittlerweile drei

205

wunderbare Frisuren zaubern und sog neugierig alles auf, was Penny ihr erklärte oder beibrachte.

»Vielleicht könnte ich Zofe werden«, murmelte Lou und steckte Penny eine Perle ins Haar. »Oder noch viel lieber wäre ich eine Gouvernante.« Plötzlich klang sie bedrückt. »Wäre ich ein Mann, stünde mir die Welt offen. Ich dürfte studieren und könnte einfach alles tun!«

Penny seufzte mitfühlend. Die Kleine hatte absolut recht. Als Frau waren Lou die Hände gebunden. Was für eine Verschwendung ihrer Talente. Penny konnte durchaus verstehen, dass nicht jedes Mädchen den Traum hegte, zu heiraten und Kinder zu bekommen. Sie musste nur an Izzy denken und konnte es kaum erwarten, den ersten Brief von ihr in Händen zu halten. Wie war es ihrer Freundin nach der Heirat mit Lord Wakefield ergangen? War ihr Gatte auch so einfühlsam wie Ash? Verbarg er ebenfalls etwas vor Izzy?

»Weißt du«, unterbrach Lou ihre Gedanken, »deshalb bin ich so gerne hier auf der Rajula. Die Arbeit ist zwar hart, aber niemand behandelt mich anders, weil keiner weiß, dass ich ein Mädchen bin. Bis auf den Captain, natürlich.«

»Er hat dich eben sehr lieb und möchte nicht, dass dir etwas passiert.« Penny sah ihre Gelegenheit gekommen, mehr über Mr Quintrell zu erfahren. »Wie ist er eigentlich mit dir verwandt?«

»Er ist mein Onkel.«

Warum hatte er ihnen das nicht gesagt? Der Mann war fast so mysteriös wie Ash.

Wenn Lou und der Captain vom selben Blut waren, wie er behauptet hatte, dann … »Ist er der Bruder deiner Mutter?«

»Hm.« Lou trat neben sie und betrachtete ihr Werk zufrieden. Doch plötzlich huschte ein Schatten über ihr junges Gesicht. »Bevor meine Mutter vor ein paar Jahren gestorben ist, hat er uns so oft er konnte besucht, Dinge im Haus repariert und uns Geld gegeben, damit wir nicht hungern mussten.«

Das klang, als stammte Lou aus ärmlichen Verhältnissen.

»Der Captain war immer wie ein Vater für mich.«

»Was ist mit deinem richtigen Vater?«, fragte Penny behutsam.

»Über den weiß ich nichts. Ich habe ihn nie kennengelernt. Der Captain hat nur mal gesagt, er sei ein Feigling.«

»Das tut mir sehr leid, meine Süße.«

Lou lächelte sanft. »Schon gut, ich vermisse ihn nicht, da ich ihn ja nie getroffen habe. Aber ich habe mir oft gewünscht, dass der Captain mein Vater ist, und in meinem Herzen ist er das auch.«

Penny blinzelte sich vor Rührung eine Träne aus dem Auge, froh, dass die Kleine einen lieben Menschen an ihrer Seite hatte, der auf sie aufpasste.

Gegen Nachmittag schwankte das Schiff so stark, dass Ashton seiner Frau empfahl, sich in die Koje zu setzen und mit den Füßen darin zu verkeilen. Zum Glück hörte sie auf ihn, denn er wollte auf keinen Fall, dass sie stürzte. Ein Schiff im Sturm verhielt sich unberechenbar. Sie sah ohnehin ganz weiß um die Nase aus, und auch sein Magen rebellierte leicht.

Ashton hielt sich eisern am Tisch fest, während er durch die eine Seite der Fensterreihe den grauen Himmel sah, auf der anderen die schäumende See, bevor das Bild wieder wechselte. Regentropfen knallten wie Hagelkörner gegen die Scheiben, die wegen des Sturmwindes gefährlich vibrierten, und das laute Knarzen und Knacken des Schiffes hörte sich beängstigend an.

Er wartete eine günstige Gelegenheit ab, um sich rasch seinen Mantel anzuziehen, woraufhin ihn Penelope alarmiert fragte: »Was hast du vor?«

»Ich gehe an Deck. Quinn kann da oben jeden Mann gebrauchen.« Die Rajula musste unbedingt Lissabon erreichen, damit er den Umschlag ausliefern konnte. Natürlich wusste Ashton, dass er gegen die Mächte der Natur nicht viel ausrichten konnte, doch er wollte es wenigstens versuchen. Viel wichtiger war allerdings, dass Penelope nichts passierte. Sie war seinetwegen an Bord. Ashton würde sich nie verzeihen, wenn ihr etwas zustieß.

»Aber ... es ist viel zu gefährlich!«, rief sie, wobei sie die Finger in den Rand der Koje krallte. »I-ich habe hier einige von Captain Quintrells Büchern durchgeblättert. Schon bei ruhiger See kommt es hin und wieder vor, dass Männer aus der Takelage auf Deck zu Tode stürzen. Und bei einem Unwetter ...«

»Ich weiß, was zu tun ist. Ich bin mit Quinn schon durch mehr als einen Sturm gesegelt.« Er ging zu ihr und drückte ihre Hand. »Hier bist du am sichersten. Bleib einfach im Bett.« Es tat ihm im Herzen weh, sie mit ihren Ängsten allein zu lassen, und er las tiefe Sorge in ihrem Blick. »Ich bleibe nicht lange weg. Außerdem klettere ich nicht in der Takelage herum.« Die Segel waren ohnehin längst gerefft, sonst wäre das Schiff bereits gekentert oder hätte einen Masten eingebüßt.

»Bleib so lange du musst«, sagte sie mit ernster Stimme. »Hauptsache, du kommst wieder zu mir zurück.«

Seine Frau war unglaublich mutig. Sie überraschte ihn immer wieder aufs Neue.

Ashton gab ihr einen schnellen Kuss und lief schwankend zur Tür. Kaum hatte er sie aufgerissen, rannte er beinahe in Lou hinein. Sie hielt den schwarzen Kater an ihre Brust gedrückt, grüßte Ashton und betrat den Salon.

Es erleichterte ihn ungemein, dass Penelope nun Gesellschaft hatte. Lieber wäre er bei ihr geblieben. Hätte Lou nicht vor der Tür gestanden, wäre er wohl sofort umgekehrt, da er nie etwas Schwierigeres getan hatte, als seine Frau in dieser Situation allein zu lassen. Schweren Herzens stieg er hinauf an Deck, und kaum öffnete er die Tür, kam ihm ein Schwall kaltes Meerwasser entgegen und der Regen peitschte wie eisige Nadelstiche in sein Gesicht.

»Lexington!«, brüllte Quinn, der wankend auf ihn zukam und ihm ein Seil zuwarf. »Binde dich sofort fest, wenn du kein Fischfutter werden willst!«

Fuck! In solch einen heftigen Sturm war er auf See noch nie geraten. Er schickte ein Stoßgebet zum Himmel und hoffte, dass sie alle dieses Teufelswetter überlebten.

§ ❀ ∫

Penny freute sich riesig, Lou zu sehen. Doch leider brachte sie ihr lediglich Parzival. Die Kleine musste in die Kombüse, um dort alles zu sichern.

Penny hatte kein gutes Gefühl dabei, doch Lou versicherte ihr, dass sie das schon öfter gemacht hatte. Was für ein mutiges Mädchen. Sie selbst hatte vor Ash nur so getan, als wäre sie tapfer. Tatsächlich hatte sie riesige Angst zu sterben. Noch mehr Angst hatte sie allerdings um Ash, der jetzt irgendwo da oben gegen die Naturgewalten ankämpfte. Aber sie verstand, dass jeder Mann an Deck gebraucht wurde.

Dankbar für die Ablenkung nahm sie den Kater zu sich

209

ins Bett, und der rollte sich sofort dicht an sie gedrängt zusammen. Er schien froh zu sein, jetzt jemanden bei sich zu haben, und sie war es auch.

Penny streichelte über das weiche Fell, weil das beruhigend auf sie wirkte, und vermied es, aus dem Fenster zu sehen. Die Wellen waren mittlerweile zu gigantischen Bergen angewachsen, die donnernd gegen das Schiff krachten und es hin und her warfen. Sie befürchtete, jeden Moment aus der Koje geschleudert zu werden und keilte sich fester ein. Ihr Magen rebellierte, und sie war froh, dass das Mittagessen schon eine Weile zurücklag. Draußen wurde es immer dunkler und somit noch unheimlicher in der Kajüte, aber sie traute sich nicht, eine Lampe zu entzünden. Aufstehen wäre viel zu gefährlich. Außerdem könnte die Lampe zerschellen und das Schiff in Brand setzen.

Lou steckte zwei Mal den Kopf in den Salon, um zu fragen, ob bei ihr alles in Ordnung sei. Penny erkundigte sich als Erstes, ob es Lou gut ging, und wollte gleich danach wissen, ob sie etwas von Ashton gehört hatte.

»Ich darf ja nicht nach oben«, erklärte sie ihr. »Aber vorhin ist Morty, einer der Matrosen, zum Schiffsarzt getaumelt, weil er sich die Hand gebrochen hat. Er kam mir im Gang entgegen und hätte mir gesagt, falls etwas Schlimmes passiert wäre.«

Das beruhigte Penny lediglich ein bisschen. Sie machte sich unentwegt Sorgen um ihren Mann und hoffte, dass Mortys Knochen gerichtet werden konnten. Um sich abzulenken, erzählte sie Parzival ein paar Anekdoten über ihre verstorbene Katze Tabby. Doch das half nur bedingt.

Es fühlte sich wie eine kleine Ewigkeit an, als der Sturm endlich nachließ und sie sich traute, die Koje zu verlassen. Penny erkannte nicht einmal die Hand vor Augen, so finster war es. Zum Glück wusste sie mittlerweile, wo sich alles befand. Sie tastete sich an der Wand entlang, entzündete eine Lampe und blickte sich im Salon um. Ein paar Bücher waren aus den Regalen gefallen, und Penny hob sie auf, wobei sie sich immer irgendwo abstützte. Das Schiff schwankte noch stark, doch sie hatte sich daran gewöhnt. Allerdings musste sie sich schnell wieder setzen, denn all ihre Muskeln, die sie gefühlte Stunden angespannt hatte, zitterten wie verrückt. Vielleicht steckte ihr aber auch die Angst in den Knochen, vor allem um Ashton. Wo blieb er nur so lange?

Plötzlich sprang Parzival aus der Koje und lief miauend zur Tür. Anscheinend wollte er rausgelassen werden. War das Schlimmste nun überstanden und er hatte Lust, wieder auf Rattenjagd zu gehen? Sie wertete das als gutes Zeichen.

Kaum hatte sie die Tür geöffnet, huschte der Kater hinaus, vorbei an Lou, die gerade auf dem Weg zu ihr war. Das Mädchen brachte ihr einen in ein Tuch eingewickelten Ziegelstein. »Wir haben den Ofen wieder angeschürt«, erklärte sie Penny. »Den hier wird Mr Lexington brauchen.«

»Ich danke dir vielmals«, sagte sie, schloss die Tür und legte den warmen Stein ins Bett.

Kurz darauf flog die Tür auf, und Ashton, der von dem Ersten Offizier Mr Walsh gestützt wurde, taumelte herein.

»Was ist mit ihm?«, rief Penny alarmiert und eilte sofort zu ihnen.

»Nichts Ernstes, hoffentlich«, erklärte ihr Mr Walsh. »Ihn hat ein gelöstes Tau am Kopf getroffen, deshalb ist er ein wenig benommen. Er muss dringend aus den nassen Sachen raus.«

»Ich übernehme das«, sagte sie sofort, da sich der Mann sicher um wichtigere Dinge kümmern musste als einen verletzten Passagier.

Kaum hatte der Offizier den Raum verlassen, murmelte

Ash: »Mir geht es gut.« Mit beiden Händen stützte er sich am Tisch ab und ließ schwer atmend den Kopf hängen. »Bin nur müde.« Aus seinen Haaren tropfte Wasser und aus der triefenden Kleidung floss es regelrecht heraus, sodass sich am Boden Rinnsale bildeten.

Penny zerrte ihm den schweren, vollgesogenen Mantel von den Schultern und hängte ihn über eine Stuhllehne. Dann öffnete sie die Verschnürungen an seinen Stiefeln und musste richtig viel Kraft aufwenden, um sie von seinen Füßen zu bekommen; die Strümpfe folgten.

Ash grinste sie benommen an, als wäre er betrunken. »Ich bin froh, dass du wohlauf bist.«

»Was ist da oben passiert?« Als Nächstes half sie ihm mit dem Hemd, nachdem er sich das Krawattentuch abgezogen hatte, denn er schaffte es kaum, die Knöpfe zu öffnen. Dabei streifte sie seine Finger, die sich wie Eiszapfen anfühlten!

»An Deck war die Hölle los«, lallte er und griff sich an die Stirn.

Als er seine Hand betrachtete, erkannte Penny ein wenig Blut darauf. »Ich muss das verbinden!«

»Du musst nichts«, sagte er kraftlos. »Alles in Ordnung.«

Dieser sture Kerl! Er brauchte vor ihr nicht den starken Hengst rauszukehren. Sie hatte Augen im Kopf und bemerkte sehr wohl, dass es ihm alles andere als gut ging.

Nachdem sie das Hemd über einen Stuhl gehängt hatte, fuhr sie über Ashtons Rücken. Seine klamme Haut fühlte sich ebenfalls eiskalt an! Doch sie klebte nicht. Wahrscheinlich hatte ihn mehr Regen als Salzwasser getroffen.

Als er schließlich nackt vor ihr stand, überzog Gänsehaut seinen Körper. Er bibberte so sehr, dass seine Zähne klapperten, und seine Lippen wirkten im schwachen Schein der schaukelnden Lampe dunkelblau.

»Leg dich ins Bett!« Resolut deutete sie auf die Koje. »Sofort!«

Er schmunzelte. »Zu Befehl, Ma'am.«

Sie schlug die Laken zurück, half Ash hinein und deckte ihn bis zum Hals zu, wobei sie den warmen Ziegelstein an seine Füße schob. Er seufzte zufrieden und die Augen fielen ihm zu.

Behutsam strich ihm Penny die feuchten Strähnen aus der Stirn und fand an seinem Haaransatz eine Platzwunde. Sie war zum Glück nicht groß. Penny holte ein sauberes Tuch vom Waschtisch, tupfte die Stelle ab und entfernte die alten, eingetrockneten Blutspuren drumherum. Über der Wunde hatte sich bereits eine leichte Kruste gebildet. »Muss nicht genäht werden«, murmelte sie.

»Hab schon schlimmere Verletzungen gehabt.«

»Wo?«, fragte sie und strich über die feine Narbe an seiner Wange. »Hier?« Sie zog die Laken ein Stück hinunter, um über die Narbe an seinem Schlüsselbein zu streichen. »Oder dort?« Über seiner Pobacke hatte er auch eine. »Woher stammen die alle?«

Als er sich nicht rührte – vielleicht war er eingeschlafen – stand sie auf, um den kleinen Tiegel mit der Arnikasalbe aus ihrer Truhe zu holen. Die würde dafür sorgen, dass Ashtons Beule nicht zu sehr anschwoll.

»Danke, dass du dich um mich kümmerst«, murmelte er, wobei er die Augen einen winzigen Spalt öffnete.

»Ich bin deine Frau. Natürlich kümmere ich mich um dich.«

»Manchmal denke ich du … magst mich nicht oder gehst auf Abstand, weil dir an mir etwas nicht gefällt.«

Er war doch derjenige, der auf Abstand ging!

Penny sah ihre Chance gekommen, ihn endlich zur Rede zu stellen.

»Du dummer Kerl«, sagte sie liebevoll, während sie ihm sanft die Salbe auf die Stirn tupfte. »Wenn du wüsstest, wie gern ich dich wirklich habe, würdest du keine Sekunde zweifeln.«

Sein Mund verzog sich zu einem zufriedenen Grinsen.

»Ich wünschte nur, du hättest keine Geheimnisse vor mir.« So, nun war es raus.

Abrupt erlosch sein Lächeln, und er krächzte: »Geheimnisse?«

»Du verschweigst mir etwas.« Sie musste behutsam vorgehen und wollte ihn in seinem jetzigen Zustand nicht zu sehr aufregen. »Das spüre ich doch.«

Als er erneut schwieg, fragte sie mutig: »Haben all diese Narben etwas damit zu tun?«

Machte er krumme Geschäfte und war von zwielichtigen Händlern angegriffen worden? In ihrem Kopf hatte sie sich bereits die wildesten Geschichten zusammengereimt. Hoffentlich erlöste er sie bald von ihren verrückten Gedanken und alles löste sich in Wohlgefallen auf.

Ashtons Herz raste, und plötzlich fühlte er sich kein bisschen mehr müde. Ihm war bloß noch kalt, unsäglich kalt, und sein Schädel pulsierte unangenehm. Noch unangenehmer gestaltete sich das Gespräch mit seiner Frau. Erst hatte er geglaubt, sie würde ihn auf seine Gefühle ansprechen wollen, speziell auf die Gefühle, die er für sie hegte. Doch das Gespräch schien eine völlig andere Richtung einzuschlagen. Ahnte sie etwas von seinen Geheimaktivitäten?

»Wie kommst du darauf, dass ich dir etwas verschweige?«, fragte er heiser.

Sie legte den Tiegel zur Seite und betrachtete ihn ernst. »Wer bist du wirklich, Ashton?«

»Dein Ehemann.«

»Bitte sei ehrlich. Bist du in irgendwelche krummen Geschäfte verwickelt?«

Nun wurde er hellhörig. »Wie kommst du darauf?« Hatte Quinn vielleicht etwas erzählt?

Nein, auf keinen Fall.

Zögerlich begann sie: »Na ja … Zuerst ist da die plötzliche Reiseänderung. Dann erfahre ich, dass du schon öfter mit Captain Quintrell gesegelt bist. Warum eigentlich?«

»Ich bereise gerne andere Länder und vertraue seinen Fähigkeiten als Captain, weshalb ich am liebsten mit ihm segle. Das habe ich dir doch erzählt. Zudem sind wir alte Freunde.«

Kurz biss sie sich auf ihre Unterlippe. »Ja, ihr beide geht vertraut miteinander um. Dennoch habt ihr Geheimnisse voreinander. Seid ihr … Piraten? Oder Schmuggler?«

Schlagartig musste er lachen, und zwar so laut und heftig, dass ihm beinahe der Schädel platzte. »Piraten und Schmuggler? Meine liebe Penelope, du hast wirklich eine blühende Fantasie.«

»Das hat Izzy auch schon mal zu mir gesagt«, murmelte sie und schlug die Augen nieder, wobei ihr Gesicht rot anlief.

Er zog einen Arm unter der Decke hervor, obwohl ihm eiskalt war, und legte seine Hand an ihre erhitzte Wange. »Ich bin weder ein Pirat noch ein Schmuggler, das verspreche ich dir hoch und heilig.« Er musste sie ablenken, bevor sie weitere neugierige Fragen stellte und tatsächlich hinter sein Geheimnis kam. »Aber vielleicht bin ich ein Pinguin. Zumindest ist mir so kalt wie einem Pinguin auf einer Eisscholle. Kannst du mich wärmen?«

Ihre Stirn legte sich in Falten. Vermutlich wollte seine kluge Frau sagen: *Ich glaube nicht, dass Pinguine so schnell frieren.* Stattdessen antwortete sie: »Wie kann ich dir helfen?«

»Also am besten geht das mit deinem Körper.« Er zog sie in die Koje, sodass sie neben ihm landete, und hob die Laken. »Haut an Haut wäre optimal.«

Grinsend schüttelte sie den Kopf. »Netter Versuch.«

»Ich mache keine Witze, Penelope«, erklärte er ruhig. Himmel, diesmal meinte er es wirklich ernst. »Ich werde am schnellsten wieder warm, wenn du mir etwas von deiner Körperwärme abgibst.«

Sie kniete sich neben ihn und blickte ihn eine Weile skeptisch an, bevor sie aus dem dünnen Mantel schlüpfte und ihn zusätzlich über den Laken ausbreitete. Danach flogen ihre Slipper aus dem Bett. Anschließend drehte sie ihm den Rücken zu. »Ich brauche deine …«

Noch bevor sie zu Ende gesprochen hatte, hatte er ihr Kleid am Rücken geöffnet, genau wie das Korsett, das ihre Brüste stützte.

Sie schlüpfte aus beidem heraus, ließ ihr Unterkleid, ihre Seidenstrümpfe und die Pantalettes jedoch an. Aber als sie sich auf seinen nackten Körper legte und er die Decke über sie beide breitete, entfuhr Ashton ein wohliger Seufzer, während sie zusammenzuckte.

»Du bist wirklich ein Eisklotz!«

Seine Hände schoben sich wie von selbst auf ihre Pobacken. »Und du bist die angenehmste Wärmflasche der Welt.«

Sie gluckste. »Ja, weil ich nicht aus Metall bin und du dich an mir nicht verbrennen kannst.«

»Genau«, sagte er schmunzelnd, doch bei Zweiterem war er sich nicht sicher. »Du bist übrigens auch nicht die Frau, für die ich dich gehalten habe.«

Ihre Brauen hoben sich. »Wie meinst du das?«

»Du kannst Blut sehen, was man nicht von jeder Lady behaupten kann, und hast mich verarztet.«

»Na ja, es war nicht viel Blut.«

»Du bist also keine Ärztin?«

Sie lachte. »Keine Ärztin.«

»Doch es scheint das Herz einer Abenteurerin in dir zu schlagen.«

»So viel Abenteuer wie heute brauche ich nicht noch einmal.« Sie legte den Kopf an seine Schulter, und ihr warmer Atem streifte seinen Hals. »Zum Glück hat Lou mir Parzival gebracht. Sein Schnurren hat mich beruhigt.«

Ein eisiger Stich durchzuckte seine Brust. »Es tut mir leid, dass ich dich so lange allein gelassen habe. Ich hatte gehofft, Lou wäre bei dir.«

»Sie musste in der Kombüse helfen.« Penelope hob den Kopf und lächelte ihn sanft an. »Ich habe es ja überlebt. Vielleicht bin ich doch ein wenig abgehärtet, weil ich eine sehr abenteuerliche Freundin habe, der ich schon oft ein aufgeschlagenes Knie verbinden musste.«

»Izzy«, murmelte er und musste sich eingestehen, dass er nun froh über die Freundschaft seiner Frau zu ihrer eigensinnigen Freundin war.

Pen kuschelte sich wieder an ihn und erzählte ihm von ihrer manchmal wilden Kindheit mit Isabella Norwood und was sie gemeinsam ausgeheckt hatten. »Wir haben uns als Jungs verkleidet, sind auf Bäume geklettert oder waren heimlich im Waldsee schwimmen. Einmal haben wir uns auf das Dach einer Scheune gelegt und mit einem Blasrohr und Papierkügelchen auf Spaziergänger geschossen. Oh weh, als mein Vater das herausgefunden hat, gab es ein gewaltiges Donnerwetter und wir durften uns einen Monat lang nicht sehen.«

Ash grinste. »Klingt nach einer Menge Spaß.«

»Mit Izzy an meiner Seite habe ich mich immer frei gefühlt, nicht wie in ein Korsett geschnürt. Ihre oft andere

Sicht auf die Dinge half mir, mich zu trauen, eigene Wünsche zu erfüllen.«

»Sprichst du von den wilden Liedern, die du dir heimlich beigebracht hast?«

»Hm.«

»Fühlst du dich mit mir eingeengt?«, fragte er vorsichtig.

Ihr Kopf schnellte nach oben und sie blickte ihn ernst an. »Nein, Ashton. Ich fühle mich mit dir immer ganz wunderbar, solange wir uns nicht streiten.«

»Mir geht es genauso«, sagte er, überrascht über sein ehrliches Geständnis.

Penelope war wirklich ganz anders, als er sie sich vorgestellt hatte. Er hatte nur keine Ahnung, ob er das wirklich noch schlimm oder eher fantastisch finden sollte. Im Augenblick wusste er jedoch, dass sich seine Frau auf ihm mehr als fantastisch anfühlte. Er strich über ihren warmen Rücken und verfluchte den dünnen Stoff zwischen ihren Körpern.

»Wird dir langsam warm?«, fragte sie, wobei sie ihn zärtlich anblickte.

»Hm.« Sein Kopf pochte bereits weniger, doch er fühlte sich ein bisschen schwindelig, beinahe als wäre er betrunken. Verdammtes Seil. »Meine Lippen sind aber noch kalt.«

»Hilft das?« Schmunzelnd drückte sie ihm einen Kuss auf, erst sanft, dann energischer. Als sie mit der Zungenspitze über seine Lippen fuhr, schoss pures Verlangen in seine Lenden.

»Das hilft sehr gut«, kommentierte er frech und konnte nicht begreifen, was an seiner Gattin anders war als an anderen Frauen. Wenn sie ihn berührte, reagierte er sofort darauf. Hitze flutete seine Brust und breitete sich rasend schnell in seinem Körper aus. Während sie zärtlich durch sein Haar fuhr, konnte er sich nicht entscheiden, wo er sie anfassen sollte. Am liebsten wollte er alles von ihr zur selben Zeit haben!

»Meinem kleinen Piraten ist übrigens auch schrecklich kalt«, murmelte er.

Pen prustete los. »Kleiner Pirat? So nennt Trish das männliche Anhängsel auch.« Lasziv bewegte sie ihre Hüfte auf ihm und fühlte sicher, dass er längst hart war. »Ich würde bei dir allerdings von einem großen Piratenkapitän sprechen.«

»Vielen Dank für das Kompliment.« Er grinste breit. »Du unterhältst dich mit deiner Zofe also über Penisse?«

Schlagartig überzog Röte ihr Gesicht. »Wir haben nur einmal darüber gesprochen, weil ich in meiner Hochzeitsnacht nicht gänzlich unwissend sein wollte.«

»Ich bringe dir alles bei, keine Sorge.« Er schob ihr Unterkleid hoch bis zu ihrem Hintern und verfluchte ihre langen Unterhosen. Da er sie aber nicht schon wieder zerreißen wollte, packte er seine Erektion an der Wurzel und suchte sich einen Weg durch den Schlitz am Schritt der Pantalettes. Pen half ihm, indem sie ihr Becken hob.

Als er in ihre feuchte Hitze tauchte, stöhnte er und warf den Kopf zurück. Fuck, tat das gut!

Er knetete ihr pralles Gesäß und küsste seine Frau stürmisch. Auf einen Schlag war das Pochen in seinem Schädel verschwunden, und er fühlte nur noch ihren warmen Körper und grenzenlose Lust.

»Ash«, wisperte sie atemlos in sein Ohr. »Geziemt es sich denn, dass ich auf dir liege?«

Er gluckste und antwortete verschmitzt grinsend: »Es schickt sich nur, wenn du auf mir sitzt oder am besten reitest.«

»Oh, du verruchter Mann!«, flüsterte sie empört, kam seinem Vorschlag jedoch sofort nach.

Als sie sich aufrichtete, zerrte er an ihrer Chemise, woraufhin sie schnell aus dem Hemdchen schlüpfte. Nun trug sie nur noch ihre Seidenstrümpfe und die Pantalettes.

Sie war eine Göttin. Seine Göttin! Und er betete sie täglich mehr an.

Er sollte sich davor fürchten, ihr immer mehr zu verfallen, doch für schlechte Gedanken war in seinem Kopf gerade kein Platz. Er wollte nur noch fühlen, genießen, vergessen.

Obwohl sie sich eher sanft als stürmisch auf ihm bewegte, brachten ihn sowohl ihr Tun als auch ihr Anblick so schnell an den Rand der Klippe, dass er sich nur mit größter Konzentration beherrschen konnte, sich nicht sofort zu verströmen. Er wollte aber erleben, wie Penelope vor ihm den Gipfel erreichte, denn er liebte es, ihr dabei zuzusehen. Deshalb schlüpfte er mit einer Hand durch den Schlitz in ihrer Hose und stimulierte sie zusätzlich mit seinen Fingern; mit der anderen Hand streichelte und wog er abwechselnd ihre Brüste.

Es dauerte nicht lange, und ihre Nippel zogen sich hart zusammen. Außerdem wurde Pen noch feuchter, sodass er regelrecht in ihr badete. Als sich ihr Schoß verengte, um ihn köstlich zu massieren, wusste er, dass sie kurz vor dem Höhepunkt stand. Pen schloss die Augen, öffnete den Mund zu einem lautlosen Schrei und warf den Kopf zurück. Nun gab auch er sich ganz seiner Lust hin, packte sie an den Hüften, um ihr das optimale Tempo vorzugeben, und ließ sich von dem Strudel ihrer Leidenschaft einsaugen. Durch das Schwanken des Schiffes glaubte er für einen Moment, die Rajula würde sinken, weil sich alles um ihn herum drehte. Er fühlte sich jedoch wie im Himmel, während ein gewaltiger Orgasmus ihm den Atem raubte.

»Ist dir jetzt warm genug?«, fragte Penelope lächelnd, als

220

sie sich auf ihn legte und die Laken über sie beide zog.

»Mir ging es noch nie besser«, murmelte er träge, bevor ihm die Augen zufielen. Er schaffte es gerade noch, die bleischweren Arme um seine wundervolle Frau zu legen, bevor die Müdigkeit ihn übermannte.

Kapitel 19 – Gefühlschaos

Da sie alle das Unwetter heil überstanden hatten und auch am Schiff keine größeren Schäden zu verzeichnen waren, saß Ashton am nächsten Abend bei Quinn in der Kajüte, um darauf anzustoßen. Penelope und Lou machten es sich nebenan im Salon gemütlich und spielten Karten.

Ash hatte den Tag weitgehend mit seiner Frau verbracht und hoffte, der Brandy würde sein Gefühlschaos ein wenig betäuben. Quinn hatte es vor ihm gesehen, aber nun wusste Ashton es auch: Er empfand viel mehr für seine Gattin, als geplant.

»Noch einen?«, fragte Quinn schmunzelnd und hielt die Flasche über Ashtons Glas.

Er nickte. Einen zweiten Drink konnte er sich genehmigen. Hauptsache, er blieb halbwegs bei klarem Verstand.

Quinn schenkte ihm ein, wobei seine Augen frech funkelten. »Du siehst also ein, dass ich recht hatte, was deine Gefühle für deine Frau betrifft?«

»Hm«, brummte er mürrisch und stürzte das halbe Glas in einem Zug herunter. »Wie soll ich jetzt damit umgehen?«

Quinn lachte. »Freu dich doch, Mann.«

»Es ist ja nicht nur deswegen«, murmelte er und nippte erneut am Brandy. »Pen ist nicht dumm. Sie weiß genau, dass ich ihr weitaus mehr verschweige als meine Gefühle zu ihr.« Vielleicht sollte er ihr die Geschichte mit seinen Eltern erzählen. Dann würde sie verstehen, was mit ihm los war und warum es ihm schwerfiel, sich voll und ganz auf sie einzulassen. Diese neuen Informationen würden sie eine Weile beschäftigen und womöglich von seinen Spezialtätigkeiten ablenken.

»Dann erledige noch diesen einen Auftrag in Lissabon«, schlug ihm Quinn vor, »und lass die Missionen danach sein. Konzentriere dich auf deine Frau und die Gründung einer Familie. Tu das, was alle Adligen machen.«

Er schnaubte. »Das Parlament besuchen, auf langweilige Veranstaltungen gehen und ein Opfer vom Klatsch und Tratsch des *bon ton* werden?«

»Warum denn nicht? Sicher werden du und deine Gattin *das* Gesprächsthema in London sein, im positiven Sinne. Endlich hat es eine Frau geschafft, den mysteriösen, zurückgezogen lebenden Junggesellen einzufangen.« Sein Freund schenkte ihm grinsend nach und lehnte sich wieder zurück. »Du wirst auch nicht jünger, Lexington. Es wird Zeit, alles ein wenig ruhiger anzugehen. Genieße deine Privilegien und laufe nicht länger vor deinen Gefühlen davon.« Quinn hob sein Glas. »Lass uns auf dein neues Leben anstoßen und darauf, dass du deiner Frau endlich gestehst, was du für sie empfindest.«

»Lass uns dieses Thema vertiefen, wenn du endlich mal selbst unter die Haube gekommen bist, Quinn.« Ashton zwinkerte. »Besuch uns doch nach der Hochzeitsreise in London. Bestimmt findet Penelope die passende Lady für dich.«

Sein Freund schnaubte. »Das bezweifle ich. Was will eine Lady von jemandem wie mir? Was für ein Leben kann ich ihr schon bieten?«

»Vielleicht das Beste.« Ashton wusste schließlich ein

paar bedeutsame Dinge aus Quinns Vergangenheit. »Du bist nicht der, der du vorgibst zu sein, Quinn, das wissen wir beide. Ich habe bloß keine Ahnung, warum du diesen Weg eingeschlagen hast, und frage mich ernsthaft, wer von uns nicht über seine Vergangenheit reden will.«

Quinn schenkte ihnen erneut nach. »Wir sind eben beide nicht die Personen, die wir hätten werden sollen.«

»Scheint so«, murmelte Ashton und genoss das Brennen des Alkohols in seinem Hals. Noch ein weiteres Gläschen würde nicht schaden. Vielleicht lockerte sich dadurch Quinns Zunge ein wenig, und Ashton erfuhr endlich, wovor sein Freund weglief.

❦

Penny sammelte am Tisch die Karten ein und warf einen entsetzten Blick auf die Uhr an der Wand des Salons. »Oh weh, es ist schon ganz schön spät geworden. Bestimmt musst du morgen wieder früh raus.«

Lou zuckte mit den Schultern. »Solange sich die beiden da drüben unterhalten, möchte ich nicht stören. Die Anwesenheit von Mr Lexington tut dem Captain jedes Mal gut. Er ist dann viel besser gelaunt.«

»Hat er denn sonst schlechte Laune?« Penny machte sich immer noch Sorgen um das Wohlergehen des Mädchens.

»Nein, aber er kommt mir manchmal ein wenig betrübt vor.«

Plötzlich polterte etwas gegen die Tür, dann folgte ein Klopfen, und der Captain steckte grinsend den Kopf herein. »Hab Ihnen jemanden mitgebracht, Mrs Lexington.« Er hatte einen taumelnden Ashton im Schlepptau.

Penny sprang sofort auf. »Himmel, was ist passiert?«

»Er hat nur zu tief ins Glas geschaut.«

Der Captain half ihm auf einen freien Stuhl und fragte Penny: »Kommen Sie allein mit ihm klar?«

»Ich denke schon.«

»Ansonsten holen Sie mich einfach.«

»Danke, Captain.«

Als sich Mr Quintrell zum Gehen wandte, hielt Ash ihn am Ärmel fest und lallte: »Weißt du, dass ich zum ersten Mal seit meiner Jugend wieder betrunken bin? Ich trinke sonst nie mehr als ein Glas. Nie! Und du bist schuld.«

Reuevoll blickte der Captain Penny an und flüsterte ihr zu: »Es ist wirklich meine Schuld. Doch es hat ihm gutgetan, mal etwas entspannter zu werden.«

Ash legte einen Finger an die Lippen. »Pst. Darf ihr nichts sagen.«

Schlagartig sah sie ihre Chance gekommen, seine restlichen Geheimnisse aufzudecken. Sie war zwar heilfroh, dass er kein Pirat war, doch mit der Wahrheit war er nicht herausgerückt. Sie dachte an das Gespräch, das sie belauscht hatte. Darin hatte er von einem Auftrag gesprochen.

»Vielen Dank für alles, Captain«, sagte sie und brachte ihn und Lou zur Tür. »Und noch eine gute Nacht.«

Kaum war die Tür geschlossen, marschierte sie schnurstracks zum Tisch zurück und stellte sich hinter ihren Mann, um ihn aus der Kleidung zu schälen. Das war jedoch alles andere als einfach, da er sowohl den Kopf als auch die Arme auf der Platte abgelegt hatte. Sie schaffte es nicht einmal, ihm den Rock auszuziehen.

»Ash, was darfst du mir nicht sagen?«, fragte sie behutsam.

»Ist streng geheim«, erwiderte er kaum hörbar.

Ihr Herz klopfte wild. »Du kannst mir alles sagen. Ich bin deine Frau.«

Als er nichts antwortete, stellte sie sich neben ihn. Er

hatte die Augen geschlossen und sah aus, als würde er schlafen.

»Musst du in Lissabon etwas erledigen?«, wisperte sie. »Hast du einen Auftrag?«

»In Lissabon ... einen Auftrag«, murmelte er, holte tief Luft und ... fing an zu schnarchen.

»Ash, wach auf!« Vehement rüttelte sie an seiner Schulter. Ihr Verhör lief alles andere als gut. Dabei waren ihre Chancen nie besser gewesen, etwas aus ihm herauszubekommen.

Als plötzlich die Lampe ausging, wurde es pechschwarz in der Kajüte. Verdammt, sie hätte eine zweite entzünden sollen.

»Quinn?«, fragte Ash lallend. »Warum ist es plötzlich so dunkel?«

Dachte er, er würde sich noch in der Kapitänskajüte befinden? Penny witterte eine neue Gelegenheit. Allein der Gedanke war unmoralisch, aber ... Was konnte ihr Besseres passieren, als wenn er sie für seinen Freund hielt?

»Es ist alles in Ordnung, Lexington«, antwortete sie mit tiefer Stimme. »Du träumst.«

Oh weh, das war nicht richtig. Dafür würde sie vielleicht in die Hölle kommen. Doch ihre Neugier war stärker als ihre Skrupel. Sie musste endlich wissen, woran sie bei ihm war!

»Ich darf Penelope nicht lieben«, sagte er kaum hörbar, »aber du hast recht, Quinn.«

Ihr aufgeregtes Herz sprang beinahe aus ihrer Brust. »Warum darfst du mich ... deine Frau nicht lieben?«

»Weil ich ein gottverdammter Feigling bin!«

»Du bist alles andere als das«, sagte sie sanft und widerstand dem Drang, ihm über den Kopf zu streichen. Das würde sein Freund garantiert nicht machen. »Gestern bei dem schrecklichen Sturm bist du da oben gewesen, um mir zu helfen.«

»Ich bin aber auch vor meiner Frau weggelaufen.«

Es schmerzte, das zu hören. »Warum denn bloß, Ash ... Lexington?«

»Sagte ich schon: Weil ich ein Feigling bin.«

Sie verstand immer noch nicht, was er damit meinte. »Ist deine Frau solch eine schlechte Partie für dich, dass du sie lieber meidest?«

»Sie ist perfekt. Mehr als perfekt!«, grollte er.

Penny hielt kurz den Atem an. Hatte sie sich auch nicht verhört? »Ist das denn so schlimm?«

Als er murmelte: »Sie ist einfach wunderbar, und das macht es so leicht, sich in sie zu verlieben«, wollte sie vor Freude jubeln.

Er ... war in sie verliebt? Betrunkene sprachen immer die Wahrheit, oder?

»Aber Liebe ist doch etwas Wunderbares!« Sie war überglücklich über sein Geständnis und wollte ihn am liebsten fest an sich drücken.

»Nicht für meinen Vater. Die Liebe hat ihn ins Verderben gestürzt ... und somit auch mich.«

»Das verstehe ich nicht.«

»Er hat meine Mutter so sehr geliebt, dass er nach ihrem Tod mit ihr gestorben ist.«

Gebannt lauschte sie seinen Worten. Zum ersten Mal erzählte er ihr etwas Wichtiges aus seiner Vergangenheit. »Hat er sich nicht mehr um dich gekümmert?«

»Er hat mich nicht einmal mehr beachtet«, spie Ash der Dunkelheit entgegen. »Ich habe mich unendlich allein gefühlt. Zuerst hatte ich noch Rusty, doch nach zwei Monaten hat Vater mich ins Internat geschickt und Rusty starb, als ich nicht zu Hause war.«

Zitternd atmete Penny ein. Er hatte wirklich alles verloren, was er liebte, sogar seinen Hund und … sein Zuhause. Sein eigener Vater hatte ihn abgeschoben in eine kalte, triste Erziehungsanstalt.

»Ach, Ash. Nun hast du mich.« Sie konnte dem Drang nicht länger widerstehen, über seinen Kopf zu streichen, und fuhr ihm zärtlich durchs Haar. Sie wollte ihm all das geben, worauf er so lange hatte verzichten müssen: Liebe, Verständnis, Geborgenheit. Da sie völlig vergessen hatte, seinen Freund zu spielen, senkte sie erneut die Stimme, zog den Arm zurück und sagte: »Deine Frau ist immer für dich da.«

»Und was, wenn nicht?«, knurrte er. »Was, wenn sie mich allein lässt? Geht, bevor ich gehe?«

Er klang schrecklich gequält! Sie wollte sich nicht vorstellen, wie sehr er als Kind unter der Ablehnung seines Vaters und dem Verlust seiner Mutter gelitten hatte. Ash war noch so jung gewesen, als er sie verloren hatte. Statt Zuneigung und Trost zu erfahren, hatte er im Internat den kalten Drill der Lehrer zu spüren bekommen. Wie schrecklich!

Ihr Herz verkrampfte sich. Endlich verstand sie ihn und wusste, was er mit feige meinte. Er lief vor seinen eigenen Gefühlen davon, aus Angst, erneut so tief verletzt zu werden.

»Du befürchtest also, dass dir dasselbe passieren könnte wie deinem Vater?« Ihr Herz bebte, sie wollte ihn am liebsten umarmen, und wisperte: »Weil du deine Gattin liebst?«

»Pen ist eine wunderbare Frau. Ich habe sie gar nicht verdient. Sie hätte einen viel besseren Mann als mich verdient.«

»Sag … liebst du sie?« Sie wollte Gewissheit und musste es aus seinem Mund hören.

»Ja, das tue ich wohl«, murmelte er lallend und hickste.

»Aber sag es ihr bloß nicht, Quinn, sonst reiße ich dir die …« Er stieß die Luft aus, und wenige Sekunden später hörte sie ihn erneut schnarchen.

»Ashton?« Sie tastete sich durch die Kajüte, um die zweite Öllampe zu entzünden. Als diese brannte, lag Ash wie zuvor mit dem Kopf auf der Tischplatte.

Sie strich ihm durchs Haar und rüttelte an seiner Schulter. »Ash? Willst du nicht lieber im Bett schlafen?«

Egal was sie versuchte, er war nicht mehr wach zu bekommen. Deshalb holte sie eine Decke vom Bett und schlang sie um ihn.

Heute würde sie wohl nicht mehr erfahren, was er in Lissabon zu erledigen hatte. Aber das war ihr im Moment auch gar nicht mehr so wichtig. Er liebte sie oder befand sich auf dem besten Weg dort hin, und das machte sie zur glücklichsten Frau der Welt.

»Ich liebe dich auch, du sturer Esel«, flüsterte sie ihm ins Ohr und küsste es sanft. »Außerdem hast du mich verdient, und ich kann mir keinen besseren Ehemann wünschen als dich.«

❧❀❧

Fuck, ihm zersprang beinahe der Schädel!

Als Ashton den Kopf hob, umfing ihn Düsternis und weiße Sternchen blitzten vor seinen Augen auf. Draußen dämmerte es bereits, doch die Sonne war noch nicht aufgegangen. Eigentlich sollte er im Bett liegen, stattdessen saß er am Tisch oder besser gesagt: Er hatte wohl hier geschlafen.

Seine rechte Gesichtshälfte schmerzte, und er rieb sich zuerst über den Kiefer, danach über seinen verspannten Nacken.

Ihm tat jeder Muskel weh. Scheiß Alkohol! Quinn hatte ihn ziemlich abgefüllt, wenn er nicht einmal mehr wusste, wie er in den Salon zurückgekommen war.

Als er aufstand, schwankte er und sein Magen hob sich. Außerdem musste er dringend pinkeln.

Das Plaid, das tagsüber das Bett abdeckte, rutschte zu seinen Füßen – jemand hatte ihn damit zugedeckt. Er wandte sich um und sah Pen eingerollt in der Koje liegen. Am liebsten wollte er sich zu ihr legen, doch das Schwanken des Schiffes bekam ihm gerade gar nicht und seine drückende Blase trieb ihn nach draußen. Er begab sich zum Balkon am Heck des Schiffes, stützte beide Hände an der Balustrade auf und atmete tief die salzige Luft ein, bis sich sein rebellischer Magen halbwegs beruhigte. Anschließend erleichterte er sich und kehrte zurück in den Salon.

Penelope schlief noch, deshalb wusch er sich möglichst leise das Gesicht. Nun erinnerte er sich wieder schwach daran, dass Quinn ihn hergebracht hatte. Außerdem hatte er sich mit Pen unterhalten … oder mit Quinn?

Leichte Panik wallte in ihm auf. Fuck, was hatte er ihr erzählt?

Als Penny die Lider öffnete, unterdrückte sie einen Schrei, denn über ihr schwebte ein Paar blutunterlaufener Augen, die ihr aus einem bleichen, stoppelbärtigen Gesicht entgegenblickten. Gerade rechtzeitig erkannte sie, dass das kein Pirat war, sondern Ash, der sich noch nicht rasiert hatte und sich über sie beugte. Er musterte sie nachdenklich, wich allerdings zurück, als sie sich aufsetzte.

»Guten Morgen«, sagte sie und atmete auf. »Geht es dir wieder besser?« Er roch immer noch nach Alkohol, trug dieselben Sachen wie gestern und wirkte in der dämmrigen Kabine auf sie wie ein Gespenst.

Stirnrunzelnd betrachtete er sie, während er die Finger um den Rand der Koje krallte. »Mir brummt nur ein wenig der Schädel«, antwortete er mit Reibeisenstimme.

Er sah richtig krank aus, deshalb glaubte sie ihm kein Wort. Doch sie wusste ja mittlerweile, dass er keine Schwächen zugab und gelernt hatte, seine Gefühle vor anderen zu verbergen. Sie erinnerte sich an jedes Detail seiner Erzählung und wollte ihn am liebsten in die Arme ziehen, diesen attraktiven Stinker.

»Haben wir uns gestern eigentlich noch unterhalten?«, fragte er, wobei er sie weiterhin durchdringend anstarrte.

Als sie sagte: »Allerdings«, riss er angsterfüllt die Augen auf. Er konnte sich anscheinend an nichts mehr erinnern.

Hart räusperte er sich. »Worüber haben wir geredet?«

»Über deine Eltern«, antwortete sie sanft und legte ihm eine Hand auf die raue Wange, als er noch erschrockener guckte. »Es tut mir unendlich leid, was dir widerfahren ist. Das sollte kein Kind erleben müssen.«

»Du weißt es also …« Abrupt brach er den Blickkontakt ab und starrte auf den Boden. Dabei kniff er sich in den Nasenrücken und schloss die Augen.

»Ich weiß, dass du dich sowohl als Kind als auch als junger Mann sehr einsam und alleingelassen gefühlt hast, Ash.« Liebevoll strich sie durch sein verwuscheltes Haar. »Aber nun bist du nicht mehr allein. Du hast mich, und ich werde dich nie verlassen. Rede in Zukunft einfach mit mir, wenn dich etwas belastet.«

Als er schwieg, setzte sie leiser hinzu: »Du kannst mir wirklich alles sagen, Ash, mit mir über alles sprechen, sowohl über deine Vergangenheit als auch deine Gefühle. Dazu bin ich doch hier. Ich will ein Teil deines Lebens sein.«

Er nahm einen zitternden Atemzug, beugte sich zu ihr und legte seine Stirn an ihre. »Ich bin gesegnet, eine Frau wie dich an meiner Seite zu haben.«

Breit grinste sie ihn an und schlang die Arme um seinen Nacken. Würde er ihr nun seine Liebe gestehen? Sie wollte die Worte so gerne aus seinem Mund hören, wenn er all seine Sinne beisammen hatte, nicht wenn er betrunken war.

»Du kannst mir nicht versprechen, mich niemals zu verlassen«, murmelte er stattdessen. »Der Tod macht keinen Unterschied, ob sich Menschen nahestehen oder nicht.«

»Das stimmt«, wisperte sie ergriffen und hörte den Schmerz in seiner Stimme. Es musste ihm sehr schwerfallen, mit ihr über dieses heikle Thema zu sprechen. Sein unfreiwilliges Geständnis hatte allerdings dafür gesorgt, dass sie ihn noch mehr liebte als zuvor. »Aber wir können jede Minute genießen, solange unsere gemeinsame Zeit andauert, Ash. Es wäre doch schade, wenn wir uns stattdessen aus dem Weg gehen.«

Er legte einen Arm um sie und grinste schief. »Ich war ein Idiot.«

Ernst schüttelte sie den Kopf. »Nein, nur ein tief in der Seele verletzter Mann. Ich sollte deinem Freund danken, dass er dich betrunken gemacht hat.«

Ash schnaubte. »Ich wette, das war reines Kalkül. Er weiß noch aus unserer gemeinsamen Zeit am College, dass ich gefühlsduselig werde, wenn ich zu tief ins Glas schaue.«

Penny schmunzelte. »Dann sollte ich ihm erst recht danken, denn sonst hätte ich nie erfahren, was dich belastet, und immer gedacht, es läge an mir.«

Entsetzt riss er die Augen auf. »Süße, es tut mir so leid. Ich werde es sofort wiedergutmachen.«

Als er sie küsste und seine Zunge dazunehmen wollte, drückte sie ihn schief grinsend von sich. »Nicht heute. Du riechst, als wärst du in ein Brandyfass gefallen.«

Geräuschvoll atmete er auf. »Was für ein Glück. Mir zerreißt es fast den Schädel und ich habe keine Ahnung, ob mein großer Abenteurer die Kraft für eine spontane Entdeckungsreise gehabt hätte.«

Penny prustete los und hielt sich den Bauch vor Lachen. Den Humor liebte sie an Ash am meisten. Mit ihm würde es nie langweilig werden.

Kapitel 20 – Ankunft in Lissabon

Ashton hätte es niemals für möglich gehalten, aber es erleichterte ihn auf gewisse Weise, dass seine Frau nun die Wahrheit über seine Vergangenheit kannte. Außerdem hatte sie recht: Er sollte das Leben mit seiner wunderbaren Gattin und all seinen Privilegien genießen, solange er konnte. Er war die längste Zeit feige gewesen.

Leider blieben die Ängste. Sie nagten nicht so stark an ihm, wie er geglaubt hatte, dennoch achtete er noch mehr als gewöhnlich darauf, dass kein anderer Mann seine Pen länger als eine Sekunde anstarrte. Er hielt sie bei ihren Spaziergängen an Deck immer an der Hand oder wollte, dass sie sich bei ihm einhängte. Außerdem passte er auf, dass sie nicht fror, und er betete jeden Tag für schönes Wetter. Noch solch einen schrecklichen Sturm wollte er sie nicht durchleben lassen.

Jede Stunde, in der sie Lissabon näher kamen, verliebte er sich mehr in Penelope, in ihre Schönheit, ihren Verstand und ihr großes Herz. Ashton war sehr froh, nichts über seine »Sondertätigkeiten« ausgeplaudert zu haben. Natürlich wusste er das nicht sicher. Aber sie hätte ihn garantiert darauf angesprochen, falls es so gewesen wäre. Ashton befürchtete stark, dass die Offenlegung dieses Geheimnisses die gute Basis ihrer Beziehung zerstören könnte.

Er hatte einen Eid geschworen, niemandem zu verraten, was er tat, und daran hielt er sich. Doch er würde jetzt nicht in der Bredouille stecken und um seine Beziehung bangen müssen, wenn er rechtzeitig mit seinen speziellen Jobs aufgehört hätte. Stattdessen hatte er einen weiteren Auftrag angenommen, sogar während der Hochzeitsreise! Und all das nur, weil er solch ein Feigling gewesen war.

Pen würde ihn killen, wenn sie davon erführe. Jetzt, da er seine Gefühle für sie zugelassen hatte, wollte er seine Frau um nichts auf der Welt gegen sich aufbringen. Doch er war nicht umsonst einer der besten Leute seines Auftraggebers. Ashton würde die ganze Angelegenheit so diskret wie immer über die Bühne bringen und sich danach für keine neuen Dienste mehr anbieten. Auf diese Weise würde Pen nie erfahren, was er ihr verheimlicht hatte, und er könnte mit ihr ein völlig neues Leben beginnen.

§❦§

Penny stand neben Ash an der Reling, als die Rajula in den Hafen von Lissabon einlief, und wusste gar nicht, wohin sie zuerst blicken sollte. Die Sonne strahlte an einem blauen Himmel, es wehte eine angenehm milde Brise und unzählige Möwen flogen kreischend über sie hinweg. Am Küstenstreifen reihte sich ein mehrstöckiges Haus an das andere. An der langen Uferpromenade flanierten die unterschiedlichsten Menschen und besuchten Geschäfte sowie Marktstände. Die Rufe der Händler, die ihre Waren feilboten, waren bis zu ihnen an Deck zu hören. Doch auch auf dem Wasser herrschte reges Treiben. So viele Segelboote und größere Schiffe hatte Penny noch nie gesehen!

Lou stand bei ihnen und erzählte begeistert, was sie über die Stadt wusste. »Lissabon befindet sich auf einer Halbinsel und liegt an einer Bucht am Ufer des Tejo.«

»Wir fahren also gerade in die Mündung eines Flusses?«, fragte Penny verwundert.

Lou nickte. »Ein Großteil der Stadt wurde entlang des Flussufers gebaut. Dahinter steigt sie stufenförmig an mehreren Hügeln empor.«

»Sie sieht außergewöhnlich aus und so schön bunt!« Penny kam aus dem Staunen nicht heraus. »Und es ist nicht so kalt wie in England.«

»Die Winter sind hier tatsächlich viel milder«, erklärte das Mädchen, »aber leider regnet es zu dieser Zeit öfter. Deshalb haben wir heute Glück mit dem Wetter.«

Penny erstaunten Lous Kenntnisse. »Du weißt aber ziemlich viel über Lissabon.«

»Ich war schon ein paar Mal hier.« Das Mädchen zwinkerte. »Doch wir konnten nicht immer die Stadt besuchen. Vor zwei Jahren haben wir das Schiff kaum verlassen und uns überwiegend am Hafen aufgehalten, denn hier grassierte die Cholera.«

Penny holte scharf Luft und warf einen entsetzten Blick zum Captain, der ein Stück entfernt neben seinem ersten Offizier stand. Jedoch beachtete er sie nicht, weil er beschäftigt war. Segel wurden eingeholt und ein Ankerplatz gesucht.

Es durfte nicht angehen, das Mädchen länger auf solch gefährliche Reisen mitzunehmen. Nicht nur die Stürme bedrohten ihr Leben, sondern es gab in der weiten Welt so viele andere Gefahren für eine junge Frau. Andererseits hatten wohl all die Erlebnisse aus ihr eine besonders taffe und kluge Person gemacht. Penny schloss sie jeden Tag mehr in ihr Herz.

»Die größte Katastrophe hat sich aber 1755 ereignet«, fuhr Lou fort. »Zwei Drittel der Stadt wurden durch ein heftiges Erdbeben zerstört. Sogar der Kai versank im Fluss, und diejenigen, die auf Booten Sicherheit suchten, wurden von einer riesigen Flutwelle getötet. Danach brachen überall Feuer aus und es brannte tagelang in der Stadt.«

»Das klingt grauenvoll.« Kannte die Kleine denn nur Schauergeschichten über Lissabon? Ashton schien das zu amüsieren, denn er grinste unermüdlich.

»Es war grauenvoll«, sagte Lou ernst. »Siehst du den großen Turm da vorne in der Hafeneinfahrt?«

Penny nickte. Das hellgraue, quadratische Bauwerk machte einen imposanten Eindruck und schien beinahe den Himmel zu berühren. Außerdem mutete es orientalisch an, was vermutlich an den halbrunden Erkern lag, die an den Ecken saßen, und den bogenförmigen Fenstern.

»Das ist der Turm von Belém, das wohl berühmteste Bauwerk der Stadt«, erklärte Lou, »oder eigentlich nur noch ein Teil davon. Ursprünglich diente er als Leuchtturm und Festung. Nun befinden sich drinnen ein Gefängnis und ein Waffenlager. Auf der gegenüberliegenden Seite hat derselbe Turm gestanden, aber er hat das Erdbeben nicht überlebt.«

»Oh.« Penny wurde es ein wenig mulmig im Magen. Erdbeben, Häftlinge, Krankheiten ... »Gibt es denn auch schöne Dinge über die Stadt zu erzählen?«

»Und ob!« Lous Augen strahlten. »Die meisten Menschen hier sind sehr gastfreundlich und scheinen immer zu lächeln. Außerdem gibt es fast an jeder Ecke wahnsinnig gutes Essen. Das Zentrum ist traumhaft! Auf den Häusern, die nach dem Erdbeben gebaut wurden, befinden sich kunstvoll bemalte Fliesen an den Fassaden, und die engen, mittelalterlichen Gässchen mit den kleinen Plätzchen und

Gärten sind sehr romantisch.«

Ashton räusperte sich leise. »Ich war auch schon mal hier und kann dir diese romantischen Plätze zeigen.«

»Das würde mich sehr freuen.« Außerdem freute sie sich auf gutes Essen. Nicht dass es auf der Rajula schlecht gewesen wäre ... doch sie wollte unbedingt die örtliche Küche probieren.

»Zuerst gehen wir zum Gasthaus.« Ash beugte sich zu Penny und murmelte ihr ins Ohr: »Für die Dauer des Aufenthaltes sollten wir unsere Nächte in einem richtigen Bett verbringen.«

Prompt wurde ihr heiß, und sie warf einen schnellen Blick auf Lou. Das Mädchen schien seinen Kommentar wohl nicht vernommen zu haben, denn sie winkte einem jungen Hafenarbeiter und rief: »Oi, Pepito! Estou de volta! Ich bin zurück!«

Der vielleicht fünfzehnjährige, braungebrannte Bursche winkte grinsend, sodass seine hellen Zähne in der Sonne aufblitzten. Er hatte lediglich eine helle Leinenhose an und trug ein Fass auf der Schulter.

Zum ersten Mal richtete der Captain sein Augenmerk auf Lou, dann auf den Jungen, und kniff die Lider zusammen. Gut, wenigstens hatte er Lous Tugend im Blick.

»Du sprichst Portugiesisch?«, fragte Penny überrascht.

»Bloß ein paar Brocken.«

»Und wer ist Pepito?«

Lous Gesicht lief knallrot an. »Nur ein Freund.«

»Weiß er, dass du ...«

»Natürlich nicht!«, unterbrach sie das Mädchen, entschuldigte sich bei ihnen und rannte zur Mitte des Decks, wo zwei Matrosen gerade Schiff und Kai mit der Laufplanke verbanden.

»Die erste Liebe ist immer etwas Besonderes«, raunte

236

Ash ihr zu, und Penny wusste nicht, ob er auf Lou anspielte oder sich selbst meinte. In ihrem Bauch kribbelte es auf jeden Fall heftig.

Seit sie von seiner lieblosen Kindheit wusste, hatte sie ihn täglich mehr ins Herz geschlossen. Trotzdem wollte sie herausfinden, welcher Auftrag ihn nach Portugal geführt hatte. Vielleicht handelte es sich dabei auch wieder um eine Geschichte, die er ihr nicht erzählen wollte, weil er zu stur oder stolz dazu war und die sich in Wahrheit als etwas völlig Harmloses herausstellte.

❧

Ashton schlenderte mit Penelope an der belebten Promenade entlang zum Gasthaus »White Star«, das direkt am Ufer des Tejo und nicht weit entfernt vom Hafen lag. Das White Star sollte eine der besten Unterkünfte in Lissabon sein, und er würde für die Dauer des Aufenthaltes das luxuriöseste Zimmer buchen, das zur Verfügung stand.

Da sie sich lange genug auf dem Schiff befunden hatten, ließen sie sich Zeit, genossen es, sich die Beine zu vertreten, besuchten das eine oder andere Geschäft und warfen auch einen Blick in die nicht weniger sehenswerten Seitengassen.

Quinn hatte zwei Matrosen beauftragt, ihr Gepäck später mit einem Handwagen nachzubringen, weshalb Ashton den Umschlag bei sich trug, gut versteckt in einer Innentasche seines Rockes. Er würde ihn auch nicht mehr weglegen, bis er seinen Empfänger erreicht hatte.

Zum Glück lenkten Penelope die Auslagen in den Geschäften und auf den Ständen der Händler ab, denn hin und wieder warf ihm eine herumflanierende, grell geschminkte »Dame« einen intensiven Blick zu. Bei seinem letzten Besuch in Lissabon hatte er, um an Informationen zu gelangen, bei einigen dieser Freudenmädchen seinen Charme spielen lassen – und das Portemonnaie weit geöffnet. Von welcher Frau konnte man schließlich mehr Auskünfte erhalten als von einer Prostituierten? Vor allem die Hafendirnen wussten stets am meisten und bekamen mit, welches Schiff ablegte oder eingelaufen war. Unzählige Seeleute vergnügten sich mit ihnen und plauderten hin und wieder über ihre geschäftlichen Kontakte. Aber Ashton hatte auch einige der besseren Freudenmädchen, die im Stadtzentrum sowohl auf der Straße als auch in Bordellen arbeiteten, befragt. Bei seinem letzten Aufenthalt in Lissabon war er wirklich beschäftigt gewesen, bis er alles Wissenswerte über eine gewisse Person herausgefunden hatte, wie diese aussah und was sie plante.

Natürlich war er nicht mit den Frauen ins Bett gegangen. Er wollte sich schließlich keine ernsthaften Krankheiten einfangen. Nun war es ihm äußerst unangenehm, dass sie ihn offensichtlich wiedererkannten. Er hatte damals gut gezahlt, und wahrscheinlich erhofften sie sich erneut ein schönes Sümmchen, ohne dafür die Beine breitmachen zu müssen.

Allerdings hatte sich Ashton auf seinen Reisen mehrmals vergnügt. Doch das waren meistens gut betuchte Witwen gewesen, die er danach nie mehr wiedergesehen hatte. Keine Frau sollte ihm zu nahe kommen.

»Soll ich dir einen Anhänger kaufen?«, fragte Ashton und zog Pen schnell zu einem Schmuckhändler, weil ihm eine der Dirnen zuwinkte. »Oi, Ethan!«, hörte er sie hinter sich rufen, wobei er sie konsequent ignorierte.

Pen warf einen Blick über ihre Schulter. »Ich glaube, die Frau verwechselt dich mit jemandem.«

»Allerdings«, murmelte er und ging mit Penelope schnell

weiter.

»Es ist sehr lieb von dir, dass du mir Schmuck kaufen möchtest«, sagte sie. »Aber ich brauche keinen neuen Anhänger.« Sie griff sich an das Herzmedaillon, das sie von ihrer Freundin bekommen hatte. »Außerdem kann ich mich gerade nicht konzentrieren, mir etwas Hübsches auszusuchen, weil ich gar nicht weiß, wohin ich zuerst blicken soll.«

Er grinste. »Nach einer Weile gewöhnst du dich dran.«

Als sie sich umdrehte und plötzlich »Oh!« rief, fragte er alarmiert: »Was ist?« Wurden sie von einer der Prostituierten verfolgt?

Ihre Augen strahlten, als sie zu einem ärmlich gekleideten Jungen deutete, der an der Promenade auf dem Boden saß und vor sich auf einem Tuch alles ausgebreitet hatte, was er anscheinend am Strand gefunden hatte: Muscheln in verschiedensten Farben, Formen und Größen, bunte Steine, getrocknete Seesterne, Korallen sowie Seeigel und vom Sand glattgeschmirgeltes Glas.

Penelope zog ihn zu dem Kind. »Ich hätte gerne zwei von diesen großen, glänzenden Muscheln!« Sie ging vor dem Jungen in die Hocke und erntete von ihm ein breites Grinsen. Der Kleine fing sofort an, auf Portugiesisch seine Waren anzupreisen. Ashton hatte sich ein wenig von der Sprache angeeignet, verstand aber nicht einmal die Hälfte, weil sich das Kind vor Begeisterung förmlich überschlug.

Pen deutete auf ein riesiges Schneckenhaus. »Das würde ich gerne als Andenken an Lissabon mitnehmen und diese spitze, gedrehte Muschel, die wie ein Horn aussieht, wäre ein wundervolles Geschenk für Izzy.«

Ashton tat ihr den Gefallen, kaufte ihr die beiden Muscheln und steckte dem Jungen eine Goldmünze zu, die den Wert der Waren um ein Mehrfaches überstieg.

»Du bist sehr großzügig«, bemerkte Pen strahlend, während sie die Muscheln in ihrem Seidenbeutel verstaute, den sie am Armgelenk trug, und sich wieder bei ihm einhakte.

Er wusste genau, warum sie etwas bei dem armen Jungen gekauft hatte, denn sie hatte ein riesiges Herz für Kinder.

»Wie lange werden wir denn hier sein?«, wollte sie wissen, als sie weitergingen. Bis zum Gasthaus war es nicht mehr weit.

»Ungefähr acht Tage.« Da die Rajula schneller als geplant Portugal erreicht hatte, konnte er sich mit seiner Frau in Ruhe die Umgebung ansehen. Er wusste nur noch nicht, welche Geschichte er ihr auftischen sollte, wenn er den Umschlag übergeben musste – natürlich wieder so, dass es niemand mitbekam. »Quinn gibt mir Bescheid, wenn er mit seinen Geschäften fertig und das Schiff bereit zum Auslaufen ist.«

Penelope streckte ihr Gesicht in die Sonne, doch wegen der breiten Krempe ihres Hutes erreichten nur ihr Kinn ein paar Strahlen. »Verkauft er hier Waren?«

»Ja, das Bier aus England ist in Portugal sehr begehrt, genau wie Schafwolle und edle Stoffe. Im Gegenzug kauft er hier Portwein, Honig, Olivenöl, luftgetrocknete Schinkenspezialitäten, indische Gewürze sowie Tee ein und veräußert alles in London.«

Sie wirkte irgendwie erleichtert, das zu hören.

Als er ihr erklärte: »Quinn ist auch kein Pirat, sondern ein ehrlicher Händler«, lachte sie verlegen und errötete leicht.

»Es tut mir wirklich leid, Ash. Manchmal geht wirklich meine Fantasie mit mir durch. Aber das weißt du ja mittlerweile.«

240

»Meine Fantasien gehen auch oft mit mir durch«, raunte er ihr zu. »Vor allem, wenn ich dich in dem halb durchsichtigen Nachthemd sehe.«

»Ashton!«, schimpfte sie ihn leise. »Wir sind unter Leuten.«

»Die meisten von ihnen verstehen kein Wort von dem, was ich sage.« Er gluckste und freute sich darauf, die nächsten Nächte mit seiner wunderschönen Frau in einem richtigen Bett zu verbringen und nicht in einer viel zu engen Koje.

Penny fühlte sich beschwingt und an Ashtons Seite sicher. Die Menschen um sie herum machten keinen aggressiven Eindruck, sondern schienen alle gutgelaunt zu sein. Sie hatte zwar noch nicht viel von Lissabon gesehen, aber bisher gefiel es ihr hier.

Sie überquerten einen weiten Platz, der mit hellen und dunklen Steinen gepflastert war, sodass er fast wie ein riesiges Schachbrett aussah. In der Mitte glänzte ein gefliester und überdimensional großer nautischer Stern, wie man ihn auf Kompassen oder Seekarten fand. Auf der anderen Seite des Platzes ragte ein mehrstöckiges, gelb gestrichenes Gebäude empor. Davor standen Bäumchen mit orangefarbenen Blüten und Sitzbänke. Rechts gab der Platz den Blick auf das Meer frei.

»Ist dies das White Star?«, fragte Penny, die noch nie ein solch prachtvolles Gasthaus gesehen hatte.

»Das ist es«, antwortete Ash, »und ich hoffe, sie haben ein schönes Zimmer für uns freigehalten. Ich habe extra einen Brief mit einer großzügigen Anzahlung vorausgeschickt. Leider besteht bei solch weiten Reisen immer die Gefahr, dass das Geld nicht beim gewünschten Empfänger ankommt.«

Ihr Herz erwärmte sich. Sie hatte ihm wirklich Unrecht

getan. Womöglich entpuppte sich sein »Auftrag« auch als weitere Überraschung ihrer Hochzeitsreise.

Ein junger Mann grüßte sie an der Tür und ließ sie ins Gasthaus. Hinter dem Tresen erwartete sie ein älterer Herr. »Mr Lexington«, sagte er in gebrochenem Englisch, nachdem sich Ashton vorgestellt hatte. »Wir haben das schönste Zimmer für Sie und Ihre Gattin vorbereitet.«

Ein junger Angestellter führte sie über ein Treppenhaus, dessen Stufen mit einem weinroten Teppich bespannt waren, hinauf bis in den dritten Stock. Penny staunte nicht schlecht, als sie durch die drei großen, lichtdurchfluteten Räume schritten, die luxuriös eingerichtet und durch Flügeltüren miteinander verbunden waren.

»Das ist ja ein richtiges Apartment!«, rief sie begeistert. Es gab je einen großzügigen Wohn- und Schlafraum und sogar ein mit weiß-blauen Kacheln gefliestes Badezimmer. »Das gehört uns ganz allein?«

Ashton nickte und gab dem Angestellten ein Trinkgeld, bevor der sich diskret zurückzog.

»Oh Ash, es ist wundervoll!« Penny bestaunte den Obstkorb, der mit frischen Früchten der Region gefüllt war, bevor sie auf einen schmalen Balkon trat. Von hier oben konnte sie einen Blick auf den Tejo, das Meer und sogar den Hafen werfen. Selbst die Rajula war von hier aus zu erkennen! »Wenn Lou das bloß sehen könnte!«

Ashton stellte sich dicht hinter sie, um die Arme um sie zu legen. »Sie kann dir gerne weiter zur Hand gehen. Ich hätte auch ein Zimmer für sie gebucht, aber ich weiß, dass Quinn das nicht dulden würde. Die beiden schlafen auf dem Schiff.«

Penny drehte sich in seinen Armen um. »Ich hätte auch keine ruhige Minute, wenn das Mädchen ganz allein in einem Zimmer nächtigen würde.«

»Dann werde ich Quinn später fragen, ob er sein Mündel morgens und abends für eine Weile entbehren kann.«

»Ich danke dir, Ashton, für alles. Mit solch einer Überraschung hätte ich nicht gerechnet.«

Er schmunzelte zufrieden, und sein Brustumfang schien um einige Zentimeter zu wachsen. »Freut mich, dass dir die Räumlichkeiten gefallen. Wollen wir irgendwo etwas essen, bis unser Gepäck eintrifft?«

»Sehr gerne«, antwortete Penny und kam sich vor wie in einem wunderbaren Traum.

Kapitel 21 – Alte Feinde

Penny genoss die Zeit mit Ashton in Lissabon. Von der Stadt bekam sie in den ersten Tagen viel zu sehen, und ab und zu begleitete Lou sie beide – natürlich in seiner Jungengestalt –, weil sie noch das eine oder andere schöne Plätzchen kannte.

Das Wetter ließ sie nur selten im Stich, doch einmal regnete es ununterbrochen, woraufhin sie mit Ash einen ganzen Tag im Bett verbrachte und er sie verwöhnte. Ein Mal ließ er sie für wenige Stunden allein und behauptete, er müsse eine Überraschung vorbereiten. Sie fragte sich natürlich, ob er in dieser Zeit »seinen Auftrag« ausführte. Aber vielleicht sprach er auch einfach die Wahrheit. Sie wollte nicht misstrauisch nachfragen, denn alles schien perfekt zu sein. Doch während sie beide heute durch die Altstadt flanierten, warf Ashton immer wieder Blicke über seine Schulter. Das hinderte ihn aber nicht daran, Penny mit Informationen zu füttern.

»Nach dem schrecklichen Erdbeben bauten die Einwohner Lissabon innerhalb weniger Jahre wieder auf«, erklärte er ihr. »Dabei wurden die Straßen in der Unterstadt schachbrettartig angelegt und viele Gebäude zudem mit Brandmauern versehen. Ein Skelett aus Holzstämmen soll sie erdbebensicherer machen.«

Penny liebte die Altstadt mit ihren mittelalterlichen, engen Gassen, durch die immer leicht der Wind wehte. Hier gab es so viel zu entdecken! Liebevoll gestaltete Hinterhöfe, Relikte der Römerzeit … Doch plötzlich beschleunigte Ash seine Schritte. Dabei wollte sie so gerne an einer Hauswand die Fassade bewundern, die aus unzähligen Keramikfliesen, den sogenannten »Azulejos« bestand. Nach dem Erdbeben waren Ziegel knapp und vor allem teuer gewesen, weshalb die Wände mit den günstigeren Bildern verkleidet worden waren. Und es befanden sich wahre Kunstwerke darunter!

Penny hatte keine drei Sekunden Zeit, die Blumenmalereien zu bewundern, da zog Ash sie bereits weiter.

»Warum hast du es so eilig?«, fragte sie ihn.

»Ich kenne da vorne noch ein viel schöneres Azulejo mit einem ganz besonderen Schiffsmotiv«, erklärte er hastig und deutete mit dem edlen Gehstock, den er heute mitführte, in die Richtung. »Außerdem sind wir mit Quinn im *Rostigen Anker* zum Abendessen verabredet.«

»Oh, ist es schon so spät?« Sie hatte gar nicht bemerkt, wie schnell die Zeit vergangen war. Die Sonne sank gerade erst hinter die Dächer, sodass einige mit Pflanzen überwachsene Gässchen fast schon im Dunkeln lagen, der Himmel aber noch viel zu hell war. Sie vermutete, dass Ashton die Verabredung als Ausrede benutzte, um eine unschöne Szene zu verhindern.

Sie hatte längst bemerkt, dass ihm einige Frauen intensive Blicke schenkten oder ihm sogar zuwinkten, wenn sie

244

glaubten, Penny würde es nicht bemerken. Waren diese Freudenmädchen wirklich so dreist, dass sie sich einem verheirateten Mann aufdrängten? Oder kannte Ashton sie?

Das sollte sie nichts angehen, denn das gehörte zu seiner Vergangenheit. Er war ein unverheirateter Mann gewesen, und die stießen sich nun einmal gerne die Hörner ab. Sie wollte trotzdem wissen, was er in Lissabon getrieben hatte, schließlich schien er hier nicht nur bekannt zu sein, sondern er wusste auch unglaublich viel über die Stadt zu erzählen.

»Du warst also schon mal hier?«, fragte sie wie beiläufig, als sie die Uferpromenade erreichten und er endlich sein Tempo drosselte.

»Hm«, machte er, als er sie im Zickzackkurs zwischen den Ständen hindurchmanövrierte, nur um dann wieder in eine Gasse abzubiegen. »Zuletzt kurz bevor wir uns kennengelernt haben.«

Zuletzt? Also mehr als einmal … »Was hast du hier gemacht?«

»Ich hatte mal wieder Quinn begleitet. Du weißt ja, dass ich gerne verreise und am liebsten mit ihm segle, weil ich seinen Fähigkeiten als Captain vertraue. Außerdem findet man nur selten solch eine loyale Crew. Ich fühle mich auf der Rajula immer gut aufgehoben.«

»Ja, ich fand sowohl die Crew als auch die Reise – den Sturm ausgenommen – ebenfalls angenehm.«

Er verhielt sich eigenartig, und mit einem Schlag kehrte die Erinnerung an das seltsame Gespräch zwischen ihm und dem Captain zurück, das sie belauscht hatte. Ob sein merkwürdiges Verhalten etwas damit zu tun hatte? Penny wusste nach all den schönen Tagen mit ihm nicht wirklich, ob sie das noch herausfinden wollte.

Ashton fühlte sich plötzlich nicht nur beobachtet, sondern auch verfolgt. Bereits gestern hatte er geglaubt, dass jemand sie ausspionierte, und extra einen Umweg bis zum Gasthaus genommen, um den Verfolger abzuschütteln. Nur Quinn und seine Leute wussten, wo sie untergebracht waren, und so sollte es auch bleiben.

Ashton hatte natürlich mitbekommen, dass ihn einige der Freudenmädchen erkannt und – wie sich jetzt herausstellte – augenscheinlich gesungen hatten. Seine Verfolger gehörten vermutlich zu der einflussreichen und adligen Familie Tavares, dessen Oberhaupt Afonso seinetwegen im Gefängnis gelandet war und später hingerichtet wurde.

Natürlich wollte die Familie Rache.

Zum Glück hatte Ashton wie immer unter einem Decknamen agiert, den er bei jedem neuen Auftrag wechselte. Ethan Copperfield hatte er sich damals genannt. Auf diese Weise konnten ihn die Häscher hoffentlich nicht in England aufspüren.

Aber jetzt hatten sie ihn gefunden. Verflucht!

Den Schritten nach zu urteilen, die von den eng beieinanderstehenden Wänden der Gassen hallten, waren es mindestens drei Leute. Ashton musste das Wirtshaus erreichen, bevor sie ihn einholten! Allerdings durfte er nicht zu offensichtlich vor ihnen fliehen, sonst machte er sich verdächtig.

Im *Rostigen Anker* würden sie vielleicht nicht zuschlagen, und falls doch, wäre Penny dort am besten geschützt. Denn wie Ashton seinen Freund Quinn kannte, befand sich der bereits mit seiner Crew dort. Zum Glück hatte Quinn mit Ashtons letztem Auftrag in Lissabon nichts zu tun und stand nicht auf der Liste seiner Verfolger.

Sollten diese Ashton angreifen, würde er sie allesamt töten. Einen Mord beging er normalerweise nur, wenn er keinen anderen Ausweg mehr sah. Doch jetzt befand sich Penelope bei ihm. Deshalb würde er kein Risiko eingehen.

Wie immer hatte er zwei Dolche dabei, die in je einer getarnten Scheide, eingearbeitet in seinen kniehohen Stiefeln, steckten. Außerdem hatte er heute in weiser Voraussicht seinen Gehstock mitgenommen – in dessen Schaft sich ein Degen verbarg.

Seiner Frau durfte nichts passieren! Ashton würde sich das sonst niemals verzeihen. Pen war für ihn das Wichtigste auf der Welt, nur sie allein zählte.

Verdammt, er liebte sie! Das wurde ihm gerade überdeutlich bewusst. Die altbekannte Panik wallte in ihm auf, doch er musste jetzt bei klarem Verstand bleiben. Er wollte und musste Penelope vor allen Schäden bewahren, egal wie sie zu ihm stand. Denn er hatte keine Ahnung, was sie genau für ihn empfand, da sie ihm gegenüber bisher nie richtig ihre Gefühle offenbart hatte.

Selbstverständlich spürte er, dass sie ihm sehr zugetan war. Sie hatte auch gesagt, sie hätte ihn »gern« und würde ihn nie verlassen. Natürlich konnte eine Frau nicht einfach gehen oder sich von ihrem Gatten trennen. Aber sie könnte ihm mit Verachtung oder Ignoranz begegnen, falls sie von seinem Doppelleben erfuhr und in welche Gefahr er sie dadurch gebracht hatte. Ihre Ablehnung würde er nicht ertragen. Dass ihn sein Vater ausgeklammert hatte, war für Ashton höllisch genug gewesen. Doch all das zählte gerade nicht, sondern allein Penelopes Überleben.

Verdammt, als er die Mission angenommen hatte, war er sich über mögliche Konsequenzen für seine Frau überhaupt nicht bewusst gewesen! Nachdem er gefragt worden war, ob er bereit für einen neuen Job wäre, hatte er sofort zugesagt, damit er als »der Bote« auch in Zukunft Aufträge bekam. Er hatte nur daran gedacht, wie er seiner Gattin

247

entfliehen konnte, und die potenziellen Gefahren, die wegen früherer Aufträge in Portugal lauerten, völlig ausgeblendet! Vielleicht hatte er sich aber auch einfach zu sicher gefühlt, denn bisher war er seinen Häschern immer entkommen.

Sein eigenes Leben war ihm auch nie so wichtig gewesen, als dass er sich massiv Gedanken um Bedrohungen und Risiken gemacht hätte. Aber nun war er nicht mehr allein. Er hatte eine Ehefrau, die vielleicht schon bald sein Kind, seinen Erben, unter dem Herzen trug!

Er warf ihr einen kurzen Blick zu, um ihr wunderschönes Profil in sich aufzunehmen. Der Drang, sie an sich zu reißen, um sie ein letztes Mal zu küssen, wurde beinahe übermächtig. Er wollte ihr sagen, wie sehr er sie liebte, und sich dafür entschuldigen, was gleich folgen würde. Doch dazu blieb keine Zeit mehr.

Zum Glück waren es nur noch wenige Meter bis zum Wirtshaus; sie befanden sich bereits in einer düsteren Nebengasse des Gebäudes. Ashton würde Pen im *Rostigen Anker* absetzen, sie unter einem Vorwand bei Quinn lassen und sich um die Verfolger kümmern. Was aus ihm wurde, war ihm gerade reichlich egal.

Er dankte dem Herrn, dass er so klug gewesen war und seine Gattin mit einem zusätzlichen Testament abgesichert hatte. Denn heute würde er seine Häscher nicht mehr abhängen können. Sie saßen ihm beinahe schon im Nacken. Allerdings würde er bis zum letzten Atemzug kämpfen, um sie alle mit in den Tod zu reißen.

Penny holte erschrocken Luft, als ihnen in der schmalen Gasse plötzlich ein vermummter Mann den Weg versperrte. Er hatte sich ein Tuch vor Mund und Nase gebunden, blickte sie finster an und hielt bedrohlich ein Messer in der Hand.

248

Gemeinsam mit Ashton wirbelte sie auf dem Absatz herum und erblickte auch am hinteren Ende der Passage zwei genauso dunkle Gesellen, die ebenfalls mit Klingen bewaffnet waren.

»Ash«, wisperte Penny, wobei ihr Herz raste, und drückte sich an ihren Mann. »Was wollen die?« Sie dachte sofort an die Geschichte, die er ihr einmal über entführte Adlige und Lösegelderpresser erzählt hatte. Zum Glück trug Penny keinen teuren Schmuck, sondern lediglich Izzys Medaillon; und den goldenen Ehering versteckte sie unter ihrem Handschuh. Auch ihr Reisekostüm hatte schon bessere Tage erlebt. Nach dem letzten Spaziergang, bei dem es leicht geregnet hatte, hatte es Penny nicht richtig ausgebürstet. Das übernahm normalerweise ihre Zofe Trish. Ashton und sie könnten daher gut als Bürgerliche durchgehen. Als ... betuchte Bürgerliche.

»Ganz ruhig.« Er klang erstaunlich gefasst. »Ich regle das.«

Sie saßen in der Falle, konnten nirgendwo hin. Es führte bloß eine noch schmälere Gasse zwischen zwei Gebäuden in einen geschlossenen und fast schwarzen Hinterhof. Sie hörte Stimmen und Lachen aus dem größeren Haus, und es roch nach gebratenem Fleisch. Doch außer ihnen war niemand zu sehen. Keiner würde ihnen zu Hilfe kommen.

Penny hatte in ihrem Leben noch nie so viel Angst gefühlt, das Unwetter ausgenommen.

Ashton nickte leicht zum engen Durchgang und flüsterte ihr zu: »Du gelangst dort hinten durch die Küche ins Wirtshaus.«

Sie? Was war mit ihm? »Aber ...«

»Da drin befindet sich Quinn«, unterbrach er sie barsch. »Bei ihm bist du in Sicherheit.«

Der Captain – natürlich! Sie würde ihn benachrichtigen,

und der würde Ashton bestimmt zur Hilfe eilen! Doch ihre Beine wollten ihr einfach nicht gehorchen! Vor Angst war sie erstarrt.

»Was wollt ihr?«, rief Ash den Männern zu und schirmte Penny mit seinem Rücken ab. Dabei ging er langsam rückwärts, auf den Durchgang zum Hinterhof zu, und automatisch machte sie ebenfalls Schritte.

»Bist du Ethan Copperfield?«, fragte einer des Duos in gebrochenem Englisch.

»Nein«, antwortete Ash.

»Die Huren beschwören es«, sagte der Bandit am anderen Ende der Gasse. »Einige kannten sogar noch deinen Vornamen, als wir ihnen dein Bild gezeigt haben.« Er zog eine Skizze hervor, die Ashton sehr genau getroffen hatte. Er könnte wirklich der Mann auf dem Bild sein!

Ash schnaubte. »Huren beschwören alles, wenn man sie einschüchtert oder sie die Gelegenheit wittern, an leichtes Geld zu kommen.«

Penny erinnerte sich, wie eine Frau ihn »Ethan« gerufen hatte …

Alle drei Männer kamen mit gezogenen Klingen immer näher auf sie zu. »Seltsam«, knurrte der erste Vermummte, der am besten englisch sprach. »Nicht nur Huren haben dich erkannt, auch Geschäftsleute und Angestellte des Palastes, Mörder!«

Penny zuckte zusammen. Ash sollte sich nicht nur als jemand anderes ausgegeben, sondern sogar jemanden umgebracht haben? Jemand … aus dem portugiesischen Königshaus? Oh Himmel, worin war er bloß verwickelt?

Sie hoffte inständig, dass eine Verwechslung vorlag, doch sofort schoss ihr das belauschte Gespräch in den Sinn und der Auftrag, den er hier zu erledigen hatte. War er nach Lissabon gekommen, um erneut jemanden zu töten?

250

Hatte er ihr deshalb nichts darüber erzählt?

Nein, das konnte nicht sein! Ihr Ehemann war kein Mörder!

»Ash«, wisperte sie erstickt und den Tränen nahe. »Wovon sprechen diese Männer?«

Er blickte sie gequält an, als hätte er Angst, dass sie sein Geheimnis durchschaut hatte. Sie konnte sich jedoch nicht vorstellen, dass Ashton – ein Earl! – ein Auftragskiller war!

»Es tut mir leid«, flüsterte er, sodass wahrscheinlich nur sie ihn hörte. »Lauf!«

Auf seinen Befehl hin, setzten sich ihre Beine endlich in Bewegung. Doch sie war nicht fähig, zu rennen, sondern machte langsame Schritte rückwärts in Richtung Hinterhof. Der Schock, weil Ashton ihr gegenüber nichts leugnete, saß einfach zu tief. Sie hatte keinen Verbrecher geheiratet. Bestimmt nicht!

Plötzlich stürzte einer der Vermummten auf sie zu; Ashton wandte sich von ihr ab und zog blitzschnell einen Degen aus seinem Spazierstock, um sich dem Banditen in den Weg zu stellen.

Penny stockte abermals der Atem. Ihr Mann hatte eine Waffe dabei?

Ihr schwirrte der Kopf, während er mit der langen Klinge auf den Angreifer einhieb und in einer geschmeidigen Bewegung eine zweite Klinge aus dem Stiefel zog! Er drehte sich wie ein Wirbelwind, während er alle drei Halunken in Schach hielt, ihre Messerstiche abwehrte und versuchte, einen Treffer zu landen. Doch die Vermummten waren meisterhafte Kämpfer. Ihr Mann jedoch ebenfalls.

Wer zum Teufel war er?

In Sekundenschnelle schossen ihr all die schönen Momente durch den Kopf, die sie in den letzten Tagen mit ihm erlebt hatte. Seine Zärtlichkeiten, seine Rücksichtnahme ... Er war ein guter Mensch. Sie musste Hilfe holen! Sie musste zum Captain!

Endlich rannte sie los, inständig hoffend, dass sie nicht zu lange gezögert hatte. *Halte durch, Ash!*, dachte sie und prallte an der Hintertür zum Gasthaus gegen einen Mann, der dort im Rahmen stand. Auch er war vermummt.

Oh nein, sie saß in der Falle!

Abrupt wich sie zurück, tiefer in den fast dunklen Hof, wobei sie sich hastig Tränen aus den Augen wischte. Vielleicht gab es hier doch noch irgendwo einen Ausweg, ein Fenster, eine andere Tür, eine niedrige Mauer, über die sie klettern konnte ... Stattdessen erblickte sie hinter einem Busch, den sie gerade passierte, Lou!

Das durfte nicht wahr sein; das war alles ein einziger Albtraum!

Das Mädchen kauerte sich neben einem braungebrannten Burschen zusammen, der einen Arm um ihre Schultern gelegt hatte und Penny aus großen Augen anblickte. Es war Pepito, der etwa fünfzehnjährige Junge vom Hafen!

»Wohin so eilig?«, fragte der Vermummte, der an der Tür gestanden hatte, und ging mit gezogenem Messer auf sie zu.

Penny wich ihm in einem großen Bogen aus, sodass er den Kindern den Rücken zukehrte. Die Banditen durften die beiden auf keinen Fall zu Gesicht bekommen!

»Wehe, du schreist«, knurrte der Kerl.

»Ich will nur zu Ash ... zu meinem Mann«, erwiderte sie mit zittriger Stimme.

»Wieso nennst du ihn Ash?«

»Das ist sein Name! Ash... Ashley Nigel!« Aus reinem Überlebensinstinkt heraus hatte sie dem Banditen nicht seinen richtigen Namen verraten. Schon gar nicht würde sie erwähnen, dass Ashton ein Earl war.

252

»Du steckst doch mit ihm unter einer Decke, Weib«, knurrte der Bandit, schnappte sich ihren Arm und drückte ihr die Klinge an den Hals.

Sie wollte nicht sterben, nicht in einem dunklen Hinterhof, weit weg von ihren Eltern, ihrer Freundin und … Sie versuchte, nach ihrem Mann zu rufen, aber vor Angst versagte ihr die Stimme. »I-ich weiß wirklich nicht, was Sie von uns wollen«, wisperte sie erstickt und griff in ihre Rocktasche, um ein kleines Säckchen herauszuholen, das ein paar Pennys enthielt. Zitternd reichte sie es dem Ganoven. »Das ist alles, was ich habe. Ich schwöre es!«

»Ich will dein Geld nicht«, knurrte der Kerl, steckte es aber dennoch ein. »Ich will nur den Mann ausliefern, der Afonso Menezes Tavares verraten hat.«

Oh Ash, was hast du nur getan?

Durch den Tränenschleier erkannte sie, dass er immer noch gegen die drei Unholde kämpfte. Sein Hut lag am Boden, Schweißtropfen standen auf seiner Stirn, doch er verteidigte unermüdlich sein Leben. Er war ein eleganter Fechter, jede seiner Bewegungen wirkte federleicht, wie einstudiert, als hätte er schon unzählige Male gegen eine ganze Bande gekämpft. Mit seinem Degen hielt er zwei auf Abstand, während er die kürzere Klinge nach dem Dritten warf. Sie blieb in dessen Oberarm stecken, woraufhin er fluchend in die Knie sackte.

Ash zog eine weitere Klinge aus dem Stiefel und wehrte damit den zweiten Kerl ab, der ihm von hinten zu nahe kam, während der andere seinem Degen auswich.

Noch schien er alles im Griff zu haben. Penny wusste jedoch, dass er nicht ewig gegen drei … jetzt vier erwachsene Männer bestehen konnte.

Das war sein Ende und ihres dazu.

Sie stand kurz davor, zusammenzubrechen. Doch das

253

konnte sie später immer noch. Solange es einen winzigen Funken Hoffnung gab, diesen Albtraum zu überleben, würde sie nicht aufgeben. Ashton durfte nicht sterben, sie liebte ihn! Außerdem vertraute sie darauf, dass er keinen Unschuldigen getötet hatte. Vielleicht war es Notwehr gewesen. Sie verstand nur nicht, warum einer der Schurken plötzlich von Verrat sprach?

Als der verletzte Bandit die Klinge aus seinem Arm zog und diese offensichtlich von sich schleudern wollte, rief Penny: »Ash!«

Er duckte sich gerade rechtzeitig, sodass das Messer knapp über seinen Kopf flog und hinter ihm in der Wand stecken blieb. Dann richtete er den Blick panisch auf Penny und den vierten Vermummten, der ihr die Klinge an den Hals hielt.

Ash brüllte auf wie ein wütendes Tier, schlug dem Kerl, der ihm am nächsten stand, mit dem Degen das Messer aus der Hand, drehte ihm einen Arm auf den Rücken, stellte sich hinter ihn und drückte ihm die Klinge an die Kehle. »Hände weg von meiner Frau, oder ihr werdet alle vier sterben!«

»Gib zu, dass du Afonso getötet hast!«, rief derjenige, der Penny bedrohte.

»Ich weiß nicht, wovon ihr sprecht!«

Sie musste doch etwas tun können! In ihrer Verzweiflung rief sie: »Hier liegt ein schreckliches Missverständnis vor!«, und hoffte, dass der Bandit, der ihr das Messer an den Hals hielt, nicht zustach. »Mein Mann heißt Ashley Nigel! Er war nie zuvor in Lissabon!« Um sein Leben zu retten, würde sie lügen und alles Sonstige tun, was in ihrer Macht stand.

Der Verletzte drückte sich eine Hand auf die Wunde an seinem Oberarm und ging mit finsterem Blick auf Ash zu.

254

»Du bist ein Lakai des Königs von England, vielleicht sogar einer seiner Wachmänner oder engsten Vertrauten. Warum sonst kannst du so gut kämpfen?«

»Damit ich meine Frau vor solchen Leuten wie euch beschützen kann!«, spie Ash ihm entgegen. Gleichzeitig flackerte Mordlust in seinen Augen auf. Penny wusste, er war bereit, die Banditen zu töten. Aber das hieße: einer gegen vier, und sie hatte keine Ahnung, wie er das bewerkstelligen wollte.

Allerdings setzte sich das Puzzle von Ashs geheimnisvoller Vergangenheit immer weiter in ihrem Kopf zusammen. Diese Leute nannten ihn einen Lakai des Königs? Stand er womöglich im Dienst der Krone? War er ein Spion oder so etwas Ähnliches? Die versteckten Waffen, seine Kampfkünste und die Anschuldigungen ließen darauf schließen. Ash war einer von den Guten, ganz bestimmt!

Ihr Herz wummerte wild vor neu geschöpfter Hoffnung, und sie rief: »Das wäre schön, wenn wir in der Gunst des Königs stünden! Dann könnte ich in den besten Theatern von London auftreten und tausend Pfund Gage verlangen! Wir sind jedoch nur einfache Schausteller und haben nicht viel Geld. Mein Mann begleitet mich auf meiner Reise durch Europa. Noch bin ich nicht berühmt, aber vielleicht haben Sie trotzdem schon von Nelly Nigel gehört?«

Alle vier Gauner warfen ihr einen Blick zu, als wäre sie verrückt geworden. Sie waren es wohl nicht gewohnt, dass sich ihnen »das schwache Geschlecht« entgegenstellte.

»Ich bin Sängerin«, bemerkte sie empört, nachdem niemand reagiert hatte, und versuchte, das Zittern in ihrer Stimme zu überspielen.

Ashton starrte sie ebenfalls entgeistert an. Doch plötzlich glaubte sie, ihn für den Bruchteil einer Sekunde verrucht grinsen zu sehen. Pennys Hoffnungen wuchsen zur

Gewissheit heran. Er schien eine Idee zu haben, wie er sie aus dieser ausweglosen Situation herausholen konnte, und Penny würde alles geben, um ihn bei seinem Vorhaben zu unterstützen.

Kapitel 22 – Neue Seiten

Ashton war unglaublich stolz, mit Penelope verheiratet zu sein. Er würde Himmel und Hölle in Bewegung setzen, damit sie heil aus der Sache herauskam, die er ihr eingebrockt hatte. Was für eine mutige, kluge und gewiefte Frau sie war!

Er hatte sich genau ausgemalt, wie er vorgehen musste, um alle vier Männer zu töten. Doch sein Plan hatte einen gewaltigen Haken: Ashton würde wahrscheinlich nicht überleben, nicht bei vier Gegnern.

Seine Frau hatte ihn jedoch auf eine völlig neue Idee gebracht. Heute müsste vielleicht niemand sterben. Er wollte kein Massaker veranstalten, schon gar nicht vor ihren Augen. Penelope würde diese Bilder nie mehr aus dem Kopf bekommen.

»Es stimmt, was sie sagt!«, rief er. »Meine Gattin ist Sängerin.«

»Wir wollen einen Beweis!«, knurrte der Verletzte.

»Soll ich Ihnen hier etwas vorsingen?«, fragte Pen, und ihr leidenschaftlicher Einsatz hätte ihn in einer anderen Situation auf verschiedenste Weise amüsiert und wohl auch erregt. Stattdessen füllte sich seine Brust mit Wärme. Penelope hielt zu ihm, obwohl sie wusste, dass er der Mann war, den diese Häscher suchten. Er hatte die Wahrheit in ihrem entsetzten Blick erkannt.

Der ständige Zweifler in ihm flüsterte ihm jedoch zu,

dass sie wahrscheinlich nur ihr eigenes Leben retten wollte. Womöglich hatte er seine Gattin vollkommen unterschätzt; sie hatte ihn schließlich schon des Öfteren überrascht. Penelope war kein verweichlichtes Frauenzimmer, sondern taff und gewieft und behielt auch in Extremsituationen einen kühlen Kopf.

Ashton liebte sie schlagartig bis zu den Sternen und darüber hinaus, egal ob sie ihn hasste. Falls dieser Bastard ihr noch länger das Messer an die Kehle hielt, würde Ashton ihn töten! Aber er durfte jetzt nichts Dummes anstellen und musste selbst einen kühlen Kopf bewahren. Seinen Gefangenen ließ er jedoch nicht los. Der war seine einzige Versicherung, auch wenn er nicht wusste, wie viel sie wert war. Diese Männer waren eiskalte Killer und würden ihren Kameraden ohne mit der Wimper zu zucken opfern. Doch sie zögerten. Sie wussten, dass es ihnen Ashton nicht einfach machen würde, und sicher brauchten sie ihn lebend.

Der Verletzte trat einen Schritt näher. »Wir wollen Dokumente sehen, die bestätigen, dass Sie wirklich Nigel heißen!«

Fuck, die besaß er natürlich nicht. Die einzigen Papiere, die er mit sich führte, befanden sich in dem Umschlag, den er in seiner Innentasche versteckte. Sobald die Vermummten ihn fanden, würde die Lüge auffliegen, denn die Briefe darin stammten vom König persönlich.

Noch bevor sich Ashton eine Ausrede zurechtlegen konnte, kam ein braungebrannter Bursche aus dem Hinterhof auf sie zu und rief: »Da sind Sie ja endlich, Senhores, wir warten auf die Vorstellung! Rápido, rápido!« Es war Pepito, der Junge vom Hafen.

Er blieb auf halbem Wege stehen und starrte sie der Reihe nach unsicher an. Der Bursche war sich offensichtlich der Gefahr bewusst, in der sie alle schwebten, deshalb fragte sich Ash, was ihn geritten hatte, bei ihrem Schauspiel mitzumischen. Doch schon zwei Sekunden später kannte er die Antwort. Wenn er sich nicht täuschte, schlich Lou gerade zur Hintertür hinein, die in die Küche führte. Pepito lenkte die Angreifer ab, damit das Mädchen Hilfe holen konnte. Die beiden schickte der Himmel!

Die zwei mussten ihr Gespräch belauscht haben — was auch immer sie im Hinterhof getrieben hatten —, und retteten ihnen dadurch vielleicht das Leben. Vermutlich war Penelope zurückgekommen, um den vierten Vermummten von den Kindern wegzulocken!

Der Mistkerl, der immer noch Pen bedrohte, fragte den Jungen auf Portugiesisch: »Kennst du diesen Mann?«

»Nicht persönlich«, antwortete Pepito. »Ich weiß nur, dass er der Gatte von Senhora Nigel ist. Ich bin der Sohn des Wirtes und soll die beiden suchen, weil sie zu spät zur Aufführung kommen.«

Die Banditen warfen sich fragende Blicke zu, doch keiner wich auch nur einen Zentimeter zurück.

Plötzlich trat Quinn durch die Küchentür in den Hinterhof und kam mit gezogener Pistole auf sie zu. Sein Erster Offizier versperrte mit weiteren Matrosen den vorderen Teil der Gasse, und auf der gegenüberliegenden Seite tauchten weitere Besatzungsmitglieder der Rajula auf. Fast jeder hielt ein Messer in der Hand oder ballte die Hände zu Fäusten.

Ashton hatte sich nie mehr gefreut, seinen Freund und die Crew zu sehen.

Langsam ging Quinn auf sie zu und richtete die Pistole auf den Mistkerl, der neben Penelope stand. »Was ist hier los?«, rief er ungehalten. »Warum bedrohen Sie meine Passagiere?«

Mit Tränen in den Augen stammelte Penelope: »Diese

258

Leute behaupten, der Name meines Mannes sei Ethan Copperfield! Doch ich schwöre bei Gott, dass dem nicht so ist!«

Quinn nickte. »Die Frau spricht die Wahrheit. Dieser Mann heißt nicht Ethan Copperfield. Das schwöre ich bei meinem Leben und dem Leben all meiner Männer!« Diese nickten oder brummten zustimmend.

Ashton dankte seiner weisen Voraussicht, stets unter einem Decknamen gereist zu sein. Keiner der Matrosen ahnte, wer er wirklich war. Allerdings wussten sie auch, dass er nicht »Nigel« hieß. Deshalb rechnete er es ihnen hoch an, dass sie dichthielten, und war froh, dass die Crew ihrem Captain treu ergeben war.

Plötzlich hörte Ashton von weiter hinten Lou rufen: »Wir wollen endlich die berühmte Sängerin Mrs Nelly Nigel hören!«

Ohne sich umzudrehen, sagte Quinn ungehalten: »Rein mit dir, Lou, sofort!«

Pepito lief zu ihr und zog sie zurück ins Gebäude. Ashton grinste in sich hinein. Die Kleine war genauso taff wie Penelope. Quinn würde mit ihr wahrscheinlich noch einige Schlachten austragen müssen.

»Ist nun alles geklärt?«, fragte Quinn ihre Angreifer bedrohlich, während die Matrosen langsam näherrückten.

Endlich ließ der Maskierte Penelope los, und Quinn zog sie sofort hinter sich.

Langsam ließ Ashton auch von seinem Gefangenen ab und entfernte sich wachsam von ihm. Nacheinander ließen alle die Waffen sinken oder steckten sie weg.

Erst als sich Ashton sicher war, nicht hinterrücks angegriffen zu werden, ging er zu Penelope und zog sie in die Arme. Sie zitterte wie verrückt, klammerte sich an ihn und schluchzte einmal leise an seinem Hals, bevor sie wisperte: »Du hast mir einiges zu erklären.«

Das hatte er, und er hoffte, dass sie ihm jemals würde vergeben können.

Beruhigend strich er ihr über den Rücken, heilfroh und überglücklich, dass alles glimpflich ausgegangen war. Er hätte es sich niemals verziehen, wäre ihr etwas zugestoßen. Dank ihres wachen Verstandes lebte er und hatte niemanden vor ihren Augen töten müssen. Seine kluge, mutige und gewiefte Frau hatte die Situation gerettet.

Jetzt wollte er einfach nur noch bis zum Rest seiner Tage an ihrer Seite bleiben, so verrückt das auch klang. Nie wieder würde er einen Auftrag annehmen, der ihnen gefährlich werden konnte. Am besten, er folgte Quinns Idee und ließ die ganze Sache von nun an völlig bleiben. Er wollte nicht mehr weglaufen.

»Wir wollen sie endlich singen hören!«, riefen einige der Matrosen, die ihr Spiel immer noch fortführten.

Als einer der Vermummten sagte: »Wir auch«, legte Penelope den Kopf zurück und blickte Ashton schockiert an.

Er wusste, wie gut sie Klavier spielen konnte. Doch von ihrem Gesangstalent hatte er leider nie eine Kostprobe erhalten. Penelopes Eltern hatten ihm jedoch ständig vorgeschwärmt, wie wundervoll ihre Stimme wäre.

»Sie muss erst einmal zur Ruhe kommen und den Schock verdauen«, knurrte Ashton. Er war nicht nur wütend auf seine Häscher, sondern vor allem auf sich selbst. Wie hatte er nur so leichtsinnig sein und nach allem, was zuletzt in Portugal geschehen war, einen neuen Auftrag in Lissabon annehmen können?

»Schon gut.« Pen löste sich von ihm und atmete mehrmals tief durch. »Ich schaffe das.«

»Bist du dir sicher?«

Entschlossen nickte sie, und er führte sie am Arm zum Haupteingang, der um die Ecke lag, wobei Quinn und sein

260

Erster Offizier ihnen folgten. Der *Rostige Anker* besaß eine geräumige Stube mit mehreren kleinen Separees im hinteren Teil. Es saßen nur noch eine Handvoll Gäste darin, die anscheinend nicht zur Crew gehörten. Zahlreiche Lampen und jede Menge Kerzen verbreiteten ein gemütliches Licht.

Pepito stand neben dem rundlichen Wirt hinter dem Tresen, während Lou auf sie zulief. Ashton befürchtete beinahe, das Mädchen würde sich in Penelopes Arme werfen. Doch kurz davor stoppte sie und grinste einfach nur schelmisch. Auch sie musste ihre Farce aufrechterhalten.

»Ich bin so froh, dass es dir gut geht«, flüsterte sie Penelope zu und wandte sich dann an Ashton. »Ihnen natürlich auch.«

Er nickte ihr zu. »Dank deines Einsatzes.«

»Ich habe nur Pepito gesagt, was er tun soll, und dann den Captain geholt.«

Ashton schmunzelte. Sie war noch so jung und kommandierte bereits die Männer herum. »Das war sehr mutig von dir … und deinem Freund.«

Lou wurde ganz rot um die Nase. »Das ist uns nur gelungen, weil Penny den Schurken von uns weggelockt hat.«

»Sie ist definitiv die Heldin des Tages.« Ashton lächelte seine Frau an und wollte sie am liebsten küssen. Aber sie sah immer noch käseweiß im Gesicht aus.

Pepito eilte auf sie zu, ein kleines Glas mit einer bräunlichen Flüssigkeit in der Hand. »Trinken Sie das, senhora«, sagte er in gebrochenem Englisch. »Ist gut für Magen und Nerven.«

Mit zitternder Hand nahm sie das Glas entgegen und nippte daran. »Uh, das schmeckt wie Medizin.«

»Ist Medizin!«, antwortete der Bursche strahlend. »Viele Kräuter. Gesund! Runter damit.«

Sie befolgte seinen Rat und leerte den Drink in einem

261

Zug. Dann murmelte sie etwas, das sich wie »Izzy wird mir das niemals alles glauben« anhörte und fragte mit fester Stimme in die Runde: »Wo ist das Klavier?«

»Hier drüben, senhora!« Pepito deutete in eine dunkle Ecke.

Sofort wurden Lampen herbeigetragen und auf das Instrument gestellt. Pen legte Mantel, Hut und Handschuhe ab, und Ashton eskortierte sie zum Klavier. Er würde sie auf Schritt und Tritt begleiten, solange seine Verfolger in der Nähe waren. Die vier vermummten Männer standen an der Tür und verfolgten jede ihrer Bewegungen mit Argusaugen.

Lou klatschte in die Hände und rief begeistert: »Die berühmte Nelly Nigel, meine Herrschaften!«

Die Crew applaudierte, Pen verbeugte sich zittrig lächelnd und setzte sich an das Instrument. Dann schloss sie die Augen.

Ashton legte ihr eine Hand auf die Schulter. »Schaffst du das wirklich?«

Als sie sagte: »Bleib einfach bei mir«, wollte er sie umarmen und nie wieder loslassen.

»Ich werde nie von deiner Seite weichen.« Um ihr noch ein wenig Zeit zu geben, sich zu sammeln, wandte er sich an die Gäste. Alle Blicke waren auf sie beide gerichtet.

»Verehrtes Publikum«, begann er, während er eisern überlegte, was wohl ein Ansager im Theater sagen würde. »Meine Frau und ich freuen uns sehr, dass wir die Chance erhalten, in dieser schönen Stadt auftreten zu dürfen. Da einige von Ihnen Nelly Nigel noch nicht kennen, möchte ich Ihnen kurz etwas über sie erzählen. Nelly wuchs im Norden von England als einzige Tochter zweier Musiker auf und debütierte bereits im jungen Alter von neun Jahren als Pianistin. Als sie ins heiratsfähige Alter kam, wollte

262

ihr Vater, dass sie nicht länger die Bühne betritt, sondern eine Familie gründet. Nelly war zutiefst betrübt deswegen, denn Musik ist ihre Leidenschaft. Aber wie das Leben so spielt, hat das Schicksal uns beide zusammengeführt. Ich habe ihr Talent sofort erkannt, sie vom Fleck weg geheiratet und sie von einer Tour quer durch Europa überzeugen können, um sie noch bekannter zu machen.«

Ashton konnte beinahe fühlen, wie Pen mit den Augen rollte. Aber er musste seinen Häschern eine plausible Geschichte auftischen. Natürlich durfte das nötige Maß an Pathos nicht fehlen und der Ehemann musste als der große Erlöser dastehen. So lief das leider auf dieser Welt. Dabei gebührte allein Penelope aller Heldenmut.

»Nun wünsche ich Ihnen gute Unterhaltung und übergebe das Wort an meine Frau.« Er drehte sich zu ihr und fragte, sodass es alle vernehmen konnten: »Meine Liebe. Welches Lied wirst du uns als Erstes vortragen?«

»Das Erblühen der Rose«, antwortete sie mit diesmal fester Stimme.

»Davon habe ich noch nie etwas gehört!«, rief jemand aus dem Publikum.

Ashton wollte ihm gerade einen finsteren Blick zuwerfen, als sich Penelope auf dem Hocker umdrehte und lächelnd verkündete: »Das können Sie auch nicht, mein Herr, denn ich habe diese romantische Ballade selbst komponiert.«

Ein Raunen ging durch die Menge, und Ashton musste aufpassen, dass ihm nicht der Mund aufklappte. Seine Frau hatte ein Lied erfunden? Eine ... romantische Ballade? Nun konnte er es selbst kaum erwarten, ihr zuzuhören.

Pen begann eine leise Melodie zu spielen, die ein wenig melancholisch klang. Als ihr Gesang einsetzte, lief ein Beben durch Ashton und sein Herz vibrierte regelrecht. Er hatte nie eine schönere Stimme gehört, glockenrein und tongenau. Pen sang über eine junge Frau, die ihre erste Liebe auf tragische Weise verlor und der daraufhin sämtlicher Lebensmut abhanden kam. Aber sie hatte eine gute Freundin, die sie jeden Tag zu einem Spaziergang in den Park ausführte. Dort begegnete die traurige Frau einem Gärtner, der ihr bei jedem Zusammentreffen eine Rose schenkte, bis sie wieder lachen konnte. Die Frau fand mit ihm neues Glück, doch die alte Liebe blieb unvergessen.

Es war totenstill geworden in der Gaststube. Einige Matrosen schnieften, anderen standen die Tränen in den Augen. Selbst Ashton sah alles nur noch verschwommen. Die tragische Liebesgeschichte erinnerte ihn ein wenig an seine Eltern.

Pen gab wirklich alles und schien in ihrer eigenen Welt gefangen zu sein. Sie spielte, ohne einen falschen Ton zu treffen, und sang mit einer Selbstsicherheit, als hätte sie nie etwas anderes gemacht.

Als der letzte Ton verklang, war für einige Sekunden nichts zu hören, bevor ungebändigter Jubel ausbrach. Ashton war einfach nur sprachlos. Seine Frau schien ein wahres Multitalent zu sein, und er hatte noch nie eine bessere Sängerin gehört.

Während immer noch alle klatschten und eine Zugabe verlangten, drehte sie sich auf dem Stuhl herum und strahlte. Sie hatte nie schöner, nie glücklicher ausgesehen. Vor Publikum zu spielen, schien sie zu erfüllen. Sicher freute sie sich auch, dass ihr selbst komponiertes Lied mit so viel Begeisterung aufgenommen wurde. Ashton war unendlich stolz auf seine Frau.

»Das war sehr berührend«, raunte er ihr durch den Jubel zu. Doch sein Lächeln schwand, als er zum Eingang spähte.

Fuck, die Banditen standen immer noch dort. Der Schiffsarzt verband gerade die Wunde des Mannes, den Ashton am Oberarm verletzt hatte, wobei Quinn alles scharf im Blick behielt.

Lou zog ihre Kappe vom Kopf und ging damit grinsend zwischen den Tischen hindurch, um »Nellys« Gage einzusammeln. »Seid nicht so geizig. Ihr bekommt hier eine erstklassige Show geliefert!«

»Und jetzt etwas Fröhliches!«, rief ein Matrose Penelope zu, nachdem Lou ihren mit Münzen gefüllten Hut Ashton überreicht hatte.

Pen stimmte ohne Umschweife einen Chanson an. Auch nach diesem Stück erntete sie enormen Beifall, und Ashton atmete auf, als er die Banditen nirgendwo mehr sah.

Er ging zu Quinn, der mit seinen Offizieren an einem Tisch saß. Der erzählte ihm, er habe zwei seiner Männer hinterher geschickt, um zu überprüfen, ob die Typen wirklich verschwunden seien.

Ashton war heilfroh, auf seinen Freund zählen zu können.

Sofern seine Verfolger wirklich überzeugt waren, dass er nicht ihr Mann war, hatte er nun eine weiße Weste. Hätte es heute Tote gegeben, wäre die Familie von Tavares wahrscheinlich davon ausgegangen, dass er derjenige war, den sie suchten, und hätte noch mehr Killer geschickt. Zumindest hätte ein Blutbad weitere Kopfgeldjäger auf ihn aufmerksam gemacht.

Trotzdem musste er wachsam bleiben. Außerdem sollte er sich in Zukunft wohl besser nicht mehr in Lissabon blicken lassen. Doch noch hatte er hier eine Aufgabe zu erledigen.

Er gab dem Wirt das gesammelte Geld und rief: »Eine Runde Ale für alle!«, woraufhin jeder jubelte. Danach legte er aus seiner Tasche noch ein paar Goldstücke dazu und sagte: »Und bring jedem sein Lieblingsgericht.«

Während Penelope zwei weitere flotte Stücke spielte, feierten sie alle und griffen herzhaft zu. Ashton bekam nicht viel herunter, und seine Frau aß fast gar nichts. Kein Wunder nach allem, was sie erlebt hatte. Für Ashton war es auch noch nicht vorbei, denn er schuldete ihr eine Erklärung. Vor allem musste er in Erfahrung bringen, woran er nun bei ihr war.

Später am Abend schlug Quinn vor, dass sie die letzten beiden Nächte in Lissabon besser nicht mehr im Gasthaus verbringen sollten. Ashton war ganz seiner Meinung, denn er traute dem Braten nicht so recht. Im White Star wären sie ein leichtes Ziel, während die Rajula Tag und Nacht bewacht wurde.

Quinn eskortierte sie mit ein paar seiner Matrosen zur Fregatte, während andere ihr Gepäck aus dem Gasthaus holten. Vor dem Salon wünschte Quinn ihnen eine gute Nacht und murmelte, nachdem Penelope mit der Laterne im Salon verschwunden war: »Ich glaube, ihr beide habt einiges zu besprechen.«

Ashton legte ihm eine Hand auf die Schulter. »Danke für alles, mein Freund. Ich war diesmal kein einfacher Passagier, aber von nun an gelobe ich Besserung.«

Quinn zwinkerte. »Wozu hat man Freunde? Außerdem fühle ich mich wirklich geehrt, deine Frau zu kennen. Weißt du eigentlich, was für ein Glück du mit ihr hast?«

»Das war mir nie bewusster als heute«, antwortete er und ging zu Pen in den Salon, um ihr Rechenschaft abzulegen.

Kapitel 23 – Ashtons Geständnis

Was für ein verrückter Tag!

Pennys Hände zitterten leicht, als sie im Salon ihre Laterne auf den Tisch stellte und zwei weitere Lampen entzündete. Danach legte sie ihren Hut sowie den Mantel ab und zog die Handschuhe aus.

Ashton verriegelte die Tür und hängte seinen Mantel über eine Stuhllehne. Mehrmals fuhr er sich durchs Haar und blickte ständig zu ihr. Anscheinend wusste er nicht, wie er das Gespräch beginnen sollte. Penny brannte darauf, zu erfahren, was es mit diesen Aufträgen auf sich hatte – und ob er wirklich ein eiskalter Mörder war.

»Wollen wir uns setzen?«, fragte er und deutete zum Tisch.

Sie nickte und nahm Platz. Ihre Knie fühlten sich ohnehin viel zu weich an. Sie durfte gar nicht daran denken, wie knapp sie beide dem Tod von der Schippe gesprungen waren.

Ashton setzte sich direkt neben sie und griff zögerlich nach ihrer Hand. Penny zog sie nicht weg. Sie wusste, dass er sich irgendwo festhalten musste und wie sehr er Angst hatte, sie zu verlieren.

Penny wollte ihn auch nicht verlieren und brauchte ebenfalls Halt. Doch sie musste endlich die Wahrheit erfahren.

Gerade, als sie ihn danach fragen wollte, sagte er: »Du hast tatsächlich eine Ballade komponiert? Du bist ein wahres Multitalent.«

Er brauchte also einen sanften Einstieg. Den würde sie ihm bereiten, weil sie spürte, wie schwer ihm das alles fiel.

»Ich war fünfzehn«, erklärte sie ihm. »Damals hatte ich eine leicht melodramatische Phase.«

267

»Das Lied war brillant – und das behaupte ich jetzt nicht, um dir Honig um den Mund zu schmieren«, sagte er hastig. »Wem hast du es bisher vorgespielt?«

»Nur Izzy. Sonst hat es nie jemand zu Ohren bekommen, außer vielleicht einige Angestellte. Ich habe es immer nur geübt, wenn meine Eltern nicht zu Hause waren. Einmal, als sie mich zu Verwandten mit nach London nehmen wollten, habe ich vorgegeben, mich nicht wohlzufühlen, nur damit ich auf dem Landsitz bleiben und weiter heimlich meine verrückten Lieblingslieder spielen konnte.«

Er blickte sie eine Weile nachdenklich an, bevor er murmelte: »Vielleicht hast du geahnt, dass sie eines Tages mehr als nur ein Leben retten könnten.«

»Vielleicht«, wisperte sie, wobei ihr Herz wie verrückt klopfte. Ashton blickte sie mit einer Mischung aus Furcht, Traurigkeit und Hoffnung an. So jemand besaß keine dunkle Seele.

Einer seiner Mundwinkel hob sich leicht. »Wieso gerade *Nelly Nigel*? Ich dachte, Nelly ist der Name deines Pferdes?«

Hitze strömte in ihr Gesicht. »Mir ist auf die Schnelle kein anderer Name eingefallen, und ich weiß nicht einmal, ob Nigel überhaupt ein Nachname ist.«

»Ich habe auch keine Ahnung. Ich weiß nur: Du warst brillant.« Mit dem Daumen strich er über ihren Handrücken und senkte den Blick. »Wie hast du es bloß geschafft, Klavier zu spielen und zu singen, nach allem, was passiert ist?«

»Ich wollte dich nicht verlieren, Ash«, antwortete sie heiser und drehte sich auf dem Stuhl zu ihm.

Er riss die Augen auf und starrte sie überrascht an. »Du hast zu mir gehalten, nach allem, was du gehört und gesehen hast? Nach allem, was ich dir verschwiegen habe?«

Tief atmete sie durch, bevor sie ihre andere Hand auf

seine legte. Hatte er geglaubt, sie wolle nur ihr eigenes Leben retten? »Ich liebe dich, mein geheimnisvoller Lord«, erklärte sie mit fester Stimme, »und ich weiß, dass du kein böser Mensch bist.«

Ashton blinzelte zwei Mal, als hätte er sich verhört. »D-du liebst mich?«

Sie nickte lächelnd. »Eigentlich habe ich mich vom Fleck weg in dich verliebt, schon bei unserer ersten Begegnung damals vor der Kutsche. Hast du das nicht bemerkt?«

Er stieß die Luft aus, grinste breit und legte seine Stirn an ihre. Doch sie hatte seine feuchten Augen gesehen.

»Ich war ein blinder Idiot«, flüsterte er ergriffen. »Ich liebe dich mehr als mein Leben, du wundervolles Geschöpf. Bloß habe ich die Wahrheit viel zu spät erkannt. Es tut mir leid, dass …«

Als seine Stimme brach, fasste sie mit beiden Händen in seinen Nacken und drückte ihm einen zarten Kuss auf die Lippen. Endlich hatte er ihr seine Gefühle gestanden, endlich die drei magischen Worte gesagt, auf die sie so lange gewartet hatte. In ihrem Magen tanzte ein verrücktes Wesen einen wilden Cancan. »Du brauchst dich nicht für den Versuch entschuldigen, dein Herz zu schützen. Es ist ein Wunder, dass es überhaupt noch schlägt, nachdem es so schlimm verletzt wurde.«

»Womit habe ich dich verdient?«, raunte er, ohne die Augen zu öffnen. Auf seinen dunklen Wimpern schimmerten Tränen, die Penny sanft mit dem Daumen wegwischte.

Schnell blinzelte sie sich selbst die Feuchtigkeit aus den Augen und wisperte: »Ash … Ich möchte keinen anderen Ehemann haben als dich. Bei dir fühle ich mich immer geborgen, denn du bist rücksichtsvoll, gutherzig und zärtlich. Außerdem hörst du mir wirklich zu. Und heute hättest du dein Leben für meines gegeben.«

Er räusperte sich leise und öffnete die Augen. Sein intensiver Blick, in dem immer noch ein wenig Unsicherheit flackerte, brannte sich in sie. Sie wusste, dass er ihr endlich die Wahrheit erzählen wollte, doch anscheinend hatte er keine Ahnung, wie er beginnen sollte.

Sie strich ihm über die Wange und fragte sanft: »Bist du ein Spion?«

Ash lehnte sich zurück, wobei er wieder nach ihren Händen griff. Dann atmete er tief durch und sah sie streng an. »Was ich dir jetzt erzähle, darf niemand wissen. Damit meine ich: wirklich niemand. Auch nicht deine beste Freundin. Das musst du mir versprechen, Penelope.«

Oh weh, das klang wirklich ernst! »Ich verspreche es dir, Ash.«

Als er nicht weiterredete, sondern nachzudenken schien, da sich seine Brauen zusammenzogen, fragte sie: »Aber es gibt Menschen, die davon wissen? Ich nehme an, der Captain gehört dazu? So wie er sich heute verhalten hat ...«

Er nickte. »Ja, er weiß es.«

»Und dein Kammerdiener?«

»Price weiß weder, was ich tue, noch etwas über meine Vergangenheit, da er auch erst viel später in meinen Dienst kam.«

Penny verstand. Deshalb verreiste Ashton so oft ohne ihn. »Ich werde mit keinem darüber reden. Weder über deine private noch deine andere, geheime Vergangenheit. Versprochen.«

Nachdem er noch einmal tief eingeatmet hatte, stieß er die Luft aus und blickte Penny fest in die Augen. »Du hast recht mit deiner Vermutung. Ich bin so etwas Ähnliches wie ein Spion. Für den König erledige ich im Geheimen Aufgaben. Hauptsächlich überbringe ich wichtige Botschaften oder persönliche Dokumente, deren Inhalt zu heikel ist, um sie offiziell zu verschicken. Aber ab und zu spioniere ich auch einen politischen Gegner aus.«

Sie hatte gehofft, so etwas in der Art zu hören, und atmete erleichtert auf. Plötzlich ergab so vieles einen Sinn! Zugleich hatte sie aber auch schreckliche Angst um Ashs Leben. Wie sollte sie in Zukunft damit umgehen, dass über dem Kopf ihres Mannes ständig das Damoklesschwert schwebte? Sie hatte heute miterlebt, wie gefährlich sein Job werden konnte. Sie zitterte am ganzen Körper, schloss die Augen und wisperte: »Das klingt riskant.«

Ashton zog sie sofort auf seinen Schoß und legte die Arme um sie. »Das war es hin und wieder auch. Doch ich verspreche dir, damit ist jetzt Schluss.«

»Wirklich?«, flüsterte sie unsicher.

»Wirklich und wahrhaftig.« Er küsste sie auf die Stirn und umarmte sie fester. »Ich war ein Narr, überhaupt einen weiteren Auftrag anzunehmen, auch noch während unserer Hochzeitsreise!«

Es sprudelte regelrecht aus ihm heraus, und Penny fühlte, wie sehr es ihn belastete, sie in Gefahr gebracht zu haben, nur weil er vor seinen Gefühlen weggelaufen war. Sie ließ ihn reden, damit er sich sämtlichen Ballast von der Seele schaffen konnte – und weil es auch ihr ein wenig guttat zu hören, wie sehr er seine Tat bereute. Schließlich hatte ihr die Ungewissheit über sein geheimes Tun ebenfalls zugesetzt.

Sie fühlte sich immer leichter, je länger er redete und ihr mehrmals versprach, nie wieder eine Mission anzunehmen. Sie glaubte ihm, schließlich hatte sie die Entschlossenheit in seinem Blick gesehen, als die Banditen sie umzingelt hatten. Ash hatte unendliche Angst um sie gehabt. Er wäre heute für sie gestorben.

Penny war unendlich dankbar, dass er lebte, es ihnen

beiden gut ging und sich gerade alles zwischen ihnen klärte. Sie fühlte sich auf seinem Schoß und in seinen kräftigen Armen geborgen. Doch sie hatte noch unendlich viele Fragen an ihn und hoffte auf weitere Antworten.

Als es still wurde im Salon und nur noch das Knarzen des Schiffes sowie das sanfte Rollen der Wellen zu hören war, fragte sie behutsam: »Musstest du schon einmal jemanden umbringen?«

»Ein einziges Mal«, gestand er ihr, wobei er ihr in die Augen blickte. »Aus Notwehr. Solange niemand nach meinem Leben trachtet, töte ich nicht. Schließlich bin ich ein Earl und kein Bandit.«

Sie kicherte, als sie sich ihn mit Augenbinde vorstellte.

»Überwiegend überliefere ich wichtige Nachrichten persönlich oder entwende Dokumente, um sie ihrem rechtmäßigen Besitzer zurückzuführen. Auch wenn ich den Inhalt der Papiere meist nicht kenne, hat mir der König sein Ehrenwort gegeben, dass mein Einsatz immer einer höheren Sache und vor allen Dingen der Sicherheit Englands dient.«

»Du hast bestimmt schon einige brenzlige Situationen erlebt.«

»Hm«, brummte er und blickte sie beinahe schuldbewusst an. »Hin und wieder habe ich mein Leben aufs Spiel gesetzt.«

Das war sicher untertrieben, derart schuldbewusst wie er sie gerade ansah. Zum Glück war bis jetzt immer alles gutgegangen! »Stammen all deine Narben von Kämpfen?«

»Die meisten.«

»War Afonso derjenige, den du getötet hast?« Sie musste es einfach wissen.

Er schüttelte den Kopf. »Die vier Männer, die uns heute umzingelt haben, wurden wahrscheinlich von der einflussreichen Adelsfamilie Tavares beauftragt, mich aufzuspüren und auszuliefern. Denn ich habe deren Oberhaupt Afonso letztes Jahr hinter Gitter gebracht. Es sind Informationen durchgesickert, dass der Mann einen Anschlag auf unseren König vorbereitet, der zu einem Staatsbesuch nach Lissabon gereist war. Durch meine Aufklärungsarbeit konnte ich das Schlimmste verhindern. Die Palastwachen haben die Attentäter, die in Afonsos Namen handelten, kurz vor dem Mordversuch überwältigt. Nach einem mehrwöchigen Gefängnisaufenthalt sind er und seine Schergen hingerichtet worden.«

»Und seine Familie oder seine Anhänger wollen nun Rache«, wisperte Penny und schlang die Arme fest um seinen Hals.

»So ist es. Doch sie agieren weiterhin im Verborgenen, schließlich stehen sie unter Beobachtung.«

Himmel, sie wollte sich nicht ausmalen, was diese Leute ihm angetan hätten, wenn sie ihn gefasst hätten!

Wieder verstand Penny so vieles, was ihr zuvor seltsam erschienen war. »Du hast die Prostituierten befragt. Deshalb haben sie dich erkannt! Dein Deckname war Ethan Copperfield.«

Er nickte schmunzelnd. »Du bist wahrlich eine kluge Frau. Ich hätte mein Doppelleben wohl nicht lange vor dir geheimhalten können.«

Als sie sich ausmalte, wie diese »Befragung« ausgesehen haben mochte, zog sich ihr Magen zusammen.

»Pen ...« Ashton blickte sie verständnisvoll an. »Ich habe mit keiner der Frauen geschlafen, sondern ihnen Geld gegen Informationen geboten.«

Penny lächelte zittrig. »Du musst dich deswegen nicht rechtfertigen, Ash. Falls du mit ihnen ...« Sie räusperte sich. »Wir waren damals noch nicht verheiratet.« Außerdem gab es genug Ehemänner, die sich dieses Recht dennoch herausnahmen. Ihr würde es allerdings das Herz zerreißen, wenn sie Ashton in den Armen einer anderen wissen würde.

»Ich sehe doch, wie dieses Thema in dir brodelt, Pen. Du sollst wissen, dass ich nicht so ein Mann war, der die schnelle Befriedigung bei leichten Frauen gesucht hat. Natürlich bin ich in sexueller Hinsicht kein unbeschriebenes Blatt, aber ich habe mich nie gesundheitlichen Risiken ausgesetzt oder es darauf angelegt, uneheliche Kinder in die Welt zu setzen. Wenn ich einmal Kinder habe, dann nur mit der Frau, die ich liebe.«

Er wirkte überrascht, als er das sagte, und Penny durchströmten bei seinen direkten Worten sowohl Hitze als auch grenzenlose Erleichterung. »Darüber bin ich sehr froh.« Sie zupfte an seinem Krawattentuch, und ihre Fantasie machte schon wieder Überstunden, als sie sich vorstellte, was er im Bett noch alles an Überraschungen für sie bereithielt, um ebendiese Kinder zu zeugen.

Themawechsel! Sie hatten hier noch einiges zu klären.

»Wie bist du denn überhaupt an diese Aufträge gekommen?«, wollte sie wissen. Himmel, was für eine verrückte Geschichte! Wer würde vermuten, dass ein Earl für die britische Krone spionierte und Befehle im Namen des Königs ausführte?

»Ein … nennen wir ihn *Freund der Krone*, der auch ein Freund von mir ist, hat mich vor etwa zehn Jahren um einen Gefallen gebeten«, begann er vorsichtig.

Da Penny bisher nur wusste, dass William Quintrell Ashtons Freund war, nahm sie stark an, dass der Captain derjenige sein könnte, den er meinte. Aber sie behielt ihre Vermutung für sich.

»Seit diesem Tag habe ich Gefallen daran gefunden, mich in Abenteuer zu stürzen. Einmal, um vor meiner lieblosen Vergangenheit davonzulaufen. Zum anderen war ich

274

ohnehin gelangweilt vom Adelsleben und habe den Nervenkitzel, die Gefahr und vor allem die Ablenkung willkommen geheißen, die mir die zuweilen waghalsigen Missionen geboten haben. Nur in meiner Londoner Villa oder dem Landgut in Nottinghamshire herumzusitzen oder das Parlament zu besuchen, hätten mich verrückt gemacht. Zum Glück war ich von letzterer Pflicht weitgehend befreit, da ich im Namen der Krone oft Wochen oder sogar Monate im Ausland unterwegs war. Ich habe es sehr genossen, zu reisen, die Welt zu sehen! Deshalb hatte ich bisher auch keine Zeit, mir eine englische Lady zu suchen. Doch als ich dich nach Lady Billingtons Ball gesehen habe, wusste ich, dass du diejenige bist, die ich haben will.«

»Weil ich brav und folgsam bin und keine seltsamen Fragen stelle, wenn du dich merkwürdig verhältst«, flüsterte sie.

Reuevoll senkte er den Blick. »Du hast mich wieder durchschaut.« Doch prompt grinste er schelmisch. »Glaube mir, ich bin froh, dass du alles andere als eine langweilige, gehorsame Ehefrau bist.«

Sie biss sich auf die Unterlippe und spielte an dem Haar in seinem Nacken. Sie hatte ihm noch nicht gestanden, ihn und den Captain belauscht zu haben. Schnell fragte sie: »Warst du damals bei Lady Billington, um einen Auftrag zu erledigen?« Himmel, wie schnell die Zeit verging. Das lag schon über ein halbes Jahr zurück.

Er nickte. »Ich bin meistens nur auf Veranstaltungen gegangen, um einen Job zu erledigen oder Geschichten und Gerüchte aufzuschnappen, die der Krone nützlich sein können. Ich bin wahnsinnig stolz darauf, ein Vertrauter des Königs zu sein und meinem Land auf ganz spezielle Weise dienen zu dürfen.«

»Und dann kam ich in dein Leben und habe es völlig durcheinandergebracht«, murmelte sie schuldbewusst.

»Hey, Süße.« Er hob ihr Kinn an und lächelte. »Das hast du, aber auf positive Weise. Bei dir habe ich endlich meinen Hafen gefunden, Pen. Ich werde wirklich niemals wieder einen Auftrag annehmen und nie mehr feige vor meinen Gefühlen weglaufen, weil es fortan keinen Grund mehr dafür gibt.«

»Ach, Ash«, wisperte sie und umarmte ihn fest. »Ich liebe dich so sehr! Du glaubst gar nicht, wie froh ich bin, dass du kein Pirat bist, auch wenn ich mal gesagt habe, ich könne damit leben, dass du voller Überraschungen steckst. Trotzdem bitte ich dich, von nun an mit den Überraschungen hauszuhalten.«

Er lachte und drückte ihr einen festen Kuss auf den Mund. »Das verspreche ich dir.«

Kapitel 24 – Noch mehr Geständnisse

Ashton fühlte sich, als würde er schweben. Seine Frau liebte ihn, und wie es schien, hatte sie ihm verziehen. Sie hielten sich eine kleine Ewigkeit in den Armen, drückten und streichelten sich, während das Schiff sanft schwankte und die Laternen flackerten. Alles wirkte ungemein friedlich.

Ashton konnte immer noch nicht begreifen, was in den letzten Stunden passiert war. Er hatte Penelopes Leben in große Gefahr gebracht! Doch sie hatte einen kühlen Kopf bewahrt und sie beide mit einer grandiosen Idee gerettet.

Jetzt wollte er nur noch mit seiner Frau, die voller Überraschungen steckte, ein normales Leben führen. Die Zeit des Weglaufens war vorbei – und das erleichterte ihn ungemein. Aber eine letzte Mission musste er noch erledigen. Die Sicherheit Englands könnte davon abhängen.

Als hätte Pen seine Gedanken erraten, fragte sie: »Hast du den Auftrag, wegen dem du unsere Reiseroute geändert hast, schon ausgeführt? Du warst letztens für ein paar Stunden verschwunden.«

»Leider nicht«, murmelte er und fühlte sich schlecht, weil er sie so oft angelogen hatte. »Es tut mir leid, dass ich behauptet habe, eine Überraschung vorzubereiten. Tatsächlich wollte ich herausfinden, wo sich jemand aufhält, dem ich wichtige Papiere überreichen muss.« Er griff hinter sich in seine Manteltasche und legte den mittlerweile leicht ramponierten Umschlag auf den Tisch. »Vor ein paar Wochen habe ich geglaubt, dem König unmöglich diese Bitte abschlagen zu können. Es gilt schließlich, einen Krieg zu verhindern, und die Aufgabe hat höchste Priorität. Das Dokument darf auf keinen Fall in die falschen Hände geraten.«

»Ich werde dir nicht im Weg stehen, Ash«, wisperte sie, den Blick angsterfüllt. »Was musst du tun?«

»Eigentlich muss ich nur die Oper besuchen, denn dort wird sich besagte Person morgen aufhalten. Ich sehe mir die Aufführung an, überreiche ihm während eines günstigen Moments das Dokument, und das wars.«

Ungläubig riss sie die Augen auf. »Das wars?«

Er nickte. »Der Job ist diesmal wirklich einfach, obwohl er unglaublich wichtig ist. Deshalb habe ich auch nicht gezögert, als der König mich gefragt hat. Ich wollte dich aber auf keinen Fall in Gefahr bringen, Pen!«

Sie legte kurz die Stirn an seine und seufzte tief. »Das weiß ich, Ash. Lass uns einfach vergessen, was passiert ist.«

Der heutige Tag würde ihm nie mehr aus dem Kopf gehen. Er hätte alles verlieren können! Von nun an würde er versuchen, für Penelope jeden Tag so besonders zu machen wie möglich. »Möchtest du mich morgen in die Oper begleiten?«

Sie schmunzelte verschwörerisch. »Ah, das war also deine Überraschung.«

»Hm«, brummte er reuevoll.

»Wolltest zwei Fliegen mit einer Klappe schlagen.«

»Aye.«

»Na gut, mein durchschaubarer Spion, ich begleite dich.«

Ihr ehrliches Lächeln verursachte ein heftiges Prickeln in seinem Magen, als hätte er zu viel Schaumwein getrunken. Er wollte seine Frau am liebsten die ganze Nacht festhalten, sie anstarren und immer wieder küssen. »Danke, dass du mir nicht den Kopf abgerissen hast«, raunte er. »Ich hatte wirklich Angst, du könntest mir niemals vergeben.«

»Um dir den Kopf abzureißen, fehlt es mir schlichtweg an Kraft. Aber ich könnte mich auf andere Weise an dir rächen.« Sie grinste frech. »Vielleicht schreibe ich eine Ballade über eine Lady, die sich in einen Spion verliebt. Dabei wird der männliche Part nicht gerade gut wegkommen.«

»Deine Rache ist wirklich grauenvoll«, murmelte er schmunzelnd.

Plötzlich erlosch ihr Lächeln. »Wörter können manchmal schwerer verletzen als ein Schwert.« Sie senkte den Blick und sagte leise: »Da wir gerade so ehrlich zueinander sind ... Ich muss dir auch etwas gestehen.«

Er schluckte schwer. Was könnte ihm seine Frau verschwiegen haben?

»An unserem ersten Tag auf der Rajula«, begann sie zögerlich, »habe ich unabsichtlich ein Gespräch zwischen dir und dem Captain belauscht.« Als sie erzählte, was sie gehört hatte, wurde ihm heiß und kalt zugleich.

Sein Magen zog sich krampfhaft zusammen und er schüttelte fassungslos den Kopf. Fuck! »Du musst mich für ein gefühlloses Monster gehalten haben. Ehrlich gesagt, kam ich mir manchmal wirklich wie ein Biest vor.« Als er daran dachte, wie er Penelope das Reisen verleiden wollte, bloß damit er in Zukunft allein zu seinen Missionen aufbrechen konnte, wurde ihm gleich noch schlechter. Er war solch ein Idiot gewesen!

Er streichelte ihren Rücken, als könnte er damit irgendetwas gutmachen. Das Gespräch mit Quinn musste sie tief getroffen haben.

»Ich war verletzt und unglaublich wütend«, gestand sie ihm. »Ich hätte dich in die Wüste schicken können.«

Er grinste schief. »Das habe ich bemerkt und mich ständig gefragt, was ich falsch gemacht habe.«

»Und ich habe bemerkt, dass du alles andere als gefühllos bist, Ash.« Zärtlich fuhr sie mit dem Zeigefinger seine Braue nach. »Außerdem hast du mich nie schlecht behandelt. Aber ich war wegen deiner Worte dennoch eine ganze Weile am Boden zerstört, bis du mir die Geschichte über deinen Vater erzählt hast. Danach habe ich dich viel besser verstanden. Doch dass du ein Spion bist ... damit habe ich nicht gerechnet.«

»Ich werde nie wieder unehrlich zu dir sein.« Er wollte seine Tage nur noch mit seiner mutigen, klugen, wandlungsfähigen, gewieften und wunderschönen Frau verbringen.

Zittrig lächelte sie ihn an. »Können wir von nun an immer offen und ehrlich miteinander sprechen, um Missverständnisse zu vermeiden?«

»Abgemacht.« Er drückte zärtlich den Mund auf ihre Lippen, als würde dieser Kuss ihr Versprechen besiegeln. »Ich hätte da aber auch noch eine Frage an dich.«

Erwartungsvoll hob sie die Brauen.

Verflucht, wie sollte er beginnen, ohne sich zum Narren

zu machen?

»Was willst du wissen?«, fragte sie.

»War dein erstes Mal mit mir wirklich so furchtbar?«, platzte es aus ihm heraus. Was sie ihrer Freundin geschrieben hatte, nagte noch immer an ihm.

Sie lachte und tätschelte seine Wange. »Ach, Ash, ganz und gar nicht. Das habe ich doch nur behauptet, weil ich auch da wütend auf dich war. Beim nächsten Brief an Izzy werde ich das wiedergutmachen.«

»Versprochen auf diesen Kuss«, murmelte er grinsend, bevor er ihr abermals die Lippen aufdrückte. »Ich werde dir auch ganz viel neuen Stoff liefern, damit du mich bei deiner Freundin verdammt gut dastehen lassen kannst.«

Pen lachte so herzhaft, dass sie fast von seinem Schoß fiel und Tränen über ihre Wangen liefen. »Du bist unverbesserlich. Aber ich liebe deinen Humor.«

»Das war mein Ernst, und ich liebe alles an dir.« Stürmisch eroberte er ihren Mund und genoss es, seine Frau zu küssen, zu halten und einfach nur zu spüren. Niemals hätte er es für möglich gehalten, einen anderen Menschen mehr zu lieben als sein Leben. Seine wundervolle Gattin hatte es in wenigen Tagen geschafft, seine gesamte Einstellung auf den Kopf zu drehen und neu zu ordnen. Jetzt wollte er ihr nur noch demonstrieren, wie sehr er alles an ihr begehrte und verehrte. Leider unterbrach ein Klopfen an der Salontür ihre aufkeimende Leidenschaft.

Pen sprang von seinem Schoß und Ashton öffnete. Es waren die Matrosen, die ihr Gepäck aus dem Gasthaus brachten.

Er zeigte ihnen, wo sie die Reisetruhen hinstellen sollten, bedankte sich bei ihnen und drückte jedem eine Münze in die Hand. Lou huschte ebenfalls herein, um einen Krug auf den Waschtisch zu stellen. Auch ihr ließ er ein

Goldstück zukommen. Das hatte sie sich heute mehr als verdient.

Als er mit seiner Frau wieder allein war, begann er, sich auszuziehen, während sie ihr Gesicht am Waschtisch erfrischte.

»Ich muss dringend aus meinen Sachen raus.« Der Kampf hatte ihn weniger erhitzt als das Gespräch mit seiner Gattin. Er hatte solche Angst gehabt, dass sie sich von ihm abwenden würde, dass er nun völlig durchgeschwitzt war.

»Ich helfe dir.« Sie knöpfte sein Hemd auf und strich über die Narbe an seinem Schlüsselbein. »Hast du die bei einem deiner Aufträge bekommen?«

»Hm«, antwortete er. »Messerkampf in Schottland.«

Sie riss die Augen auf. »Oh.«

»Niemand wurde schlimmer verletzt«, beruhigte er sie. »Mein Angreifer hat schließlich das Weite gesucht. Aber der Schnitt war dennoch ganz schön tief.«

»Und woher stammt die?« Mit dem Daumen fuhr sie über die feine Linie an seiner Wange.

»Frankreich.« Er grinste verlegen. »Ich musste durch ein Dornengestrüpp fliehen, habe meinen Verfolger aber dadurch abgehängt.«

»Von jetzt an keine Verfolger, keine Messerkämpfe und keine Dornenbüsche mehr«, tadelte sie ihn sanft.

»Danach habe ich auch nicht länger das Bedürfnis.« Seine aktuellen Bedürfnisse waren ganz anderer Natur, was Pen bald bemerken würde.

Als seine Hose gefallen war und er nackt vor ihr stand, begab sie sich hinter ihn und berührte eine Stelle oberhalb seiner rechten Pobacke. »Und von wem ist diese dicke, kurze Narbe?«

»Von Rusty«, murmelte er grinsend. »Da war ich sieben.«

Sie trat vor ihn und hob die Brauen. »Von deinem Hund?«

»Er hat mich übermütig angesprungen, als ich gerade aus der Badewanne gestiegen bin, und mich aus Versehen gekratzt. Zu seiner Verteidigung muss ich sagen, dass er sehr schlechte Augen hatte. Er muss meinen Hintern wohl für zwei große Schüsseln Pudding gehalten haben, denn das Wasser hat nach Vanille geduftet. Vanillepudding mochte er besonders gern.«

Pen drängte sich an ihn und drückte ihre Hände auf seine Gesäßhälften. »Heute sind deine Pobacken viel zu hart für Pudding.«

»Nicht nur die.«

Schmunzelnd biss sie sich auf die Unterlippe, wobei sie sanft ihr Becken an seiner beginnenden Erektion rieb. Sie wollte es genauso sehr wie er. Doch er wollte ihr nicht völlig verschwitzt gegenübertreten. Deshalb ging er zum Waschtisch, um sich schnell von oben bis unten mit einem feuchten Lappen abzureiben.

»Ich kann das gerne übernehmen«, schnurrte sie.

»Du hast heute schon mehr als genug übernommen.« Er warf den Lappen zur Seite und riss Pen an seinen Körper. Seine Finger flogen wie von selbst über die Häkchen und Bänder an ihrem Rücken, um den lästigen Stoff zu lösen. Als sie endlich in ihrer vollen Weiblichkeit vor ihm stand, musste er sie vom Hals abwärts küssen, ihre herrlich rosigen Brustspitzen zwischen die Lippen saugen, zärtlich in ihren weichen Bauch beißen und schließlich einen tiefen Atemzug von ihrem fraulichen Duft nehmen.

»Ash«, schalt sie ihn peinlich berührt und drückte sanft seinen Kopf weg.

Vor ihr kniend, blickte er grinsend zu seiner wunderschönen Göttin auf. »Das habe ich gebraucht.«

282

Er stand auf, um sie auf die Arme zu heben, und legte sie in der Koje ab. Dann kroch er über sie, um sie abermals zu küssen. Pen räkelte sich unter ihm und genoss es sichtlich, verwöhnt zu werden. Dabei kraulte sie durch sein Haar, krallte die Finger in seine Schultern oder in seine Pobacken.

Ashton knetete ihre Brüste und fuhr mit der Hand tiefer, um sie auch dort zu stimulieren. Zu seiner großen Freude war sie bereits feucht, woraufhin alles Männliche in ihm mit äußerster Befriedigung reagierte. Er konnte auch nicht länger warten, denn er wollte all den Schrecken nur noch vergessen.

Als sie die Beine öffnete, tauchte er ohne Umschweife in sie, genoss ihre seidige Hitze und ihre Hingabe. Nachdem er sich bis zum Anschlag in ihr versenkt hatte, raste pure Zufriedenheit durch seinen vor Lust vernebelten Verstand. Hier war er zu Hause, hier fühlte er sich geborgen.

Er genoss für eine Weile das intensive Gefühl ihrer Verbundenheit, während sie sich leidenschaftlich küssten, bevor er die Hüften bewegte. Erst sanft, doch als sie ihm ihren Unterleib entgegen stieß, energischer.

Heute wollte sich Ashton nicht endlos Zeit lassen, sondern dem gigantischen Gefühl so schnell wie möglich entgegensteuern. Pen schien es genauso zu gehen, denn als er seinen Unterleib an ihrem rieb, bog sie den Rücken durch und stöhnte losgelöst, während sich ihr Inneres um ihn krampfte.

Ashton ließ sich mit in den Strudel ziehen und pumpte alles tief in sie hinein. In seinem Kopf drehte sich alles und er fühlte Ekstase, Lust, Liebe. Nur langsam ebbten die Nachwehen ihrer Leidenschaft ab, weshalb er noch ein bisschen länger auf ihr liegen blieb, um den intimen Moment voll und ganz auszukosten.

Er gehörte zu ihr und sie gehörte zu ihm. Für immer.

Als er sich erschöpft, aber glücklich, neben ihr ausstreckte und sie sich die Hände reichten, überlegte er, ob sein Samen vielleicht schon auf fruchtbarem Boden gelandet war. Penelope würde eine fabelhafte Mutter sein, und wenn er ehrlich war, freute er sich darauf, ihr seliges Gesicht zu sehen, wenn sie ein Baby im Arm hielt. Aber die Natur konnte sich ruhig ein bisschen Zeit lassen. Sie beide hatten sich gerade erst gefunden, und er wollte noch viele wundervolle Stunden allein mit seiner heißen, klugen Frau verbringen. Doch falls es passierte, hätte er auch nichts dagegen, weil er wusste, dass es seine Pen glücklich machen würde. Deshalb freute er sich auf alles Schöne, was ihre gemeinsame Zukunft bringen würde.

Kapitel 25 – Der letzte Auftrag

Am Tag vor ihrer Abreise war Penny furchtbar aufgeregt. Sie würde dabei sein, wenn Ashton seinen letzten Auftrag erfüllte! Dabei steckte ihr der gestrige Tag noch in den Knochen.

Während er unterwegs war, um noch einmal nachzuprüfen, ob der Mann, dem er den Umschlag geben sollte, wirklich die Oper besuchen würde, zog sich Penny mit Lous Hilfe ihr schönstes Kleid an: das zartviolette mit der weißen Spitze. Jedoch verzichtete sie erneut darauf, teuren Schmuck anzulegen. Schließlich waren sie weiterhin als normale Bürger unterwegs oder als Ashley und Nelly, sollte sich ihre »Berühmtheit« bereits herumgesprochen haben, was sie allerdings arg bezweifelte.

Lou war ungewöhnlich still. Penny hatte erwartet, dass

die Kleine ihr wegen des Überfalls Löcher in den Bauch fragen würde, stattdessen frisierte sie ihr fast wortlos die Haare und warf höchstens hin und wieder einen sehnsüchtigen Blick auf Pennys Kleider und ihre versilberte Bürste.

»Ich schenke dir die Bürste«, erklärte Penny ihr schmunzelnd. »Ich habe noch eine zweite dabei.«

»Wirklich?« Lou riss die Augen auf. »Aber die hast du von deiner Mutter bekommen!«

»Wenn meine Mama dich kennen würde, hätte sie nichts dagegen.«

»Vielen lieben Dank!« Ihre Augen strahlten, und sie umarmte Penny vorsichtig, um das Kleid nicht zu zerknittern. »Ich wünsche dir einen schönen Abend in der Oper.«

»Hoffentlich ohne schlimme Überraschungen«, murmelte sie und wartete ungeduldig auf Ashtons Rückkehr. Seit dem Zusammentreffen mit den Maskierten machte sie sich Sorgen, dass die Männer ihn erneut abpassen könnten. Er hatte ihr versichert, das würde nicht passieren. Dennoch trug er zusätzlich eine Schusswaffe mit sich – was sie nicht wirklich beruhigte.

Als Lou schwer seufzte, fragte Penny: »Beschäftigt dich etwas?«

Zögerlich antwortete die Kleine: »Der Captain ist nicht gut auf mich zu sprechen, weil ich ihm nicht sagen will, warum ich mit Pepito im Hinterhof war.«

»Magst du es mir erzählen?« Penny lächelte sie über den Spiegel sanft an. »Vielleicht geht es dir dann besser.«

»Ich kann es niemandem erzählen«, murmelte Lou. »Ich muss Pepito schützen.«

Penny drehte sich auf dem Stuhl zur Seite und drückte sich eine Hand an die Brust. Noch mehr schlimme Nachrichten konnte sie aktuell kaum ertragen. »Süße, was hat er getan?«

»Er … hat mir etwas erzählt, das niemand erfahren darf.«

Plötzlich hörte Penny Stimmen vor dem Salon, jemand klopfte, dann ging die Tür auf. Ash steckte den Kopf herein und öffnete schließlich ganz. »Kann Quinn kurz mit Lou sprechen?«

Penny blickte das Mädchen fragend an, und Lou ergriff ihre Hand: »Aber nur hier.«

Nachdem die beiden Männer eingetreten waren, schloss Captain Quintrell die Tür, stemmte die Hände in die Hüften und starrte Lou finster an. »Pepito steht vor der Rajula und will dich sprechen.« Ungehalten atmete er ein. »Sag mir endlich, was ihr gestern hinter dem Wirtshaus getrieben habt!«

»Geredet!«, rief sie, ohne Pennys Hand loszulassen, und lief knallrot an.

»Warum glaube ich dir kein Wort?«, knurrte der Captain. »Wenn du nicht auf ein Internat geschickt werden willst, junge Dame, sag mir die Wahrheit!«

Tränen sammelten sich in Lous Augen und sie kniff wütend die Lider zusammen. Penny erwartete, dass sie mit Trotz reagierte. Doch dann straffte sie sich und sagte zittrig. »Du musst mir versprechen, dass es niemand erfährt. Ihr alle müsst es versprechen!«

Penny nickte, Ash hob eine Braue und der Captain knurrte: »Ich bringe ihn um!«

Lous erhitztes Gesicht wurde schlagartig weiß. »Du weißt doch gar nicht, was passiert ist!«

»Er wollte dich küssen! Oder etwas noch viel Schlimmeres tun! Ich habe gesehen, wie er dich angeschaut hat, bevor du plötzlich verschwunden warst!«

Penny sog die Luft ein. Der Junge hatte sich ihr hoffentlich nicht unsittlich genähert!

286

Lou ließ ihre Hand los und verschränkte die Arme. »Ja, er wollte *Lou* küssen, nicht ...«

»Ich werde ihn am Krähennest aufhängen!« Captain Quintrell machte auf dem Absatz kehrt, kam jedoch nicht weit, weil Ashton ihn am Arm festhielt.

Ruhig sagte er: »Hör sie doch erst mal an.«

Penny nickte ihrem Mann dankbar zu. Es brachte gar nichts, Pepito zu bestrafen, wenn niemand wusste, worum es überhaupt ging.

»Es war ein Missverständnis«, murmelte Lou mit gesenktem Blick. »Er dachte, ich sei ... ein Junge.«

Totenstille breitete sich in der Kajüte aus, während es in Pennys Kopf arbeitete. »Deshalb wollte er dich küssen?«, fragte sie überrascht. »Weil er dachte, du seist ein Junge?«

Lou nickte und wisperte: »Er fühlt sich nicht zu Mädchen hingezogen und war ziemlich überrascht, als ich ihm die Wahrheit gesagt habe.« Sie straffte sich und blickte der Reihe nach jeden an. »Bitte, das darf keiner erfahren. Ihr wisst, was ihm sonst droht!«

Penny kannte sich mit den Gesetzen in Portugal nicht aus, aber in England würde man Pepito einsperren oder vielleicht sogar hängen.

»Ich werde ihn trotzdem töten«, grollte der Captain, diesmal weniger energisch. »Er hat dich gar nicht zu küssen, egal ob Junge oder Mädchen!«

»Pepito ist am Boden zerstört«, erklärte Lou weinerlich. »Ich bin die Einzige, die es weiß, so muss es bleiben, bitte, er hat solche Angst!«

»Kein Wort davon wird diesen Raum verlassen«, sagte Penny deutlich, und die Männer nickten.

»Pepito ist ein guter Mensch.« Lou blickte sie der Reihe nach flehentlich an. »Ich kann mit ihm über alles reden, und er würde nie etwas tun, was mir schaden könnte. Er hat sogar gesagt, er würde mich mit seinem Leben beschützen, gerade jetzt, da er weiß, dass ich ein Mädchen bin. Er war gestern sehr mutig.«

Ashton nickte. »Das war er.«

Der Captain ließ ein leises Grollen hören. »Kann ich ihm wenigstens die Ohren langziehen?«

»Quinn, beruhige dich.« Ashton grinste und legte seinem Freund eine Hand auf die Schulter. »Ich würde mich glücklich schätzen, wenn mein Mündel einen Beschützer wie Pepito hätte. Du kannst deine Augen auch nicht überall haben.«

»Leider nicht«, murmelte er und gab Lou mit dem Kinn einen Wink. »Ihr habt zehn Minuten, dann will ich dich wieder an Bord haben.«

»Danke!« Sie lief auf ihn zu, umarmte ihn stürmisch und rannte sofort zur Tür hinaus.

Kaum war sie verschwunden, raufte sich Captain Quintrell die Haare und seufzte schwerfällig. »Lou kann wirklich nicht für immer auf der Rajula bleiben. Leider habe ich keine Ahnung, was ich tun soll.«

»Sie kann uns gerne für längere Zeit besuchen, wenn wir zurück in England sind«, erklärte Ashton, woraufhin ihn Penny gleich noch mehr liebte, wenn das überhaupt möglich war.

Der Captain nickte ihm dankbar zu. »Lass uns auf der Rückreise darüber reden. Erledige du deinen Auftrag, und morgen Früh setzen wir die Segel.«

Der Auftrag! Penny hatte ihn in all der Aufregung beinahe vergessen. Hoffentlich ging alles gut.

Ashton hielt all seine Sinne weit offen, als er Penelope am

Hafen in die Kutsche half, die sie zum Opernhaus bringen würde. Er hatte extra ein geschlossenes Gefährt geordert, damit so wenig Leute wie möglich sie beide zu sehen bekamen. Zum Glück war es fast dunkel.

Bevor er einstieg, wies er den Kutscher an, zur Rua Serpa Pinto zu fahren. Dort befand sich das Teatro Nacional de São Carlos.

Als sich Ashton neben Penelope setzte und seinen Zylinder auf dem Schoß abstellte, sagte sie: »Ich hätte nicht gedacht, dass es in Lissabon so aufregend wird.«

»Ich auch nicht.« Er suchte im Dunkeln nach ihrer Hand und hielt sie fest, wobei er sich wünschte, er könnte etwas mehr als nur ihre Umrisse erkennen. Aber er wusste, wie wunderschön sie aussah. Außerdem sollte er den Blick besser nach draußen richten.

Ashton erwartete keinen neuen Angriff – ansonsten würde er Pen niemals mitnehmen. Dennoch hatte er sich sicherheitshalber voll ausgerüstet. Unter seinem dunkelblauen Gehrock verbarg er eine Pistole. Seine elegante, lange Hose verdeckte die Schäfte der halbhohen Stiefel, in denen Klingen steckten. Seinen Gehstock hatte er außerdem dabei.

Es war das erste Mal, dass er mit seiner Ehefrau eine öffentliche Veranstaltung besuchte. Ab morgen würden sie wieder einige Tage auf See verbringen, deshalb sollte dieser Abend etwas Besonderes für sie beide werden. Im Opernhaus wurde heute das romantische Melodram »Gabriella di Vergy« aufgeführt. Das würde Pen sicher gefallen.

Der Kutscher brachte sie in das Altstadtviertel Chiado, weshalb die Fahrt nicht allzu lange dauerte. Das Gefährt hielt direkt vor dem vierstöckigen, aus grauem Stein errichteten Opernhaus, das von Fackeln und Laternen hell erleuchtet wurde.

Als der Kutscher ihnen öffnete, überprüfte Ashton schnell die Umgebung mit geübtem Blick und stieg aus. Von allen Seiten eilten die Besucher herbei, und nichts deutete auf einen Angriff hin.

Er half Pen heraus, bezahlte den Fahrer großzügig – aber nicht übermäßig, schließlich wollte er nicht auffallen – und bat ihn, sie später wieder abzuholen. Danach schritt Ashton mit seiner wunderschönen Frau durch den mittleren der drei hohen Rundbögen in das Gebäude. An der Garderobe legten sie ihre Mäntel ab und stiegen eine Treppe hinauf zu den oberen Etagen. Ashton hatte extra keinen Sitzplatz in den vorderen Reihen gebucht, wo man zwar einen guten Blick auf die Bühne, aber auch auf ihn hätte, sondern eine Loge in der mittleren der fünf Balkonreihen in der Nähe der Musiker. Von dort oben könnte er in Ruhe ausspionieren, wo der Mann saß, dem er den Umschlag übergeben musste.

Am Nachmittag hatte sich Ashton noch einmal schlaugemacht, wie Frederico de Alcântara Santos – der Herzog von Sintra – aussah, damit er ihn gleich erkannte. Der Politiker und Diplomat war ein enger Freund des portugiesischen Königshauses und würde deshalb sehr wahrscheinlich in der Königlichen Loge sitzen. Ashton musste nach einem ergrauten Vierzigjährigen mit Schnauzbart Ausschau halten, dem an der rechten Hand ein Finger fehlte.

Als er mit Penelope ihre kleine Loge betrat, die durch Trennwände von den anderen Balkonen abgeschottet war, schloss er sofort die Tür hinter ihnen und setzte sich ganz vorne an die Brüstung. Von hier oben hatten sie sowohl einen hervorragenden Blick seitlich auf die Bühne, als auch auf die Königliche Loge, die sich ganz hinten in der Mitte des riesigen Saales befand und sich über drei Balkonreihen erstreckte. Über dem riesigen Kabinett, das weinrote Bro-

290

katvorhänge zierten, hielten zwei vergoldete Putten das Wappen der Portugiesischen Königsfamilie. Da die Vorhänge noch geschlossen waren, konnte er nicht sehen, wer bereits in der Loge saß.

»Das Opernhaus sieht wunderschön aus«, schwärmte Pen und bewunderte das hohe Deckengewölbe, das im Rokoko-Stil bemalt und mit muschelartigen Ornamenten verziert worden war.

»Das ursprüngliche Gebäude hat das große Erdbeben leider nicht überlebt«, erklärte ihr Ashton. »Deshalb wurde es im italienischen Stil wieder aufgebaut und 1793 eröffnet.«

»Faszinierend«, murmelte sie und nahm das Programm zur Hand. Im schwachen Schein einer Lampe studierte sie die portugiesischen Wörter. »Ich verstehe leider kein Wort.«

»In dem Stück geht es um die junge Gabriella, die von ihrem Vater gezwungen wird, den Grafen Fayel von Vergy zu heiraten, obwohl sie den Ritter und Troubadour Raoul liebt. Sie willigt nur ein, weil sie denkt, Raoul sei während der Kreuzzüge gestorben. Doch …«

Schnell legte sie ihm eine Hand auf den Arm. »Bitte verrate nicht zu viel, ich möchte mich überraschen lassen.«

Ob es ihr gefallen würde, dass die Geschichte kein gutes Ende nahm?

Solange unsere Geschichte ein gutes Ende hat, ist alles in Ordnung, dachte er, wobei sein Herz einen heftigen Sprung vollführte. Seine alte Angst war nach wie vor da, doch er war froh, sich nicht länger von ihr beherrschen zu lassen. Jeder Moment mit Penelope war wertvoll.

Die Musiker spielten sich ein, und als der große Vorhang der Bühne nach oben gezogen wurde und das Schauspiel begann, klebte Pen förmlich am Geländer, und jegliche Anspannung schien von ihr abzufallen. Ashton wollte am liebsten nur sie beobachten, aber er würde seinen letzten Auftrag mit genauso viel Gewissheit erledigen wie all die anderen zuvor.

Er lehnte sich zurück, um im Schatten zu verschwinden, und beobachtete mit dem Theaterglas das Publikum, während die Sänger auf der Bühne agierten. Der Vorhang der Königlichen Loge hatte sich bereits geöffnet; allerdings war es zu dunkel, um mehr als nur Umrisse zu erkennen. Doch Ashton hatte Zeit, blieb immer auf der Hut, verfolgte das Stück und hielt gleichzeitig die Zuschauer im Auge.

Auf der Bühne wurde es dramatisch: Gerade kehrte Raoul, Gabriellas früherer Geliebter, aus dem Krieg zurück und warf ihr Treulosigkeit vor, da sie einen anderen geheiratet hatte.

Pen legte eine Hand auf sein Bein, ohne den Blick von den Sängern zu nehmen, und sagte entsetzt: »Oh nein, die arme Gabriella wurde getäuscht!«

Ashton schmunzelte, weil seine Frau voller Leidenschaft das Schauspiel verfolgte. Es schien ihr also zu gefallen.

Er beugte sich zu ihr, um ihr im Schutz der Dunkelheit einen keuschen Kuss auf die Wange zu hauchen. Sie quittierte ihn mit einem zarten Lächeln, drückte sein Bein und presste sich atemlos eine Hand ans Dekolleté, als der König den Grafen Fayel bat, Raoul als Belohnung seine Schwester Almeide zur Frau zu geben, denn der Ritter hatte einst das Leben des Herrschers gerettet. Als Gabriella ihren früheren Geliebten anflehte, Almeide zu heiraten und sie zu vergessen, tupfte sich Penelope mit ihrem Spitzentaschentuch die Lider ab.

Plötzlich nahm Ashton aus dem Augenwinkel das Aufflackern einer Flamme war. In der Königlichen Loge hatte sich jemand eine Zigarre angezündet, wie es schien, denn in der Dunkelheit glimmte ein Punkt auf und Rauch stieg

292

an die Decke.

Ashton richtete sein Glas auf die Loge, und beim erneuten Aufglühen des Tabaks erkannte er deutlich einen Herrn mit Schnauzbart, dem ein Finger fehlte. Das musste der Herzog von Sintra sein!

Ashton atmete auf. Der Mann war also tatsächlich hier.

Da es schier unmöglich war, dem portugiesischen König selbst den Umschlag zu überreichen, weil nur dessen engste Vertraute wussten, wo er sich gerade aufhielt, war die Wahl auf den Herzog gefallen.

Ashton konnte es nur mit Mühe bis zur Pause erwarten und geleitete Penelope, kaum dass der Vorhang gefallen war, zu den Aufenthaltsräumen der Frauen. Er überprüfte, ob er sie für einen Moment allein lassen konnte, und machte sich auf die Suche nach dem Politiker. Diesen entdeckte er in der Nähe der Erfrischungen. Leider befanden sich zu viele Augen und Ohren in dessen Nähe.

Minutenlang schlich Ashton um den Mann herum, machte sich ein Bild von der Lage und fluchte im Stillen, weil der Adlige ständig von neuen Leuten begrüßt oder angesprochen wurde.

Da entdeckte er Penelope, die beinahe engelsgleich auf ihn zuschwebte. Ashton nahm schnell ein Glas Limonade vom Tablett eines Dieners und überreichte es ihr.

»Das Stück ist formidabel, Ashley«, sagte Pen überschwänglich, sodass sich ein paar Besucher zu ihr umwandten, und nippte an ihrem Glas. Sie hatten sich darauf geeinigt, am letzten Tag ihres Aufenthaltes in Lissabon ihre neue »Biografie« zu verwenden. »Die Konflikte zum Spannungsaufbau, die durch die verschiedenen Komponenten der Musik und deren Instrumente erzeugt werden, hat der Komponist hervorragend herausgearbeitet. Die Sänger halte ich allesamt für begnadete Schauspieler, vor allem die Rolle der

Gabriella überzeugt mich durch ihre Darbietung.«

Ashton grinste glücklich wegen ihrer Begeisterung. »Es freut mich sehr, dass dir das Stück gefällt, Nelly.«

Eine rundliche Dame trat zu ihnen und lächelte sie scheu an. »Entschuldigung, dass ich mich in Ihr Gespräch einmische …« Sie sprach mit amerikanischem Akzent und stellte sich als Mrs Bowman vor, die für längere Zeit in Lissabon residierte. »Meine Dame, Sie scheinen sich mit der Materie sehr gut auszukennen, und ich habe Ihren Namen gehört … Sie sind nicht zufällig die berühmte Nelly Nigel?«

Penelopes Gesicht lief feuerrot an. »Oh … ich … woher wissen Sie …«

Die Augen der Dame strahlten. »Meine Liebe, Ihr Auftritt in jenem Gasthaus hat sich in Lissabon in Windeseile herumgesprochen. Ein guter Bekannter hat Sie dort gesehen und mir begeistert von Ihrem Talent berichtet. Wann und wo kann ich Sie das nächste Mal singen hören?«

Mittlerweile hatte sich eine kleine Gruppe von Schaulustigen um sie versammelt, um dem Gespräch neugierig zu lauschen. Während sich Pen mit dem Fächer Luft zuwedelte, gab ihr Ashton mit einem unauffälligen Nicken zu verstehen, dass er die Gunst der Stunde für die Übergabe nutzen wollte, da nun viele abgelenkt waren.

Sie bedeutete ihm mit einem Zwinkern, dass sie sich der Situation gewachsen fühlte, woraufhin er sich langsam zurückzog.

»Ich muss Sie leider enttäuschen, Madame«, hörte er sie sagen, »wir reisen morgen ab. Aber ich fühle mich sehr geehrt, dass Sie mich singen hören wollen.«

»Ach, wie schade!«, rief die Frau theatralisch.

Seine Gattin erstaunte ihn einfach immer wieder. Sie behielt wohl in jeder Situation die Fassung?

Na gut, nicht in jeder, dachte er und grinste in sich hin-

294

ein, während er sich überlegte, wie er sie demnächst aus der Fassung bringen könnte. Ob er an ihren Zehen lutschen sollte?

Als er ihr glockenreines Lachen hörte und jeder an ihren Lippen hing, reifte in ihm eine grandiose Idee. Penelope wäre die perfekte Tarnung für seine Geheimaktivitäten! Seine junge, hübsche Gattin könnte alle Blicke auf sich ziehen, falls er eine besonders heikle Mission zu erledigen hätte, zum Beispiel, wenn er sich davonstehlen musste, um in einen Raum einzubrechen. Früher hatte er bereits das eine oder andere wichtige Dokument entwenden müssen, damit es nicht in falsche Hände gelangte. Er könnte in Ruhe seinen Aufgaben nachkommen, während alle anderen Penelopes Charme erlagen.

Er lachte beinahe laut über seine abstrusen Gedanken. Diese Zeiten waren vorbei. Endgültig. Außerdem würde er Pen niemals in Gefahr bringen! Er schwitzte ohnehin gerade genug, weil er sie kurz allein lassen musste. Doch wie es schien, hielt sie die Meute hervorragend in Schach, erzählte etwas von ihrer »Karriere« und brachte jeden in der Nähe dazu, ihr fasziniert zuzuhören.

Oh, diese süße Schwindlerin! Wer hätte das von der tugendhaften Tochter eines Barons gedacht?

Ashton hatte sich grundlegend in ihr geirrt.

Als ihn niemand beachtete, stellte er sich dicht neben den Herzog und fragte leise auf Portugiesisch: »Sind Sie Frederico de Alcântara Santos?«

Als der Mann bejahte, flüsterte Ashton ihm unauffällig zu: »Ich bin im Auftrag des Königs von England hier. Er bittet Sie, das Ihrem Regenten zu geben.« Er positionierte sich so vor dem Mann, dass die Übergabe niemand sehen konnte, und überreichte ihm schnell den Umschlag. »Die Sache ist von höchster Dringlichkeit.«

Der Herzog nickte leicht, steckte den Umschlag ein und ging davon.

Ashton atmete auf. Das war ja kinderleicht und völlig unspektakulär über die Bühne gegangen – vor allem dank seiner Frau. Um sie zu erlösen, kehrte er zu ihr zurück und erklärte Mrs Bowman: »Unser nächstes Ziel ist Frankreich, danach tritt Nelly in England auf. Vielleicht sehen wir uns dort eines Tages wieder, meine Teuerste.« An alle gewandt, sagte er: »Meine Damen, meine Herren, bitte entschuldigen Sie uns, das Stück geht gleich weiter.«

Kaum befanden sie sich wieder in ihrer düsteren Loge, prustete Penelope los und klammerte sich an seinen Arm. »Ist das zu fassen? Mein Leben hat sich in ein verrücktes Theaterstück verwandelt!«

»Du warst einfach großartig!« Ashton zog sie an sich, um sie leidenschaftlich zu küssen. »Du wärst die perfekte Spions-Assistentin.«

Selig grinste sie ihn an. »Das könnte dir so passen! Mir zittern jetzt noch die Knie. Da sehe ich mir lieber ganz brav die Oper zu Ende an und überlasse das Schauspielern den Experten.«

Sie setzten sich, und als das Stück weiterging, saß der Herzog nicht mehr im Publikum. Wahrscheinlich befand er sich bereits auf dem Weg zum König, um ihm den Umschlag zu überreichen. Ashton war erleichtert, dass sein Teil der Mission erledigt war.

Auf der Bühne legte das Drama nun richtig an Tempo zu, als Gabriella ihrem früheren Geliebten gestand, dass sie ihn noch immer liebte, woraufhin sie ins Gefängnis geworfen wurde. Ihr Mann Fayel beschuldigte sie, ihn betrogen zu haben, und forderte Raoul zum Duell auf. Fayel gewann, aber anstatt seiner unschuldigen Frau zu vergeben, schnitt er seinem Nebenbuhler das Herz heraus und brach-

296

te es ihr in einer Urne ins Gefängnis. Gabriella starb an Wahnsinn und gebrochenem Herzen. Kurz vor ihrem Tod wünschte sie sich, dass das schäumende Blut aus der Urne Fayels Gesicht bedecken möge. Außerdem solle Raouls Geist aus seinem Grab aufsteigen, um das Messer, mit dem Fayel sein Herz herausgeschnitten hatte, in dessen Herz zu treiben.

Gewaltiger Applaus brach aus. Penelope stellte sich an die Brüstung, das Gesicht voller Tränen, und klatschte ebenfalls Beifall.

Ashton lehnte sich zufrieden zurück. Der Abend schien ein voller Erfolg gewesen zu sein. In Zukunft sollte er mit Pen öfter die Oper besuchen, wenn ihr das so viel Freude bereitete. Allein ihr dabei zuzusehen, wie sämtliche Emotionen über ihr Gesicht wanderten, war ihm Freude genug.

❦

Als sie später eng aneinandergeschmiegt in der Koje lagen, tauchte der Vollmond den Salon in ein unwirkliches Licht. Ashton fragte sich, ob er nicht gerade träumte, weil alles zu schön war, um echt zu sein. Hoffentlich entsprach alles der Wahrheit, was seit seiner ersten Begegnung mit Penelope vor einigen Monaten passiert war. Er konnte kaum begreifen, wie sich sein Leben innerhalb kürzester Zeit komplett verändert hatte, und das allein wegen der Frau in seinen Armen. Um nichts auf der Welt wollte er die Zeit zurückdrehen, sondern nur noch voller Vorfreude in die Zukunft blicken – in eine gemeinsame Zukunft mit seiner besonderen Gattin.

Leise sprachen sie sowohl über das Stück als auch über das Ablenkungsmanöver und ließen sich vom Schunkeln des Schiffes einlullen. Ashton war heilfroh, dass ihr Besuch in Lissabon ein schönes Ende gefunden hatte. Morgen brachen sie zum zweiten Abschnitt ihrer Hochzeitsreise auf, und er freute sich auf drei unbeschwerte Wochen in Paris. In der Stadt der Liebe wollte er mit Pen jeden einzelnen Tag ganz besonders genießen – und Opernhäuser gab es dort auch.

Danach würde er mit ihr zurück nach England reisen, um ihr sein Landgut in Nottinghamshire zu zeigen. Zu Beginn der neuen Saison würden sie allerdings in der Villa in London wohnen, da er dem König erklären musste, warum er fortan keine neuen Aufträge mehr annehmen würde. Das bedeutete dann wohl leider auch, dass er an den langweiligen Parlamentssitzungen teilnehmen musste. Aber sein neues Glück war ihm all das wert.

Als plötzlich ein Jaulen vor der Tür erklang, murmelten sie beide unisono: »Parzival«, und Ashton erhob sich träge. »Ich lasse ihn rein.«

»Danke«, flüsterte sie. »Keine Ahnung, was er hat.«

Wahrscheinlich Sehnsucht nach zärtlichen Händen, die ihn liebevoll streicheln, dachte er süffisant.

Kaum hatte er die Tür geöffnet, lieferte er sich mit dem Kater ein Wettrennen. Noch einmal würde der ihm nicht seinen Platz neben Penelope streitig machen.

Er hörte sie im Halbdunkeln kichern, als er vor dem Tier in die Koje sprang und sich wieder an sie kuschelte. Parzival rollte sich zu ihren Füßen zusammen.

»Du hast den Kater verwöhnt«, brummelte Ashton. »Nicht, dass er jetzt jede Nacht zu uns ins Bett kommt.«

»Du brauchst nicht eifersüchtig zu sein, mein Liebster«, säuselte sie und kraulte ihn unter dem Kinn. »Ich werde dich für den Rest unseres Lebens verwöhnen.«

»Versprochen auf diesen Kuss«, sagte er schnell. Noch bevor sie protestieren konnte, hatte er ihr schon die Lip-

298

pen aufgedrückt.

Leise lachte sie und grub die Finger in sein Haar. »Du bist unverbesserlich, mein Lord. Einfach unverbesserlich.«

Kapitel 26 – Rollenspiele
Bonusgeschichte
London, England
Mai 1839

»Mach leisere Schritte«, flüsterte Ashton, als sie durch das düstere Zimmer schlichen.

Er hielt Penelopes Hand, damit sie sich nirgendwo stieß. Wegen der großen Kapuze, die tief über ihrer Stirn hing, hatte sie keine so gute Sicht. Aber sie beide würden sich in diesem Raum auch blind zurechtfinden, schließlich kannten sie jedes Möbelstück, jedes Spielzeug darin auswendig.

»Wenn er einmal eingeschlafen ist«, wisperte Pen, »würde er nicht einmal bemerken, wenn sein Bauklötzeturm umfällt.«

Ashton grinste und zog seine Frau ein Stück von besagtem Bauwerk weg, damit sie es mit ihren ausladenden Röcken nicht aus Versehen zerstörte. »Pass besser auf, wenn du morgen Früh nicht von seinem Holzschwert durchbohrt werden möchtest.«

Sie kicherte leise. »Er kommt eben ganz nach seinem Vater und verteidigt das, was er liebt.«

Ashtons Herz schmolz vor Zuneigung, als sie vor dem Bettchen hielten, in dem ihr zweijähriger Sohn selig schlummerte. Durch einen Spalt im Vorhang fiel ein wenig Licht auf die Zudecke, weil es draußen noch nicht ganz dunkel war, sodass Ashton das süße Gesichtchen ausgiebig studieren konnte. Die Kulleraugen hatte Georgie nun geschlossen, die Stupsnase zuckte, während er träumte, und eine sanfte Röte überzog seine glatten Pausbäckchen. Ashton könnte ihn schon wieder knuddeln und seine Nase in dem schwarzen Schopf versenken.

Als der Kleine das Licht der Welt erblickt hatte, war er ganz verschrumpelt gewesen. Wie sehr er sich seitdem täglich veränderte, war ein Wunder. Morgen würde er bestimmt schon wieder ein bisschen anders aussehen und vielleicht ein neues Wort sprechen.

Ashton hatte während der Geburt Todesängste ausgestanden, sowohl um Pen, als auch um seinen Sohn. Doch es war alles gutgegangen. Ashton war seiner Frau nicht von der Seite gewichen – sehr zum Unmut des Arztes und der Hebamme –, obwohl er kaum ertragen konnte, welche Schmerzen seine tapfere Pen aushalten musste. Doch als sie ihren Sohn in die Arme gelegt bekommen hatte, waren all die schlimmen Stunden für sie beide auf einen Schlag vergessen gewesen.

Ashton verstand überhaupt nicht, wieso andere Adlige ihre Kinder kaum sehen wollten. Sie verpassten so viele wundervolle Momente.

Eigentlich verstand er deren Beweggründe sehr wohl, denn ein kleines Kind zu bespaßen, kostete genauso viel Kraft, Disziplin und Nerven, wie ihnen Gehorsam, traditionelle Werte und standesgemäßes Verhalten beizubringen. Schließlich sollte der Adelsspross später einmal seine ihm zugedachten Aufgaben erfüllen können. Zum Glück würde Georgie seine Kindheit noch ein paar Jahre genießen können. Pen und er planten, erst nach seinem siebten Geburtstag Hauslehrer einzustellen.

Ihre aufmerksame Nanny, die ihre Anwesenheit natürlich bemerkt hatte, da sie im Nebenzimmer wohnte, steckte den Kopf in die Kinderstube. Als sie sah, wer sich dort befand, nickte sie lächelnd und zog sich wieder zurück.

Allerdings dürfte sie nur ihn direkt erkannt haben, denn Penelope trug einen dünnen Kapuzenmantel, der ihre besondere Frisur und ihr stark geschminktes Gesicht vor aller Augen verbarg.

Ashton seufzte glücklich, während er abwechselnd seine beiden Herzensmenschen betrachtete. »Ich würde am liebsten hier bleiben, um Georgie den ganzen Abend anzusehen.«

»Nanny Millie passt gut auf ihn auf«, erklärte Pen schmunzelnd, doch ihre Stimme zitterte leicht. Auch ihr fiel der Abschied schwer. Nicht nur, weil sie seit der Schwangerschaft nicht mehr auf der Bühne gestanden hatte und noch nie länger als ein paar Stunden von ihrem Sohn getrennt gewesen war, sondern vor allem wegen ihres bevorstehenden Auftrittes. Ashton spürte, wie nervös sie war, und wollte ihr noch einmal auf den Zahn fühlen, ob sie sich wirklich bereit für dieses große Ereignis fühlte. Aber natürlich würde sie keinen Rückzieher machen. Sie war eben sehr viel mutiger als er.

»Na komm, wir müssen langsam los, bevor ich es mir noch anders überlege.« Ungeduldig zupfte sie an seinen Rockschößen. »Außerdem hast du Georgie heute zwei Stunden ganz allein für dich gehabt.« Penelope hatte sich in der Zwischenzeit für den Abend vorbereitet.

»Was habt ihr denn den halben Vormittag ohne mich getrieben?«, wollte sie wissen.

»Wir haben das neue Schaukelpferd eingeweiht. Doch meistens wollte der kleine Bestimmer, dass ich ihn fliegen lasse.«

Sie lachte leise. »Deshalb seid ihr beide mittags so müde gewesen.«

Ashton hatte sich gemeinsam mit seinem Sohn ein Schläf-

301

chen gegönnt. Er wurde schließlich auch nicht jünger, obwohl er sich mit dem Kleinen an seiner Seite manchmal selbst wie ein Kind fühlte.

»Morgen wird wieder ein langer Tag für ihn«, flüsterte Pen, »wenn wir alle in den Park gehen. Georgie liebt Eichhörnchen und Enten.«

»Hmm. Wir werden ihn an die Leine legen müssen«, sagte er spaßeshalber. Georgie steckte voller Energie, und seit er laufen konnte, war er nicht mehr zu bremsen.

Langsam kam ihr Sohn in das Alter, in dem etwas mehr mit ihm anzufangen war als ihn zu hätscheln und zu herzen. Ashton liebte es, seine leuchtenden Kinderaugen zu sehen oder sein Lachen zu hören, wenn er ihm eine lustige Geschichte erzählte oder sie im Garten Schmetterlinge und Bienen beobachteten. Manchmal schienen ihn seine Gefühle schier zu überwältigen, weil er seinen Sohn so sehr liebte, dass es ihm vor Überwältigung die Tränen in die Augen trieb.

Es gab für Ashton – neben Pen – keinen wichtigeren Menschen auf der ganzen Welt als Georgie. Er war heilfroh, dass er seine Lebenseinstellung völlig geändert hatte und sie beide die Erziehung ihres Kindes nicht komplett in andere Hände legten. Georgie – eigentlich George Andrew, denn sie hatten ihn nach Penelopes Brüdern benannt – befand sich bei ihnen, wann immer es ihnen möglich war. Nachts schlief er jedoch in seinem Kinderzimmer, auch wenn es Ashton schwerfiel, von dem Kleinen getrennt zu sein. Doch er wollte natürlich nicht, dass ihr Sohn mitbekam, was seine Eltern in ihrem Bett trieben.

Ashton liebte seine wunderbare Frau jeden Tag immer noch ein bisschen mehr. Heute sah sie wieder einmal bezaubernd aus. Unter ihrem Kapuzenmantel trug sie ein blassblaues Kleid, das einen sündhaft tiefen Rückenausschnitt besaß. Ihre Zofe Trish, die als einzige Angestellte in

302

Pens Doppelleben eingeweiht war, hatte ihr die blonden Haare der Perücke kunstvoll hochgesteckt und Perlen eingearbeitet. Ihr Gesicht war auffällig geschminkt, um ihre Identität zu verschleiern – normalerweise legte Trish ihr höchstens dezent Kosmetik auf, denn Pen hatte diese absolut nicht nötig. Um den Hals trug sie Izzys Herzmedaillon, da es ihr bei den Auftritten immer Glück gebracht hatte, wie sie sagte.

Er war sich sicher, dass sie heute Abend alle Zuschauer begeistern würde.

Als sie vor vier Jahren nach ihrer Hochzeitsreise nach London zurückgekehrt waren, hatte Ashton seine Frau zu König William mitgenommen, um ihm seine endgültige Entscheidung mitzuteilen. Ashton hatte schon unter George IV. gedient. Als dieser 1830 starb, folgte ihm sein Bruder William auf den Thron. Ashton stand zehn Jahre lang in den Diensten der Brüder, weshalb ihm der Schlussstrich hätte schwerfallen müssen, doch das tat es nicht.

Als William hörte, was in Lissabon passiert war und welche Rolle Penelope dabei gespielt hatte, stellte der Monarch Ashton sofort von zukünftigen Aufträgen frei und lobte Penelopes Mut. Danach wollte er sich selbst von ihrem musikalischen Talent überzeugen. Pen hatte am ganzen Körper gezittert, als sie dem König ihre selbst komponierte Ballade vorgespielt und vorgesungen hatte.

William war derart begeistert gewesen, dass Pen immer zu seinem Geburtstag und zu besonderen Anlässen, verkleidet als Nelly Nigel, hatte vorspielen müssen. Deshalb trug sie eine Perücke. Schließlich ließen sie sich doch hin und wieder in Gesellschaft blicken. Was würde der *bon ton* wohl sagen, wenn sie wüssten, wer hinter der begnadeten Sängerin steckte?

Ashton grinste in sich hinein. Manchmal wollte er es

darauf ankommen lassen.

Leider war König William vor zwei Jahren ebenfalls verstorben. Seine Nachfolgerin Königin Victoria hatte durch die Aufführungen am Hof von Nelly Nigel und ihren Künsten gehört, weshalb Penelope heute, zum Geburtstag der Thronfolgerin, neben anderen Künstlern auftreten sollte.

Sie hatte ein neues Lied über einen Spion und dessen Frau sowie deren große Liebe geschrieben, in der Pen einige ihrer Erlebnisse verarbeitet hatte. Jedoch hatte sie den Inhalt so sehr verändert, dass niemand Rückschlüsse auf Ashtons früheres Leben ziehen konnte. Er war schon sehr gespannt, wie die Ballade beim Publikum ankam. Königin Victoria besaß keinerlei Kenntnis über seine Vergangenheit. Dieses Geheimnis war mit William gestorben.

»Ash«, wisperte Pen und zog an seiner Hand. »Wir kommen noch zu spät.«

»Alle guten Künstler kommen grundsätzlich zu spät«, murmelte er, setzte jedoch die Beine in Bewegung. Vielleicht hatte er auch nicht gehen wollen, weil er aufgeregter war als sie. Er zweifelte allerdings nicht daran, dass Penelope ihre Sache hervorragend machen würde. Sie war eben ein Naturtalent – auf mehreren Ebenen. Ashton plante, nach der Aufführung ein etwas anderes »Schauspiel« aufzuführen und war zu gespannt, ob sie mitmachen würde. Diese Nacht sollte für sie beide etwas Besonderes werden, denn sie waren schließlich nicht nur Eltern, sondern immer noch ein Liebespaar.

❦

Als sie durch den Hinterausgang der Villa huschten, um zum Stall zu schleichen, achtete Penny darauf, dass ihre Kapuze nicht verrutschte, damit niemand ihr verändertes Aus-

304

sehen bemerkte, falls sie einem Angestellten über den Weg liefen. Ashton führte sie zu einer kleinen, geschlossenen Kutsche, die er zuvor angespannt hatte. Es dämmerte, aber noch war es nicht ganz dunkel.

Pennys Herz klopfte wild vor Aufregung, als Ashton ihr in die Kabine half. Sie durfte erneut im Palast auftreten; zum ersten Mal vor Königin Victoria. War das zu fassen? Penny war völlig überwältigt gewesen, als die Anfrage von der Königinmutter gekommen war, die ihre Tochter überraschen wollte.

Zum Glück war sie nicht die Hauptattraktion, sonst würde sie vor Aufregung kaum noch atmen können. Sie wollte zwei Stücke spielen; zuerst die romantische Ballade »Das Erblühen der Rose«, danach die etwas rasantere und zuweilen lustige Ballade »Der Spion und die Lady«. Inständig hoffte sie, es nicht zu vermasseln. Ihr letzter Auftritt lag schon ewig zurück.

Schade, dass Lou alias Lucy nicht dabei sein konnte. Penny vermisste sie schmerzhaft, doch sie besuchten sich, so oft sie konnten. Lucy lebte nun wieder bei William Quintrell, allerdings nicht mehr auf dem Schiff. Gerade ging es in dem Leben der beiden drunter und drüber. Der ehemalige Captain hatte neue Aufgaben übernommen, und nicht nur Lucy hatte gestaunt, wie alles gekommen war. Aber das war eine andere Geschichte.

Auf jeden Fall hatte das Mädchen nach der Hochzeitsreise eine Weile bei ihnen gelebt, während William weiter zur See gefahren war. Lucy hatte ihren Ohren nicht trauen wollen, als Ashton ihr gestanden hatte, wer er und Penny wirklich waren. Doch als sie die Villa in Marylebone gesehen hatte und später auch das Landgut in Nottinghamshire, war sie sich vorgekommen wie in einem Märchen und hatte vor Dankbarkeit und Freude geweint.

William war ihnen beiden ebenfalls unendlich dankbar für die Chance, die Lucy erhalten hatte und dass sie von den besten Lehrern unterrichtet worden war. Aus ihr war eine wunderschöne junge Dame geworden, die nächstes Jahr, an ihrem siebzehnten Geburtstag, offiziell in die Gesellschaft eingeführt wurde.

Während der Kutschfahrt blickte Penny nervös aus dem Fenster und wünschte, Ash würde neben ihr sitzen, aber er musste die Kutsche lenken. Zum Glück war es bis zum Buckingham Palace nicht allzu weit.

Als sie den Palast erreichten, überließ Ashton die Kutsche einem Angestellten. Ash schlüpfte mit Penny durch einen Hintereingang zu den Garderoben der Künstler, wobei sie viel zu aufgeregt war, um die prachtvolle Einrichtung zu bestaunen. Während eines unbeobachteten Momentes verabschiedete er sich mit einem innigen Kuss von ihr und raunte: »Viel Glück, Maestra. Wir sehen uns später.«

Herrje, sie war ja nun schon ein paar Mal hier gewesen, dennoch sprang ihr das Herz beinahe aus der Brust. Während alle möglichen Künstler um sie herum huschten, legte Penny ihren Mantel ab, überprüfte in einem Spiegel den Sitz ihrer Perücke und wartete hinter den Kulissen nervös, bis sie an der Reihe war. Sie lauschte begnadeten Sängerinnen und Sängern sowie Musikern; es gab aber auch Schauspieler, die kurze, humorvolle Stücke aufführten, und jede Menge Tänzer durften auch nicht fehlen. Es war bekannt, dass Königin Victoria Musik und Tanz liebte. Deshalb wurden immer wieder große Künstler zu Auftritten im Buckingham Palace eingeladen. Und sie, Penelope Courtenay alias Nelly Nigel, war eine davon!

Penny würde aber nicht nur für die Königin singen und Klavier spielen, sondern sie machte es auch zu Ehren des verstorbenen Königs William. Ashton hatte ihr erzählt, war-

306

um der Monarch so angetan gewesen war von ihrem Auftritt, denn William war zwanzig Jahre lang mit einer Schauspielerin verheiratet gewesen.

Als ein Ansager die »großartige Nelly Nigel« ankündigte und etwas über sie erzählte – ähnlich wie es Ash damals in dem Wirtshaus in Lissabon gemacht hatte –, begab sie sich mit wackeligen Beinen neben das Klavier, das auf einer großen, prächtig geschmückten Bühne aufgebaut worden war. Noch konnte sie das Publikum nicht sehen, weil die riesigen Vorhänge geschlossen waren, aber Penny hörte die Zuschauer tuscheln. Es gehörte bei solchen Aufführungen immer dazu, dass viel geredet wurde; auch an die Darsteller gerichtete Rufe waren üblich. Jeder, der auf der Bühne und somit auch in der Öffentlichkeit stand, brauchte ein dickes Fell. Deshalb könnte Penny das niemals beruflich machen. Sie bibberte ohnehin jedes Mal, was nach ihren Auftritten in den Zeitungen stand. Bisher war »Nelly« zum Glück fast immer gut davongekommen. Nur einmal war sie von einem Klatschblatt zerrissen worden, da eine andere Künstlerin behauptet hatte, Nellys »frühere Freundin« gewesen zu sein. Diese »Dame« hatte angeblich aus dem Nähkästchen geplaudert und unschöne Dinge erzählt. Ashton war derart wütend geworden, dass er besagter Kritikerin am liebsten einen Besuch abgestattet hätte. Doch Penny hatte nur gelacht und gemeint, die Lästereien würden Nelly erst recht interessant machen.

Als sich der Vorhang öffnete und die Zuschauer klatschten, verbeugte sich Penny und versuchte wie immer, das Publikum auszublenden. Das gelang ihr meistens hervorragend, denn nur so konnte sie sich ganz auf ihre Darbietung konzentrieren. Allerdings war es unvermeidlich, dass ihr Blick auf Königin Victoria fiel, die als unverheiratete Frau neben ihrer Mutter auf zwei besonders auffälligen Stühlen in der ersten Reihe saß.

Penny verbeugte sich noch einmal in deren Richtung und unterdrückte den Wunsch, nach Ash zu suchen, um keine Aufmerksamkeit zu erregen. Sie wusste: Er saß irgendwo ganz hinten im Publikum, verborgen im Schatten, und würde sich auch sonst im Hintergrund halten, um Nachfragen über Pennys Verbleib zu vermeiden. Dann musste er nicht schwindeln, obwohl es dem attraktiven Schuft garantiert nicht schwerfallen würde. Penny liebte ihn so sehr, dass sie manchmal befürchtete, ihr Herz könne zerspringen, weil es bis zum letzten Winkel mit Liebe angefüllt war.

Natürlich wusste keiner der Anwesenden, dass Ash ihr »Mr Nigel« war. Hier kannten ihn einfach zu viele Adlige. Das lag weniger an den Festen, die sie beide eher spärlich besuchten – sie fuhren lieber aufs Land zu Pennys Eltern oder nach Nottinghamshire, raus aus dem Londoner Mief –, sondern an den Parlamentssitzungen. Ash war im House of Lords ein angesehenes und engagiertes Mitglied und fand die Sitzungen gar nicht so langweilig, wie früher angenommen. Darüber war Penny sehr froh. Sie hatte erst befürchtet, dass ihm die ganzen Veränderungen in seinem Leben nicht zusagen würden. Schließlich hatte er es stets genossen, zu reisen! Doch jetzt hatte er daran keinen Bedarf mehr und fühlte sich dort zu Hause, wo seine Familie war. Ashton war ein außergewöhnlich liebevoller und fürsorglicher Vater. Penny konnte ihr Glück oft immer noch nicht begreifen.

Nachdem sie sich an das Instrument gesetzt hatte, begann sie mit der romantischen Ballade über die traurige Frau, die jeden Tag im Park den Gärtner traf und zu neuem Leben erblühte. Danach spielte sie ihr aktuelles Stück »Der Spion und die Lady«. Es handelte von Missverständnissen, Abenteuern und der großen Liebe.

Als sie fertig war, erhoben sich neben den Zuschauern

sogar die Königin und deren Mutter, um wild Beifall zu klatschen. Königin Victoria schien so begeistert zu sein, dass sie noch eine Zugabe forderte, die Penny ihr natürlich mit Freuden gewährte und einen flotten Cancan zum Besten gab. Sie fühlte sich, als würde sie gleich abheben! Sie durfte tun, wofür ihr Herz brannte, und das in aller Öffentlichkeit! Niemals hätte sie vor ihrer Heirat gedacht, einmal hier zu sitzen und der Königin vorzuspielen. Ihr Leben hatte sich an Ashtons Seite in ein Abenteuer verwandelt, und sie wollte keinen einzigen Tag davon missen, auch nicht diesen einen schrecklichen. Denn erst die Begegnung mit den Banditen hatte Nelly Nigel hervorgebracht. So war aus etwas Fürchterlichem am Ende doch noch etwas Fantastisches entstanden.

Wie immer verfolgte Ashton gebannt die Vorführung, und sein Brustkorb war mit so viel Stolz angefüllt, dass es beinahe seine Rippen sprengte. *Das da vorne am Klavier ist meine Frau!*, wollte er rufen und konnte sich nur mit Mühe beherrschen. Die Hälfte der anwesenden Ladys würde wohl in Ohnmacht fallen. Auch wollte er keine Massenhysterie verursachen, obwohl es ihn in den Fingern juckte. Der *ton* hätte auf Jahre etwas zu lästern. Doch da Ashton sein Leben mit Pen und seinem Sohn in Ruhe genießen wollte, schwieg er.

Dennoch würden zwei anwesende Personen, für die er eine Einladung hatte besorgen können, wohl gerade aus allen Wolken fallen. Ashton freute sich, dass Izzy und Henry gekommen waren, denn normalerweise zog es sie seltener nach London. Er hatte die beiden am Rande der vierten Reihe erspäht. Meistens kamen sie nur in die Stadt, wenn Henry im Parlament bei den Pflichtveranstaltungen anwesend sein musste. Izzy besuchte dann für gewöhnlich Pen-

309

ny, weshalb die zwei schon öfter bei ihnen übernachtet hatten. Allerdings hatte Henry im letzten Jahr ein kleines Apartment mit Blick auf den Hyde Park gekauft, weshalb sie nun nicht weit weg von ihnen wohnten.

Die beiden schienen leise, aber rege, miteinander zu diskutieren. Denn natürlich hatte Izzy ihre beste Freundin erkannt.

Pen erntete nach dem dritten Lied erneut feurigen Applaus, und als der Vorhang fiel, wurde eine kleine Zwischenpause angekündigt. Sofort erhoben sich Izzy und Henry. Ashton folgte ihnen hinter die Bühne und passte sie ab, bevor Pen sie sah.

»Behaltet das Geheimnis bitte für euch«, flüsterte er ihnen zu.

»Ashton!« Izzy, die eines ihrer selbst entworfenen Hosenkleider trug, drückte ihn. »Was für eine Überraschung! Wieso erfahren wir das erst jetzt?«

»Erkläre ich euch gleich«, antwortete er, während er ihrem Mann Henry, Lord Wakefield, auf die Schulter klopfte.

In diesem Moment kam Pen auf sie zu, und Ashton rief: »Hier sind zwei Zuschauer, die Nelly Nigel sehen wollen.«

Pen begrüßte die beiden mit einer herzlichen Umarmung. »Ihr wart im Publikum? Ich habe euch gar nicht bemerkt!«

»Ich hatte ihnen eine Einladung besorgt, um dich zu überraschen«, gestand ihr Ashton.

»Das ist dir gelungen!« Plötzlich riss sie die Augen auf. »Aber ... ich dachte ...«

Ashton führte sie alle in einen Bereich hinter der Bühne, in dem sie ungestört reden konnten, und erklärte leise: »Ich glaube, es ist langsam an der Zeit, dass deine Freundin über Nelly Bescheid weiß. All die Jahre bist du beinahe geplatzt, weil du nichts sagen durftest. Diese Last wollte ich von dir nehmen.«

»Oh, Ash …« Mit feuchten Augen flog sie in seine Arme. »Ich danke dir so sehr.«

»Ihr dürft es aber keinem verraten«, ermahnte er die beiden.

Henry grinste verschmitzt. »Unsere Lippen sind versiegelt. Also zumindest meine.«

»Hey.« Izzy rammte ihrem Mann den Ellenbogen in die Seite. »Meine auch!« Dann wandte sie sich an Pen. »Da ich weiß, dass du Lieder komponierst über Themen, die dich persönlich betreffen oder beschäftigen, frage ich mich, ob ich den Spion und die Lady kennen könnte?«

Hilflos blickte Pen ihn an. Ashton hatte einen Eid geschworen, niemandem etwas von seinen Geheimtätigkeiten zu verraten. Diese Abmachung galt natürlich auch über den Tod des Königs hinaus. Deshalb schwieg er auch jetzt. Weil Pen ebenfalls nichts erwiderte, wurden Izzys Augen groß. »Ich habe doch gewusst, dass du mir etwas Bedeutsames verheimlichst! Schon deine Briefe damals während der Hochzeitsreise, die immer viel zu spät bei mir ankamen und kaum etwas Interessantes enthielten, waren sehr verdächtig.«

Als Pen betrübt den Blick senkte, sagte Ashton hastig: »Sie musste es mir schwören.« Doch sie hatte akzeptiert, nichts verraten zu dürfen, da es um eine höhere Sache gegangen war. Aber es war ihr unglaublich schwergefallen, ihre beste Freundin zu belügen. »Kann ich mich darauf verlassen, dass ihr von nichts wisst?«

Obwohl Izzy vehement den Kopf schüttelte, sah man ihr an, dass sie jedes Detail von Pen erfahren wollte. Henry hingegen antwortete ruhig: »Worüber haben wir gerade gesprochen? Nun habe ich glatt den Faden verloren.«

Izzy stupste ihn erneut mit dem Ellenbogen an. »Wir haben gerade gesagt, wie großartig wir Nellys Auftritt fanden!«

»Absolut grandios!«, bemerkte Henry ernst.

Ashton legte kurz einen Arm um Penelopes Taille und raunte: »Ich würde sagen, es war dein bester bisher.«

»Ich danke euch.« Sie lachte befreit, küsste ihn auf die Wange und drückte anschließend ihre Freundin fest. »Kommt doch noch mit zu uns. Ich würde mich sehr freuen.«

Während Izzy heftig nickte, erklärte Henry, nachdem Ashton ihm einen vielsagenden Blick zugeworfen hatte, den nur Männer verstanden: »Mein Bein macht mir etwas zu schaffen. Vielleicht wollen wir uns stattdessen ein andermal treffen? Wir sind noch drei Tage in London.«

»Wir gehen morgen mit Georgie in den Hyde Park«, sagte Pen. »Wollt ihr euch uns anschließen? Er würde sich bestimmt freuen, Rachel und Daisy wiederzusehen.«

Izzy strahlte. »Das ist eine wundervolle Idee.«

Ashton rieb sich zufrieden über die Brust, woraufhin ihn Henry verrucht angrinste. Die beiden Freundinnen schienen glücklich zu sein, und Ashton freute sich auf das, was gleich folgen würde. Für seine »gefügsame« Gattin war der Abend nämlich noch nicht zu Ende.

༄❀༄

Als Ash ihr in die dunkle Kutsche half, überraschte es Penny, dass er nach ihr zustieg und die Tür schloss. Dann klopfte er gegen das Dach, und sie setzten sich in Bewegung.

»Wer fährt die Kutsche?«, fragte sie verwundert.

»Ich habe hier immer noch Beziehungen, meine Liebe, und jemand schuldete mir einen Gefallen«, erklärte er ihr mit dunkler Stimme. »Wir beide sind ganz allein, und ich habe dem Kutscher befohlen, einen kleinen Umweg zu machen, damit ich mehr Zeit habe. Es ist also niemand hier, der dir zu Hilfe eilen könnte.«

Ash nahm neben ihr Platz und griff durch die Röcke zwischen ihre Beine. »Du hast wohl gedacht, du siehst mich nie wieder, Nelly. Aber hier bin ich und fordere Rache, weil du der ganzen Welt meine Geheimidentität verrätst.«

Penny erbebte wohlig. Das hier wurde eines ihrer Rollenspiele! Ihre Verkleidung bot sich dazu auch regelrecht an. Mit Ash wurde es nie langweilig. Er ließ sich immer wieder etwas Neues einfallen. Allerdings lag ihr letztes Spiel schon ewig zurück. Seit Georgie bei ihnen war, liebten sie sich eher »herkömmlich« in ihrem Schlafzimmer. Das war auch sehr schön, doch ihre Inszenierungen waren immer etwas Besonderes.

»I-ich habe niemandem etwas verraten«, stammelte sie gespielt ängstlich.

»Dafür ist es jetzt zu spät, mein ungehorsames Vögelchen.« Er griff unter ihre Kapuze, um sie behutsam über die Perücke zu heben. »Du bist nun mein Eigentum, und ich kann mit dir machen, was ich will!«

»Was? Ich bin höchstens das Eigentum meines Mannes!«, rief sie empört.

Sie glaubte, Ash stöhnen zu hören, und grinste in sich hinein. Schade, dass sie jetzt sein Gesicht nicht richtig sehen konnte. Sie brachte ihn immer gerne aus der Fassung. Allerdings war sie auch froh, kaum mehr als Umrisse zu erkennen. Die Dunkelheit machte sie mutiger, mehr auszuprobieren.

»Du hast dich sicher gefühlt, meine kleine Stute, weil ich eine Weile untergetaucht war«, raunte er und streifte ihr den Mantel von den Schultern. »Doch nun bin ich zurückgekommen, habe mir ein Imperium aufgebaut und bin zum mächtigsten Gangsterboss der Stadt aufgestiegen. Ich kann alles und jeden kaufen, auch dich.«

Ah, in diese Richtung ging das Spiel. Er war das unübertroffene Böse und sie sein hilfloser Besitz, den er herumkommandieren und benutzen konnte, wie er wollte.

Penny mochte es, wenn er die Führung übernahm und sie sich fallen lassen durfte. Sie hatten die Rollen auch schon ein paar Mal vertauscht, was durchaus seinen Reiz für sie beide besaß. Doch so herum war es ihnen lieber.

»Stell dich vor mich und stütze dich an der gegenüberliegenden Bank ab«, befahl er ihr barsch. »Ich will betrachten, was mir gehört.«

Ihr Schoß pochte erwartungsvoll, als sie ihm ihren Hintern vors Gesicht streckte und die Finger in das gegenüberliegende Sitzpolster krallte. So konnte sie sich wenigstens irgendwo festhalten. Der Kutscher fuhr langsam, dennoch wackelte das Gefährt. Schon flogen Röcke und Unterröcke über ihren Kopf, und sie fühlte einen Luftzug an ihren nackten Pobacken.

Ash riss die Vorhänge auf, sodass hin und wieder das Licht einer Laterne das Innere der Kutsche sanft erhellte. »Du trägst keine Unterwäsche?«, grollte er und verpasste ihr mit der flachen Hand einen Klaps. »Für wen wolltest du schnell bereit sein?«

»Für niemanden, Sir!«, rief sie, wobei sie das köstliche Brennen auf ihrer Haut genoss. »Es ist viel zu warm für Unterwäsche.«

Als er beide Hände auf ihre Pobacken legte und sie kräftig massierte, stellte sie ihre Beine ein Stück auseinander.

Ash lachte leise. »Du bist immer noch die geile Stute von früher, willig und bestimmt schon wieder feucht.«

Es gefiel ihr, wenn er auf diese Weise mit ihr sprach. Doch sie schrie überrascht auf, als er plötzlich das Gesicht an ihren Hintern presste. Er zog ihre Backen auseinander und ließ die Zunge über ihre intimsten Stellen flattern.

Penny stöhnte leise. Sie liebte es, ihm ausgeliefert zu sein, denn er wusste, wie sie es gern hatte.

314

»Hm, wo soll ich dich zuerst nehmen?« Er fuhr mit einer Hand zwischen ihre Beine, um hart über ihren pochenden Nerv zu reiben, bevor er einen Finger in sie schob. »Feucht, aber noch nicht feucht genug«, raunte er. »Dreh dich um und geh vor mir auf die Knie!«

Penny gehorchte abermals und sah zu, wie er seinen Hosenlatz aufknöpfte. Als er seine Erektion befreite, glitzerte ein Tropfen auf seiner prallen Eichel.

Speichel sammelte sich unter ihrer Zunge.

»Sieh her, was du mit mir anstellst!« Er griff in ihren Nacken, um ihren Kopf an seinen Schoß zu ziehen. »Mach das sauber!«

»Ja, Sir«, antwortete sie demütig, bevor sie ein Mal schnell über seine Spitze leckte.

»Mach es richtig!«, knurrte er und zog sie noch näher heran, sodass sich sein hartes Geschlecht zwischen ihre Lippen drängte.

Als sie ihn tief aufnahm und spürte, wie ein Beben durch Ash lief, fühlte sie sich erhaben, weil sie ihm diese Lust verschaffte. Gleichzeitig genoss sie es, von ihm benutzt zu werden. Er tat nie etwas, das sie nicht wirklich wollte, und trotzdem war es meistens aufregend und zuweilen verdorben. Doch in einer Kutsche hatten sie es noch nie getan!

War das zu fassen? Sie fuhren mitten durch London, und sie – eine Countess – kniete am Boden und tat etwas Ungeheuerliches!

»Das reicht«, raunte er und hob sie unter den Achseln auf die Beine. »Dreh dich um und raffe deine Röcke!«

Erneut tat sie, wie ihr aufgetragen wurde. Nachdem sie ihm das Gesicht abgewandt und die Stoffmassen angehoben hatte, zog er sie rückwärts auf seine Erektion. Ohne Vorwarnung drang er tief in sie ein, und als sie auf seinem

315

Schoß saß, aufgespießt durch seine Männlichkeit, öffnete er die Beine, sodass ihre Schenkel automatisch auseinander glitten.

Stöhnend zappelte sie auf ihm, während ihre Füße in der Luft hingen und sie ihm völlig ausgeliefert war. Einen Arm schlang er um ihre Taille, mit der anderen rieb er an ihrer wild pochenden Knospe.

»Die Beine weiter auseinander!«, befahl er und rieb sofort fester, ja, beinahe schon grob!

Doch sie liebte es.

Auch wenn die Stellung nicht die bequemste war, wollte sie gerade nirgendwo anders sein. Er verwöhnte sie auf gemeine und zugleich exquisite Weise. Während sie sich vorstellte, tatsächlich einem attraktiven Schurken ausgeliefert zu sein, der sie entführte und mit ihr durch die Nacht fuhr, zog sich ihr Inneres leicht zusammen. Nicht mehr lange, und die süße Erlösung würde sie heimsuchen.

Penny lehnte sich gegen ihren Mann und legte stöhnend den Kopf zurück. Sie atmete schwer und wimmerte erregt, als er ihr mehrere Klapse auf ihren geöffneten Schoß gab.

»Scht, Vögelchen«, raunte er ihr ins Ohr und hielt ihr mit der anderen Hand den Mund zu. »Du willst doch nicht, dass uns jemand hört? Und habe ich dir erlaubt, zum Höhepunkt zu kommen? Das wirst du erst, wenn ich es befehle. Verstanden?«

Sie nickte schwach. Himmel, sie würde sich nicht mehr lange zurückhalten können! Ash schaffte es immer wieder, ihren Körper innerhalb kürzester Zeit zu entzünden und in ein Flammenmeer zu verwandeln. Ihre Leidenschaft loderte ebenfalls heftig. Das Leben an Ashs Seite war ein fortwährendes Abenteuer, angefüllt mit Liebe, Respekt und Vertrauen – sowie köstlich verspielten Intimitäten. Sie hätte es mit keinem anderen Mann besser treffen können.

Fuck, es machte ihn heiß, wenn sich seine Frau derart unterwürfig gab! Ashton konnte sich selbst kaum noch zurückhalten, bloß weil er tief in ihr steckte und sie auf seinem Schoß hilflos zappelte.

Seit der Hochzeit hatte er es in einer Kutsche treiben wollen. Zu wissen, dass sie beide nur durch eine dünne Wand von der Außenwelt getrennt waren und jederzeit entdeckt werden könnten, machte ihn unsagbar an. Natürlich wollte er nicht wirklich, dass ihnen jemand zusah. Doch der Gedanke erregte ihn.

Auch dass Pen anders aussah als sonst, stachelte seine Lust an. Er stellte sich vor, es mit »Nelly« zu treiben, und dennoch schlief er mit seiner wunderbaren Frau.

Nelly war ein Luder, wie es im Buche stand. Gierig nach Sex, verspielt und verrucht. Außerdem tat sie alles, was er von ihr verlangte, und liebte es etwas härter. Deshalb verteilte er gleich noch ein paar Klapse auf ihrer feuchten Spalte.

Sofort krampfte sich ihr Schoß fester um ihn und Pen stöhnte gegen seine Hand.

Pure Lebenslust durchströmte ihn, als er seine Frau auf sich fühlte, ihre Wärme spürte und ihren unvergleichlichen Duft roch. Auch ihr intimes Aroma erfüllte mittlerweile die Kutsche und sorgte dafür, dass er jeden Moment abspritzte.

»Du gieriges Luder«, raunte er in ihr Ohr. »Du brauchst es jedes Mal härter, was?«

Als sie schwach nickte, stöhnte er selbst so laut, dass er die Lippen gegen ihr Haar drückte. Ashton badete förmlich in ihrer Erregung, während ihr Inneres ihn kräftig massierte. Ashton steckte so tief in ihr, dass ihm schwindelig vor Ekstase war. Hoffentlich tat er ihr nicht weh. Aber sie stöhnte losgelöst und schien es sehr zu genießen. Immer, wenn die Kutsche über ein kleines Schlagloch fuhr und Pen auf

317

seinem Schoß ein wenig angehoben wurde, versank er danach gefühlt noch ein bisschen tiefer in ihr.

Fuck, war das geil!

Sein Schwanz zuckte in ihrem herrlich seidigen Tunnel, und erste Tropfen bahnten sich bei ihm ihren Weg nach draußen.

»Jetzt darfst du dich vollkommen hingeben«, knurrte er heiser, und während sie wie hilflos auf ihm zappelte und stöhnte, kam Ashton mit voller Wucht.

Er warf den Kopf zurück und versuchte, an ihrer süßen, kleinen Perle zu reiben, um ihr den besten Höhepunkt seit Langem zu schenken. Dabei sah er an der Decke Milliarden Sternchen. Schub um Schub pumpte er alles tief in ihren erhitzten Leib, der allein für ihn geschaffen zu sein schien. Penelope war einfach perfekt, in ziemlich allen Belangen. Er liebte sogar ihren Sturkopf und dass sie ihm stets ehrlich die Meinung sagte, auch wenn er diese nicht immer hören wollte. Vor allem liebte er es, in ihr zu sein, selbst wenn der Gipfel langsam abklang.

Als sie ihm selig grinsend den Kopf zudrehte und die Röcke fallen ließ, schlang er die Arme um sie. Danach drückte er ihr einen zarten Kuss auf die Lippen und raunte: »Ich liebe dich, meine wunderschöne Sängerin.«

»Ich liebe dich, mein verruchter Spion.« Sie schenkte ihm ein Lächeln, das bis tief in sein Herz drang und jede seiner Zellen erwärmte.

Penelope war seine Seelenverwandte, sein Hafen. Bei ihr war er zu Hause.

Happy End

Kapitel 27 – Zusatzinfos und Recherche

Liebe Leserin, lieber Leser, nun ist die Reise vorbei, und ich hoffe, das neue Buch über einen weiteren »geheimnisvollen Lord« konnte dich für eine Weile in eine andere Welt entführen. Die anderen Titel dieser Reihe (alle Bücher können unabhängig voneinander gelesen werden) lauten:

Ein Lord wie kein anderer (Emily & Daniel)

Dem dunklen Rächer verfallen (Rochford & Cole)

Kein Lord wie alle anderen (Izzy & Henry)

Wie du siehst, gibt es die Story über Izzy bereits (und dort wird natürlich auch erwähnt, wer Rachel und Daisy sind, auf die sich der kleine Georgie freut). Ich habe Izzy hier öfter auftreten lassen, da sie und Penelope wie Schwestern füreinander sind und sich die beiden Geschichten an einigen Stellen überschneiden. Aber auch neue Figuren haben ihren Weg ins Buch gefunden, zum Beispiel Captain Quinn und Lou. Einiges über die zwei habe ich bewusst vage gelassen. Einerseits, um neugierig auf die beiden zu machen, andererseits, um mich nicht zu sehr einzuschränken. Denn ich hätte Lust, auch die Story über den Captain zu schreiben. Grob habe ich sie schon im Kopf, aber noch keine Feinheiten ausgearbeitet.

Hättest du Lust, diese Geschichte zu lesen? Dann sag mir gerne Bescheid! Aktuell drängeln noch ein paar andere »Leute«, dass ich ihre Storys aufschreiben soll. Ein neuer Warrior Lover tobt auch schon wieder durch mein Oberstübchen. Zu viele Ideen, zu wenig Zeit, seufzel :)

Wie immer bei meinen historischen Titeln habe ich auch bei diesem Buch viel recherchiert: über die Seefahrt allgemein, das Leben auf einem Schiff und wie es aufgebaut war, Lissabon im Jahre 1835, die damalige Kleidung, Gebräuche, wie lange die Reisenden zu Land oder auf dem Wasser gebraucht haben, um von A nach B zu kommen, oder wie man damals Captain geworden ist. Letzteres spielt in diesem Buch keine Rolle, da Mr Quintrell nicht die Hauptperson ist. Aber da ich mir bereits Gedanken über seine Geschichte gemacht habe, wollte ich es einfach wissen (Details dazu gibt es dann in einem Buch über ihn, sollte ich es schreiben :).

Faszinierend fand ich, dass der Tagesablauf auf Schiffen von Beginn des 16. Jahrhunderts bis Anfang des 20. Jahrhunderts international quasi gleich geregelt war. Das war nötig, da vor allem auf Handelsschiffen die Matrosen aus vielen unterschiedlichen Ländern stammten. Auf diese Weise konnten sie sofort in die Alltagsroutine eingegliedert werden.

Da ich früher schon einige Romane geschrieben habe, die auf See spielen, war ich total happy, noch etwas gefunden zu haben, was ich bis dato noch nirgendwo gelesen hatte. Die Seeleute besaßen nicht nur die bekannten »Toiletten«, die ich in diesem Buch beschrieben habe, sondern an der Reling waren vereinzelt Blechkästen angebracht, von denen Rohre an der Unterseite meerwärts führten – sehr einfache und vor allem bei Sturm einigermaßen sichere Pissoirs!

Was ich auch nicht wusste: Rio de Janeiro war einige Jahre lang die Hauptstadt Portugals! 1807 flohen der portugiesische König, seine Familie, Mitglieder des Hofes und ein paar Tausend Menschen nach Brasilien, als Napoleons Truppen

Portugal eroberten. Bis zur Befreiung 1811 regierte der portugiesische Monarch also von einem sehr weit entfernten Land aus!

Eigentlich wollte ich noch eine Szene schreiben, die im Zoo spielt, aber die hat es nicht ins Buch geschafft. Recherchiert habe ich trotzdem. Der Londoner Zoo wurde 1828 an der Nordseite des Regent's Park eröffnet und gilt heute als der älteste wissenschaftliche Zoo der Welt. Ursprünglich sollte er als Sammlung für wissenschaftliche Studien genutzt werden.

1865 zog übrigens der erste Pinguin ein. Der Königspinguin von den Falklandinseln war der erste Pinguin überhaupt in einem englischen Zoo! Ich wollte das erwähnen, weil Ash einmal sagt, ihm sei so kalt wie einem Pinguin auf einer Eisscholle. (Natürlich wird denen nicht so schnell kalt wie er glaubt, aber es sei ihm verziehen, schließlich bibbert der arme Kerl gerade ganz schrecklich, und wahrscheinlich wusste die Normalbevölkerung damals noch nicht wirklich viel über Pinguine ;). Bekannt waren die putzigen Watschler allerdings schon seit Ende des 15. Jahrhunderts.

Früher ging es bei (Theater-)Vorstellungen meist lautstark zu und es wurde im Publikum rege diskutiert. Heute nicht mehr vorstellbar! Mich stört es ja schon, wenn im Kino neben mir jemand zu laut Popcorn isst, lach.

Übrigens geht es mir wie Penny: Wenn ich auf einer Bühne stehe oder vor vielen Leuten vorlese, blende ich auch immer alles um mich herum aus und sehe keine Einzelpersonen mehr. Das war bei mir schon früher so, als ich vor der Klasse ein Referat halten musste. Vielleicht hatte ich deshalb nie wirklich schlimmes Lampenfieber.

Vor Herausforderungen hat mich Pennys Unterwäsche gestellt und wie ich diese am Schritt offenen Hosen nennen sollte. Es gab früher im Deutschen ein paar ganz grässliche Ausdrücke dafür (die ich euch erspare), deshalb habe ich den französischen Begriff genommen :) Die Pantalettes stammten ohnehin aus Frankreich und verbreiteten sich schnell nach Großbritannien und Amerika. Pantalettes waren einteilige Hosen oder zwei separate Kleidungsstücke (ein »Schlauch« für jedes Bein, der an der Taille mit Knöpfen oder Schnürsenkeln befestigt war). Der Schritt wurde aus hygienischen Gründen offen gelassen. Die Hosen waren meistens aus weißem Leinenstoff und je nach Geldbeutel mit Biesen, Spitzen, Cutwork oder Broderie Anglaise verziert.

Zu den Pantalettes ist folgende Anekdote überliefert:

1811 fand die fünfzehnjährige Prinzessin Charlotte, die Tochter von George IV und Königin Caroline, Gefallen an den langen Unterhosen, was für Empörung bei den anwesenden Gästen sorgte. Die junge Frau saß mit ausgestreckten Beinen am Tisch und zeigte ihre Pantalettes, die, wie Lady Glenbervie meinte, die Prinzessin und die meisten junge Frauen jetzt tragen.

Ihre Gouvernante, Lady Clifford, hielt es für notwendig, Charlotte einen Hinweis zu geben. »Meine liebe Prinzessin Charlotte«, sagte sie, »du zeigst deine Unterhosen.«

»Das tue ich nie, außer dort, wo ich mich wohlfühle«, antwortete die Prinzessin.

Lady Clifford beharrte: »Doch, meine Liebe, du zeigst sie auch, wenn du aus einer Kutsche steigst.«

»Ist mir egal«, folgte die unbekümmerte Antwort.

»Deine Unterhosen sind zu lang!«

»Ich glaube nicht. Die der Herzogin von Bedford sind viel länger und mit Brüsseler Spitze eingefasst.«

Tja, auch Teenager-Prinzessinnen waren damals schon rebellisch ;)

Das war wieder ein winziger Einblick in die damalige Zeit, obwohl ich noch unendlich weitererzählen könnte ;)

Falls du Lust hast, erzähle mir doch, wie dir die Geschichte gefallen hat. Ich freue mich immer riesig über Feedback, egal wo.

Du findest mich auf meiner Homepage
inka-loreen-minden.de
bzw meinem Blog monica-davis.de,
Twitter (inkaloreen),
Instagram (inkaloreenminden)
und Facebook (Books by Inka Loreen Minden).

Und falls du das Buch weiterempfehlen möchtest oder Zeit findest, in einem Shop zwei kurze Sätze in einer Rezension / Bewertung zu schreiben oder irgendwo ein paar Sternchen zu hinterlassen, ist das für uns Autoren wie der Applaus für einen Schauspieler. Darüber freuen wir uns am allermeisten.

In diesem Sinne – halte die Öhrchen steif und
Make Love Not War
Deine Inka

Buchvorstellung »Kein Lord wie alle anderen«
Izzy & Henry

Historischer Liebesroman

Heiraten? Aber nur aus Liebe!

England 1835: Falls Izzy einmal heiraten sollte, dann nur aus Liebe. Doch das Schicksal schmiedet andere Pläne. Wegen eines Unwetters muss sie mit dem vom Krieg entstellten Lord Wakefield in einer Hütte Unterschlupf suchen. Obwohl sich der ehemalige Offizier wie ein Gentleman verhält, drängt ihr Vater die beiden zur Heirat.
Für die junge, freiheitsliebende Frau bricht eine Welt zusammen. Zudem belastet sie schon seit Jahren ein schreckliches Geheimnis, das es ihr alles andere als leicht macht, sich auf einen Mann einzulassen.

Heiraten? Aber nur aus Pflichterfüllung!

Für Henry ist Isabella Norwood als Heiratskandidatin genauso geeignet wie jede andere Frau, auch wenn sie keinesfalls der Norm entspricht und lieber Hosen trägt. Erstens glaubt Henry nicht mehr an die Liebe und zweitens hat er als Erbe eines Adelstitels Pflichten zu erfüllen, deshalb willigt er in die Hochzeit ein. Nun muss er nur noch versuchen, seine eigensinnige Braut zu zähmen und sie von den Vorteilen ihrer Verbindung zu überzeugen. Doch plötzlich wird Henry mit seiner eigenen dunklen Vergangenheit konfrontiert, und sowohl sein zartes Verhältnis zu Izzy als auch sein verletztes Herz werden auf eine harte Probe gestellt.

Werden sie jemals zusammen glücklich sein können?

Historical Romance von Inka Loreen Minden! Amüsant, spannend und voll heißer Leidenschaft.
In sich abgeschlossen und mit Happy End Garantie!
ca. 390 Seiten

Dieser Roman ist ein Titel aus der Reihe »Geheimnisvolle Lords«. Er kann ohne Vorkenntnisse gelesen werden, da jedes Buch eine eigene Geschichte erzählt.

Newsletter

Liebe Leserinnen und Leser, ich habe einen kostenlosen Newsletter-Versand eingerichtet. Der Anmeldelink ist auf meinen beiden Homepages zu finden.

Immer als Erstes über Neuerscheinungen, Aktionen oder Gewinnspiele informiert sein!
Außerdem versorge ich alle Abonnenten ca. ein Mal im Monat mit Vorab-Leseproben, Cover-Vorschauen und anderen Extras.

Alles Liebe
Eure Inka

Hier bin ich überall zu finden:

inka-loreen-minden.de
(hier findet ihr auf der Startseite eine komplette Übersicht
all meiner Bücher)

monica-davis.de

Twitter (inkaloreen)

Instagram (inkaloreenminden)

und **Facebook** (Books by Inka Loreen Minden)

Über die Autorin

Inka Loreen Minden, die auch unter den Pseudonymen Ariana Adaire, Bailey Minx, Lucy Palmer, Mo Davis (Mystery) und Monica Davis (Jugendbuch) schreibt, ist eine bekannte deutsche Autorin. Von ihr sind bereits über 90 Bücher, 21 Hörbücher und zahlreiche E-Books erschienen, die regelmäßig unter den Online-Jahresbestsellern zu finden sind. Sie schreibt u.a. für Bastei Lübbe, Blanvalet und Rowohlt.

Die Autorin ist bekannt für Geschichten, die zu Herzen gehen, und erschafft authentische Figuren, die den Leser nicht mehr loslassen. Spannende oder rasante Handlungen, viel Humor und prickelnde Leidenschaft zeichnen ihre Storys aus, die an den unterschiedlichsten Schauplätzen spielen.

Ihre Titel wurden in mehrere Sprachen übersetzt, zum Beispiel Polnisch, Tschechisch, Holländisch, Spanisch. Auf Englisch sind erhältlich: Hearts of Stone, Nate – Beast Lovers, Daniel Taylor – Demon Heart und Caprice.

Mit ihrem Mann und ihrem Sohn lebt sie in der Nähe von München. Schokolade und Schreiben sind ihre Lebenselixiere, außerdem spielt sie Geige, sie singt und schaut gerne mit ihrer Familie Filme an.

Mehr über die Autorin und ihre Bücher auf ihrer Homepage:
www.inka-loreen-minden.de

Eine Auswahl ihrer Titel:

Historisch:

Die Lady und das Biest

Ein Lord wie kein anderer

Dem dunklen Rächer verfallen

Der Freibeuter und die Piratenlady

Dystopie:

Outcasts (Monica Davis) / auch als Hardcover-Sammelband
aller 4 Teile (Secrets of Lost Island)

Warrior Lover Serie

Blue Moon Rising

Fantasy Romance:

Wächterschwingen-Trilogie

Beast Lovers Reihe